Salman Rushdie

GRIMUS

Salman Rushdie

GRIMUS

Roman

Aus dem Englischen
von Gisela Stege

verlegt bei Kindler

Originaltitel: Grimus
Originalverlag: Victor Gollancz Ltd., London

Die Folie des Schutzumschlags sowie die Einschweißfolie
sind PE-Folien und biologisch abbaubar.
Dieses Buch wurde auf chlor- und säurefreiem Papier gedruckt.

Umschlaggestaltung: Jorge Schmidt, München
Satz: Ventura Publisher im Verlag
Druck und Bindung: Graphischer Großbetrieb, Pößneck
Printed in Germany
ISBN 3-463-40344-7

2 4 5 3 1

Für Clarissa

Los, los, los, sagte der Vogel; die Menschen können
Nicht viel Realität ertragen.

(T. S. Eliot)

Kommt, ihr verlorenen Atome, kommt in euer Zentrum zurück,
Und seid der Ewige Spiegel, den ihr saht;
Ihr Strahlen, die weit ins Dunkel wanderten,
Kehrt zurück, in eurer Sonne auszuruhn.

(Farido'd-din'Attar,
Die Sprache der Vögel)

Crow kämpfte, wehrte sich schwach gegen seinen Rest.
Dabei war er sein eigener Rest, das ausgespuckte Gebein.
Er war das, woraus sein Hirn nichts mehr machen konnte.

(Ted Hughes,
Krähe)

Der Sand der Zeit häuft sich zu neuen Anfängen.

(Ignatius Q. Gribbs,
Die Allzweck-Zitaten-Philosophie)

Erster Teil

Gegenwart

1. Flapping Eagle

Mr. Virgil Jones, ein Mann ohne Freunde, dafür aber mit einer Zunge, die für seinen Mund zu lang war, liebte es, diesen Klippenpfad hinabzusteigen, und das jeweils am Morgen des Zeustags (Mr. Jones, Pedant und stets am Ursprung der Dinge interessiert, nannte die Tage der Woche Sonnentag, Mondtag, Zeustag, Wotanstag, Donarstag, Freyatag und Saturntag; Affektiertheiten wie diese waren es – unter anderem –, die dafür gesorgt hatten, daß er ohne Freunde war). Es war fünf Uhr morgens. Aus keinem ersichtlichen Grund bevorzugte Mr. Jones gewöhnlich diese absolut willkürlich gewählte Zeit, um seiner Vorliebe für den einzigen, schmalen Strand von Calf Island zu frönen. Also stieg er – mit Schritten so vorsichtig wie die einer Bergziege – die abwärts gewundene Spirale des Pfades hinab, und zwar im Kielwasser einer etwas beweglicheren, buckligen Alten namens Dolores O'Toole, die, mit Mr. Jones' Gürtel festgezurrt, einen außergewöhnlich schönen Schaukelstuhl aus Walnußholz auf dem Rücken trug. Das wiederum bedeutete, daß er gezwungen war, seine Hose mit beiden Händen festzuhalten, ein Faktum, das seine gesamte Konzentration erforderte.

Ein paar weitere Daten über Mr. Jones: Seine Statur war plump, seine Sehkraft unzulänglich. Weil er sich weigerte, seine Kurzsichtigkeit zur Kenntnis zu nehmen, mußte er häufig blinzeln. Sein Name war mit drei Initialen geschmückt: V.B.C. Jones, Esq. Das B stand für Beauvoir, das C für Chanakya. Beides historische Namen, Namen, mit denen man zaubern konnte, und Mr. Jones, obwohl kein Zauberer, hielt sich dagegen für so etwas wie einen Historiker. Als er an diesem Tag, umgeben von dem grau-silbernen Dunst, der ständig über dem die Insel umgebenden, rauschenden Meer lag, auf dem toten, grau-silbernen Strand seiner Wahl eintraf, war er kurz davor, Zeuge eines kleinen historischen Ereignisses zu werden. Hätte er davon gewußt, er hätte des langen und breiten über die ewige Karawane der Geschichte philosophiert, über die Unfähigkeit des Historikers, Abstand zu halten und nur zu beobachten; es sei falsch, hätte er ausgeführt, sich als olympischen Chronisten zu sehen, denn man sei selbst ebenfalls Teilnehmer dieser Karawane. Als Historiker sei man von den Ereignissen der Gegenwart berührt, die unaufhörlich Vergangenheit wiedererschaffen. Daran hätte er ernsthaft geglaubt, obwohl die Karawane nun seit einiger Zeit schon ohne seine Beteiligung weiterzog. Wegen seiner Kurzsichtigkeit jedoch, wegen des Nebels und weil er bemüht war, seine Hose nicht zu verlieren, vermochte er den Körper eines gewissen Flapping Eagle nicht zu sehen, der von der auflaufenden Flut herangespült wurde; und Dolores O'Toole blieb das unangenehme Erlebnis erspart, Zeugin dieses Vorgangs zu sein.

Manchmal gehen Menschen, die sich umbringen wollen, dabei auf eine Art und Weise vor, die ihnen selbst vor Erstaunen den Atem verschlägt. Diese Tatsache sollte Flapping Eagle, der nun schnell auf einem Wellenkamm hinaufgetragen wurde, sogleich entdecken. Gegenwärtig war er bewußtlos, denn er war gerade durch ein Loch im Meer gefallen. Dieses Meer war das Mittelmeer gewesen. Jetzt war es das allerdings nicht mehr; oder vielmehr nicht so ganz.

Dolores, die Alte, stellte den Schaukelstuhl auf den Sand. Mr. Jones sah beifällig zu. Der Schaukelstuhl war vom Meer ab- und dem felsigen, waldbestandenen Massiv des Calf Mountain zugewandt, das den größten Teil der Insel einnahm – bis auf eine kleine Lichtung unmittelbar oberhalb des Strandes, auf der

Mr. Jones und Dolores lebten. Mr. Jones nahm Platz und begann zu schaukeln.

Dolores O'Toole war eine abtrünnige Katholikin. Zuweilen bereitete es ihr ein unheiliges Vergnügen, sich mit Kirchenkerzen zu stimulieren. Das tat sie, weil sie zwar ihres Ehemanns, nicht aber ihrer Triebe verlustig gegangen war. Ihr ehemaliger Gatte, Mr. O'Toole, führte eine Kneipe in K, der Stadt hoch an den Hängen des Calf Mountain, während sie K im allgemeinen, Trinker im besonderen und ihren Ehemann im ganz speziellen mißbilligte. Dieser Mißbilligung verlieh sie Ausdruck, indem sie in aller Einsamkeit mit Virgil Jones zusammenlebte (weit entfernt von K, von Mr. O'Tooles Bar und von seinem bevorzugten Erholungsort, Madame Jocastas berüchtigtem Freudenhaus). Und nun trug sie an jedem Zeustag bei Morgengrauen für Mr. Jones den Schaukelstuhl zum Strand hinunter.

»Schlapp«, murmelte Mr. Jones, mit dem Rücken zum Meer, vor sich hin. »Schlapp ist das Meer heute.«

Mit dem Gesicht nach oben wurde Flapping Eagles Körper an Land getragen: der Grund, warum er nicht ertrunken war. Er landete ganz dicht hinter der Rückseite von Mr. Jones' Schaukelstuhl, und die auflaufenden Wellen schoben ihn immer näher. Während Mr. Jones und Mrs. O'Toole von seiner Gegenwart nichts ahnten.

Es sollte darauf hingewiesen werden, daß Flapping Eagle ein durchschnittlich freundlicher und guter Mensch war; dennoch sollte er schon bald für eine große Anzahl von Toten verantwortlich sein. Außerdem war er geistig genauso normal wie jeder andere, doch jeder andere, das war in diesem Fall Mr. Virgil Jones.

Das Verhältnis zwischen Virgil Jones und Dolores O'Toole war von einem außergewöhnlichen Zufall bestimmt: Sie liebten einander, fanden es aber unmöglich, einander diese Liebe zu gestehen. Es war keine schöne Liebe, denn beide waren über die Maßen häßlich. Es war eine unerklärte Liebe, weil jeder von ihnen durch frühere Erfahrungen so schwer geschädigt war, daß sie es vorzogen, ihre Gefühle in der Geheimkammer des eigenen Busens zu bewahren, statt sie eventueller Zurückweisung und Lächerlichkeit auszusetzen. Also saßen sie zwar dicht nebeneinander, stets aber durch dieses In-Sich-Zurückgezogensein voneinander getrennt, und Dolores sang mit gebrochener Stimme Lieder, endlose Reime trauernder Vergeltung; während Virgil sein elliptisches Gerede von sich gab, munter Gedanken und Zunge trainierte, obwohl beides zu groß für seinen Kopf war. Und so kamen sie an diesem verlassenen Strand beide dem Glück so nahe, wie es für sie eben möglich war.

»*Whitebeard is all my love and whitebeard is my desire*«, sang Dolores wehmütig zum Rhythmus des sich wiegenden Schaukelstuhls. Virgil, tief in Gedanken versunken, strich sich das weißgestoppelte Kinn und hörte nicht zu.

»Sprache«, sinnierte er, »Sprache schafft Konzepte. Konzepte schaffen Ketten. Ich bin gefangen, Dotty, gefangen und weiß nicht wo. Nicht ausreichend Äther für die Art des Grimus, nicht genug Erde für die Art von K, bewege ich mich in Gedanken pingpongartig zwischen ihnen und dir. Dolores O'Thule. Schmerz der Götter. Ich war nicht immer so, wie du mich jetzt siehst, meine Liebe. Der Schrecken aller Titties, das war ich. Einstmals. Damals. Früher.«

»*Early one morning, just as the Son was borning, I heard a maiden crying in the valley below*«, klagte Dolores.

Der besinnungslose Eagle war höchstens noch einen Fuß von den Schaukelnden entfernt.

»Diese Insel«, philosophierte Virgil Jones leise, aber deutlich, »ist der schrecklichste Ort der gesamten Schöpfung. Da wir zu überleben scheinen und uns nicht von ihr aufsaugen lassen, scheinen wir zu lieben.«

So hätte er noch weitersinniert, über Rituale, über Besessenheit, über die Neurosen und Verdrängungsversuche, die das Exil hervorbringt, über das Alter, das Gefangensein, über Freundschaft und Liebe, über den Zustand seiner Hühneraugen, über die Ornithologie der Mythen, und in Dolores' friedbringender Nähe seine Gedanken immer wieder verfeinert und erneuert; und sie hätte weitergesungen, bis die Lieder ihren Augen eine Träne entlockten; dann wären sie nach Hause gegangen.

Doch in diesem Moment kam Flapping Eagles Körper an den perfekt geschnitzten Kufen des perfekt geschnitzten Schaukelstuhls mit den perfekt geschnitzten Tänzern, die sich darauf drehten, zur Ruhe. Der Stuhl, hierdurch beleidigt, hielt umgehend mit dem Schaukeln inne.

»Tod«, rief Dolores entsetzt. »Tod, aus dem Meer ...«

Virgil Jones antwortete nicht, denn er hatte den Mund voll Meer aus Flapping Eagles Lunge. Aber auch er war, während er dem Fremden neues Leben einhauchte, einigermaßen besorgt.

»Nein«, sagte er schließlich und zwang sich selbst und Dolores, daran zu glauben. »Dazu ist das Gesicht zu blaß.«

Eine bemerkenswerte Tatsache an Flapping Eagles Ankunft auf Calf Island: Die Inselbewohner, denen seine Ankunft eigentlich gar keine so große Überraschung hätte bereiten sollen, fanden sie äußerst beunruhigend, ja sogar schreckeneinflößend. Während Flapping Eagle selbst, sobald er eine bestimmte Information erhalten hatte, seine Ankunft sehr schnell als ganz und gar unspektakulär empfand.

Die Information lautete folgendermaßen:

Niemand gelangte jemals rein zufällig nach Calf Island – niemand.

Der Berg lockte nur Artverwandte an.

Aber vielleicht war es ja auch Grimus, der das tat.

2. Bird-Dog

Der Tag hatte relativ gut begonnen. Das heißt, er glich dem vorangegangenen Tag (was Wetter, Temperatur und Stimmung betraf) soweit, daß er dem halb noch schlafenden jungen Mann die Illusion einer gewissen Kontinuität vorzugaukeln vermochte. Gleichzeitig jedoch unterschied er sich (was subtilere Dinge wie die Windrichtung, die Schreie der herabstoßenden Vögel oben und das Kreischen der Weiber unten betraf) soweit von dem jüngst vergangenen, daß er ihm eine ähnliche, jedoch entgegengesetzte Illusion zeitlicher Bewegung vermittelte. Der junge Mann wiegte sich angenehm in diesen widersprüchlichen und harmonischen Vorstellungen und trieb gemächlich dem Wachzustand entgegen, der bald schon beide vertreiben und durch eine dritte Illusion ersetzen würde: die Gegenwart.

Dieser Junge war ich. Ich war Joe-Sue, Axona-Indianer, Waise, bei der Geburt mit einem zweideutigen Namen versehen, weil mein Geschlecht eine Weile noch nicht feststand, männliche Jungfrau, jüngerer Bruder einer animalisch wilden Frau namens Bird-Dog – soviel wie Hühnerhund –, die ständig befürchtete, ihre Schönheit zu verlieren, was eine Ironie war, denn sie war gar nicht schön. Außerdem war es mein (sein) einundzwanzigster Geburtstag, und ich war drauf und dran, zu Flapping Eagle zu werden. Und nicht mehr einige andere Leute zu sein.

(Ich war Flapping Eagle.)

Die Axona interessieren sich nicht für einundzwanzigste Geburtstage. Sie feiern lediglich Pubertät, Verlust der Jungfräulichkeit, Beweis für Tapferkeit, Heirat und Tod. Am Tag der Pubertät nahmen die Alten Ziegenhaare und banden sie mir wie einen Bart ums Gesicht, während der Sham-Man meine frisch potent gewordenen Organe aus Gründen der Fruchtbar-

keit mit den Eingeweiden eines Hasen umwand und dabei singend zu unserem Gott Axona betete.
Der Gott Axona kannte nur zwei Gebote: Er wollte, daß die Axona so oft wie möglich zu ihm beteten: auf dem Feld, auf der Toilette, bei der Liebe, falls es die Konzentration erlaubte; und er befahl, daß die Axona eine Rasse für sich bleiben und mit den Vorgängen der schlechten Welt nichts zu schaffen haben sollten. Ich persönlich hatte nie sehr viel Zeit für den Gott Axona, vor allem nicht, nachdem ich die Pubertät erreicht hatte, denn sobald meine Stimme gebrochen war, wurde sie außerordentlich unangenehm, und ich gab den Singsang der Gebete endgültig auf. Dann war da aber noch Bird-Dog mit ihrer Schwärmerei für die Außenwelt. Ohne diese Schwärmerei hätte sie vielleicht niemals den Hausierer Sispy kennengelernt; dann wäre sie vielleicht niemals davongegangen, und ich wäre vielleicht niemals davongegangen, und alles wäre ganz anders gekommen. Aber vielleicht wäre es ja auch unvermeidlich gewesen, daß irgendwann ein Sispy kam.
Gestatten Sie, daß ich jetzt einiges erkläre. Ich bin auf einem Tafelberg aufgewachsen, und zwar in dem, was, glaube ich, noch immer Vereinigte Staaten oder – umgangssprachlich – Amerindia heißt. Die Hochebene war autark: das heißt, sie produzierte alle Lebensmittel, die die Axona brauchten. Kein Axona war jemals von diesem Plateau in die Ebene hinabgestiegen; und nach ein paar Kämpfen, bei denen die schlechte Welt merkte, wie uneinnehmbar die Festung Axona war, ließen sie uns in Ruhe. Soweit ich weiß, war Bird-Dog die erste Axona, die der Ebene einen Besuch abstattete; und sie war eindeutig die erste, die die Sprache lernte und eine ausgesprochene Vorliebe oder Affinität für die Menschen dort unten entwickelte.
Um Bird-Dog zu verstehen, muß man wissen, daß wir beide, Bird-Dog und Joe-Sue, Waisenkinder waren. Meine Mutter

starb nur wenige Augenblicke nach meiner Geburt, weshalb mein offizieller Name auch Born-From-Dead – Der aus der Toten Geborene – lautete. Joe-Sue wurde ich genannt, um mir Kränkungen zu ersparen. Doch ich überlasse es anderen zu entscheiden, ob es so schmerzlos ist, einundzwanzig Jahre lang mit dem Namen eines Hermaphroditen herumzulaufen, wovon sich jedes heiratsfähige Mädchen abschrecken ließ, weil alle fürchteten, ein Tabu zu brechen.

Kurz darauf starb mein Vater, so daß die dreizehnjährige Bird-Dog die Verantwortung für mich trug. Bird-Dog war nicht ihr eigentlicher Name: wie der lautete, hat man mir niemals gesagt. Meine Schwester wählte sich ihren Kriegernamen im Alter von sechzehn Jahren eigenmächtig.

Das war durchaus ungewöhnlich bei den Axona, doch Bird-Dog und ich konnten uns nach dem Tod unserer Eltern keiner großen Zuneigung mehr erfreuen. Aus folgendem Grund: In Axona sind Waisenkinder das, was Promenadenmischungen unter Rassehunden sind. Mein Vater war kaum gestorben, da waren wir schon so etwas Ähnliches wie Parias, und unser naturgegebenes Wesen vermochte unser Elend nur noch zu verschlimmern.

Bird-Dog war immer ein Freigeist gewesen. Ich sage dies mit einigem Neid, weil ich das selber niemals war und auch jetzt noch nicht geworden bin. Konventionen kümmerten sie nicht, Verstellung war ihr fremd. Als Kind zogen sie Pfeil und Bogen an, während sie Herdfeuer und Kochkessel haßte – sehr zum Verdruß der Alten. Für mich war das ein Glück, denn es bedeutete, daß sie uns mit Essen versorgen konnte. Es bedeutete, daß sie in Wald und Feld so gut war wie die meisten jungen Männer. Bird-Dog war der geborene Ernährer. Mit Brüsten. Ernährer mit Brüsten waren für die Axona ein Fluch.

Im Laufe meines Heranwachsens wurde diese Mißbilligung immer offenkundiger. Sobald ich nahte, verstummten an der

Quelle alle Gespräche. Wenn Bird-Dog vorüberging, wandten sich alle kühl ab. Nasen wurden in die Luft gereckt, und die Axona mieden uns, wo sie nur konnten. Ausstoßen konnten sie uns nicht, denn wir hatten kein Verbrechen begangen. Doch da sie uns nicht mögen mußten, taten sie es auch nicht.

»Nun«, sagte Bird-Dog zu mir, als ich sechzehn war (ich war ein sehr junger, hilfloser Sechzehnjähriger), »wenn die uns nicht mögen – wir kommen auch ohne die aus.«

»Ja«, antwortete ich, »wir kommen ohne sie aus.« Ich sagte es bedrückt, denn ich ließ mich von Bird-Dog zwar leicht beeinflussen, besaß aber die latente Sehnsucht eines Heranwachsenden danach, überall akzeptiert zu werden.

»Wir werden uns eben anderswo nach Freunden umsehen müssen.« Sie sagte es leichthin, wenn auch mit einem Anflug von Trotz. Offensichtlich hatte sie jahrelang darüber nachgedacht. Es war ein Satz, der unsere Gegenwart, unsere Zukunft, unser ganzes Leben verändern sollte. Natürlich stimmte Joe-Sue seiner großen, tüchtigen, männlichen Schwester zu.

Es gab etwas, das Bird-Dog mir niemals vorwarf und das ich erst erfuhr, nachdem sie mich verlassen hatte: daß nämlich der Hauptgrund, der wahre Grund für die Loslösung von unserem Stamm, weder unser Status als Waisenkinder noch ihre Männlichkeit war, weder der Kriegername, den sie angenommen hatte, noch ihr allgemeines Verhalten, das heißt, ganz und gar nichts an ihrer Person. Sondern daß ganz allein ich, Joe-Sue, der Grund dafür war.

Aus drei Gründen: erstens, mein unbestimmtes Geschlecht; zweitens, die Umstände meiner Geburt; und drittens, meine Pigmentierung. Bei den Axona ein Hermaphrodit zu sein ist böser Zauber. Ein Monster. Sich von diesem Zustand in einen »normalen« Mann zu verwandeln, grenzt an Schwarze Magie. Sie mochten das nicht. Zu sein, was ich war – von einer Toten geboren –, war ein unheilverkündendes Omen; wenn ich im Augenblick meiner Geburt den Tod bringen konnte, würde er mir, wo immer ich mich befand, wie ein Aasgeier auf der Schulter sitzen. Und was meine Hautfarbe betraf: Die Axona sind eine dunkelhäutige Rasse und eher kleingewachsen. Als ich heranwuchs, war nicht mehr zu übersehen, daß ich unerklärlicherweise hellhäutig und hochgewachsen sein würde. Diese zusätzliche genetische Abweichung – *Weißheit* – bedeutete, daß sie sich vor mir fürchteten und jeden Kontakt mit mir scheuten.

Weil sie Angst hatten, erwiesen sie uns einen gewissen Respekt. Weil ich ein Freak war, ließen sie uns eine gewisse Verachtung spüren.

Daher versteht es sich von selbst, daß Bird-Dog und ich uns sehr, sehr nahestanden. Wie sehr sie unter meinen Mißbildungen litt, ließ sie mich niemals spüren: ein Zeichen ihrer Liebe.

Also war ich von frühester Kindheit an unbewußt für die Reise nach Calf Island gerüstet. Ich war ein Ausgestoßener in einer abgeschiedenen Gemeinschaft und klammerte mich an die Liebe zu meiner Schwester wie ein Schiffbrüchiger an Treibholz.

An dem Tag, an dem Bird-Dog das Unaussprechliche aussprach, weihte sie mich in ein Geheimnis ein.

»Noch ehe ich so alt war wie du, bin ich nach Unten gegangen«, sagte sie. Ich erschrak. Zu jener Zeit wirkte die Vorstellung, das Gesetz der Axona zu übertreten, noch erschreckend auf mich.

»Als ich in deinem Alter war, ging ich in die Stadt«, erzählte sie weiter, »und lauschte an dem Fenster eines Eßlokals. Drinnen gab es eine Singmaschine. Sie sang von einem Wesen, das clever war, grausam, und Bird-Dog genannt wurde. Ich fürchtete mich vor diesem Wesen. Und dachte: Das ist der Kriegername für mich.«

Fast unter Schock fragte ich sie: »Und was ist mit den Dämonen?« Meine Stimme hätte fast versagt. »Wie bist du den Wirbelnden Dämonen entkommen?«
Sie warf den Kopf in den Nacken. »Ganz einfach«, sagte sie verächtlich. »Die bestehen nur aus Luft.«
Von jenem Tag an machte Bird-Dog häufig Ausflüge in die Stadt. Dann kam sie mit Geschichten von bewegten Bildern und schnell fahrenden Maschinen zurück, von Maschinen, die Wasser und Essen ausspien, und von endlosen Menschenmassen ... Ich selbst brachte niemals den Mut auf, sie zu begleiten. Dort, in der Stadt, erfuhr sie auch zum erstenmal vom einundzwanzigsten Geburtstag.
»Das ist der Tag, an dem du beweisen mußt, daß du ein Krieger bist«, erklärte sie mir. »Du wirst in die Stadt gehen. Und zwar allein.«
Es war auch der Tag, an dem sie Mr. Sispy begegnete und das ewige Leben erhielt.
Wie ich schon sagte, der Tag begann eigentlich recht gut für den jungen Joe-Sue. Aber sobald er richtig wach geworden war, strafte der Tag seinen positiven Beginn Lügen.

3. Mr. Sispy

Es war Joe-Sues Geburtstag: Ich stand auf und ging hinaus. Der Himmel strahlte blendend blau. Die Hochebene, betupft mit rot-braunen Zelten, leuchtete in einem satten, saftigen Grün, ein grüner Daumen, der hoch über eine tiefrote, kahlbraune Welt hinausragte. Falls die Wirbelnden Dämonen da unten wirbelten, konnten sie mich nicht fangen, und die Welt schien mir in Ordnung zu sein.

Bird-Dog saß auf einem Felsvorsprung, eine erwachsene Frau von vierunddreißig Jahren, drei Monaten und vier Tagen, in Lumpen, das olivbraune Gesicht fast unter den schwarzen Haaren verborgen. Sie umklammerte zwei kleine Flaschen. Die eine, in ihrer Rechten, war mit einer leuchtend gelben Flüssigkeit gefüllt. Die andere, in ihrer Linken, war mit einer leuchtend blauen Flüssigkeit gefüllt. Überall Farbe, nur nicht auf meiner Haut. Ich spürte, wie eine Wolke vor der Sonne einherzog.

Das Leuchten der Erregung auf Bird-Dogs Gesicht vertrieb den dunklen Augenblick, während sie konzentriert über ihrem Schatz hockte.

»Ich war da unten«, berichtete sie, »ich wollte sehen, ob die Wirbelnden Dämonen heute still sind. Sie sind still. Alles in Ordnung.« Doch ihre Stimme klang zerstreut, ihr Blick wich nicht von den leuchtend-bunten Fläschchen.

»Auf dem Weg von hier zur Stadt bin ich einem Mann begegnet«, fuhr sie geistesabwesend fort. »Er hat mir die hier gegeben.«

»Was ist das? Wer war das? Warum hat er sie dir gegeben?«

»Ein Hausierer. Sein Name war Mr. Sispy. Netter Mann. Komischer Name, Sispy. Und gegeben hat er sie mir, weil ich sie haben wollte.«

»Aber was bewirken sie?«

»Sie werden mich jung erhalten«, antwortete sie und drückte sie noch fester an sich. »Oder wenigstens die eine hier.« Sie hielt die gelbe Phiole empor.

»Für wie lange?« erkundigte ich mich verzagt. Der Schatten war wieder da.

»Für immer«, rief sie triumphierend; dann brach sie in Tränen aus.

Ich hatte beide Arme um sie geschlungen, und benetzt von ihren Tränen ängstlicher Freude, fragte ich sie: »Und was bewirkt die andere, die blaue?«

Sie antwortete nicht sofort.
Nun, da ich sehr viel älter bin, bin ich mir überhaupt nicht mehr sicher, was das Wort *Magier* bedeutet. Für Joe-Sue, geboren und aufgewachsen in einem Stamm, bei dem die Magie das tägliche Leben bestimmte, traf es an jenem Tag auf jeden zu, der offenbar über Macht oder Wissen verfügte, die oder das ihm selbst fehlte. Vielleicht ist das die einzige Auslegung, die diesem Wort Bedeutung verleiht; und nach dieser Auslegung war Mr. Sispy für Joe-Sue und Bird-Dog, wie sie damals waren, ganz zweifellos ein Magier. Bird-Dog beschreibt die Begegnung folgendermaßen:
»Ich saß hinter einem Felsblock und hielt nach den Wirbelnden Dämonen Ausschau als hinter mir plötzlich eine Stimme zu wispern begann. SISPY SISPY flüsterte sie. Ich fuhr so schnell wie ein Dämon herum um zu sehen wo er WAR, und er kannte meinen Namen. Bird-Dog wisperte er und es klang so hart von seinen Lippen weil er so leise und seufzend sprach wie eine ganz leichte Brise seine Stimme enthielt die ganze Welt in einem Wispern so stark war sein Zauber. Bird-Dog bist du schön fragte er und da er mich das fragte war es so und ich antwortete, ja, ja, ich bin schön wenn du es sagst und er sagte ja du bist schön aber Bird-Dog du wirst sterben ein Wort das so hart auf seinen Lippen klang wie mein Name, daß ich weinte. Sispy weinte ich Sispy. Ein solches Lächeln daß die Sonne darin war und auch der Sommer, lächelte er, und ich konnte nicht weinen. Die Welt ist voller Geheimnisse sagte er und Überraschungen. Ich sage Sispy hinter dir und hier bin ich um dich zu überraschen. Mit einem Geheimnis in meinem Sack. Ich reise sagte er und suche nach Menschen wie dir suche suche gebe mein kleines Geheimnis weiter. Das Schöne daran ist: Du wirst damit schön bleiben, du wirst nicht sterben, du wirst die Gunst der Zeit haben, alles aufzusuchen, was du aufsuchen willst, alles zu lernen, was du lernen willst, alles zu erreichen, was du erreichen willst, alles zu werden, was du

werden willst. Der Schrecken daran ist: Alle, die das Geheimnis besitzen, möchten es am Ende aufgeben, weil es sie letztlich niederdrückt wie ein letzter Strohhalm, und das Kamel windet sich durchs Nadelöhr. Dann gab er mir die Flüssigkeiten, gelb für die Sonne, die Helligkeit und das Leben, blau für die Ewigkeit, die Ruhe und die Erlösung, sobald ich es wünsche. Das Leben in einem gelben Fläschchen, und der Tod so blau wie der Himmel, so kalt-blau wie Stahl, sagte er. Dabei war er so schlecht gekleidet, in die Lumpen eines Hausierers, und mit einem großen Sack voller Flicken, auf die Bilder gezeichnet waren, und er wandte sich zum Gehen. Ich habe einen Bruder, der Born-From-Dead heißt, sagte ich, und heute ist sein Kriegertag, hast du auch ein Geheimnis für ihn? Er habe, sagte er, das gleiche für den jungen Born-From-Dead. Bevor er ging, sagte er dann noch, für jene, die das blaue Getränk nicht wollen, gibt es nur einen Ort, den ich kenne; dorthin werde ich jetzt gehen, und wenn du den blauen nicht trinken willst, wirst du eines Tages mit mir kommen. Schließlich sagte er: Sag deinem Bruder Born-From-Dead, daß alle Adler eines Tages in den Horst und alle Seefahrer eines Tages an Land zurückkehren. SISPY SISPY flüsterte er in die Brise, erschauerte und war nicht mehr da.«

Normalerweise war Bird-Dog keine besonders gesprächige Frau, deswegen hätte Joe-Sue ihre Erzählung auch schon seltsam gefunden, wenn sie nur übers Wetter gesprochen hätte. So jedoch wirkte sie niederschmetternd auf ihn. Sie griff in eine tiefe Tasche ihrer Lumpen und holte zwei weitere Fläschchen hervor, genau wie jene, die sich bereits in ihrem Besitz befanden. Und die gehörten ihm, mir. Die gelbe Ewigkeit des Lebens, die blaue Ewigkeit des Todes. Joe-Sue nahm sie entgegen, lief in sein Zelt und wühlte die Erde auf, um sie unter seiner Schlafmatte zu vergraben. Als er wieder herauskam, stand die gelbe Flasche leer da, während die blaue Flasche in

Scherben auf dem Felsblock lag, auf dem Bird-Dog saß. »Tod«, sagte sie. »Tod zu Tod.«
Aber Joe-Sue trank die seine nicht. Das sollte bald eine Unstimmigkeit zwischen ihnen hervorrufen.

Nach einem langen Schweigen, in dem sich die Entfernungen in jede Richtung wie Universen dehnten, sagte sie mit ihrer altgewohnten, praktischen Aggressivität: »Und nun ab mit dir, Joe-Sue, ab mit dir, nach unten, in die Stadt!«
Also stieg ich die Flanke des Axona-Tafelbergs in die Ebene der Wirbelnden Dämonen hinunter, die zu fürchten man mich gelehrt hatte; doch da sich die kleinen Staubwirbel, die auf jenen dürren Ebenen aufspringen, schon bald, wie Bird-Dog gesagt hatte, als bloße Luft erwiesen, erreichte ich die Stadt ohne Probleme, indem ich ihnen mühelos aus dem Weg tänzelte. Ich sah Automobile, Waschsalons, Jukeboxes und alle möglichen Maschinen sowie Menschen, die in staubige Gewänder gekleidet waren und eine gewisse Verzweiflung im Blick hatten. Das alles sah ich, indem ich mich hinter Türen und Zäunen versteckte oder in Korridoren lauerte, und ich glaube nicht, daß irgend jemand mich sah. Schließlich hatte ich genug gesehen, und das hatte mich – obwohl ich das damals noch nicht wußte – genauso gründlich infiziert wie Bird-Dog.
Außerdem waren die Menschen in der Stadt weiß.

Auf dem Rückweg zum Hochplateau ereignete sich etwas Seltsames: Ich sah einen Adler, der für mich etwa in Schulterhöhe auf einem Felsen saß und mich ansah. Der Anblick ließ mich stockstill stehen, das kann ich Ihnen sagen. Ein riesiges, ausgewachsenes, grausam dreinblickendes Monster von einem Adler. Sehr vorsichtig bewegte ich mich langsam, ganz langsam auf den Vogel zu. Dann streckte ich die Hände aus, und er begab sich friedlich in meinen Griff. Schon wieder war

ich an diesem erstaunlichen Tag erstaunt. Ich hielt und streichelte ihn einen Moment, dann aber begann er sich, so unerwartet und heftig, wie er zuvor zahm gewesen war, gegen mich zu wehren. Natürlich ließ ich ihn sofort los, doch nicht, bevor sein scharfer Schnabel mir eine Wunde auf der Brust beigebracht hatte. Er flog davon. Ich sah ihm nach; man könnte sagen, daß ein Teil von mir mit ihm davonflog.
»Flapping Eagle.« Die Stimme gehörte Bird-Dog. Sie hatte uns schweigend beobachtet.
»Das ist dein Name. Flapping Eagle. Warum sonst wäre der Adler zu dir gekommen, bevor er dich angriff? Das ist dein Kriegername, es kann nicht anders sein.«
»Flapping Eagle«, sagte Joe-Sue laut. »Ja.«
»Ein Name, dem man gerecht werden sollte«, sagte Bird-Dog.
»Ja«, gab ich zurück.
»Und die beste Zeit, damit zu beginnen, ist jetzt«, ergänzte sie. Sie streckte sich auf dem Felsen aus, von dem aus sie mich mit dem Adler beobachtet hatte, und hob ihre zerlumpten Röcke.
So erhielt ich an einem einzigen Tag das Angebot des ewigen Lebens, brach das Gesetz der Axona, legte mir, auf Grund eines Omens, einen Kriegernamen zu und verlor meine Jungfräulichkeit an meine Schwester: genug, um jeden Knaben glauben zu lassen, daß etwas ganz Besonderes daran ist, einundzwanzig zu werden.

4. Phoenix

Der Sham-Man, der Flapping Eagles Zelt betrat, schwang seinen Juju-Stab wie ein bekümmerter, sadistischer Schulmeister, den tiefes Bedauern über den Schmerz erfüllt, den er doch so gern zufügt. Er füge anderen nur dann gern Schmerz zu, wenn seine Pflicht es so verlange, behauptete der Sham-Man, denn er liebe schließlich seine Arbeit. Er war ein gewaltiges, watschelndes, bärtiges Walroß gegen Flapping Eagle, der einer verkrampften, angespannten, stummen Auster glich.

»Ich bitte um Entschuldigung, daß ich störe«, sagte der Sham-Man niedergedrückt. »Aber ich glaube, wir haben eine etwas heikle Angelegenheit zu besprechen.« (Flapping Eagle betrachtete seinen Mund; der Speichel lief ihm an den Seiten hinaus.)

»Ahem«, fuhr der Sham-Man fort, »ich habe mich nur gefragt, ob du vielleicht eine Ahnung hast, wo ... sie ... ist?« Genau wie die meisten anderen Axona zögerte er, zuzugeben, daß Bird-Dog ein Recht auf einen Kriegernamen hatte; und genau wie die meisten anderen Axona hatte er überdies vergessen, wie sie vorher geheißen hatte.

»Nein«, antwortete Flapping Eagle. »Aber sie ist nicht hier. Nicht in Axona.«

»Ganz genau. Ist dir klar, daß dies uns beide in eine höchst peinliche Situation bringt? *Vis-à-vis* dem Gesetz, verstehst du?«

Es war im Grunde wirklich sehr einfach. Bird-Dogs plötzliches Verschwinden bedeutete, daß Flapping Eagle als ihr nächster Verwandter und einziger Überlebender der Familie endlich zum Abschuß durch die Axona freigegeben worden war. Da die Gesetzesbrecherin nicht bestraft werden konnte, fiel ihre Schuld auf ihn zurück. Und es gab nur eine einzige Strafe: Exil.

Bird-Dog hatte nichts weiter gesagt als: »Heute habe ich Sispy wieder getroffen. Wir gehen weg.« Das war in den frühen Morgenstunden gewesen. Erst später war Flapping Eagle der Gedanke gekommen, daß er heute genauso alt war wie Bird-Dog damals, an jenem Tag, da sie den Hausierer zum erstenmal getroffen hatte. Vierunddreißig Jahre, drei Monate und vier Tage. Es war, als habe seine Zukunft ihre Vergangenheit berührt.

Es war ein unvermittelter Abschied, aber schließlich hatten sich die beiden mehr und mehr auseinandergelebt, seit Flapping Eagle sich geweigert hatte, das gelbe Elixier zu trinken. Für ihn war es fast ekelerregend gewesen, mitanzusehen, wie Bird-Dog in einem unveränderlichen Alter sozusagen versteinerte, wie ihre Zellen sich Tag für Tag perfekt reproduzierten, wie ihr kein Haar ausfiel, ohne sofort durch ein neues ersetzt zu werden. Während für Bird-Dog der Anblick ihres kleinen Bruders, der tagtäglich ihrem eigenen Alter entgegenwuchs, eine ständige Zurückweisung ihrer selbst und des Entschlusses darstellte, den sie getroffen hatte. Es war der erste und einzig wichtige Punkt, in dem Flapping Eagle nicht ihrem Beispiel gefolgt war.

Sie hatten seit einigen Jahren nicht mehr miteinander geschlafen; sie vermißten es beide. Immerhin, dachte Flapping Eagle, jetzt hat sie ja Sispy. Die Frau eines Hausierers: ein fades Ende für sie.

Der Sham-Man räusperte sich abermals. Flapping Eagle zwang sich, seinen Ausflüchten zu lauschen.

»Gesundheit«, sagte das Walroß feierlich, »ist etwas sehr Heikles, weißt du. Sehr, sehr heikel. Der Trick besteht darin, darauf zu achten, daß man immer einen Schritt voraus ist. Gerissener ist als die schleichende Mikrobe, wenn du mir folgen kannst. Fang den Wurm, bevor er sich krümmt, eh, eh?«

Die Axona waren besessen von Gesundheit und Sauberkeit.

Und benutzten mehr auf dieser Besessenheit fußende Metaphern als der wildeste Hypochonder.
»In diesem selben Moment (der Sham-Man verzog sein Gesicht zu einer Maske der Tragödie) hat sich der Klops der öffentlichen Meinung, fürchte ich, auf tödliche Weise gegen dich gewendet, alter Knabe.«
»Korpus«, berichtigte Flapping Eagle.
»Genau. Auf tödliche Weise. Die Temperatur steigt. Ein Fieber breitet sich im Land aus, wenn du begreifst, was ich meine. Es gibt jene, die einen kleinen Aderlaß diagnostizieren (seine Lippen kräuselten sich zu einem Ausdruck vornehmen Abscheus), womit ich selbst hingegen nicht übereinstimme. Ich begreife ihre Einstellung, das ja. Aber ich bin eben anderer Meinung. Muß wohl von meiner liberalen Erziehung kommen.«
»Und welche Position beziehst du?« erkundigte sich Flapping Eagle.
»Aha. Meine Position. Oho. Also das ist eine gute Frage. Ich zitiere die Sprichwörter der Axona, verbessere mich, wenn ich etwas Falsches sage: ›Alles, was unaxonisch ist, ist unrein.‹ Und hier können wir, fürchte ich, wirklich keine Verseuchung dulden. Nichts gegen dich persönlich, natürlich nicht! Ich war immer der Meinung, daß man sich mehr gegen dich versündigt hat, und so weiter. Aber da bist du nun, was kann man machen, sie hat dich reingerissen, fürchte ich. Schließlich könntest du ja bereits infiziert sein.«
»Und was würdest du vorschlagen?«
»Ich sage dir was. ICH SAGE DIR WAS. Warum schleichst du dich nicht noch heute abend im Schutz der Dunkelheit, verstehst du, warum schleichst du dich nicht einfach davon? Würde uns eine Menge unerquicklicher Szenen ersparen. Das wäre mein Vorschlag. Denk darüber nach. Dies alles tut mir wirklich sehr leid.«

Wieder allein in seinem Zelt, scharrte Flapping Eagle hektisch im Boden herum. Dann hatte er sie: das gelbe und das blaue. Wenn ich denn schon in der Außenwelt leben muß, dachte er, kann ich mir wenigstens einen Vorteil verschaffen. Damit kippte er die lebenspendende Flüssigkeit hinunter. Sie schmeckte bitter-süß. Das blaue Fläschchen steckte er ein.
Wie ich schon erwähnt habe, hatte mich das Leben unter den Axona auf mannigfaltige Art auf Calf Island vorbereitet. Eine davon lehrte Flapping Eagle die Macht der Besessenheit.

Die Stadt nannte sich Phoenix, weil sie aus der Asche einer großen Feuersbrunst entstanden war, welche die frühere und weitaus größere Stadt, ebenfalls Phoenix genannt, vollständig vernichtet hatte. Kein Mensch wußte, warum die Stadt diesen Namen erhalten hatte. Jetzt war sie nur noch eine Kleinstadt.
Wenn Livia Cramm durch Kleinstädte wie Phoenix fuhr, hielt sie, während sie die Pose gelangweilter Trägheit einnahm, dennoch stets die Augen offen. Mrs. Cramm war ein menschlicher Raubvogel; sie verschlang die Leidenschaft von Männern mit einer absolut ungesunden Gier. Dem unglückseligen Mr. Cramm, einem kleinen, bebrillten, inadäquaten Milliardär, hatte sie vor langer Zeit sämtliche Lebenssäfte ausgesogen, so daß er in ihrer erdrückenden Umarmung das Leben aushauchte, indem er Liebesworte murmelte und ihr im Testament seine gesamten Milliarden vermachte. Darüber hinaus hinterließ er ihr seine Automobile, seine Pferde, seine amerindischen und kaukasischen Besitzungen und vor allem seine Jacht. Wenn es eines gab, das Mrs. Cramm von ihren ständigen Verführungen ablenken konnte, dann war es das Meer. Es war eine Liebe, die sie mit Mr. Cramm geteilt hatte: die einzige Liebe, die sie geteilt hatten.

»Mr. Cramm«, pflegte Mrs. Cramm in den Tagen, bevor sie ihre Sprechweise kultivierte, gern zu sagen, »hatte einen Lieblingswitz über das Meer. Jedesmal, wenn man traurig oder verunsichert ist, erklärte er, sollte man seinen Nabel (navel – naval) betrachten. Navel, verstehen Sie? Mr. Cramm hatte immer einen schrecklichen Sinferumer. Da er polyglott war, nannte er mich auf deutsch immer seine ›Jungfrau‹. Als ich ihn fragte, warum, antwortete er wie aus der Pistole geschossen: ›Also Baby, ein Freudlein bist du bestimmt nicht mehr!‹ O Jee-Zuss, dieser Sinferumer! Ich liebe Männer, die mich zum Lachen bringen. Vor allem, wenn sie einen maritimen Background haben.«

In letzter Zeit war Mrs. Cramm, die ihren Zenit überschritten hatte, zwar kultivierter, aber weniger wählerisch geworden. Sie liebte sie jung, aber nicht zu jung; hochgewachsen, aber nicht zu hochgewachsen; hellhäutig, aber mit einem Anflug von Dunkel. Davon abgesehen nahm sie sie, wie sie kamen. In Kleinstädten wie Phoenix hielt sie die Augen offen, weil es dort von jungen, hochgewachsenen, hell-bis-dunklen, hoffnungslos abgebrannten Potentiellen wimmelte.

Als sie daher Flapping Eagles ansichtig wurde, begann ihr Puls merklich zu rasen. Die Aufregung der Jagd hatte bei Livia Cramm nie nachgelassen. Hussa! dachte sie.

»He, du da, mit den großen Augen!« rief sie. »Komer!«

Flapping Eagle hörte auf, gelangweilt die Straße entlangzuschlendern. Die Blechbüchse, die er als Fußball benutzt hatte, kam klappernd zur Ruhe.

»Woll'n Sie 'n Job?«

»Was für'n Job?« Flapping Eagle war bemüht, nicht allzu begierig zu klingen.

»Ach, Sie wissen schon, einfach Geld verdienen«, rief Mrs. Cramm. »Alles mögliche. Und so.«

Flapping Eagle überlegte ungefähr eine Sekunde. Dann trat er an das riesige Automobil heran.

»Ma'am«, sagte er, »da, wo ich herkomme, haben wir ein Sprichwort. Ein lebender Hund ist besser als ein toter Löwe, aber der Tod ist besser als die Poverté.«
»Wie ich sehe«, gab Mrs. Cramm zurück, »werden wir eine faszinierende Freundschaft haben. Es gefällt mir, wenn ein Mann Köpfchen hat.«
Als der Wagen davonglitt, sagte sich Flapping Eagle, daß er wieder einmal von einer älteren Frau dominiert werden würde. Und unmittelbar nach dieser Erkenntnis kam die Einsicht, daß es ihm nichts ausmachte. Ich war ein anpassungsfähiger Mann, mehr Chamäleon als Adler, besser im Reagieren als im Agieren. Während Mrs. Cramm für einiges Agieren gut zu sein schien.

5. La Femme-Crampon

Flapping Eagle mochte Nicholas Deggle nicht – von Anfang an nicht. Zum einen konnte er nicht begreifen, was er für Livia Cramm bedeutete. Er schien nicht mehr zu tun, als gelegentlich einen kleinen Zaubertrick zu zeigen, dafür aber immense Geldsummen – und zuweilen auch einen Edelstein – einzukassieren.
»Geschenke, Liebling«, lautete Mrs. Cramms Erklärung. »Er ist ein guter Freund von mir und darüber hinaus ein Genie. Wirklich ein *malin* Talent. Darf ich meinen Freunden denn keine Geschenke machen?«
In Flapping Eagles Augen sah Nicholas Deggle überhaupt nicht aus wie ein Genie: Er besaß höchstens eine angeborene Begabung dafür, die Großzügigkeit seiner Wohltäterin dankbar zu akzeptieren. Und in seiner geheimnisvollen, gewandten

Eleganz, reich beringt und stark parfümiert, stets mit einer Rose im Knopfloch, machte er auch nicht den Eindruck, als habe er die Geschenke nötig.
Von den Verheerungen des Alters befreit, entging Flapping Eagle der Grund für Livias Abhängigkeit von Deggle. Je mehr sie alterte, desto stärker vertiefte sie sich ins Übersinnliche. Sie stürzte sich auf Tarot, religiöse Schriften, Kabbala, Handlesekunst, alles und jedes, das vorgab, die Welt sei mehr, als sie zu sein scheine; daß das körperliche Ende in Wirklichkeit nicht das Ende sei. Und da Deggle ihre Interessen teilte und darin ein weit größerer Experte war als sie, hielt Livia Cramm ihn für unentbehrlich.
Deggle pflegte etwas mit sich herumzutragen, das er als seinen Zauberstab bezeichnete, einen wahrhaft außergewöhnlichen Gegenstand: zylindrisch, etwa sechs Zoll lang und leicht gebogen. Das Außergewöhnliche daran bestand darin, daß er aus Stein war. So etwas hatte Flapping Eagle noch niemals gesehen.
»Woher haben Sie das?« fragte er ihn einmal. Deggle musterte ihn fragend und antwortete: »Es ist der Stengel einer Steinrose; ich habe ihn abgebrochen.«
Flapping Eagle kam sich töricht vor; indem er ihm die Frage stellte, hatte er die lächerliche Antwort herausgefordert.
Dieser Zauberstab fand bei Deggles gelegentlichen Demonstrationen seiner Geschicklichkeit als Magier Verwendung. Dann stand er da, langnasig und dunkel, mit einem schwarzen Umhang bekleidet, und zauberte Wunder aus der freien Luft. Selbst Flapping Eagle war von diesen Vorführungen beeindruckt und mochte Deggle eben deswegen noch weniger. Der Magier verriet seine Geheimnisse niemals, doch sie bewirkten, daß Livia ihn anbetete.
Einmal wollte Livia nach einer solchen Vorstellung unbedingt ihre eigenen übernatürlichen Kräfte vorführen. Majestätisch winkte sie Flapping Eagle zu sich.

»Komm her!« befahl sie. »Laß dir von Livia aus deiner hübschen Hand lesen.«
Flapping Eagle näherte sich mißtrauisch. Livia betrachtete seine Hand, drückte, betastete und knetete sie; und zeigte eine äußerst besorgte Miene.
»Nanu, mein Adler«, sagte sie, »was für eine schreckliche Hand!«
Flapping Eagles Herz setzte unwillkürlich einen Schlag aus.
»Bist du sicher, daß du es wissen willst?« erkundigte sich Mrs. Cramm ernst.
Sie sagt das, als hätte ich eine Wahl, dachte Flapping Eagle. Er blickte ihr in die eifrigen Augen, die vor furchtbarem Wissen funkelten, und nickte.
Also schloß Livia Cramm die Augen und sprach:
»Du wirst lange leben und bis auf eine einzige, ernste Krankheit sehr gesund sein. Diese Krankheit ist eine Krankheit des Geistes, aber du wirst wieder gesund werden, obwohl sie sich grundlegend auf dein Leben auswirken wird. Du wirst weder heiraten noch Kinder zeugen. Du wirst keinen Beruf erlernen; außerdem besitzt du kein großes Talent. Du hast Pech. Es ist dein Schicksal, dich von anderen leiten zu lassen; letztlich wirst du das akzeptieren. Vor allem aber bist du gefährlich. Du wirst jenen, die du kennst, Kummer und Leid bringen. Nicht absichtlich, denn du bist nicht bösartig. Aber du bist ein Unglücksbringer. Wo du gehst, da geht der Tod.«
Flapping Eagle mußte seine Muskeln anspannen, damit seine Hand nicht zitterte. Ohne es zu wissen, hatte Livia Cramm den Fluch wiederholt, der über seiner Geburt und dem ihm verliehenen Namen lag.
Sie blickte auf und lächelte, als versuche sie ihn zu trösten.
»Aber du bist sehr attraktiv«, ergänzte sie mit ihrer normalen Stimme.
Auch Deggle lächelte.

Mrs. Cramm wurde immer abhängiger von Deggle. Jedesmal, wenn Flapping Eagle vorschlug, sie sollten hierhin segeln, dort überwintern oder in einem bestimmten Restaurant essen, irritierte es ihn, daß sie ganz leicht den Kopf in Deggles Richtung neigte, bevor sie freudig zustimmte oder taktvoll ablehnte. An ihrer Entscheidung war niemals zu rütteln.

Zwei bestimmte Phrasen brachten für gewöhnlich Flapping Eagles Ärger zum Ausbruch. Die eine kam von Livia Cramm. Jedesmal, wenn Deggles schweren Lippen eine geheimnisvolle, blumige Äußerung entglitt, klatschte sie wie ein pubertierendes Mädchen, dem hinter einem Rosenbusch ein unanständiges Geheimnis offenbart wird, freudig erregt in die Hände und rief (wobei ihr gewissenhaft antrainierter Akzent vor Begeisterung versagte): *Wenn das nich' der Deggle persönlich is', der da redet!* Und strahlte über den Witz in ihrem Wortspiel. Woraufhin Flapping Eagle die Lippen verkniff und seine Gedanken unterdrückte.

Die zweite Phrase stammte von Deggle. Er kam und ging seiner unerfindlichen Wege, ging aus und ein in Mrs. Cramms Villa an der Südküste von Morispain, und jedesmal, wenn er ging, winkte er, ohne zu lächeln, und sagte: »Äthiopien!«

Dies war ein komplizierter und gräßlicher Scherz, der sich aus dem alten Namen jenes geschlossenen, verborgenen, historischen Landes herleitete (Abessinia ... *I'll be seeing you*), und machte Flapping Eagle jedesmal wahnsinnig, wenn er ihn äußerte. Äthiopien. Äthiopien. Äthiopien.

Deggle bewirkte, daß Flapping Eagle sich fragte, ob er sein erwähltes Schicksal auch werde ertragen können.

Inzwischen lebte er bei Livia Cramm seit fünfundzwanzig Jahren als ihr persönlicher Gigolo. Seine Logik war einfach: Er hatte Zeit, mehr als jeder andere im Universum, aber er hatte kein Geld. Sie hatte jede Menge Geld, aber nur sehr wenig Zeit. Also konnte er, indem er einen kleinen Teil seiner

Zeit opferte, höchstwahrscheinlich eine große Summe von ihrem Geld einsacken. Dies war seine zynischste Entscheidung, entstanden aus Verzweiflung, entstanden aus den nichtvorhandenen Möglichkeiten, welche die Zukunft für ihn bereithielt und die ihm ins Gesicht geschrieben stand, als er Mrs. Cramm in Phoenix auffiel. Bestimmt hätte er ein viel schlechteres Gewissen deswegen gehabt, wäre da nicht ein bestimmter Faktor gewesen: Livia Cramm widerte ihn an.

Als sie Flapping Eagle begegnete, war Livia fünfundvierzig Jahre alt und eine abgewrackte Schönheit mit immer noch beträchtlicher sexueller Anziehungskraft und einem gewissen Magnetismus gewesen. Nun, mit siebzig, war diese sexuelle Anziehungskraft verschwunden, und der Magnetismus hatte sich zu einem unangenehmen, klaustrophobischen Anklammern entwickelt. So heftig klammerte sie sich an Flapping Eagle, als wolle sie ihn nie wieder loslassen, bis er – wie der unbetrauerte Oscar Cramm vor so vielen Jahren – auf ihr das Zeitliche segnete. In der Öffentlichkeit ließen ihre knochigen Klauenhände niemals von ihm ab; zu Hause lag sie, den Kopf in seinem Schoß, mit den Händen die eigenen Beine so fest umklammernd, daß die Knöchel weiß hervortraten, ununterbrochen auf ihm; im Bett umschlang sie ihn mit einer so überraschenden Kraft, daß er nicht selten keine Luft mehr bekam. Sobald sie sah, daß er mit einer anderen Frau sprach, stürzte sie sich wie eine Furie auf die beiden und überschüttete sie in ihrer alten, brüchigen Stimme lautstark mit so vulgären Beleidigungen, daß die unglückliche Frau eiligst die Flucht ergriff. Sodann entschuldigte sie sich bei Flapping Eagle, indem sie das kokette kleine Mädchen spielte (ein wahrhaft widerlicher Anblick) und sagte: »Es tut mir leid, Liebster. Hoffentlich hab' ich dir nicht den Spaß verdorben – oder?«

Es gab kein Entrinnen vor Mrs. Cramm.

Deggle hatte die Szene vor vergleichsweise kurzer Zeit betreten: vor achtzehn Monaten erst, oder so. Das machte das Leben noch unerträglicher, weil Flapping Eagle nun nicht mehr derjenige war, der Livia über den nächsten Schritt in ihrem trivialen, unaufhaltsam sterbenden Leben entscheiden half. Er war nichts als ein Symbol ihrer Anziehungskraft, die männliche körperliche Schönheit in Inkarnation, und Denken gehörte nicht zu seinen Pflichten. Er war ihre Zuflucht vor den einsamen Anfällen des Altseins.

»Mr. Eagle wird niemals alt«, pflegte sie voll Stolz zu sagen. »Seht ihn euch an: einundfünfzig (als sie einander zum erstenmal begegneten, hatte Flapping Eagle sie hinsichtlich seines Alters belogen) und sieht aus, als wäre er keinen Tag älter als dreißig. Wundervoll, was gutes Bumsen bewirken kann!«

Ihre höflicheren Bekannten erwiderten: »Er ist nicht der einzige, Livia. Du selbst bist ebenfalls unglaublich.« Womit Mrs. Cramms Bemerkung ihren Zweck erfüllt hatte. Es blieben immer weniger dieser Bekannten übrig.

Flapping Eagles einzige erlaubte Quelle menschlicher Kontakte war natürlich Nicholas Deggle. Und so erstickt fühlte er sich von der alles verschlingenden Mrs. Cramm, so eng umschlossen, daß er immer wieder Gebrauch von dieser Quelle machte. Er versuchte sich einzureden, daß er Deggle als gesellschaftliche Hure behandelte, wie er Livias sexuelle Hure war; aber Deggle gewann bei ihren Wortwechseln allzu regelmäßig die Oberhand, als daß man es so beschreiben könnte.

Deggle ruhte auf einem Brokatsofa.

»Der Fall ist sonnenklar«, dozierte er gedehnt. »Livia Cramm ist ein Monster.«

Flapping Eagle sagte nichts.

»La Femme-Crampon«, sagte Deggle und lachte, ein schrilles Falsettgeräusch.

»Was?«

»Mein lieber Eagle, das ist mir gerade klargeworden. Weißt du, in wessen Fänge du geraten bist?« Er war außer sich vor Lachen über den eigenen unverständlichen Scherz.
Flapping Eagle gab ihm das Stichwort. »Nur weiter. Erklär mir, wer das ist!«
»Aber mein Guter, *c'est la Femme-Crampon*! Die klammernde Frau. Oder, wie man auch sagen könnte, die Alte aus dem Meer. Die Vieillarde höchstpersönlich!«
Vor Vergnügen hielt er sich die Seiten. (Ich saß mit aschgrauem Gesicht und stumm daneben. Es gab Momente, da flößte mir Deggle Angst ein.)
»Aber es stimmt«, stieß er zwischen unkontrollierbaren Lachkrämpfen hervor. »Sie ist alt genug. Sie ist häßlich genug. Sie lebt für Seereisen. Sie liest umherwandernde Jugendliche wie dich auf, obwohl du nicht mehr so jung bist, wie du aussiehst. Und nun hat sie dich in ihren Fängen, um dich zu umklammern, immer fester, bis kein Atem mehr in deinem Körper ist. Livia Cramm, der Schrecken der Seereisenden! Mein Gott, sie hat dich sogar gelehrt, das Meer zu lieben, damit sie dich leichter beherrschen kann! Armer Seefahrer, armer *matelot* mit dem hübschen Gesicht! Du bist nichts weiter als ein wandelnder Leichnam mit der Alten auf dem Rücken, die dich mit ihren Beinen fest und fester umklammert wie der Knoten, der sich fester zuzieht, je eifriger man sich bemüht, ihn zu lösen, fester und immer fester um deine Luftröhre.
Ich würde gar nicht erst anfangen, mich dagegen zu wehren«, sagte er schließlich und wischte sich die Tränen ab.

Folgendes war ein weiteres Gespräch mit Nicholas Deggle:
»Hast du dich jemals gefragt, was wohl mit dem alten Oscar Cramm geschehen ist?«
»Eigentlich nicht«, antwortete Flapping Eagle. Er hatte zu viele andere Probleme, über die er nachdenken mußte.
»Er hatte nie eine Chance gegen die alte Männeraussaugerin«,

behauptete Deggle. »Wie es heißt, ist er eines Tages verschieden, während er mit ihr schlief, weißt du. Ich frage mich, ob er Bißwunden am Hals hatte.«

»Willst du behaupten ...«, begann Flapping Eagle.

»Möglicherweise«, antwortete Deggle lächelnd. »Schließlich war er noch gar nicht so alt, weißt du. Wenn also Livia meinen sollte, daß du selbst auch ein bißchen älter wirst, könnte sie vielleicht daran denken, sich zu verändern.«

»Du hast überhaupt keinen Grund ...«, begann Flapping Eagle, doch Deggle unterbrach ihn abermals. Es war bemerkenswert, wie wenige seiner Sätze Flapping Eagle jemals beendete, wenn er sich mit diesem dunklen Lächler unterhielt.

»Ich meine ja nur«, gab Deggle zurück, »daß ich mich aus irgendeinem unerfindlichen Grund zu dir hingezogen fühle; ich möchte nicht, daß dir etwas zustößt, Pretty-Face.«

Nach diesem Gespräch ertappte sich Flapping Eagle dabei, daß er Mrs. Cramm beobachtete; und wenn ihre Beine ihn umschlangen oder ihre Arme ihn drückten, dachte er unwillkürlich an Oscar Cramms Hinscheiden und wurde nervös. Wodurch seine sexuellen Pflichten bei mehr als einer Gelegenheit behindert wurden und er bei diesen Gelegenheiten sah, wie Livia Cramm nachdenklich die Stirn runzelte und ihre Lippen schürzte, bevor sie ihm versicherte, das sei nicht so schlimm. Dann trank sie einen Schluck aus dem Wasserkrug, der stets, von einem Heer von Pillen umgeben, auf ihrem Nachttisch stand, und wandte sich ab, um zu schlafen.

Eines Nachts hatte Flapping Eagle einen seltsamen Traum. Livia Cramm hatte ihm die hageren Hände schraubstockähnlich um die Kehle gelegt und drückte, drückte, drückte mit beiden Daumen. In seinem Traum lag er im Schlaf, und als er im Schlaf daraus erwachte, merkte er, daß ihm das Leben aus dem Körper gedrückt wurde. Da wehrte er sich, kämpfte um sein Leben, und während er das tat, verwandelte

sie sich ständig in alle möglichen nassen, stinkenden, formlosen, schlüpfrigen Wesen. Er vermochte sie nicht zu packen, und die ganze Zeit über drückte die Klammer ihrer Hände fester zu. Kurz bevor er das Bewußtsein verlor, gelang es ihm, noch folgende Worte hervorzustoßen:
»Du bist alt, Livia. Eine alte Vettel. Du wirst niemals einen anderen finden.«
Plötzlich (er konnte jetzt nichts mehr sehen; vor seinen Augen war alles schwarz) ließ ihre Umklammerung nach. Und er hörte Livias Stimme sagen: »Ja, mein Adler, mein Herrscher der Lüfte. Ja.«

Als er aufwachte, lag Livia Cramm, mit beiden Händen den eigenen Hals umklammernd, mausetot neben ihm. Der Wasserkrug war umgestoßen, das Heer ihrer Pillen hatte an Zahl beträchtlich abgenommen.
Erst später an jenem Vormittag entdeckte Flapping Eagle, daß sein kostbares Fläschchen, die Phiole mit der blauen, erlösungbringenden Flüssigkeit, verschwunden war. Er ging zu Deggle, der wie gewöhnlich im Salon in seinem – zur Abwechslung einmal passenden – schwarzen Habitus auf dem Brokatsofa ruhte, um ihn zur Rede zu stellen.
»Livia schien mir nicht der Mensch zu sein, der Selbstmord begeht«, sagte er.
»Und was für ein Mensch wäre das, du törichter Junge?« fragte Deggle. »Sie war alt.«
»Du weißt wohl nichts über das Verschwinden eines gewissen Fläschchens – oder?« erkundigte sich Flapping Eagle.
»Du bist übererregt«, gab Deggle zurück. »Ich mag dich, weißt du. Was du jetzt brauchst, mein Junge, ist Abstand von all dem hier. Nimm dir die Jacht. Und fahr hinaus ins, ha, ha, Blaue.«
Was kann man zu einem Mann sagen, der vielleicht ein Mörder ist oder auch nicht, der einem vielleicht das Leben gerettet hat, oder auch nicht?

»Du bist wirklich bemerkenswert gut erhalten«, sagte Deggle lächelnd. »Du mußt einen Schutzengel haben.«
Oder Teufel, dachte Flapping Eagle.

Dem Testament zufolge bekam ich das Geld, Deggle dagegen die Jacht. Das Urteil lautete auf Selbstmord.
Da Deggle die Jacht nicht wollte, ich mich dagegen verzweifelt danach sehnte, auf und davon zu gehen, akzeptierte ich sein Angebot und begann, zum erstenmal in einem Vierteljahrhundert allein, die Segel zu unbekannten Häfen zu setzen.

6. Seereisen

Er war der Leopard, der seine Flecken änderte, er war der Wurm, der sich krümmte. Er war der Treibsand und die abnehmende Flut. Er war so wetterwendisch wie der Himmel, so zirkulierend wie die Jahreszeiten, so namenlos wie Glas. Er war Chamäleon, Wechselbalg, war alles für alle und nichts für den einzelnen Menschen. Er war zu seinen eigenen Feinden geworden und hatte seine Freunde verschlungen. Er war sie alle und keiner von ihnen.
Er war der Adler, König der Lüfte; aber er war auch der Albatros. Sie umklammerte seinen Hals und starb, und der Seefahrer wurde zum Albatros.
Da ihm kaum eine andere Wahl blieb, überlebte er, segelte sein Schiff von einer fremden Küste zur anderen, verdiente er sich den Lebensunterhalt, füllte die leeren Stunden der leeren Tage der leeren Jahre. Zufriedenheit ohne Inhalt, Leistung ohne Ziel, das waren die Paradoxien, die ihn verschlangen.
Er sah Dinge, die den meisten Menschen in einem kurzen Menschenleben entgingen. Er sah:

Einen Strand, an dem eine nackte Jungfrau ausgebreitet, an Pfähle gefesselt auf dem Boden lag, während an ihren Schenkeln Riesenameisen dem Ziel entgegenkrabbelten; er hörte ihre Schreie und segelte weiter.
Einen Mann, der auf einer Felsklippe Stimmen übte: hohe, winselnde Stimmen, tiefe, rasselnde Stimmen, rauhe, schneidende Stimmen, Stimmen, die vor Schmerz süß klangen, Stimmen, die vor Lachen funkelten, die Stimmen der Vögel und die der Fische. Er fragte den Mann (im Vorübersegeln), was er da tue. Der Mann antwortete – und jedes Wort kam von einem anderen Wesen: »Ich suche nach einer Stimme, mit der ich sprechen kann.« Während er das noch rief, beugte er sich vor, verlor das Gleichgewicht und fiel. Der Schrei ertönte mit einer einzigen Stimme; aber die Felsen am Meeresufer zerschnitten und zerfetzten sie wieder.
Einen Bettler auf einem Floß, der vor Hunger zitterte, und die Fische, die aus dem Wasser in seine Bettelschale sprangen und für ihn starben.
Wale beim Liebesakt.
Und viele andere Dinge. Trotz der Tröstung, die ihm die Meere boten, trotz all der Wunder hinter dem gebogenen, flüssigen Horizont, vermochte er jedoch nirgends in den Gewässern den eigenen Tod zu wittern oder zu spüren.
Tod: eine blaue Flüssigkeit, blau wie die See, verschwunden im Rachen eines Monsters. Alles, was blieb, war das Überleben. Von seiner Vergangenheit gelöst, die Sprache seiner Vorfahren für die Sprachen der Archipele der Welt aufgebend, die Bräuche seiner Vorfahren für jene der Orte aufgebend, zu denen er sich treiben ließ, angesichts der stets sich verändernden und einander widersprechenden Ideale, die er antraf, jegliche Hoffnung auf Ideale aufgebend, lebte er vor sich hin, tat, was ihm bestimmt war zu tun, dachte er, was er zu denken gelernt hatte, war er, was gerade am wünschenswertesten war, hoffte nur auf das, was erlaubt war, und tat das alles so gewandt, mit einer so natürlichen Selbstverständlichkeit, daß die Menschen, denen er begegnete, glaubten, er tue es aus freiem Willen, und schätzten ihn dafür. Er liebte viele Frauen – schließlich fiel es ihm leicht, sich Bedürfnissen und Freuden einer jeden Frau anzupassen.

Mehrmals änderte er den Namen, den er den Menschen nannte. Sein Gesicht sah so aus, seine Haut sah so aus, daß er an vielen Orten als Einheimischer durchging; und durchgehen tat er, indem er das, was einstmals sein Fluch gewesen war, zu seinem Vorteil einsetzte. Der Namenswechsel war notwendig, damit seine Unsterblichkeit nicht auffiel. Diese Unsterblichkeit veranlaßte ihn aber auch, unterwegs zu bleiben: immer wieder Orte aufzusuchen, an denen er unbekannt oder vergessen war.
Für einen Tyrannen erschlug er Rebellen; in einem freien Staat verurteilte er die Tyrannei. Unter Fleischessern lobte er die kraftspendenden Eigenschaften tierischen Fleisches; unter Vegetariern sprach er von der spirituellen Reinheit, die der Verzicht auf Fleisch mit sich brachte; unter Kannibalen verschlang er einen Begleiter.
Obwohl von Natur aus freundlich veranlagt, arbeitete er eine Zeitlang als Scharfrichter, perfektionierte die Kunst des Umgangs mit Axt und Messer. Obwohl er glaubte, ein guter Mensch zu sein, betrog er zahllose Frauen. Nur wenige verließen ihn; er war stets derjenige, der ging.
Nach einer Weile wurde ihm jedoch klar, daß er nichts, aber auch gar nichts gelernt hatte. Die vielen, vielen Erfahrungen, die Unmenge von Menschen, die Myriaden von Verbrechen hatten ihn leer bleiben lassen: ein Grinsen ohne Gesicht. Er war nicht mehr als ein zustimmendes Nicken, ein duldsames Vorbeugen.
Sein Körper verfiel nicht, sein Geist trübte sich nie. Immer wieder erlebte er denselben Tag. Sein Körper: ein Reich, in dem es keine Sonne gab, die untergehen konnte.

Und eines Tages, als er im Nirgendwo dahintrieb, sagte er laut: »Ich möchte alt werden.« Nicht sterben – alt werden.
Eine Möwe kreischte ob dieses lächerlichen Gedankens.

Flapping Eagle begann seine Suche nach Sispy und Bird-Dog so methodisch, wie er nur konnte. Er segelte nach Amerindia zurück und schlug sich landeinwärts nach Axona und Phoenix durch, wo die schon kalte Spur begann. Aber sie führte nirgendwohin. Sispy und Bird-Dog schienen nirgendwohin gereist zu sein. Die beiden waren einfach verschwunden.

»Sispy?« fragten die Leute in Phoenix. »Ist das so'n verrückter ausländischer Name?«

Von da an gab Flapping Eagle jeden Versuch zur Methodik auf. Er segelte durch Meere, Kanäle, Flüsse, Seen, Ozeane, wo immer seine Jacht ihn hinführte, und erkundigte sich überall dort, wo er anlegte, ob jemand etwas von dem Hausierer oder seiner Schwester wisse.

Daß es so gut wie hoffnungslos war, wußte er; sie konnten überall auf diesem Globus sein; sie konnten andere Namen benutzen; sie konnten ertrunken oder eines anderen gewaltsamen Todes gestorben sein; sie konnten sich längst getrennt haben.

Zwei Dinge nur trieben ihn weiter: erstens die Überzeugung, daß nur Sispy wissen würde, ob es eine Möglichkeit gab, nicht etwa zu sterben, sondern seinen Körper in den normalen, anfälligen Zustand menschlicher Körper zurückzuversetzen, ihm zu erlauben, alt zu werden.

Zweitens gab es da noch die Botschaft, die Sispy ihm bei seinem ersten Verschwinden durch Bird-Dog hatte zukommen lassen: *Sag deinem Bruder Born-From-Dead, daß alle Adler eines Tages zum Horst und alle Seefahrer eines Tages an Land zurückkehren.*

Das hatte Sispy schon gesagt, bevor aus Joe-Sue Flapping Eagle geworden war, und Jahre, bevor er den Einfall hatte, zur See zu fahren. Vielleicht, dachte Flapping Eagle, der Seefahrer, hat Sispy etwas aus meiner Zukunft vorausgesehen.

Das war zwar kein triftiger Grund für Optimismus, aber es war wenigstens etwas.

Und auch an einen anderen Ausspruch von Sispy erinnerte er sich: *Für jene, die das blaue Getränk nicht benutzen wollen, gibt es nur einen Ort, den ich kenne.*

Immer wieder redete sich Flapping Eagle energisch ein: Es gibt einen solchen Ort; es ist nur eine Frage der Zeit, bis du ihn findest; und wenn du ihn findest, wirst du es wissen, weil seine Bewohner so sind wie du. Jung oder alt, ihre Augen können sie nicht vor mir verstecken. Augen wie meine, die alles gesehen haben und nichts wissen. Die Augen der Überlebenden.

Aber die Jahre vergingen. Und noch mehr Jahre. Und noch mehr Jahre.

Flapping Eagle begann sich zu fragen, ob er geistig normal sei. Vielleicht hatte es nie einen Sispy gegeben, weder eine Bird-Dog noch einen Sham-Man oder ein Phoenix, vielleicht sogar keine Livia Cramm und keinen Deggle. Ja. Wahnsinn, das erklärte alles. Er war wahnsinnig.

Als er also mit dem Boot in seinen Heimathafen einlief, den Hafen X an der maurischen Küste von Morispain, waren seine Augen verschleiert und sein Blick fern.

Er erwog, sich umzubringen.

7. Das Tor

Nicholas Deggle saß auf einem Poller auf der Mole, lang und schwarz, mit einem unangemessen boshaften Lächeln auf den Lippen.

»Ich hoffe, dein Segeltörn war schön, Pretty-Face«, sagte er. »War der Wind richtig? Nicht zu stark? Nicht zu schwach? Leider bin ich kein Experte in diesen Dingen.«

Langsam hob Flapping Eagle den Kopf. Jetzt wußte er, daß er wahnsinnig war.

»Deggle«, sagte er.

»Derselbe. Kein anderer. Laß dir keinen Ersatz aufschwatzen«, sagte Deggle. »Aber ein Wort in deine muschelähnliche Ohr-

öffnung: Ich nenne mich nicht mehr so. Die Zeit fliegt, weißt du, und die Namen fliegen mit ihr.«
»Ja«, sagte Flapping Eagle versonnen.
»Ich nenne mich jetzt Loki. Der Große Loki, zu Ihren Diensten. Phänomenale Phormen der Phingerfertigkeit Phantastisch Phorgeführt. Du liebe Güte, wie schnell man doch in schwere Zeiten gerät! Reduzierte Lebensumstände. Ich bin zu meinem eigenen Nachkommen geworden, oder zu meinem eigenen Vorfahren, je nach der jeweiligen geschichtlichen Perspektive. Die Rechtsprobleme waren enorm. Wie dem auch sei, ich habe dafür gesorgt, daß ich mir mein eigenes Boot hinterlasse, also herzlichen Dank fürs Zurückbringen.«
»Keine Ursache«, gab Flapping Eagle zurück.
»Loki«, sagte Deggle mit rollendem L. »Ein guter Name, findest du nicht? Klingt doch ganz altnordisch, und so weiter. Verleiht jedem Auftritt eine gewisse künstlerische Respektabilität. Schade um Livia, nicht wahr? Ich bin sicher, daß du das Richtige getan hast, als du auf und davon gegangen bist. Muß ein schwerer Schock für dich gewesen sein, so unerwartet soviel Geld zu haben. Aber jetzt geht's dir doch hoffentlich besser – oder?«
Die Augen.
Deggles Augen: die Augen der Überlebenden, erfüllt von einem alterslosen Zwinkern.
»Deggle, wenn du ...«
Deggle war immer noch ein Meister des Unterbrechens. Er winkte mit seiner beringten Hand.
»Bitte, mein Lieber. Ich sagte es doch. Man nennt mich Loki. Man könnte uns *hören.*«
»Loki. Wenn du nach all dieser Zeit noch hier bist, *mußt du etwas von Sispy wissen!*«
Deggle legte den Kopf schief und verzog fragend das Gesicht. »Sispy«, sinnierte er, »Siss-pee. Was ist das, alter Adler? Suppe? Klingt irgendwie furchtbar vertraut.«

»Das weißt du sehr gut. Sispy. Sispy, der Hausierer. Mit den Fläschchen, Loki. Das blaue Fläschchen. Denk doch an Livia.«
Flapping Eagle versuchte, seine Worte wie eine Drohung klingen zu lassen, aber Deggle lachte nur fröhlich auf.
»Hmm«, sagte er. »Aber natürlich, Livia – womit du vermutlich Mrs. Livia Cramm meinst, Witwe von Oscar Cramm, dem Tapeziernagelkönig – der schon so lange Zeit tot ist. Lange vor meiner Zeit, natürlich. Also, wenn mein berühmter Vorfahr Nicholas Deggle noch am Leben wäre – der würde genau wissen, was du meinst.«
Er lächelte bezaubernd. Wie Deggle persönlich, erinnerte sich Flapping Eagle.
»Nun gut«, sagte er, »darf ich dich zu einem Drink einladen?«

Der Große Loki lebte in einem Wohnwagen unmittelbar außerhalb von X. Zwischen den Deichselarmen stand ein Pferd, und zwischen den Laken lag eine wunderschöne und überaus dumme Magierassistentin.
»Lotti«, erklärte Deggle, der leicht verlegen dreinblickte. »Loki und Lotti, verstehst du?«
In Flapping Eagle wuchs der Zorn, der Zorn von Jahrhunderten.
»Deggle«, sagte er, den bekümmerten Protest des Großen Loki ignorierend, »ich glaube, es wird langsam Zeit, daß du aufhörst, mich zum Narren zu halten!«
»Aber mein Guter«, sagte Deggle, dessen Augen jetzt nicht mehr zwinkerten, »das ist doch so leicht.«
Flapping Eagle war drauf und dran, körperliche Gewalt anzuwenden, als Deggle unvermittelt sagte: »Verpiß dich, Lotti!« Seine Sprache schien inzwischen gelegentlich zu entgleisen und die Qualität seiner reduzierten Lebensumstände anzunehmen. Anscheinend hatte es seit sehr langer Zeit keine

Livia Cramm mehr gegeben. Wie dem auch sei, Lotti verpißte sich nach draußen, um mit dem Gaul zu plaudern, dem dadurch die Möglichkeit geboten wurde, sich wenigstens einem menschlichen Wesen intellektuell überlegen zu fühlen.
»Ich glaube, du bist jetzt für Calf Island bereit«, sagte Deggle.

Was Deggle ihm anschließend über »ein Tor zur Insel öffnen« erzählte, vermochte Flapping Eagle nicht gänzlich zu glauben und zu begreifen. Es hatte anscheinend jahrhundertelanges Ausprobieren gekostet und schien selbst jetzt noch gefährlich zu sein. Trotz seiner Verwirrung war ihm das jedoch alles egal. Da dies ganz zweifellos der Zufluchtsort war, von dem Sispy gesprochen hatte, war es ganz zweifellos der Ort, für den er bestimmt war.
Mrs. Cramm hatte gesagt, daß es seine Bestimmung sei, geleitet zu werden; und er war von einem Gefühl für Sispy erfüllt, das ganz dicht an Haß grenzte, weil dieser vor so langer Zeit durch eine einzige, beiläufige Tat sein ganzes Leben verzerrt und verändert hatte. Nun sehnte er sich nicht nur danach, von den Ketten der Unsterblichkeit befreit zu werden, sondern auch nach einer gewissen Genugtuung.
Am folgenden Morgen machte er einen Spaziergang in den Hügeln über X. Er nahm Abschied von der Welt, denn wenn nur die Hälfte von dem wahr war, was Deggle gesagt hatte, war die Wahrscheinlichkeit, daß er sie niemals wiedersehen würde, hoch.
Am Nachmittag begab er sich wieder zur Mole hinab und bereitete seine Jacht für die Abreise vor. Deggle behauptete immer noch, sie nicht zu benötigen.
Am Abend kamen Deggle und Lotti, um sich von ihm zu verabschieden. »Der Abend ist die beste Zeit für den Versuch, durchzukommen«, hatte Deggle gesagt. Sie winkten.
»Deggle«, sagte Flapping Eagle, als er ablegte, »ich wüßte gern, was dich motiviert.«

»Ach, na ja«, antwortete der boshaft lächelnde Magier achselzuckend, »vielleicht habe auch ich nicht viel für deinen Freund Sispy übrig. Aber vielleicht ja doch.«
»Byee«, schrillte Lotti.
»Äthiopien«, sagte Deggle.
Flapping Eagle wußte nicht mehr, ob er wahnsinnig war, ob er Deggles Geschichte so vorbehaltlos akzeptiert hatte, trotz der Warnung vor körperlicher Gefahr so schnell bereit gewesen war, seinen Anweisungen zu folgen, weil er darin eine Möglichkeit sah, sich selbst umzubringen. Ich tue das einzige, was ich tun kann, redete er sich ein.
»Sie gehen freiwillig dorthin«, hatte Deggle gesagt, »weil sie die Unsterblichkeit gewählt haben. Während du nach etwas ganz anderem suchst: dem Alter; dem körperlichen Verfall; und vermutlich dem Tod. Du solltest die Katze zwischen die Tauben setzen, Pretty-Face. Gar nicht zu sprechen von Livias Prophezeiung.«
Deggles anschließendes Kichern währte eine sehr lange Zeit.
Das Mittelmeer lag still; dunkel und still. Kein Lüftchen regte sich. Klarer Himmel. Sterne. Einen Moment schlummerte Flapping Eagle ein. Als er aufwachte, spürte er einen Windstoß im Gesicht, eine Wolke, die über seinem Kopf dahinjagte, ein Knistern von Elektrizität in der Luft. Er stand jetzt hoch aufgerichtet und suchte zu verhindern, daß sein Boot unter dem Ansturm einer Gewalt wie im Holocaust zerbrach, als ihn urplötzlich ein Schwindel erfaßte und er vom Deck seiner Jacht, Deggles Jacht, ins aufgewühlte Meer stürzte. Das letzte, was er hörte, war ein rhythmisches Trommeln ... wie das Schlagen mächtiger Flügel.
Wenige Sekunden später fiel er durch das Loch im Mittelmeer in jenes andere Meer, jenes Nicht-ganz-Mittelmeer, und wurde im ersten Morgenlicht, als Mr. Virgil Jones in seinem Stuhl schaukelte, an den dunstverhangenen Strand getragen.
Als Flapping Eagle auf Calf Island eintraf, war sein Körper

vierunddreißig Jahre, drei Monate und vier Tage alt. Er hatte insgesamt siebenhundertundsiebenundsiebzig Jahre, sieben Monate und sieben Tage gelebt. Wenn wir schnell nachrechnen, kommen wir zu dem Ergebnis, daß er vor siebenhundertunddreiundvierzig Jahren, vier Monaten und drei Tagen aufgehört hatte zu altern.
Er war unendlich müde.

8. Mr. Jones

Zu diesem Zeitpunkt«, sagte Virgil Jones, »wäre es angemessen, daß wir uns vorstellen. Hätten Sie Lust auf eine schöne heiße Schale von Mrs. O'Tooles ganz persönlichem Kräutertee? Schließlich würde es die Stunde gebieten. Niemand soll sagen, daß in der Maison O'Toole die Formen nicht gewahrt werden!«
»Ich trage ein Kleid«, stellte Flapping Eagle verwundert fest.
»Aber gewiß tun Sie das«, gab Virgil Jones zurück. »Gestatten Sie, daß ich es Ihnen erkläre. Wie immer gibt es, wie es heißt, eine rationale Erklärung, oder vielmehr, wie es hieß.«
»Bitte tun Sie das«, sagte Flapping Eagle, der seinen schmerzenden Schädel betastete.
»Ach ja«, sagte Virgil Jones, »der Kopf. Ich erwarte, daß er schmerzt – nicht ganz und gar unerwarteterweise, wenn ich mal kurz tautologisch werden darf. Ein halb ertrunkener Kopf pflegt immer zu protestieren, man könnte sogar sagen, Bauchschmerzen zu entwickeln, obwohl wir ganz eindeutig nicht von Ihrem Bauch sprechen. Sie haben, Sir, mein ungeteiltes Mitgefühl sowie das Angebot von Kräutertee. Für derartige Malaisen schwört Mrs. O'Toole auf Pfeilwurz. Er zielt so-

fort und mitten ins Herz des Leidens und hoppla! ist man geheilt.«

»Was dieses Kleid betrifft«, sagte Flapping Eagle, der sich aus seiner Rückenlage aufrichtete, bis er aufgeklappt war wie ein Taschenmesser und, die Beine noch lang auf der Binsenmatte, Oberkörper und Kopf von einem gummischlaffen Arm gestützt, fragend in den Raum ragte.

»Na, na«, beschwichtigte Mr. Jones, »an Ihrer Stelle würde ich mich noch nicht an der Vertikalen versuchen. Die Horizontale ist weitaus bekömmlicher, für die Erholung. Ich habe mich oft gefragt, ob die tragischen Fälle jener Menschen, die lebendig begraben wurden, ihren Grund nicht auch darin haben: daß die Horizontale ihnen half, sich zu erholen, verstehen Sie? Möglicherweise sollte man die Menschen stehend begraben, wenn Sie den kurzen Ausflug in die Nekrologie gestatten. Nur eine kleine Abschweifung, keine Morbidität beabsichtigt oder, wie ich hoffe, verübelt.«

»Das Kleid«, mahnte Flapping Eagle.

»Oh, meine aufrichtige Entschuldigung«, sagte Virgil Jones. »Falls Sie den Eindruck haben sollten, ich hätte Ihrer Frage ausweichen wollen – weit gefehlt, Sir, weit gefehlt. Nichts könnte mir mehr Vergnügen bereiten, als Sie in der Frage des Kleides ins rechte Licht zu setzen. Tatsache ist, daß sich Gesprächspartner hier bei uns in letzter Zeit recht rar gemacht haben, daher konnte ich dieser Gelegenheit nicht widerstehen. Das Problem des Kleides ist eine Bagatelle. Es war einfach so, daß Ihre Kleider, als wir Sie aus dem Meer gefischt haben, ein wenig feucht, um nicht zu sagen naß, um nicht zu sagen klatschnaß waren. Und Tatsache ist außerdem, daß meine Garderobe ein wenig limitiert ist; also hielten wir es, wenn Sie meiner Argumentation folgen können, alles in allem für das Beste, eines von Mrs. O'Tooles Gewändern einzusetzen. Sollte Sie das irgendwie in Verlegenheit bringen, entbiete ich Ihnen meine aufrichtige Entschuldigung, aber ich versichere

Ihnen, daß alle Regeln des Anstands gewahrt wurden und Mrs. O'Toole während des Vorgangs der Entkleidung den Raum verlassen hat.«

»Davon bin ich überzeugt«, sagte Flapping Eagle in dem Versuch, den geschwätzigen und erregten Mann zu beruhigen; und da er sich auf seine Manieren besann, fuhr er fort: »Ich bin Ihnen sehr dankbar, Sir, daß Sie mir das Leben gerettet haben. Mein Name ist Flapping Eagle.«

»Virgil Beauvoir Chanakya Jones, zu Ihren Diensten«, sagte Mr. Jones, eine Verbeugung aus der Hüfte andeutend, was ihm einigermaßen schwerfiel, da er durch die Masse des eigenen Fleisches behindert wurde. »Mrs. O'Toole wird sofort hier sein«, vertraute er ihm an. »Sie ist noch am Strand, um meinen Schaukelstuhl zu holen, den sie nicht mit uns zusammen zurückbringen konnte, da ja Sie auf ihre Schultern gegurtet waren.«

Anscheinend gelang es Flapping Eagle nicht, seine Verwirrung zu kaschieren, denn Mr. Jones setzte hastig hinzu: »Wie Sie sicher bemerkt haben werden, sitze ich im Moment. Würde ich stehen, so könnten Sie sehen, warum es mir unmöglich ist, den Schaukelstuhl selbst zu tragen. Mein Gürtel, wenn Sie mir folgen können. Er dient uns als Gurt; aber leider ist, wenn wir das tun, die Effektivität meiner Hose ein wenig eingeschränkt.«

Das klang nicht nach einer logischen Erklärung, doch schließlich ging es Flapping Eagle nichts an. »In der Tat«, sagte er und stellte – nicht zum erstenmal – an sich selbst die Neigung fest, die Sprechweise und die Sprachmuster anderer Menschen zu übernehmen.

Sein Kopf erinnerte ihn an seine Existenz; er legte sich auf die Matte zurück. »Ich glaube, ich hätte jetzt gern diesen Kräutertee«, erklärte er.

Seine Hose festhaltend, erhob sich Mr. Jones schwerfällig und begab sich, den Blick blinzelnd auf die Feuerstelle gerichtet, quer durch den Raum bis dahin, wo ein kleiner Topf über der glühenden Asche hing. »Hält ihn warm«, sagte er; dann setzte er hinzu: »Hölle und Verdammnis!« Er hatte gerade ein wackliges, niedriges Tischchen umgestoßen. Die Teile eines großen Puzzles verteilten sich ungleichmäßig rings um die Unfallstelle.

»Schockschwerenot!« schimpfte Mr. Jones weiter. »Es war ein schwarzer Tag für die Menschheit, als meine Brille zerbrach. Verzeihen Sie bitte meine unflätige Ausdrucksweise, Mr. Eagle; die eigenen körperlichen Unzulänglichkeiten sind ein ständiges Elend, nicht wahr?«

»Sie legen also Puzzles?«

»Legen, Mr. Eagle? Ich fertige sie an. In diesen einsamen Jahren haben sie sich als meine einzige Anregung erwiesen. Eines Tages, schätze ich, werde ich diese Dinger sicher gut bewältigen können. Im Augenblick übertrifft meine Geschicklichkeit im Anfertigen meine Talente im Wiederzusammenfügen bei weitem. Und meine Kurzsichtigkeit ist auch keine Hilfe. Ein Königreich für einen qualifizierten Optiker!«

Er füllte eine Schale mit Kräutertee, kam damit zurück, wobei er fast auf den Puzzleteilen ausgerutscht wäre, und setzte sich wieder zu Flapping Eagle.

Erstaunlich, dachte Flapping Eagle, daß eine so armselige Umgebung wie diese hier eine so gemütliche, freundliche Atmosphäre schaffen kann. Der Raum, in dem er lag, war kaum mehr als das Innere einer Kate; zwei Binsenmatten, von denen eine gegenwärtig seinen geschwächten Körper trug, lagen in einiger Entfernung voneinander auf dem Erdboden – obwohl es ein sorgfältig gefegter Boden war. Der Besen – ein Bündel Zweige – lehnte träge an der Wand. Die Wände bestanden aus Baumstämmen, die mit Lehm beworfen waren; das Dach ebenfalls. Es gab eine Feuerstelle und das umgestürzte, wacklige Tischchen. Ein paar Töpfe. In einer der hinteren Ecken eine alte Truhe. Die Wände waren kahl; nirgendwo gab

es Schmuck oder Verzierungen. Das Ganze war so weit von der luxuriösen Residenz einer, sagen wir, Livia Cramm entfernt wie China. Und dennoch war die Atmosphäre wohltuend freundlich.
Geräusche im Off: Das Zwitschern der Vögel. Das Rascheln dichter Büsche. Das gelegentliche Heulen eines Wildhundes. Keine Schritte, keine Menschenmassen. Ein Fenster, mit einem Stück Sackleinen verhängt, das in der Brise flatterte; eine Tür, auf dieselbe Weise verhängt. Es war die Behausung eines Wilden oder Ausgestoßenen. Virgil Jones paßte da etwa so gut hinein wie ein Elefant in einen Pfeffertopf.
In einen dunklen, altersschwachen Anzug gekleidet, hockte er fürsorglich auf dem Boden. Auf dem Kopf trug er einen Bowler, über seine Weste spannte sich eine goldene Uhrkette. (An deren Ende sich keine goldene Uhr befand.) Irgendwie, dachte Flapping Eagle, irgendwie bewahrt er sich in dieser elenden Umgebung einen Hauch von Würde. Eine kurzsichtige, unbeholfene, geschwätzige, langzüngige, sabbernde Art von Würde, die tief gekränkte Arroganz der Verarmten. Er erinnerte Flapping Eagle an eine alte Eisenbahnlokomotive, die er früher einmal gesehen hatte, eine Dampfriesin zu ihrer Zeit, die auf dem Abstellgleis vor sich hin rostete. Die Form der Kraft widersprach ihrem Inhalt. Ein gestrandetes Ungetüm. Puff-Puff-Billy. Flapping Eagle trank den Kräutertee, setzte die Schale ab und schlief ein.
»So ist's recht«, murmelte Virgil Jones. »Du mußt jetzt Kräfte sammeln.«
Die Vögel sangen zustimmend in den Bäumen.

Als er aufwachte, sah er ein anderes Gesicht vor sich, das auf ihn herabstarrte: die verrunzelte, affenähnliche Physiognomie der Dolores O'Toole. Unwillkürlich fuhr er beunruhigt auf, doch als er allmählich wacher wurde, sank er wieder zurück und erkannte, daß das, was er für ein haßerfülltes Fau-

chen gehalten hatte, in Wirklichkeit ein Lächeln war. Dolores O'Toole war die häßlichste Frau, die er jemals gesehen hatte.
Er nahm sich zusammen. »Dürfte ich Ihnen eine auf der Hand liegende Frage stellen?« sagte er. »Wo bin ich?«
»Eine sehr kluge Frage«, lobte Virgil Jones.
»Bei guten Freunden«, beruhigte ihn Dolores O'Toole und fauchte mitfühlend.
Flapping Eagle war über alle Maßen verwirrt.

9. Am Fuß des Calf Mountain

Sie befinden sich am Fuß eines Berges«, erklärte Virgil Jones. »Das hier ist Calf Island, und der Berg heißt Calf Mountain. Im Grunde besteht die ganze Insel aus diesem Berg.«
»Und Sie leben hier ganz allein?« erkundigte sich Flapping Eagle.
»Hier, ja. Ja, wir leben hier ganz allein. Relativ«, antwortete Virgil Jones. »Natürlich gibt es da noch die Vögel und die Hühner und ein paar ungefährliche wilde Tiere.«
»Soll das heißen, daß es sonst überhaupt keine menschlichen Wesen auf dieser Insel gibt?«
»Ach«, erklärte Virgil Jones, »wenn ich ehrlich bin, kann ich das wirklich nicht so sagen.«
»Nein«, stimmte ihm Dolores zu, »ehrlich nicht.«
Flapping Eagle hatte den deutlichen Eindruck, daß beide nur sehr zögernd antworteten.
»Und wo sind diese anderen?« wollte er wissen.
»Ach«, sagte Virgil.
»Weit weg«, sagte Dolores.

Flapping Eagles Kopf schmerzte; er fühlte sich krank. Kaum kräftig genug, um diesem einsilbigen Paar weitere Informationen zu entlocken.

»Bitte«, sagte er, »erklären Sie mir, wo!«

Virgil Jones schien zu einem Entschluß zu gelangen. »Die Berghänge«, sagte er, »sind fast gänzlich bewaldet. Und dort im Wald ziehen, glaube ich, ein paar Menschen umher, aber wir bleiben lieber hier für uns. Also können wir ehrlich nicht genau sagen, wo.«

»Und das ist alles?« fragte Flapping Eagle.

»N ... n ... nein«, mußte Virgil zugeben.

»Es gibt noch andere«, räumte Dolores ein.

»Werden Sie mir von denen erzählen?« erkundigte sich Flapping Eagle, dessen Schädel ihm eine glaubhafte Version des Gefühls lieferte, das entsteht, wenn er in eine Million winzige Stücke zerspringt.

»Ach, von denen wollen Sie bestimmt nichts wissen«, behauptete Virgil Jones hoffnungsvoll.

»Die sind absolut uninteressant«, versicherte Dolores.

Flapping Eagle schloß die Augen.

»Bitte«, sagte er.

»Wenn er uns so höflich bittet«, sagte Dolores verzweifelt.

Also sagten sie es ihm.

Von Dolores erfuhr er, daß K eine Stadt der Lasterhaften und Entarteten war; egoistischer, dekadenter Menschen, mit denen keine anständige Frau in Berührung zu kommen wünschte; doch Flapping Eagle war keine anständige Frau. Von Virgil Jones erfuhr er, was er zu hören hoffte: Dies sei der Ort, von dem Sispy gesprochen hatte. Eine Insel der Unsterblichen, die ihre Langlebigkeit in der Außenwelt nicht mehr zu ertragen vermochten, sie aber dennoch nicht aufgeben wollten; mit Sispys Hilfe waren sie zum Calf Mountain gekommen, wo sie mit ihresgleichen zusammenleben konnten.

»Haben Sie den Namen Bird-Dog schon mal gehört?« erkundigte er sich.
»Bird-Dog«, wiederholte Virgil Jones. (War das Besorgnis oder Konzentration auf seinem Gesicht?) »Ist die Dame eine Freundin von Ihnen?«
»Meine Schwester«, antwortete Flapping Eagle.
»Nein«, sagte Virgil Jones. »Nein, haben wir nicht.«
Später an jenem Abend wurde Flapping Eagle auf einmal klar, daß das eine Lüge gewesen sein mußte. Woher hatte Mr. Jones gewußt, daß der Name Bird-Dog ein Frauenname war?
Und noch wichtiger: Warum hatte er geleugnet, sie zu kennen?

Am folgenden Morgen hakte er diesbezüglich nochmals nach.
»Mein lieber Mr. Eagle«, antwortete Virgil Jones, »ich habe das sehr starke Gefühl, daß Sie Ihre ganze Kraft darauf konzentrieren sollten, Ihre Gesundheit wiederherzustellen. Ihr Mißgeschick hat Sie sehr geschwächt. Sobald es Ihnen wieder gutgeht, haben Sie mein Wort, daß Mrs. O'Toole und ich Ihnen all Ihre Fragen beantworten werden. Das Ganze ist sehr kompliziert; es wäre mir lieber, wenn Sie dann in einem möglichst guten Gesundheitszustand wären.«
»Alles, was ich will«, entgegnete Flapping Eagle, »ist die Antwort auf eine Frage: Befinden sich meine Schwester und Mr. Sispy auf dieser Insel? Die Antwort darauf wird meine Genesung nicht beeinträchtigen, das versichere ich Ihnen.«
»Nun gut«, seufzte Mr. Jones, »die Antwort ist ja. Ja, sie sind hier. Gewissermaßen. Mehr werde ich Ihnen jetzt aber nicht sagen. Werden Sie bald gesund, mein lieber Mr. Eagle.«
Also ließ Flapping Eagle das Thema fallen und trank eine weitere Schale Kräutertee.

Dolores O'Toole hinkte hinaus, um Früchte und Beeren zu sammeln. Virgil saß inzwischen an Flapping Eagles Krankenlager und beobachtete mit schlecht verhohlener Eifersucht, wie der Genesende mit seinem Puzzle umging.

»Sie verblüffen mich mit Ihrer Geschicklichkeit«, sagte er mit aller Höflichkeit, die er aufbrachte.

»Anfängerglück«, versicherte Flapping Eagle. In Wirklichkeit war er über die Maßen gut.

»Nachdem es Ihnen inzwischen so gutgeht, sind Dolores und ich sehr gespannt darauf, alles über Ihr Leben zu hören. Sie müssen ziemlich viel erlebt haben, bis Sie hierher gelangt sind. Doch wenn ich es mir recht überlege, wäre es vielleicht höflicher, wenn ich Ihnen zuvörderst ein wenig von uns selbst erzähle. Nur um Sie zu beruhigen. Das heißt, falls Sie überhaupt daran interessiert sind.«

»Ich bitte darum«, sagte Flapping Eagle und paßte drei weitere Teile in das Puzzle ein.

Virgil Jones runzelte die Stirn. »Ich glaube, das da gehört ganz oben hin«, sagte er ein wenig zu abrupt. Flapping Eagle versuchte es mit dem Teil; es paßte nicht.

»Ach ja, ich sehe schon«, sagte Flapping Eagle. »Es gehört hierher.« Und legte das Teil an seinen Platz ganz unten im Puzzle.

»Wissen Sie, ich habe immer Archäologe werden wollen«, sagte Virgil Jones, um das Thema zu wechseln. »Leider liebt es das Leben offenbar, die Menschen vom Pfad ihrer großen Ziele abzulenken. Maler, zukünftige Künstler, enden als Anstreicher. Bildhauer sehen sich gezwungen, Klosettschüsseln zu entwerfen. Schriftsteller werden zu Kritikern oder Publizisten. Archäologen wie ich werden zu Totengräbern.«

»Sie waren Totengräber?« fragte Flapping Eagle aufrichtig erstaunt. Aber es war adäquat: Mr. Jones' unveränderlich düstere Miene paßte perfekt zu diesem Beruf.

»Eine Zeitlang«, antwortete Mr. Jones. »Eine Zeitlang. Bevor sich die Ereignisse verschworen, um mich hierherzubringen. Es war eine recht angenehme Arbeit, und der angenehmste Teil daran war, daß jeder, dem man dabei begegnete, zufrieden war. Die Leichen waren ohnehin zufrieden, ebenso aber die trauernden Hinterbliebenen. Für mich war es ein ständiger Trost, so viele Freudentränen zu sehen, die so reichlich flossen.«

»Das ist eine sehr zynische Einstellung«, tadelte Flapping Eagle.

»Der arme Yorick!« seufzte Virgil Jones. »Die Würmer haben seine romantische Ader schon lange zerfressen.«

In dem darauffolgenden Schweigen fügte Flapping Eagle alle Puzzleteile zusammen, bis auf drei.

»Für einen Totengräber gibt es auf dem Calf Mountain nicht viel zu tun«, erklärte Virgil Jones. »Deswegen bin ich zu meiner wahren Liebe zurückgekehrt – der Meditation.«

»Und Dolores?« erkundigte sich Flapping Eagle.

»Ach ja, Dolores. Das ist eine traurige Geschichte. Bei einer so schweren körperlichen Bürde das Leben so sehr zu lieben … Ich bin überzeugt, daß sie nur allein – das heißt, mit mir – lebt, weil sie erkannt hat, daß sie Menschen nur lieben kann, wenn sie abwesend sind.«

»Dieses letzte Teilchen«, sagte Flapping Eagle, »paßt nirgendwo hinein.«

Virgil Jones lächelte zufrieden. »Das ist mein ganz persönlicher kleiner Scherz«, erklärte er. »Dieses Puzzle kann nicht gelöst werden.«

10. Vögel

Während Virgil Jones und Dolores O'Toole das Abendessen zubereiteten, fiel Flapping Eagle auf, was für ein gutes Team die beiden auf ihre eigene, deformierte Art waren. Sie schienen auf verschiedenen Ebenen des Raumes zu arbeiten – Dolores tief und gebeugt, Virgil dick, aber sehr aufrecht. Einen Moment hatte Flapping Eagle die Illusion, daß sie tatsächlich auf verschieden hohen Böden standen. Dann war es vorbei, und er lächelte. Trotz ihrer Geheimnistuerei, trotz ihrer mangelnden Bereitschaft, über die Insel zu sprechen, hatte er sie unwillkürlich gern. Er fragte sich, ob sie miteinander schliefen.

Am Nachmittag hatte er ihnen seine Geschichte erzählt, und sie hatten ihm mit der gespannten Stille von Kindern gelauscht, hatten immer wieder genickt oder den Atem angehalten. Mr. Jones hatte nur einmal etwas gesagt, und zwar, als Flapping Eagle zum erstenmal Nicholas Deggle erwähnte. Da waren die Augenbrauen hoch in die fleischige Stirn hinaufgestiegen, und Mr. Jones hatte gesagt: »So, so.«

Als er seine Geschichte beendet hatte, waren sie einen Augenblick in respektvollem Schweigen sitzen geblieben; dann hatte Virgil Jones gesagt: »Alle Wetter, Mr. Eagle, Sie scheinen ein höchst episches Leben geführt zu haben. Ich fürchte, daß wir Ihnen keine ähnlichen Geschichten auftischen können. Wir leben hier nämlich ausschließlich in unserem Mikrokosmos: Der Zustand meiner Hühneraugen und der Zustand der Nation sind für mich von gleich großer Bedeutung. Ich möchte ja nicht predigen, aber ich würde Ihnen empfehlen, sich auf die Details umzustellen; die sind nämlich weit weniger verwirrend.«

»Da ist aber das Ziel meiner Suche, das zu erreichen wäre«, wandte Flapping Eagle ein.

»Um ehrlich zu sein«, sagte Virgil Jones bedauernd, »es ist mir leider nicht mehr möglich, in Erfolg oder Heldentum etwas Erstrebenswertes zu sehen. Man versucht, durch das eigene Leben und Handeln ein wenig Sinn in ein sinnloses Universum zu bringen; mehr erreichen zu wollen, hieße, in den Strudel hinabgezogen zu werden.«

Mir scheint, den beiden liegt sehr viel daran, mich von meiner Absicht abzubringen, dachte Flapping Eagle. Aber er meinte, in Virgil Jones' Stimme einen gewissen Unterton vernommen zu haben. Vielleicht glaubte er doch nicht so ganz an das, was er sagte. Außerdem fand er, daß Dolores O'Toole verkrampfter war als Mr. Jones; und als er von seinem Wunsch sprach, die Suche fortzusetzen, war ihr Blick alles andere als freundlich gewesen.

»Ich rate Ihnen, konzentrieren Sie sich auf das *Hier*, Mr. Eagle«, endete Virgil Jones. »Und machen Sie sich keine Sorgen um das *Dort*. Oder die Vergangenheit. Oder die Zukunft. Machen Sie sich Gedanken über das Dinner und Ihre Hühneraugen. Das sind Dinge, die Sie beeinflussen können.«

»Sie sagten, Sie würden meine Fragen beantworten, sobald es mir wieder gutgehe«, gab Flapping Eagle zurück. »Jetzt geht es mir wieder gut.«

»Morgen früh«, versicherte Dolores hastig. »Wenn Sie in der Nacht so richtig gut geschlafen haben.«

»Es gibt keinen besseren Zeitpunkt als jetzt«, sagte Flapping Eagle.

»Morgen«, flehte Dolores O'Toole.

Flapping Eagle holte tief Luft.

»Da ich durch Ihre Freundlichkeit lebe«, sagte er, »bin ich natürlich von Ihnen abhängig. Morgen wird früh genug sein.«

Virgil Jones zog eine aufmunternde Miene. »Laßt uns Ihre Genesung feiern«, schlug er vor. »Ich glaube, wir sollten heute abend ein Hühnchen schlachten. Ach, Mr. Eagle, das Schälen und so weiter der Gemüse wird Mrs. O'Toole und mich eine

Weile in Anspruch nehmen – würden Sie vielleicht so freundlich sein?«

Da Flapping Eagle sich nicht gut weigern konnte, nahm er das ihm dargereichte Messer und ging auf den Hof hinaus. Er bemerkte, daß er jetzt zum erstenmal bewußt auf dem Boden von Calf Island stand.

Als er draußen war, trat Dolores ein wenig zögernd zu Mr. Jones.

»Du wirst doch nicht ... Du wirst doch nicht mit ihm gehen?« In ihren Augen stand tiefe Furcht.

Schweigend ergriff Virgil Jones ihre Hand; woraufhin sie die seine heftig drückte. Es war für beide eine unwiderrufliche Erklärung, endlich nach einer Ewigkeit des Versteckens ans Licht gezwungen.

»Ich könnte es nicht ertragen, dich zu verlieren«, sagte sie.

Im abnehmenden Tageslicht blickte Flapping Eagle zum Calf Mountain empor. Dieser stieg steil bis in verlorene Wälder an, abweisend, grün, mit einer Lichtung irgendwo da oben, um Platz für die Stadt K zu schaffen. Calf Mountain: ebenso fremd für ihn wie für die Welt, die er gekannt hatte; dennoch gab es eine Ähnlichkeit: eine Ähnlichkeit von Ich und Berg, von nebelisolierter Insel und vielbereisten Kontinenten. Er war da, in der Dämmerung, und er konnte ihn nicht sehen. Nur die Gesichter seiner Schwester und des unbekannten Hausierers, die in der Dunkelheit darauf warteten, gefunden zu werden. Oder vergessen.

»Hühnchen«, sagte er zu dem Huhn, »soll ich dich wirklich schlachten?«

Das Messer lag in seiner Hand, das Huhn war ihm ausgeliefert, aber er zögerte; ein alter Konflikt erwachte in ihm. Er war niemals freiwillig Außenseiter gewesen, und der Wunsch, akzeptiert zu werden, zu gefallen, den er tief in sich wußte, schuf in ihm ein zwiespältiges Gefühl. Und sei es nur aus diesem

Grund, so hätte er irgendwie nichts dagegen, eine Weile bei Mr. Jones und Mrs. O'Toole zu bleiben. Das würde ihnen vielleicht gefallen; und es würde ihn ausnahmsweise einmal mit anderen Menschen zusammenbringen: eine willkommene Abwechslung von seiner gewohnten Isolation. Und es würde friedvoll sein. Doch seine Suche ganz aufzugeben ...
Er schlachtete das Huhn, weil es da war, um geschlachtet zu werden.

Das Dinner wurde für lange Strecken zu einer sehr schweigsamen Mahlzeit. Dolores O'Toole war in nervöses Grübeln verfallen; gelegentlich fuhr sie aus ihren Gedanken auf, um Mr. Jones und Flapping Eagle eine weitere Portion Huhn anzubieten. Flapping Eagle entdeckte in ihren Augen ein neues Licht; zwar wußte er nicht, was es bedeutete, aber es war neu. Er selbst beschäftigte sich in Gedanken nur mit dem Berg, dem hohen, wolkengekrönten, unbekannten.
Virgil Jones startete gelegentlich Versuche zu einem Gespräch. »Meinen Sie nicht auch, Mr. Eagle«, sagte er, »daß das, was die menschliche Rasse am meisten fürchtet, die Aktivitäten des eigenen Geistes sind?«
»Ja und nein«, antwortete Flapping Eagle zerstreut. Mr. Jones runzelte die Stirn; er wußte, daß er ein weniger ernstes Thema suchen sollte, in dieser kerzenbeleuchteten Finsternis bot sich ihm jedoch keines an. Sie hockten um den wackligen, niedrigen Tisch, Flapping Eagle jetzt wieder »entkleidet«, Virgil hutlos, und gingen jeder den eigenen Gedanken nach.
»Der Berg ist wirklich unwiderstehlich zu dieser Abendzeit«, meinte Virgil Jones, erhielt aber nur vereinzelte Silben zur Antwort.
»Ja, ja, ist er«, sagte Flapping Eagle und wurde mit einem finsteren Blick von Mrs. O'Toole dafür belohnt.
»Ihnen müssen doch die Vögel aufgefallen sein«, versuchte es Mr. Jones abermals. »Es sind Legionen, nicht zu überhören.

Ist Ihnen je aufgefallen, wie oft man Vögel als Analogien menschlicher Eigenschaften und Verhaltensweisen benutzt?«

»Nein«, antwortete Flapping Eagle.

»O ja! Überlegen Sie mal. Die Vogelwelt ist bemerkenswert gut für Mythenmacher geeignet. Sie nimmt ein anderes Element ein, bietet aber in vieler Hinsicht ausgezeichnete Parallelen, weil es darin Sprachen, Werbung, Familienbande und so weiter gibt. In der Erscheinung fremd genug für eine ungefährliche, abstrakte Analogie, sind uns die Vögel dennoch vertraut genug, um interessant zu sein. Denken Sie an die Lerche. Oder den Falken. Oder die Nachtigall. Oder den Aasgeier. All diese Namen sind mehr als Bezeichnungen; sie sind zu Symbolen geworden. Denken Sie aber auch an die Vielzahl der Vogelgötter in der Antike. Den Phoenix. Den Vogel Roc. Den Homa. Den Garuda. Den Bennu. Den Bar Yuchre. Den Hathilinga mit der Stärke von fünf Elefanten. Den Kerkes. Den Greifen. Den Norka. Den Heiligen Drachen. Den Pheng. Den Kirni. Den Orosch. Den Saëna. Den Anqa. Und natürlich den Meister von allen, Simurg persönlich. Eine Vielzahl. Eine sehr große Vielzahl.«

Er erhielt keine Antwort.

»Wenn ich mich nicht allzusehr irre, Mr. Eagle«, fuhr Mr. Jones fort, »besitzt der Adler in der amerindischen Mythologie eine interessante Bedeutung. Gehe ich richtig in der Annahme, daß er das Symbol der Vernichtung ist? In der Zerstörung gefährlich und schnell. Ich war fasziniert von der Wahl Ihres Namens.«

»Ich habe den Namen nicht gewählt«, entgegnete Flapping Eagle. »Er hat mich gewählt.«

»Ganz recht«, sagte Virgil Jones und klopfte an Holz.

11. Buckel

Mitternacht, oder so ungefähr. In dem kleinen Haus auf der kleinen Lichtung auf den grauen Klippen über dem grauen Strand – Schweigen.

Flapping Eagle lag und schlief; aber die angstvolle, häßliche Frau auf der Matte weiter hinten war hellwach.

Virgil Jones hockte, ein mächtiger Berg aus Fleisch, teilweise verborgen unter einer weniger als schlichten Decke in seinem Schaukelstuhl. Dessen unregelmäßige Bewegungen verrieten, daß auch er um einiges vom Träumen entfernt sein mußte. Einen Moment schloß er die Augen; als er sie langsam, unerbittlich wieder öffnete, sah er, daß Dolores, ein verkrümmter Körper in grobem Hemd, mit Spindelhüften und leicht zitternd, vor ihm stand. Die Aufforderung in ihren Augen war nicht zu verkennen. So hielten sie einen langen Moment inne, Beleibtheit und Abzehrung verbunden durch den unverhohlenen Ausdruck des Begehrens. Dann zuckten Virgils Mundwinkel ganz leicht in einem wenig überzeugenden Versuch zu lächeln, und er stemmte sich, obwohl die Nerven in seinem müden Körper wütend aufkreischten, aus dem Schaukelstuhl hoch. Er ging zur Tür, zog den Sackleinenvorhang zur Seite und wartete mit steifer Galanterie, bis Mrs. O'Toole hinausgehumpelt war.

Auf der Lichtung, inmitten der schlafenden Hühner, machten die beiden noch einmal halt, weil ihre nur halb willigen Glieder von Unsicherheit gelähmt waren. Virgils Zunge leckte sich ihren überdimensionalen Weg rund um seine Lippen; Dolores O'Tooles Hände hingen wie bei einem Spatz mit gebrochenen Flügeln müde flatternd an ihrem mageren Körper herab.

»Virgil.«

Leise zog sein Name über die Gelähmten dahin; Dolores hatte

ihn mit der Behutsamkeit einer Frau geäußert, die einen geheimen Schatz preisgibt. Durch das uralte Nachthemd suchte er sich den Weg zu ihm, so daß er sich unvermittelt weniger lächerlich vorkam.

»O Virgil.«

Ein zweiter Ruf; sein Blick wanderte, bis er direkt in Dolores' Augen sah, und entdeckte den Glanz. Er war, wie er merkte, ganz und gar vom Charme dieser Augen erfüllt, die so lebendig waren, so voller Liebe.

»Madam«, sagte er, während ihm wieder Angst durch den Körper schoß, »Madam, ich fürchte, ich werde nicht ...«

»Dolores«, sagte sie. »Nicht Madam. Dolores.«

Er öffnete den Mund; der Name, der herauskam, befreite ihn.

»Dolores«, sagte er.

»Virgil.«

Und wieder dieser Hiatus; jetzt war es die Frau, die auf den Mann wartete und nicht bereit war, ohne seine Hilfe weiterzugehen.

Wir sind wie zwei ängstliche, häßliche Jungfrauen, dachte Virgil Jones. Er stellte fest, daß die Kraft in seine Glieder zurückkehrte, und legte die wenigen Schritte bis zu Dolores zurück.

»Meinen Arm«, bot er ihr an. Sie machte einen kleinen Knicks. »Ich danke Ihnen, Sir«, sagte sie und ergriff ihn.

»Hier entlang, glaube ich«, sagte Virgil Jones. »Gleich neben dem Brunnen ist eine sanfte Mulde.«

Zustimmend neigte sie den Kopf. So gingen sie mit zierlichen, bedächtigen Schritten weiter, bis sich die Bäume um sie schlossen.

Schwerfällig, heftig den Atem ausstoßend, ließ sich Virgil Jones in der Mulde nieder. Er hatte keine Ahnung, was Dolores als nächstes tun würde, und wußte ebensowenig, was er selbst tun sollte. Ach, armer Yorick!

Dolores blieb stehen, den Blick mit schief gelegtem Kopf ein wenig glasig auf ihn gerichtet; ganz langsam hoben sich ihre Hände zu den Schultern, wo grobe Schleifen ihr Hemd festhielten. Irgend etwas wie Panik durchfuhr Virgil, als er begriff, was sie beabsichtigte; inzwischen aber war sie unbeirrt, und ihr Kinn verriet Entschlossenheit. Ihre Hände erreichten ihr Ziel und zogen: Das Hemd fiel.

»Zum Glück ist es eine warme Nacht«, sagte Mr. Jones vorsichtig. »Der Nebel hat sich fast ganz verzogen.« Die Worte klangen idiotisch, als er sie aussprach. Dolores aber signalisierte nicht die geringste Mißbilligung, sondern blieb scheu vor ihm stehen, die eine Hand wie zufällig auf den Scheitelpunkt ihrer Schenkel gelegt. Im Dunkeln wirkte sie weniger verrunzelt, ihr buckliger Körper weniger verkrüppelt.

Virgil streckte einen Arm aus, und sie kam zu ihm, mühte sich langsam, ruckweise zu Boden und lag dort, reglos, aber voller Erwartung.

Er küßte sie.

Anfangs waren beider Hände noch langsam; langsam und unsicher; lernten allmählich wieder die Berührungen von Haut auf Haut kennen, zogen ungeschickte Muster auf den Körper des anderen. Allmählich jedoch entdeckten sie ihren Sinn, massierten die Knoten der Anspannung in Nacken, Schultern und Rücken fort und fanden zu einem natürlichen Rhythmus. Glückliche Hände.

So erinnerten sich nun also die Hände, und die Lippen, Lippen, die fiebrig einander suchten, sich öffneten und vereinigten, während die Zungen in der Begeisterung der Wiederentdeckung tanzten.

»Nicht schlecht für zwei Anfänger«, sagte Virgil Jones, und Dolores O'Toole lachte. Es war lange her, daß er ihr Lachen gehört hatte, und es erfüllte ihn mit Freude. Also lachte er ebenfalls.

Es war das Lachen, das den Ausschlag gab; die Schleusentore öffneten sich und überfluteten jedes Zögern. Die beiden Körper prallten aufeinander.

Einmal rief Dolores aus: »Mein Buckel! Halt meinen Buckel!« Virgils Hände packten die verbotene Mißbildung, um sie zu streicheln, zu kratzen und zu umfassen; während sie vor Genuß erschauerte – und vor dem Gefühl, daß sich die Mißbildung in Sexualität verwandelte.

Einen Moment lang lag sie neben ihm; dann sprang sie hoch, um auf ihm zu reiten, während ihre Hände in die dicken Rollen seines Fleisches griffen, um es mit kindlichem Vergnügen zu kneten und zu massieren. Abermals lachten sie; Virgil fühlte sich nun ebenfalls befreit von den Nachteilen seines Umfangs. »Ich knete Brotteig«, kicherte sie, und tat, als forme sie einen Laib aus seinem Leib.

Er kam nur einmal und sie überhaupt nicht. Jedes Organ atrophiert, wenn man es nicht benutzt. Doch diese Einschränkungen waren für keinen von beiden von Belang; das, was sie erreichten, befriedigte und berührte sie. Sehr lange lag er einfach auf ihr, floß dabei auf beiden Seiten über, umfing sie mit seinem Körper, spürte ihre Knochen hart und dicht unter ihrer Oberfläche, während die seinen im Fleisch verborgen lagen, und dann waren sie ein Tier, vierhändig, vierbeinig, zweiköpfig, und eingehüllt in ein glückliches Lächeln.
Ihre Brüste waren so klein wie herabhängende getrocknete Feigen, während die seinen so fleischig waren wie Wassermelonen. Sein Penis lag kurz und fett in der harten Höhlung ihrer Hand.

»Bitte, werde nicht dünn«, sagte sie. »Bitte, werde niemals dünn. Bleib fett. Bleib Virgil.«

»Mir wird wohl nichts anderes übrigbleiben«, antwortete er, »bei meinem Gesundheitszustand. Meine Schilddrüse reagiert nicht auf Diäten.«
»Gut«, sagte sie.
»Aber genausowenig«, sagte Virgil Jones, »kann ich mir vorstellen, daß du übergewichtig bist.«

»Nichts wird sich ändern«, sagte sie. »Wir werden weiterhin am Strand sitzen, die Hühner füttern, den Vögeln lauschen, das Haus putzen und ...«
Seine Miene ließ sie innehalten.
»Virgil!« rief sie angstvoll. »Nichts wird sich ändern! Überhaupt nichts!«
Seine Miene veränderte sich nicht.

Vielleicht war es falsch, ihm beizuliegen. Jetzt habe ich ihm gegeben, was er wollte. Jetzt habe ich nichts mehr für ihn, nichts mehr zurückgehalten, nichts mehr, um ihn zu halten.
Vielleicht war es falsch, ihr beizuliegen. Ein weiterer Tag, eine weitere Verpflichtung, eine weitere Quelle des Schuldbewußtseins. Habe ich sie belogen, als ich ihr beilag?
Vielleicht war es richtig, ihm beizuliegen. Nun gibt es keine Geheimnisse mehr, alles ist ans Licht der Sonne gekommen, festgelegt und unveränderlich. Jetzt wird er wissen, daß er mich liebt.
Vielleicht war es richtig, ihr beizuliegen ...

»Ich liebe dich«, sagte Dolores O'Toole.
»Ich liebe dich«, sagte Virgil Jones.
Und beide waren sie sehr, sehr traurig.

»Das war *er*«, sagte Dolores hitzig.
»Wer?«
»Flapping Eagle«, sagte sie. »Wenn er nicht hier wäre, würden wir nicht sein. Hier.«

»Wir haben ihm also viel zu verdanken«, sagte Virgil Jones.
»Ja«, pflichtete ihm Dolores unglücklich bei. »Wir haben ihm alles zu verdanken.«
Aber das Risiko des Kummers, dachte Virgil, und das Risiko des Schuldgefühls: Könnte man das nicht rechtmäßig dem Grimus vor die Tür legen?
Dolores starrte mit verbissener Intensität zum Berg empor.
»Nichts wird sich ändern«, zischte sie zwischen zusammengebissenen Zähnen hervor.

12. Das Beben

Es war das Beben, von dem Flapping Eagle so früh erwachte. Es schüttelte ihn durch die dünne Matte; es warf den einzigen, niedrigen Tisch des Raumes um, so daß das Puzzle rings herum verstreut wurde. Er war sofort hellwach und sprang im selben Moment auf die Füße; aber es war vorbei – zu leicht, um Schaden anzurichten.
Er hatte geträumt: ein Alptraum. Er stand auf einem schwarzen Stein, in voller Kriegsbemalung, einen Tomahawk in der Hand, und schlug damit vergeblich nach dem Adler, der immer wieder auf ihn herabstieß, seinem Körper Wunden zufügte, ihn ins Fleisch biß, während auf dem Boden unten eine gesichtslose Gestalt stand, lang und schwarz und sehr elegant, mit juwelenbesetzten Ringen an jedem Finger, und lachte, lachte, lachte: Deggles Lachen.
Der Raum war noch dunkel; das Sackleinen verbannte das erste schwache Licht. Während er einen Augenblick, nervös nach Luft schnappend, stehenblieb, entdeckte er, daß Dolores

O'Tooles Matte unbenutzt war und Virgil Jones' Schaukelstuhl leer vor sich hin schaukelte. Er ging hinaus.

Mr. Jones und Mrs. O'Toole standen auf der Lichtung; Hühner gackerten angsterfüllt, Vögel kreischten, in ihrem Schlaf gestört. Das ungleiche Paar stand still. Virgils Zunge arbeitete unbewußt; Dolores' Augen blickte vage und distanziert. Ihr Blick richtete sich nicht auf Flapping Eagle.

»Erdbeben«, sagte sie.

»Was?« fragte Flapping Eagle. Dolores schien ihn nicht zu hören.

»Die Große Schildkröte hat sich bewegt«, sagte sie zu Virgil und kicherte.

Virgil musterte sie beunruhigt, als sie sich plötzlich unterbrach und sehr ernst sagte: »Nein, nein, ich habe mich geirrt. Nichts ist geschehen. Nichts verändert sich.«

»Ist alles in Ordnung mit Mrs. O'Toole?« erkundigte sich Flapping Eagle.

»Doch, doch«, gab Mr. Jones zurück und drängte sie ins Haus. »Ein wenig überreizt«, sagte er nebenbei zu Flapping Eagle. »Sie braucht Ruhe. Ich schlage vor, daß wir beiden, Sie und ich, einen Spaziergang machen. Ein wenig plaudern. Damit sie ruhen kann, meinen Sie nicht auch?«

»Selbstverständlich«, versicherte Flapping Eagle.

Also ließen sie sie in der Hütte zurück und nahmen Kurs auf Virgils und Dolores' Nachtmulde. Als sie gegangen waren, schleppte sich Dolores hinkend zu der alten Truhe, die ungeöffnet in der Ecke stand. Das war der Ort, wo die Vergangenheit lauerte, ihre Vergangenheit, unverändert, unveränderlich. Sie setzte sich auf den Boden, umarmte die Truhe und sprach flüsternd auf sie ein.

»Es ist gestern«, flüsterte sie. »Jeder Tag ist gestern, also ist jeder Tag festgelegt.«

13. Dimensionen

Flapping Eagle, äußerst empfänglich für Veränderungen in der Atmosphäre, wußte, daß der Virgil Jones von diesem Morgen ein anderer war als der Virgil vom Abend zuvor. Darüber hinaus spürte er, daß sich Dolores O'Tooles Antagonismus gegen ihn, anfangs kaum wahrnehmbar, sehr schnell vertiefte. An diesem Morgen jedoch verschloß er sich bewußt diesen beiden Fakten, weil er von Mr. Jones Informationen wollte. Je schneller er herausfand, was Calf Island mit seinem Berg eigentlich war, und überdies den Aufenthaltsort von Bird-Dog und Sispy erfuhr, desto schneller konnte er dieses Ausgestoßenen-Paar wieder verlassen und seinen einsamen Weg weiterverfolgen.

Virgil Jones führte ihn von der Hütte zum Waldrand. Dort setzten sie sich neben einen tiefen Brunnen. Oder vielmehr ein tiefes Loch, das für einen Brunnen bestimmt gewesen, aber knochentrocken war. Virgil Jones machte tapfer den Versuch, irgendeine starke Bewegung hinter einer Schulmeisterfassade zu verbergen.

»Also gut«, sagte er. »Beginnen möchte ich damit, Sie an Ihre Abenteuer und ..., nun ja, Mißgeschicke zu erinnern. Nach Ihren eigenen Worten hatten Sie mindestens ein oder zwei Erlebnisse, die man normalerweise als übernatürlich einstufen würde. Allein schon Ihre Unsterblichkeit, zum Beispiel; die meisten Menschen würden das als Hexerei bezeichnen. Also gut. Sie müssen akzeptieren, daß die Welt, in der Sie gelebt haben, gar kein so simpler, nüchterner Ort war.«

Flapping Eagle nickte.

»Chanakya«, sagte Virgil Jones, »– womit ich nicht mich selber meine, sondern einen antiken Philosophen-König desselben Namens –, Chanakya hat gesagt, die Welt sei weder das, was sie zu sein scheint, noch das, was sie nicht zu sein scheint, auch weder mehr noch weniger, sondern alles zusammen. Beides, was sie zu sein scheint, und das, was sie nicht zu sein scheint. Das heißt, ich glaube, daß Chanakya das gesagt hat. Es ist so endlos lange her, wissen Sie. Um der Debatte weiterzuhelfen, wollen wir es jedoch als echtes Zitat betrachten.«

Sein Blick wanderte kurz zu einer nahen Mulde im Boden hinüber und wandte sich wieder ab.

»Formulieren wir es anders«, sagte er. »Wenn Sie mich ansehen, erkennen Sie, daß ich stofflich fest bin. Wenn Sie dagegen in das Brunnenloch sehen, erkennen Sie, daß es leer ist. Aber würden Sie mir nicht zustimmen, daß der Grund für diese beiden Eigenschaften sehr wenig mit dem Wesen weder des Brunnens noch meiner Person zu tun hat, daß er vielmehr mit der *Art* zu tun hat, wie Sie uns beide sehen?«

Flapping Eagle runzelte die Stirn.

»Vergeben Sie mir«, sagte Mr. Jones. »Wie ich sehe, sind Sie verwirrt, und warum auch nicht? Aber beachten Sie bitte: Ich selbst bestehe aus Materie, die wiederum aus kleineren Partikeln besteht, und so weiter, bis in den Ultra-Mikrokosmos. Tatsache ist, daß der Zwischenraum zwischen den Partikeln der Materie, aus der ich bestehe, genauso groß ist wie der Zwischenraum zwischen den Partikeln der Materie, aus der die Luft in diesem Brunnenschacht besteht. So daß man mit anderen Instrumenten der Wahrnehmung – ich meine, anderen als den Augen – zu dem Schluß kommen könnte, daß ich entweder so ›leer‹ sein müsse wie die Luft in dem Schacht oder daß der Schacht so ›voll‹ oder so stofflich ›fest‹ wie ich.«

»Vermutlich ...«, warf Flapping Eagle zweifelnd ein.

»Worauf ich«, fuhr Virgil Jones fort, »in meiner eher umständlichen Art und Weise hinaus will, ist, daß die Begrenzungen, die wir unserer Welt auferlegen, von uns selber stammen statt von der Welt. Und sobald wir auf Dinge stoßen, die nicht unserem Bild der Realität entsprechen, behaupten wir, daß sie außerhalb der Wirklichkeit stehen. Geister. Unidentifizierte

Fliegende Objekte. Visionen. Wir bezweifeln die geistige Gesundheit jener, die behaupten, sie gesehen oder gespürt zu haben. Ein interessanter Punkt: Ein Mensch ist nur in dem Maße geistig gesund, als er sich einem zuvor bestimmten Bild der Realität anpaßt.«

»Hm«, machte Flapping Eagle.

»Los, los, los, sagte der Vogel«, intonierte Virgil Jones.

»Was?«

»Eine literarische Anspielung«, erklärte Virgil Jones. »Eine flüchtige Laune. Ausdruck eines gewissen Hochmuts. Fahren wir fort, und akzeptieren Sie bitte meine Entschuldigung für diese Abweichung.

Vielleicht darf ich eine wenig exakte Analogie zur Demonstration meiner These anführen. Hier sind wir alle, eine Welt voll lebender Wesen, lebloser Objekte und Windstöße, und alle bestehen wir aus einem unendlich leereren Raum als die feste Materie. Wäre es denn nicht vorstellbar, daß es hier, in unserer Mitte, uns alle und unsere Umgebung durchdringend, eine ganz und gar andere Welt gibt, die aus anders gearteten festen Stoffen, anders gearteten leeren Räumen, anders gearteten Wahrnehmungswerkzeugen besteht, die uns für ihre Bewohner ebenso nicht-existent macht, wie sie es für uns sind? Mit einem Wort, eine andere Dimension?«

»Ich weiß es nicht«, sagte Flapping Eagle. »Und wenn es so wäre?«

»Wenn Sie diese konzeptuelle Eventualität konzedieren, wäre es doch durchaus möglich, daß es mehr als eine gibt. Daß es vielleicht sogar eine unendliche Zahl von Dimensionen gibt, als Palimpseste, auf, in und um die unsere herum, ohne daß wir auf irgendeine Art und Weise in der Lage wären, sie wahrzunehmen.

Und weiter: Es gibt keinen Grund, warum diese Dimensionen nicht ausschließlich auf unserer Ebene operieren sollten. Die Unendlichkeit könnte vom winzigsten Mikro-Partikel, dem

kleinsten Sub-Atom bis ins Universum reichen. Ist es nicht faszinierend, darüber nachzudenken, daß wir vielleicht alle innerhalb der Zwischenräume einiger sub-atomarer Partikel in einem anderen, unbegreifbar großen Universum leben?«
Flapping Eagle war gereizt. »Das könnte zwar recht interessant sein«, sagte er brüsk, »aber ich sehe keinen Zusammenhang mit dem Aufenthaltsort meiner Schwester.«
»Mein lieber Eagle«, sagte Mr. Jones, »ich habe lediglich versucht, Ihnen sozusagen die Augen zu öffnen. Es gibt keine andere Möglichkeit für mich, Ihnen die Existenz von Calf Island zu erklären.«
Flapping Eagles Gedanken begannen sich auf schwindelerregende Weise zu drehen. Er brachte kein Wort heraus.
»Vielleicht sind Sie ja schon einmal auf die Theorie von den potentiellen Existenzen gestoßen«, fuhr Virgil Jones nachsichtig fort. »Nehmen wir also an, es gäbe, sagen wir, nur vier potentielle Vergangenheiten und Zukünfte für das Mittelmeer. In einer davon hat es eine Insel wie diese weder jemals gegeben noch wird es sie jemals geben. In einer anderen gab es die Insel zwar, aber sie existiert nicht mehr. In einer dritten existiert keine Insel, wird aber irgendwann in der Zukunft existieren. Und in der vierten ...«, er deutete auf seine Umgebung ..., »hat es sie gegeben und gibt es sie weiterhin.«
Er machte eine dramatische Pause.
»Es gibt die Dimensionen in allen möglichen Formen, wissen Sie«, sagte er. »Es gibt eine Million möglicher Erden mit einer Million möglicher Geschichten, die in Wirklichkeit alle gleichzeitig existieren. Im Verlauf des täglichen Lebens zieht man seine Bahn, wenn man so will, zwischen ihnen hindurch, vernichtet dadurch aber keineswegs die Existenz der Vergangenheiten und Zukünfte, in die man nicht eintritt. Ihnen ist es nun passiert, daß Sie in ein anderes historisches Kontinuum gestürzt sind, in dem Calf Island und wir alle unser Dasein haben. Der Ort, von dem Sie kommen, weiß nichts von uns.«

»Dann sind Sie also alle Geister«, sagte Flapping Eagle, »und ich bin verrückt. Wollen Sie das damit ausdrücken? Ich sehe Dinge und Orte, die nicht existieren.«

»Das ist eine allzu deprimierende Vorstellung«, gab Virgil Jones zurück. »Denn sie besitzt folgende Kehrseite: Vielleicht sind ja Sie es, der der Geist ist. Und Ihre Schwester Bird-Dog.«

»Wo ist sie?« erkundigte sich Flapping Eagle gereizt, als würde ihr Erscheinen all seine Verwirrungen lösen.

»Ich bin mir nicht sicher«, antwortete Virgil. »Irgendwo da oben. Ich versichere Ihnen, daß die Chancen, sie zu finden, sehr gering sind; Wenn Ihre Ankunft hier auch beweist, daß Sie äußerst empfänglich sind für die Existenz der Dimensionen.«

»So groß ist diese Insel doch gar nicht«, wandte Flapping Eagle laut ein.

Virgil Jones schwieg eine Weile; dann: »Bitte, denken Sie darüber nach, Mr. Eagle. Jetzt wissen Sie, warum wir warten wollten, bis Sie wieder ganz genesen sind.«

»Ich werde sie finden«, sagte Flapping Eagle.

»Klopf auf Holz«, sagte Virgil Jones. Damit trat er an einen Baum und tat es auch.

»In einer Struktur der Realität, in der alles möglich ist«, sagte er verschämt, »gehe ich lieber auf Nummer Sicher. Daher meine doch etwas lächerliche Neigung zum Aberglauben. Schließlich könnte ein böser Geist in diesem Baum wohnen. Es könnte einen Rachegott geben. Es könnte möglich sein, Dämonen zu beschwören. Die Handlinien könnten die Wahrheit sagen. Symbole könnten ebenso real sein wie Menschen. Es gibt eine Theorie, die besagt, daß wir sowohl in dieser Dimension als auch in der Ihren unsere symbolische Natur mit diesem ungeheuren, obskurantistischen Gewicht der Persönlichkeit überlagern. Dadurch fällt es uns sehr schwer, die wahren Kräfte zu erkennen, die uns bewegen. Angesichts dieses endlosen Stromes von Möglichkeiten finde ich in meinen kleinen Schwächen ein wenig Trost.«

Flapping Eagle saß völlig regungslos da; seine Knöchel waren weiß, seine Fäuste geballt, sein Mund war ein dünner, verkniffener Strich.

»Aber, aber, Mr. Eagle«, sagte Virgil Jones. »Ich hätte Sie für flexibler gehalten.«

»Ich werde heute noch den Berg hinaufsteigen«, erklärte Flapping Eagle. »Ich muß Bird-Dog und Sispy finden und mich selbst endlich aus diesem ganzen üblen Spiel befreien.«

»Oh, aber das können Sie nicht«, sagte Virgil Jones.

»Und warum nicht?« schrie Flapping Eagle erbost.

»Wegen des Grimus-Effekts«, sagte Virgil Jones. »Er wird immer stärker. Ehrlich gesagt, es ist nur noch eine Frage der Zeit, bevor seine Macht bis hier herunter reicht. Ich würde Ihnen wirklich nicht raten, hinaufzusteigen.«

Flapping Eagle fühlte sich wieder elend.

»Was für ein Effekt?« fragte er müde.

»Grimus. Der Grimus-Effekt.«

»Was zum Teufel ist denn das?«

»Ach«, sagte Virgil, »ich glaube, Sie haben genug gehört für einen Tag. Nur noch soviel: Die Hänge des Calf Mountain wimmeln von Monstern, Mr. Eagle. Ohne Führer würden Sie das nicht überleben. Ja, möglicherweise nicht einmal mit einem.«

Flapping Eagle schüttelte zutiefst verunsichert den Kopf und barg das Gesicht in seinen Händen. Virgil Jones kam zu ihm herüber und legte ihm die Hand auf die Schulter.

»Es tut mir leid«, sagte er. »Es tut mir wirklich sehr, sehr leid.«

»Nein. Ich bin es, der sich entschuldigen muß«, gab Flapping Eagle zurück. »Ich benehme mich wie ein ungebärdiges Kind.«

»Absolut verständlich, mein Lieber«, sagte Virgil Jones gutmütig.

»Vielleicht könnten Sie mir wenigstens die Sache mit den Monstern erklären.«

Virgil Jones nickte traurig.

»Sie sind also fest entschlossen, wie?« fragte er.

»Ja«, antwortete Flapping Eagle. »Auf jeden Fall.«

»Was ich Ihnen beschrieben habe, das sind die Äußeren Dimensionen«, erklärte Mr. Jones. »Aber es gibt auch Innere Dimensionen. Man weiß nie, welche Universen in einem selber verborgen liegen. Der Effekt kann eine verheerende Wirkung auf Geist und Verstand haben.«

Er verstummte. Flapping Eagle verlangte mehr, aber er sagte nur noch:

»Es gibt Dinge über den Calf Mountain, die man nicht erklären, sondern lediglich selbst erleben kann. Ich hoffe, daß Sie sie niemals erleben werden, Mr. Eagle. Sie sind mir sehr ans Herz gewachsen. Es steckt viel Mut in diesem Mann auf der Suche, nicht wahr?«

Flapping Eagle lächelte unsicher.

»Betrachten Sie diesen Brunnen.« Um seine Verlegenheit zu kaschieren, zeigte Virgil schnell hinüber. »Er ist der physische Beweis dafür, daß nicht jeder Aberglauben wirksam ist. Tatsächlich war es die Anwendung einer Wünschelrute, die mich an diese Stelle geführt hat; und wie Sie sehen, ist das Loch knochentrocken. Aber ich habe nicht den Mut, es zuzuschütten; wider jede Vernunft hoffe ich, daß eines Tages Wasser durch diese ausgetrockneten Wände zu sickern beginnt.«

»Aber Sie brauchen gar keinen Brunnen«, wandte Flapping Eagle ein. »Es gibt doch den Bach.« Er zeigte auf das Süßwasserrinnsal, das zwischen den Bäumen entlang plätscherte.

Virgil Jones schnaufte verächtlich. »Es war zwar eine schlechte Idee«, sagte er, »aber es war eine Beschäftigung.«

»Ein trauriges Ziel haben Sie sich da gesteckt, Mr. Eagle«, sagte Virgil Jones. »Alt werden, sterben. Wie kommt es, daß jemand

wie Sie, so jung an Geist und Körper, einen derartigen Wunsch hegt?«
Mit einem bitteren Ton in der Stimme, der ihn selbst überraschte, antwortete Flapping Eagle: »Ich möchte zur menschlichen Rasse zurückkehren.«
Ein Schatten huschte über Mr. Jones' Gesicht: erst Schock, dann eher etwas wie ... Entschuldigung? Er scheint sich ziemlich häufig zu entschuldigen, dachte Flapping Eagle.
»Interessant«, sagte Virgil, »daß Sie sich den Tod als eine humanisierende Macht vorstellen.«
Flapping Eagles Verwirrung hatte sich zu einem Anfall unerwünschter Depressionen entwickelt; Virgil Jones dagegen schien um so fröhlicher zu sein. Er stand auf, schüttelte sich, schob seinen Hut zurecht, staubte seine Hose ab und tat alles, um die Atmosphäre zu verbessern.
»Ich habe den Calf Mountain eigentlich immer wie einen riesigen *lingam* gesehen, der in der *yoni*, das ist das Meer, erschlafft«, entgegnete er und sah sich gezwungen, dem verständnislosen Flapping Eagle eine Erklärung zu liefern: »Eine Sanskrit-Umschreibung, mein lieber Eagle. Ein kleiner Scherz. Ich fürchte, ich habe einen recht merkwürdigen Sinn für Humor.«
Dann senkte sich wieder der Trübsinn auf ihn herab, und er fuhr fort: »Obwohl ich keine Ahnung habe, warum ich in diesem unglückseligen Ort etwas so eindeutig Phallisches sehe. Schließlich ist das einzige, was wir auf der Insel gemeinsam haben ...« Er brach ab.
»Was?« fragte Flapping Eagle.
»Aber das müßten Sie doch wissen, Sir«, sagte Virgil, der sich hinter den Schutzmantel der Förmlichkeit zurückzog. »Sterilität. Sterilität. Das ist es, was ich ungesagt bleiben ließ. Eine tragische Nebenwirkung des Lebenstranks. Sie werden keine Kinder auf diesem gottverlassenen Felsen finden. Steril, jeder einzelne von uns.

Sie eingeschlossen.«
Jetzt hatte sich Bitterkeit in Virgil Jones' Stimme geschlichen.
Flapping Eagle machte sich auf den Rückweg zur Hütte. Er ließ Virgil Jones zurück, der, tief in Gedanken versunken, geistesabwesend Zweige zerbrach.

14. Feinde

Unter normalen Umständen hätte Flapping Eagle instinktiv Mitleid für Mrs. O'Toole empfunden, weil sie so verkrüppelt war. Er selbst hatte unter den gesellschaftlichen Pfeilen gelitten, die gegen den Freak abgeschossen werden; sie hätten vieles gemeinsam haben müssen. Jetzt wußte er, warum das nicht der Fall war. Wenn Virgil Jones recht hatte, daß man den Calf Mountain nicht ohne erfahrenen Führer besteigen konnte und sollte, lag auf der Hand, wer dieser Führer sein mußte. Flapping Eagle spürte, wie ungeduldig er darauf wartete, aufbrechen zu können, und ertappte sich dabei, daß er überlegte, wie er Mr. Jones überreden konnte, ihn zu begleiten. Kein Wunder, daß Dolores aufgebracht war; kein Wunder, daß sie sich nach dem höflichen, freundlichen Beginn gegen ihn gestellt hatte.
Ob er sie überreden konnte, ebenfalls mitzukommen? Das wäre die nächstliegende Lösung, dachte er. Wenn sie aber nicht mitkam, mußte man sich darauf gefaßt machen, daß sie und Flapping Eagle von nun an Feinde sein würden. Diese Erkenntnis war nicht geeignet, seine Depressionen zu lindern.

15. Die Truhe

O ja, sie war sicher, diese Truhe, so wuchtig, so spinnwebenüberzogen, so tröstlich, die Truhe mit ihren längst zerbrochenen Schlössern, niemals geöffnet, Behältnis ihres Lebens. O ja, es war wirklich wundervoll, daß sie ihre Erinnerungen so wohl verwahrte. Sie jetzt zu öffnen und sich von diesen Erinnerungen überfluten zu lassen, sich zu baden in den Gewißheiten von Tagen und Kümmernissen, die kein Jota mehr verändert werden konnten. Der Finger bewegt sich, schreibt, und wenn er geschrieben hat, bewegt er sich weiter. All deine Tränen können kein einziges Wort davon löschen. Weder Tränen noch der Geist eines Adlers. Sicher, sicher, sicher, so fest verankert im Strom der Jahre wie ihr unsterblicher Körper, unsterblich jetzt wie die Seelen, täglich erneuert, weder älter noch jünger werdend, statisch. Die Gegenwart ist die Vergangenheit von morgen, so festgelegt, so sicher, das würde die Truhe ihr sagen. Da, das Knarren, das Gewicht des Deckels, der gehoben wird, das breite Klaffen der Zeit. Da, die Kerzen, ergebene Diener Gottes, gottähnlich ewig unsichtbar, in einem Licht, unerreichbar, vorunserenaugenverborgen. O du der sich nicht ändert bleib bei mir. Nein, nein, sie können dich mir nicht wegnehmen. Oh, die Kerzen, wie konnte ich so entgleisen, wie konnte ich sie so mißbrauchen, diese schneeweißen, reinen Kerzen? Sieh doch, die Fotos, gelb wie Staub und halb zerfallen, Asche zu Asche, im Grab wird selbst die Queen zu Asche. Totengräber Virgil, nach einem Poeten benannt, ihn fotografieren, wenn es nur eine Kamera gäbe, damit er hier, vergilbt und zerfallend, auf ewig fixiert ist. Ihre Augen rufen ihn besser als jede Kamera herbei, halten ihn dort, nicht vergilbt, nicht zerfallen, warmes Fleisch, das sie in der Nacht gefühlt hatte, Falten, die sie umhüllen, damit sie sicher ist, und die Zeit wegschicken, innerhalb dieser

Fleischfalten kann sich nichts verändern. Da, die Fotos. Das kleine Mädchen, armes Ding, sagte Tantchen, mit diesem Buckel. Der Buckel, der Buckel, der Kamelbuckel. Sie selbst, La Belle Dame aux Carnelious. Oder *sans merci.* Gnädiger Himmel, der sich nicht verändert, sieh da, die Uniform, das kleine Nonnenset, klosterreines kleines Mädchen, bete sieben Ave-Marias, und er wird dich nicht verlassen. Da, die Vergangenheit. Steck ihn in die Truhe, den lieben Totengräberpoeten, steck ihn hinein, damit er sich nicht mehr verändert, steck ihn in die Truhe, um ihn zu behalten, mit seinen Fleischfalten, in seinen Fleischfalten, auf ewig derselbe, Welt ohne Ende, unsere Männer. Gib mir Jesus, gib ihn mir in einem Lied, den dicken Griechennamen, virgil virgil gib mir deine Antwort bitte. Ich bin halb verrückt vor Liebe zu dir. Und wie könnte er mich verlassen, wie zu all diesem Schmerz zurückkehren? Hier sind die Wunden verheilt, hier ist der Schmerz halb verheilt, hier ist er sicher, und ich sorge dafür, daß er im unveränderlichen Tagumtag sicher ist. Kein Adler kann ihn mir wegschnappen, kein Adler kann ihn in seine Vergangenheit zurückbringen, die Vergangenheit ist sicher, man kann sich nicht in sie zurückversetzen, sie ist fixiert, vergilbt und zerfallen, die Vergangenheit. Der Finger hat sich bewegt und festgeschrieben. Schließ die Truhe, verschließ die kindischen Dinge, es ist vorbei, und er bleibt, und nichts wird sich verändern nichts nichts nichts es gibt nichts das sich verändern müßte und wir werden bleiben virgil und dolores fixiert und unveränderlich im Leim der Liebe. Armer Totengräber Jones, so vieles, das in ihm vergessen bleiben muß, das Gewicht der Vergangenheit und ihre Auswirkungen sorgen dafür, daß sich die Gegenwart nicht verändert. Virgil, Virgil, gib mir deine Antwort! Da, die Truhe, geschlossen, sicher, fixiert. Schluß damit, und sei dankbar. Jetzt könnte ich es tun, Schluß. Schluß, es ist vollbracht.

Sie fegte die Hütte aus, räumte den Tisch auf, rollte die Binsenmatten aus und staubte den Schaukelstuhl ab, schürte die Asche, füllte den Kessel mit Wasser und Kräutern und begann ein Essen für zwei vorzubereiten. Sie waren nur zu zweit, fest wie Stein, unveränderlich wie dieser Raum, Dolores O'Toole und Virgil Jones, Virgil O'Toole und Dolores Jones, Virgil Dolores und Jones O'Toole, Virgil O'Dolores und Dolores O'Virgil. Wie die beiden Schwulen: William Fitzhenry und Henry Fitzwilliam. Sie arbeitete und kicherte.

Zunächst entdeckte sie den Geist nicht. Er stand hochgewachsen und geisterhaft an der Tür, wirkte besorgt und versuchte zu entscheiden, wie er ihr seine Probleme erklären sollte. Als sie ihn weiterhin nicht beachtete, hüstelte er schließlich.

Mit dem Wort *Virgil!* auf den Lippen wandte sie sich zur Tür um und erstarrte. Ihr Mund öffnete sich, arbeitete lautlos, ein Schrei ohne Ton. Langsam wich sie vor ihm zurück, bis sie gegen die Truhe stolperte.

»Mrs. O'Toole«, sagte der Geist. »Sind Sie krank? Sie sehen aus wie der Tod.«

Sie wurde von Entsetzen geschüttelt. Hastig öffnete sie den Deckel der Truhe und sprang hinein. Fieberhaft wühlte sie darin herum, bis sie fand, wonach sie suchte. Sie hielt es empor: ein kleines Kruzifix, aus Holz geschnitzt, durch die fleißige Arbeit der Würmer brüchig geworden.

»Apage me, Satanas!« sagte sie.

»Dolores«, sagte der Geist. »Ist ja schon gut, Dolores.«

»Weiche von mir«, sagte Dolores O'Toole. »Du bist nicht hier. Wir leben allein. Virgil Jones und Dolores O'Toole. Sonst gibt es niemanden. Sieh doch: Es gibt nur zwei Matten. Ich koche für zwei. Es gibt nur uns beide. Daran wird sich nichts ändern.«

»Erkennen Sie mich?« fragte der Geist langsam. »Wissen Sie, wer ich bin?«

»Weiche von mir«, sagte Mrs. O'Toole und duckte sich hinter

den Rand der Truhe. »Komm ja nicht näher! Kehre dahin zurück, wo du herkommst. Kehre dahin zurück, wo du hingehörst. Kehre zu Grimus zurück. Gespenst der Steinrose, weiche! Ich glaube nicht an dich!«
»Die Steinrose«, wiederholte der Geist. »Grimus. Was ...«
»Apage me!« kreischte Dolores O'Toole und zog sich den Truhendeckel über den Kopf.
Der Geist stand mitten im Raum und fragte sich, was er tun sollte. Da er jedoch mit Dolores allein sprechen wollte, entschied er sich schließlich dagegen, Virgil Jones schon jetzt zu holen. Er näherte sich der Truhe.
»Gott schütze mich«, tönte es aus den Tiefen, als er den Deckel hob.
»Mrs. O'Toole ... Dolores ...«, sagte der Geist. »Ich möchte Ihnen einen Vorschlag machen.«
»Nein, nein«, entgegnete Dolores. »Du bist nicht hier.«
»Ich weiß, Sie möchten, daß ich verschwinde«, sagte der Geist. »Ich weiß, Sie befürchten, ich werde versuchen, Virgil zu überreden, mich zu begleiten. Aber ich schlage folgendes vor: Wie wär's, wenn Sie auch mitkommen? Würden Sie das tun?«
»Keine zehn Pferde bringen mich auf den Berg«, antwortete Dolores mit funkelnden Augen. »Da oben ist die Vergangenheit. Die wir hinter uns gelassen haben. Man kann nicht in die Vergangenheit zurückkehren. Nichts wird sich verändern. Die Veränderung ist fixiert. Weiche!«
Der Geist seufzte.
»Dann muß ich Ihr Feind sein«, erklärte er. »Es tut mir aufrichtig leid, glauben Sie mir, meine liebe Mrs. O'Toole; vor allem, da ich sehe, daß Sie krank sind. Ich werde jetzt gehen und Virgil holen ... Mr. Jones.«
»Laß ihn in Ruhe!« rief Dolores verzweifelt. »Geh weg und laß ihn in Ruhe!«
Der Geist verließ sie.

Während Flapping Eagle loslief, um Virgil Jones zu suchen, erinnerte er sich, früher einmal, als er noch jung war, gehört zu haben, wie sich zwei Axona-Frauen unterhielten.
»Wir müssen uns vor Born-From-Dead hüten«, hatte eine von ihnen gesagt.
Und die zweite Frau, die ältere der beiden, hatte erwidert: »Ja. So geboren zu sein, bedeutet, daß der Tod immer hinter den Augen lauert.«
Und Livia Cramm hatte dasselbe gesagt.
Und Virgil Jones hatte ihn als Vernichter bezeichnet.
Und dennoch hatte er nichts davon gewollt.
Also wer dann?
Und wer oder was war Grimus?
Und die Steinrose?
Und würde Virgil Jones einwilligen, ihn zu begleiten? Oder würde Mrs. O'Tooles Krankheit der entscheidende Faktor sein?
Keuchend rannte er zur Mulde neben dem Brunnen hinüber.

16. Knacks

Es war der Brunnen, der Virgil Jones letztlich bei seiner Entscheidung half; aber bis er an diesen Punkt gelangte, hatte er fast jeden Zweig zerbrochen, der sich in seiner Reichweite befand. Wenn er sie zerbrochen hatte, warf er die Bruchstücke in den Brunnen.
Mit folgenden Argumenten überzeugte er sich selbst:
Nicholas Deggle hatte nicht wissen können, daß Flapping Eagle den alten Virgil traf.
Knacks.

Ergo *konnte* er den Axona nur als Experiment zum Calf Mountain geschickt haben, um zu sehen, ob das Tor, das er errichtet hatte, noch funktionierte.
Knacks.
Das bedeutete, daß er beabsichtigte, ihm zu folgen.
Knacks.
Falls Nicholas Deggle zurückkehrte, würde das Leben ohnehin unerträglich werden. Nach Grimus mußte Virgil Jones ihn als seinen größten Feind einstufen. Jedenfalls, seit er von der Insel vertrieben worden war.
Knacks.
Wenn er nicht zurückkehrte, würde das Leben kaum besser sein. Der Effekt breitete sich aus. Dolores hatte versuchsweise ein paar kleine Vorstöße die Hänge hinauf unternommen und ihn dort gespürt. Sobald er ihre kleine Kate erreichte, würde es dort nicht besser sein als in K. Jedenfalls für Dolores.
Knacks.
Aber Nicholas Deggle mußte gewußt haben (Flapping Eagle mußte es nicht unbedingt gewußt haben, noch nicht), was Flapping Eagle, seinem Wunschziel entsprechend und *da er war, was er war,* der Insel antun würde. Was er ihr in aller Wahrscheinlichkeit antun würde.
Knacks.
Dennoch war damit, daß er hierblieb, wenig gewonnen.
Knacks.
Von Dolores abgesehen, natürlich; die würde nie wieder auf den Berg steigen. Aber schließlich konnte man einwenden, daß er, sollte er einwilligen, Flapping Eagle zu begleiten – *die unwiderrufliche Entscheidung* –, das nur für Dolores tun würde.
Knacks.
Doch was wäre wiederum, wenn Deggle eintraf, sobald er fort war? Konnte Dolores damit fertigwerden? Einen Moment dachte er darüber nach; dann kam er zu dem Schluß, daß er, falls er doch mitging, voraussetzen mußte, daß sie es konnte.

Knacks.
Eine entscheidende Frage: Würde er, durch vergangene Erfahrungen mit den Dimensionen so geschädigt, wie er es war, überhaupt von Nutzen sein? Und wieder eine unbefriedigende Antwort: Man mußte das Beste hoffen.
Knacks.
Eine weitere entscheidende Frage: Würde er Flapping Eagle soweit beeinflussen können, daß der gesamte Plan funktionierte? Und schon wieder Ungewißheit: Alles hing davon ab, wie Flapping Eagle auf das reagierte, was er auf dem Berg erleben würde.
Knacks.
Und dennoch – gab es eine Alternative? Angesichts der Wachstumsrate des Effekts und der zunehmenden Häufigkeit der – zugegeben – geringen Erdstöße war die Insel dem Zerfall preisgegeben, und zwar keineswegs dem langsamen.
Knacks.
An diesem Punkt geschah es, daß ihm der Brunnen half. Er warf den zerbrochenen Zweig hinein und sann über die Ähnlichkeit zwischen dem Brunnen und der Insel nach. Eine Vorstellung, die nicht funktionierte. Verließ man sie, setzte man sich von ihr ab, wie man sich vom Leben auf der Insel abgesetzt hatte? Versuchte man sie zu retten? Oder willigte man ein, sie zu vernichten, wie man einen trockenen Brunnen zuschütten würde ...?
Genau wie Flapping Eagle, der sich schon für den Aufstieg statt für die Stasis entschieden hatte; genau wie Dolores O'Toole, die sich gestern nacht entschieden hatte, von ihrer Liebe zu sprechen, statt sie weiterhin zu verschweigen; genauso entschied sich Virgil Jones jetzt dafür, zu handeln, statt weiterhin passiv zu verharren. Denn die Initiative war da, um ergriffen zu werden, wie das Huhn da gewesen war, um von Flapping Eagle geschlachtet zu werden, wie Dolores' Liebe da gewesen war, um erklärt zu werden, und wie der Brunnen da war, um

zugeschüttet zu werden. Letzten Endes tut man, was man tun muß, sagte er sich, stand auf und rückte blinzelnd seinen Bowler zurecht.
Er zerbrach noch einen letzten Zweig; dann erschien Flapping Eagle im Laufschritt auf der Szene.
Virgil Jones nahm sein Herz in beide Hände und sagte: »Mr. Eagle, sind Sie noch immer entschlossen, den Berg zu besteigen?«
»Ja«, antwortete er und wollte fortfahren, als Virgil ihn unterbrach: »Wenn dem so ist, müssen Sie mir gestatten, als Ihr Bergführer mitzukommen.«
Flapping Eagle war sprachlos über diese unerwartete Erklärung.
»Mrs. O'Toole«, brachte er schließlich bestürzt heraus. »Ich glaube, es geht ihr gar nicht gut.«

Als Virgil – auf Flapping Eagles Vorschlag allein – in die Hütte zurückkehrte, hockte Dolores O'Toole noch in der Truhe.
Mit einem Freudenschrei sprang sie auf, als er hereinkam.
»Virgil«, sagte sie, »ich hatte so furchtbare Angst!«
»Na, na, Dolores«, sagte er hilflos und kam sich dabei schrecklich heuchlerisch vor.
Sie stieg aus der Truhe, kam auf ihn zu und blieb wie ein verängstigter Schimpanse vor ihm stehen.
»Nichts wird sich verändern, nicht wahr, Virgil?« flehte sie.
Virgil Jones schloß die Augen.
»Dolores«, sagte er, »bitte, versuch mich zu verstehen. Ich muß mit Mr. Eagle auf den Berg steigen. Ich muß.«
»Oh, gut!« rief sie sofort und klatschte in die Hände. »Ich wußte ja, daß alles gut würde.«
Er sah sie an. »Dolores«, sagte er. »Hast du mich gehört? Morgen früh werden wir aufbrechen. *Aufbrechen.*«
»Ja«, sagte sie, »morgen früh. Wir werden wie immer zum Strand hinuntergehen, und ich werde dir den Schaukelstuhl

tragen, du ungeschickter, kurzsichtiger, armer Mann. Mein Geliebter.«
»O Gott«, stöhnte Virgil Jones.

»Es ist nicht Ihre Schuld«, sagte er draußen zu Flapping Eagle. »Bitte, schreiben Sie sich keinerlei Schuld zu. Die Verantwortung dafür trifft allein mich. *Mea culpa.*«
»Sie werden natürlich bei ihr bleiben«, sagte Flapping Eagle.
»Nein«, gab Mr. Jones zurück. »Wenn es Ihnen recht ist, werden wir morgen früh aufbrechen.«
Flapping Eagle mußte ihn einfach fragen: »Warum, Mr. Jones? Warum entscheiden Sie sich für mich?«
Mr. Jones lächelte ein wenig schief. »Mein lieber Junge«, sagte er, »einem geschenkten Gaul sieht man nicht ins Maul. Können Sie Latein?«
»Nein«, antwortete Flapping Eagle. »Das heißt, nur ein paar Wörter.«
»Timere Danaos et dona ferentes«, sagte Mr. Jones. »Haben Sie mich verstanden?«
»Nein«, sagte Flapping Eagle.
»Ist vielleicht auch besser«, meinte Virgil Jones. »Wenn wir beide Freunde sein wollen.«

17. Bergbesteigung

Um Dolores nicht zu beunruhigen, nahm Flapping Eagle sein Essen an jenem Abend allein am Brunnenschacht ein; Virgil Jones brachte es ihm hinaus. Er war verwirrt; es gab eine ganze Reihe von Fakten, die ihm nicht logisch erschienen: eine schreckliche Vorgeschichte, von der er nichts wußte, die Mr.

Jones aber zu seiner überraschenden Entscheidung verholfen hatte. Er hatte versucht, dahinterzukommen, aber es war ihm nicht gelungen; also versuchte er statt dessen zu schlafen, und damit hatte er letztlich Erfolg.

Virgil Jones machte inzwischen den verzweifelten Versuch, die Barriere in Dolores' Verstand zu durchbrechen.

»Erinnerst du dich an Nicholas Deggle?« fragte er sie.

»O ja«, antwortete Dolores ganz normal. »Ich habe ihn nie gemocht. Drei Kreuze hab' ich gemacht, als er verschwand.«

»Er ist nicht verschwunden, Dolores. Er wurde verjagt. Also hör zu: Falls er auf einmal wiederkommen sollte – sag ihm nichts davon, daß du mich kennst. In Ordnung?«

»In Ordnung, Liebling«, antwortete sie gleichmütig, »aber du bist töricht. Schließlich wird er dich doch *sehen*, nicht wahr?«

»Dolores«, rief Virgil Jones erregt, »ich gehe fort!«

»Ich liebe dich auch«, gab Mrs. O'Toole zurück.

Hilflos schüttelte Virgil den Kopf.

»Hör zu, Dolores«, versuchte er es abermals. »Nicholas Deggle ist wütend auf mich. Also laß ihn nicht merken, daß ich dich geliebt habe ... liebe. Um deiner selbst willen.«

»Liebling«, sagte Mrs. O'Toole, »der ganzen Welt möchte ich von unserer Liebe erzählen. Ich möchte es über die ganze Insel hinausschreien. Ich möchte ...«

»Stopp, Dolores«, sagte Virgil Jones. »Hör auf! Hör auf!«

»Ich freue mich, daß du hierbleibst«, sagte sie. »Und ich bin stolz auf dich.«

»Stolz ...«, echote Mr. Jones.

»O ja!« versicherte sie. »Weil du diesen Geist von Grimus verjagt hast. Das hast du gut gemacht. Nun kann uns beiden nichts mehr geschehen.«

»Nein«, bestätigte Mr. Jones, seine Niederlage akzeptierend. »Nichts mehr.«

In jener Nacht träumte Virgil Jones von Liv. Der hochgewachsenen, schönen, tödlichen Liv, die ihn vor so langer Zeit zerbrochen hatte. Sie war der Mittelpunkt des Strudels gewesen, und er fiel auf sie zu, während ihr Mund sich zu einem Willkommenslächeln öffnete und weiter öffnete und weiter und weiter und er auf sie zufiel, und das Wasser über seinem Kopf zusammenschlug und ihn zerbrach wie einen Zweig.

Weil der nackte Boden hart und höckrig war, wurde Flapping Eagle im Verlauf der Nacht mehrmals wach. Auf seiner Brust verspürte er ein Jucken. Verschlafen kratzte er sich und dachte, während er wieder einschlummerte: *Diese verdammte Narbe!*

Diese verdammte Narbe störte ihn gelegentlich.

Wieder einmal Zeustag-Morgen. Neblig.

Virgil Jones wurde behutsam wachgerüttelt. Er sah, daß Mrs. O'Toole ihn anlächelte, und sie sagte zu ihm: »Zeit zum Aufstehen, mein Liebling.«

Er stand auf. Methodisch holte er einen alten Beutel von einem Haken an der Wand und füllte ihn mit Obst und Gemüse.

»Warum, um Himmels willen, brauchen wir das alles unten am Strand, Liebling?« fragte Dolores. Er antwortete nicht.

»Ich brauche jetzt deinen Gürtel, Liebling«, sagte sie in bemüht sanftem Ton. Er kleidete sich schweigend an: den schwarzen Anzug, den Bowler-Hut.

»Dolores«, sagte er, »heute brauche ich meinen Gürtel selbst.«

»Ach so«, schmollte sie. »Nun gut, wenn du heute so sein willst, werde ich auch ohne auskommen.«

Sie hievte sich den Schaukelstuhl auf den Buckel. »Nun komm schon«, flötete sie. »Wir müssen los.«

»Ich komme nicht mit«, sagte er.
»Gut, Liebling«, gab sie zurück. »Dann folgst du mir eben, wie sonst auch. Ich werde unten auf dich warten.«
»Leb wohl, Dolores«, sagte er.
Mit dem Schaukelstuhl auf dem Rücken humpelte sie zur Hütte hinaus.

Am Brunnen holte er Flapping Eagle ab. Der Axona hatte sich einen Streifen Stoff um die Stirn geknotet und am Hinterkopf eine Feder hineingesteckt.
»Festtagskluft«, scherzte er. Virgil Jones lächelte nicht.
»Gehen wir«, sagte er statt dessen.

Der Schaukelstuhl stand, die Rückseite dem Meer zugewandt, am Strand. Daneben saß Dolores O'Toole im grau-silbernen Sand und sang ihre Lieder von Trauer und Rache.
»O Virgil«, sagte sie, »ich bin ja so glücklich!«

Während sich ein dicker, strauchelnder Mann und sein hochgewachsener, federgeschmückter Begleiter, wippende Feder neben Bowler-Hut, langsam über die zugewachsenen Pfade den Berg empormühten, saß in den Wäldern an den Hängen des Calf Mountain lautlos, unsichtbar, wartend und beobachtend ein Schorf.

18. Magister Anagrammari

Der Schorf-Planet wird manchmal auch Thera genannt. Er nimmt seinen Weg um den Stern Ennos in der Yawy-Klim-Galaxie des schorfischen Nivermusu herum. Dieses Gebiet ist die

Hauptkomponente jener Zone, die zuweilen als Schorfische Endimions bezeichnet wird.
Die schorfische Versessenheit auf Anagramme reicht vom einfachen Umordnen von Wortformen bis zum erhabenen Göttlichen Ratespiel des Ordnens. Das Große Spiel reicht weit über ein bloßes Buchstabenrätseln hinaus; durch ihre außergewöhnlichen mentalen Kräfte vermögen die Schorfs anagrammatisch ihre Umgebung und sogar ihre äußere Erscheinung zu verändern – in letzterem Fall innerhalb der sehr starren Grenzen eines eher grotesken gegebenen Materials. Die Spielregeln werden Anagrammar genannt; und der Titel eines Magister Anagrammari ist das höchste Ziel eines jeden lebenden Schorfs.
»Leben« ist ein etwas heikler Ausdruck, denn Schorfs sind keine Lebensform wie jene, die wir kennen. Sie brauchen weder Nahrung noch Wasser oder Atmosphäre und besitzen nur ein einziges, nichtkörperliches Sinnesorgan, mit dem sie sehen, hören, fühlen, schmecken, riechen und eine ganze Menge mehr können: eine Art Aura oder Emanation, die ihren riesigen, harten, nutzlosen Körper umgibt.
Um ganz genau zu sein: Die Schorfs gleichen gigantischen, blinden Fröschen – bis auf eine ganz besondere Eigenschaft: Sie bestehen ganz und gar aus Stein.
Ihre Ursprünge liegen im Nebel der Urzeit verborgen; vermutlich hat irgendeine Strahlung, die ihren heutzutage kahlen Planeten zerstört hat, den Fels in diese Meisterstücke der Intelligenz zerspalten und sie zugleich zu der tragischen Ironie fast vollständiger Unbeweglichkeit und vollständiger Isolation verdammt. Denn dies ist die Tragödie der Schorfs: Nicht nur auf Thera selbst, sondern in der gesamten Endimions gibt es keine einzige andere Lebensform. Keine Tiere springen, keine Pflanzen wiegen sich, und es gibt auch keine Brise, in der sie sich wiegen könnten.
Diese Ironie verhinderte mehrere Jahrtausende lang, daß die

Schorfs erkannten, wie fortgeschritten ihre Kultur wirklich war, und zwar, weil sie keine Maßstäbe hatten. Daraus entstand eine gewisse philosophische Paranoia. Der höchste Meister des Spiels, Dota persönlich, stellte in den gefeierten »Fragen des Dota« die Frage: *And are we actually to be the least intelligent race in our Endimions? – Und sollten wir wirklich die am wenigsten intelligente Rasse unserer Endimions sein?* Eine Philosophie der Verzweiflung: Derjenige, der einzigartig ist, ist sowohl der Größte als auch der Kleinste. Unser ganz persönlicher Schorf, jener, der jetzt aufmerksam den Weg von Flapping Eagle und Mr. Virgil Jones beobachtete, war besonders stolz darauf, diese letzte und berühmteste der »Fragen« geordnet zu haben. Er veränderte sie, um eine andere Frage daraus zu bilden, und zwar folgendermaßen: *Determine how catalytic an elite is; use our talent and learning-lobe. – Stelle fest, wie katalytisch eine Elite ist; benutze dazu unser Talent und unseren Lernlappen.* Dies ist die perfekte Anwendung des Anagrammar; denn sie enthält nicht nur sämtliche Buchstaben der Höchsten Frage und nur diese, sondern bereichert die Frage selbst, indem sie sie durch den Begriff des Elitismus und seiner Erwünschtheit, den Begriff der Katalyse und ihrer Ursprünge sowie durch Instruktionen darüber ergänzt, wie die Frage beantwortet werden sollte. »Talent« ist für die Schorfs nur eine einzige Eigenschaft: die Fähigkeit des Ordnens. So daß dieselbe Fähigkeit, die Anlaß für die Größte Frage war, bei ihrer Beantwortung eingesetzt werden muß, und zwar mit Hilfe des »Lernlappens«, jenes unerschöpflichen Erinnerungsspeichers, der in jedem Schorf verschlossen liegt und der Spezies die absolute Erinnerung an alles bietet, was je einem Schorf widerfahren ist.

Der Titel Magister Anagrammari mitsamt dem bescheidenen Ruhm, der damit verbunden ist (die Schorfs sind keine begeisterungsfähige Rasse), kam nunmehr auf unseren Schorf zu, so daß man mit Fug und Recht sagen kann, es habe ihm den

Kopf verdreht (obwohl er, genaugenommen, gar keinen hatte).

Es sollte darauf hingewiesen werden, daß die Schorfs keine orthodoxe Technologie entwickelt hatten; das »Göttliche Ratespiel« war alles, was sie an Naturwissenschaft und Kunst brauchten. Wie man dem oben erwähnten Beispiel entnehmen kann, zog ihre Philosophie die Fragen den Antworten vor; und obwohl unserer Schorf mit seinem Ordnen auf die Quelle einer Antwort hingewiesen hatte, war ihm durchaus klar, daß weiteres Ordnen eine Untersuchung unmöglich machen könnte. Doch unser Schorf, von seinem Triumph beseelt, geriet nun fast an die Grenze zur Ketzerei. Er entwickelte einen Seitenzweig des »Göttlichen Ratespiels« bis zu einem Punkt, daß er das »Spiel« selbst bedrohte. Darüber hinaus gab er den Schorfs endlich die Chance, das Ausmaß ihrer geistigen Brillanz oder Mittelmäßigkeit mit anderen Zivilisationen zu messen.

Dieser Seitenzweig wurde Konzeptionalismus genannt und wohl am besten durch eine der seltenen Erklärungen Dotas definiert: *»Ich denke, darum ist es.«* Es war unser Schorf, der als erster die ungeheuren Folgerungen dieser Erklärung erkannte. Dota hatte lediglich sagen wollen, daß nichts ohne einen kognitiven Intellekt existieren könne, der diese Existenz erkenne; unser Schorf kehrte diese Aussage um und postulierte, daß alles, was sich ein solcher Intellekt vorstellen könne, *daher auch existieren müsse.* Daraus entwickelte er die Vorstellung von der möglichen Existenz anderer Endimions: anderer Endimions mit zugänglichen Lebensformen. Die Schorfs waren nicht sicher, ob sie ihm zujubeln oder ihn mit Ziegelbrocken steinigen sollten. Sie fühlten sich unvermittelt exponiert. Die gemütliche, wenn auch melancholische Periode der Isolation wurde zu einem plötzlichen Ende gebracht …

Um die Ängste seiner Artgenossen zu beschwichtigen, konzeptionalisierte unser Schorf nun ein Objekt. Ein Objekt würde in jeder nur vorstellbaren Endimions existieren, und nur durch den Kontakt mit Objekten wurde es möglich, sich zwischen den Endimions hin und her zu bewegen. Dieses würde den Schorfs eine gewisse Kontrolle über ihre neue Idee verleihen.

Mittels eines solchen Objekts stellte unser Schorf eine Verbindung mit Grimus her. Und mit Calf Island. Um es zu beobachten, ohne selbst hineingezogen zu werden, ordnete er seinen eigenen, häßlichen Körper so, daß er unsichtbar wurde. Und beobachtete.

Während er den mühseligen Aufstieg von Mr. Jones und Flapping Eagle beobachtete, empfand er eine zunehmende Erregung. Seine Aura begann vor Freude eindeutig zu wabern. Aus folgendem Grund: Seit er auf Calf Island eingetroffen war, hatte er ein fehlendes Verbindungsglied gespürt, die Abwesenheit einer lebenswichtigen Zutat, die sich in der Struktur des Ortes stabilisieren würde. Das würde jeder Schorf bemerkt haben: Sich aller Komponenten zu vergewissern, gehörte zu den grundlegenden Stadien des »Göttlichen Ratespiels«. In den Händen eines Meisters wurde diese Gewißheit zu einer Art Instinkt, so daß der Schorf, als er Flapping Eagle sah, sofort *wußte*, daß dieser Mann das Verbindungsglied war. Daß diese Reise, falls vollendet, zugleich das Ordnen der Insel und des Berges vollenden würde. Er sehnte sich danach, zu erfahren, wie diese Ordnung aussehen würde.

Wenn unser Schorf einen Fehler hatte, dann den, daß er ein Einmischer war. Lange Jahre des Ordnens hatten ihn irgendwie süchtig danach gemacht. Bisher hatte er dem Versuch, sich einzumischen, auf Calf Island widerstanden; nun aber, da die großen, endgültigen Ereignisse, auf welche die Insel (unbewußt) gewartet hatte, in Gang gekommen waren, fand er endlich einen Grund, sich einzumischen.

Er argumentierte:
Nur wenn ich Grimus wäre, würde ich mir völlig dessen bewußt sein, was sich auf Calf Island abspielt.
Es sei denn, ich wäre ein Schorf.
Da aber das Bewußtsein ein dynamischer Zustand ist (das heißt, man muß wählen, ob man aufgrund seines Wissens tätig oder nicht tätig werden soll, und selbst der Entschluß, untätig zu bleiben, ist eine Tat), wird es für bewußte Wesen zum Privileg, um nicht zu sagen, zur Pflicht, zur Tat zu schreiten und möglichst den Strom ihrer Zeit zu ändern.
So war es für einen Schorf auf Calf Island, der wußte, was er wußte, und der war, was er war, absolut gerechtfertigt, zu tun, was er für richtig hielt.
Der Schorf nickte fröhlich vor sich hin. Er hoffte vor dem »Endgültigen Ordnen« fast noch auf ein besonderes Bonbon: hoffte fast, daß Flapping Eagle von einem der furchtbaren und häufig tödlichen Anfälle des Endimions-Fiebers gepackt wurde.
Ich muß, sagte er zu sich, natürlich sehr, sehr vorsichtig sein.

19. Fieber

Dichter Wald, finster wie ein Grab. Hinter ihnen der zerstörte, weltferne Geist der Dolores O'Toole, verlassen von der Liebe im selben Moment, da sie ihr gestattet hatte, Besitz von ihr zu ergreifen; vor ihnen K und was immer sie in der Stadt erwartete. Dazwischen die unwirtlichen Hänge und Wälder von Calf. Alles, was Flapping Eagle anspornte, war das Phantom von Bird-Dog, das ihm vor Augen stand, das Bild, wie sie Hand in

Hand mit dem gesichtslosen Mr. Sispy davonging. Er hätte gern gewußt, was Virgil Jones anspornte.
Ein leises Pfeifen in den Winkeln seines Kopfes. Er hatte den Eindruck, daß es um so stärker wurde, je höher sie die Bergpfade emporklommen. Virgil Jones ließ sich nicht anmerken, ob er es hörte; er trug die entrückte Miene eines Mannes zur Schau, der sich an alte Gewohnheiten zu erinnern versucht. »Ja, ja«, murmelte er immer wieder vor sich hin, während er sich schwerfällig durch dieses oder jenes Dickicht arbeitete. »Verflixt«, fluchte er gelegentlich und barg, in Erinnerungen oder Vorwürfe vertieft, den Kopf in den Händen – um sich sodann mit einem Ruck wieder aufzurichten und wie ein verwundeter Büffel vorwärtszutrampeln. Flapping Eagle folgte ihm; und so kämpften sie sich ihren mäandernden Weg durch das Unterholz den Berg hinauf.
Das Pfeifen war noch immer da; oder spielten ihm seine Ohren einen Streich? Schien es nur deswegen lauter zu werden, weil er darüber nachdachte? Verzweifelt versetzte er sich mit der flachen Hand einen Schlag gegen den Kopf. Sekundenlang hatte er den Eindruck, der Wald sei eine undurchdringliche, feste Masse, die ihn umschloß und in ihn eindrang. Er blinzelte, und der Eindruck verschwand; der kaum erkennbare Pfad war wieder da.
Virgil Jones starrte ihn an.
»Warum haben Sie aufgeschrien?« wollte er wissen.
»Was meinen Sie?« fragte Flapping Eagle.
»Haben Sie sich denn selbst nicht gehört?«
»Aber keineswegs«, gab Flapping Eagle gereizt zurück. »Soll das ein Witz sein?«
»Nein, nein, bestimmt nicht«, versicherte ihm Mr. Jones. »Sagen Sie, hören Sie überhaupt etwas? Vielleicht eine Art hohes Pfeifen?«
»Ja ...«, antwortete Flapping Eagle, dessen Besorgnis wuchs.
»Gut«, sagte Virgil Jones. »Wie ich fürchte, läßt mein Gehör,

genau wie mein Augenlicht, allmählich nach, vor allem in den oberen Registern. Tatsache ist, daß wir in die Zone des Effekts geraten. Von nun an ist es von lebenswichtiger Bedeutung, daß wir miteinander reden.«

»Welchen Effekts?« fragte Flapping Eagle. »Und warum reden?«

»Über alles, nur nicht über den Effekt«, antwortete Virgil Jones. »Wir haben jetzt keine Zeit für Erklärungen. Bitte, tun Sie, was ich sage. Schweigen könnte äußerst gefährlich werden.«

Flapping Eagle unterdrückte eine Flut von Fragen und beschloß, Mr. Jones' Rat zu befolgen.

»Dolores«, sagte er. »Wird sie es überwinden?«

»Das hoffe ich«, sagte Mr. Jones. »Das hoffe ich sehr.«

Kurzes Schweigen. Dann brach Mr. Jones in einen ganzen Wortschwall aus.

»Haben Sie schon die Geschichte von der Prostituierten gehört, die in Ihrer Heimat mal einen Bürgerkrieg ausgelöst hat? Polly Adams war ihr Name ...«

Doch Flapping Eagles Gedanken wanderten. Er dachte an Bird-Dog, an Mr. Jones' Beweggründe, an den dichten Wald, in dem sie sich verirrt hatten, an das Pfeifen in seinen Ohren, das Pfeifen in seinen Ohren, das Pfeifen in seinen Ohren, das lauter wurde und immer lauter ...

Virgil Jones schrie ihm etwas ins Ohr: »Ein Rätsel, Mr. Eagle. Denken Sie darüber nach: Warum benutzt ein Ire drei Kondome?«

Schwäche, Übelkeit. Beides völlig fremd für Flapping Eagle, der nun jedoch von beidem überfallen und überspült wurde wie von der Woge, die ihn nach Calf Island getragen hatte. Das gleiche Gefühl verwirrter Abstraktion, das er gehabt hatte, bevor er auf seinem Boot ohnmächtig wurde, bemächtigte sich seiner auch jetzt wieder. Er blieb stehen. Seine Stirn glühte. Das Pfeifen wurde immer noch lauter.

»Ich weiß es nicht, Mr. Jones«, antwortete er kraftlos. »Warum benutzt ein Ire drei ...«
Irgend etwas verzerrte sein Blickfeld. Virgil schien eine Meile weit entfernt zu sein; dafür streckte sich ihm sein Arm über Lichtjahre hinweg wie ein langer, schlängelnder Tentakel entgegen. Unwillkürlich zuckte Flapping Eagle zurück und fiel um. Ein Frösteln zog durch seine Knochen. Jetzt war seine Stirn eisig. Das Pfeifen machte ihn inzwischen für Virgils laute Stimme praktisch taub.
»Keine Angst«, brüllte Virgil. »Ein Anfall von Dimensionfieber, weiter nichts. Wird Ihnen bald schon bessergehen ...« Die Worte echoten und verklangen.
Dimensionfieber: Was sollte das sein? Flapping Eagle war wütend, weil man ihn in Unkenntnis gelassen hatte, und plötzlich konnte er wieder klar sehen. Er sah, daß sich ein sehr besorgter Virgil Jones über ihn beugte.
»Im Dunkeln ist es jedesmal schlimmer«, schrie Virgil ihm zu. »Ich werde Sie auf eine Lichtung bringen. Versuchen Sie sich auf meine Stimme zu konzentrieren. Ich werde die ganze Zeit mit Ihnen reden. Tageslicht hilft: Verscheucht die Monster.«
»Monster ...«, wiederholte Flapping Eagle schwach.
»Die kommen aus Ihnen selbst«, erklärte Virgil Jones. »Aus Ihnen selbst ...« (Seine Stimme wurde leiser, verklang.)
Die Verwirrung kehrte zu Flapping Eagle zurück. Wieder das verzerrte Blickfeld.
»Kann nicht erklären«, schrie Virgil ihm durch einen langen Tunnel zu. »Überleben kann man das nur, wenn man es versteht. Hören Sie auf meine Stimme. Hören Sie nur auf meine Stimme!«
Flapping Eagle wurde von Angst geschüttelt, der Angst des gesunden Menschen vor einer unerklärlichen Krankheit. Er spürte, wie ihm all seine Überzeugungen entglitten; was hatte er hier überhaupt zu suchen? Was für eine Teufelei hatte

Besitz von ihm ergriffen? Warum hatte er sich nicht einfach umgebracht, als er noch die Chance dazu gehabt hatte? Aber vielleicht war er ja schon tot. Jawohl, er war tot. Er war in jenem Boot ertrunken, und dies war die Hölle, und Virgil Jones war ein Dämon, und dies war irgendeine infernalische Tortur. Jawohl, er war tot.

Oh, ich erinnere mich, erinnere mich: Ich war Flapping Eagle. Als das Unerkennbare über mich herfiel, bin ich praktisch verrückt geworden. Halluzinationen ... Anfangs hielt ich sie für Halluzinationen, allmählich aber gewannen sie die Gewißheit absoluter Realität, und es war die Stimme von Virgil Jones, die wie ein Traum zu mir herübertrieb. Die Welt hatte sich auf den Kopf gestellt; ich kletterte einen Berg bis in die Tiefen irgendeines Infernos empor, stürzte tief in mich selbst hinein.

Die Szene, die ich sah, schien zu erstarren; sie durchlief eine Myriade Transmutationen, in denen sich die Farben veränderten, die Bäume zu wandernden Kreaturen wurden, der Boden flüssig und der Himmel fest wurde, das Gras sprach und die Blumen musizierten. In einigen dieser Transformationen war Virgil Jones überhaupt nicht mehr da; in anderen war er ein geiferndes Riesenmonster. In wieder anderen war er tot. In manchen hörte ich seine Stimme zu mir sprechen, wie sie mir Worte des Trostes und guten Rates ins Ohr träufelte. Es war eine Feuertaufe.

Virgil Jones und ich: zwei seltsame Bettgenossen. Er ein ausgebrannter Mann, die hohle Schale seiner Vergangenheit, felsenfest in seinem Wissen um ein gewaltiges Versagen; ich ein unvollständiger Mann auf der Suche nach Erkenntnis über ein Sterben, das meinem Leben ein Ende bereiten würde, im Angesicht des Todes auf der Suche nach meinem Gesicht. Aus einem Grund, den ich erst sehr viel später begriff, liebte er mich wie seinen Sohn, wie den letzten seiner lebenden Söhne; und sobald ich von dem Fieber genesen war, liebte ich ihn auch, obwohl ich ihn nicht gut genug und nicht stark genug liebte. Damals pflegte er mich, schleppte mich, schlaff und hilflos, wie ich war, auf eine Lichtung, während er redete und redete, um meinen Verstand von den Verheerungen des Effekts abzulenken. Im Dunkeln, bevor wir die Lichtung erreichten, war er für mich verloren. Auf der Lichtung verlieh mir seine Stimme eine gewisse Kraft. Bis er kam, um mich zu holen.

Virgil Jones: ein Mann ohne Zukunft, der mir zu der meinen verhalf, während er Dolores, seine Sorge und seine Liebe, hinter sich ließ, um mich zu Orten zu begleiten, denen er vor langer Zeit entflohen war. Ein tapferer Mann.

Das Fieber der Dimensionen zu überleben bedeutet, auf die Frage Warum? zu verzichten. Dennoch bekam ich kurz vor dem Ende eine Antwort auf sämtliche unbeantworteten Warums und auf ein paar ungefragte obendrein.

Als Virgil Jones Flapping Eagle auf die Lichtung schleppte, sagte er:

»O je, mein lieber Freund. Ich wünschte, es hätten nicht Sie sein müssen. In diesem Wald werde der Mensch sich selbst entweder finden oder verlieren, pflegte Grimus zu sagen. Das ist der Unterschied zwischen mir und Ihnen: Ich kann nur verlieren.

Mr. Eagle, Sie sind kein Mann, der sich erkannt hat. Das ist Ihre Schwäche, zugleich aber auch Ihre Stärke. Bevor man sich selbst erkennt, besitzt man den Optimismus der Ignoranz. Das kann einem das Leben retten. Sobald erkannt, steht man vor dem Grauen, zu wissen, was man ist und was man getan hat ... Der selbsterkannte Mensch kann eine profunde Wirkung auf seine Umwelt ausüben; aber er muß die Folgen davon tragen und die Schuld dafür ebenfalls ...«

Endlich auf der Lichtung, ließ er sich nieder, bettete Flapping Eagles Kopf in seinen Schoß und löste gedankenverloren sein eigenes Rätsel.

»Ein Ire benutzt drei Kondome, um sicher, sicher, sicherzugehen.«
Bei sich selbst dachte er:
Und nun, Mr. Jones, werden wir sehen, ob du es schaffst, ein Führer zu sein.

20. Jonas

Bird-Dog schwenkte einen Knochen.
»Sieh doch, kleiner Bruder, sieh doch! Hier hast du einen schönen Knochen. Gutes Hundchen. Einen ganz besonderen Knochen. Den Knochen von K. Nimm ihn! Komm doch und verbuddel ihn!«
»Bird-Dog«, antwortete Flapping Eagle schleppend. »Bist du das?«
Sie stand herausfordernd auf einem Felsblock, stampfte mit dem rechten Fuß auf und drehte sich langsam im Kreis. Dann warf sie ihm den Knochen zu. Er fiel zielsicher in seine Hand; aus einer Ritze darin wuchs eine Rose. Er steckte das Ganze in seine Hose.
Sie legte sich herausfordernd auf den Felsblock, schürzte ihren zerlumpten Rock bis zur Taille, spreizte die Beine und bog den Rücken durch.
»Komm herein, kleiner Bruder«, lockte sie ihn. »Komm schon, den schönen Knochen verbuddeln!«
Mit schlaffen Gliedern kroch er auf sie zu, und je näher er ihr kam, desto größer wurde sie. Hundert Meter entfernt, und schon war sie so groß wie ein Pferd. Das Loch zwischen ihren Beinen gähnte; die es umgebenden Haare glichen Tauen. Zehn Meter entfernt. Sie war ein Haus, eine Höhle, die rot und

pulsierend vor ihm lag, während sich der Haarvorhang teilte. Er vernahm ihre dröhnende Stimme.
»Warum wehrst du dich?« fragte sie ihn. »Gib auf, kleiner Bruder. Komm herein. Gib auf. Komm herein. Gib auf.«
Also kroch er in die Höhle. Hinter ihm fiel der Vorhang zu und schloß alles Licht draußen aus.
Drinnen ... ein rötliches Glühen. Da war sie wieder, die flinke Bird-Dog, lief vor ihm davon in ihre eigenen Tiefen hinein, während sie vor kindlichem Vergnügen quietschte.
»Fang mich doch, dummer kleiner Bruder!« rief sie und verschwand um eine Ecke. Aber er war noch nicht stark genug, ihr nachzujagen. Er richtete sich auf.
Und vernahm die Stimme von Virgil Jones.

»Das Problem mit Grimus«, sagte die Stimme, »ist, daß er den Effekt nicht kontrollieren kann. Sein Feld wird immer stärker. Sie werden sich allmählich daran gewöhnen müssen. Versuchen Sie, Ihre Gedanken zu beherrschen. Langsam. *Immer mit der Ruhe und dann mit 'nem Ruck.* Die inneren Dimensionen sind einsame Orte. Wir erschaffen uns sozusagen selbst. Furchterregend, nicht wahr? Jeder Mensch sein eigenes Universum. Stellen Sie sich die Wirkung vor. Menschen drehen durch. Das ist die Tragödie von K. Sie haben alle Angst vor ihrem eigenen Geist und Verstand. Mir ist es früher einmal genauso ergangen, jetzt aber ist nicht mehr viel davon übrig. Wie der alte Father William, eh? Kleiner Scherz. Darf ich versuchen, Sie für eine Theorie zu begeistern? Ein Mann in K, Sie werden ihn kennenlernen, schimpft sich selbst Philosoph, Ignatius Gribbs, Ignatius Q. Gribbs. Q für Quasimodo. I. Q. Gribbs, verstehen Sie? Keine Ahnung, ob das seine Vorstellung von einem Witz war oder die seiner Eltern, die Initialen. Jedenfalls pflegte er zu sagen: ›Es gibt keine lebenden Menschen.‹ Wir alle sind nur hohle Schalen, und was im Äther umhergeistert, ist das, was er als Formen bezeichnet. Dinge wie Emotio-

nen, Beweggründe und so fort. Die verweilen einige Zeit in einem von uns, dann kommt ein anderer. Auf eine Art ist das sehr hübsch. Erklärt die Unlogik so mancher menschlichen Handlung. Charakterveränderung und so weiter. Wird durch die Dimensionen natürlich zur Explosion gebracht. Das einzige, was in den Bewegungen zwischen den Dimensionen konstant bleibt, ist das eigene Bewußtsein. Doch Mr. Gribbs gibt sich die größte Mühe, die Dimensionen zu ignorieren. Weil sie etwas Erschreckendes sind. Kultivieren Sie Ihr Bewußtsein, Mr. Eagle, das ist der einzige Weg hinaus. Es gibt immer einen Weg. Wo ein Wille ist. Die einzige Kontrolle, die Ihnen bleibt.«
Wieder verklang die Stimme.

Flapping Eagle holte tief Luft, schloß die Augen, öffnete die Augen und versuchte seine Umgebung zu erkennen. Es war, als stehe er in dickem Schaum. Schwammig; seine Füße versanken darin. Ein weicher, feuchter, rötlicher Schaum.

Rot: das bedeutete Licht. Wo Farbe ist, ist Licht, aber er konnte keine Lichtquelle erkennen. Dennoch herrschte hier irgendwie Licht, matt, diffus zwar, aber Licht. Er gab die Suche auf. Er wandte sich um und suchte den Eingang. Er war nicht mehr da. Ein flüchtiger Moment von Klaustrophobie; dann Ruhe, obwohl sich der uralte Ausspruch in seinen Kopf schlich und sich in Worten manifestierte: *Jonas im Innern des Wals.*

Der Überlebensinstinkt liegt in verweichlichten Zivilisationen tief vergraben; in dem peripatetischen Flapping Eagle lag er, wenn auch durch das Wissen um seine Unsterblichkeit ein wenig geschwächt, dicht unter der Oberfläche. Als er jetzt in eine Welt geschleudert wurde, die, wie alle seine Sinne ihm sagten, nicht existieren konnte, die aber, wie sie ihm ebenfalls sagten, dennoch existierte, übernahm sein Instinkt den Befehl über ihn. Und zwar auf eine höchst physische Art und Weise. Er konnte zusehen, wie etwas, das ganz und gar er selber, aber auch nicht-er-selbst war, die Kontrolle über seinen Körper übernahm und für ihn mit den Zähnen knirschte. Es war eine simple, aber übermächtige Selbstkontrolle, die ihm half, dies zu überleben. Er staunte – und freute sich auch ein wenig – über die eigene Willenskraft. *In extremis veritas.*

WO EIN WILLE IST. Auf einmal dämmerte ihm die Erkenntnis der eigenen Macht, die Erkenntnis dessen, was Virgil Jones gemeint hatte. Dies war sein Ausweg, solange er nur fest genug entschlossen war.

Er begann zu üben. Bei seinem ersten Versuch wuchs eine Rose aus dem Boden des Ortes. (Er schaffte es nicht, ihn als das Innere seiner Schwester zu sehen, vor allem, nachdem er gesehen hatte, wie sie durch diesen fleischigen Korridor verschwunden war.) Die Rose welkte fast sofort. Er dachte darüber nach, und eine zweite Rose wuchs. Die keine Symptome des Welkens zeigte.

Er richtete den Blick auf den Boden, und der wurde fest. Ein Teppich bedeckte ihn, von Hand aus Seide geknüpft. In den Mittelpunkt war ein Auge gestickt. Er benutzte das Auge, um Fenster zu machen. Es starrte auf die roten Wände, und sie ordneten sich. Es war wirklich ein recht eleganter Raum, trotz der knallroten Wände. Er war fast ein bißchen stolz auf sich.

Draußen vor dem Fenster begann sich der Calf Mountain zu bilden. Er kam so weit, daß er die Lichtung sehen konnte, den Wald rings um sie herum und erhaschte sogar einen kurzen Blick auf Virgil Jones, der so dicht an eines der Fenster herankam, daß sein fleischiges Gesicht es ausfüllte. Es gab auch eine Tür in der Wand, mit einer Klinke aus Elfenbein; er brauchte sie nur zu öffnen und hinauszugehen, dann würde es ihm wieder gutgehen. Die Dimensionen zu steuern ist gar nicht so schwer, solange man genau weiß, was man tut, dachte er sich übermütig. Er bildete sich sogar ein, einen Anflug von Respekt in Mr. Jones' Augen zu entdecken.

Der Schorf war enttäuscht. Durch jene Parasitentechnik, mit deren Hilfe die Schorfs kommunizierten, hatte er sich in

Flapping Eagles *Ich* eingeklinkt und auf eine lange, köstliche Zeit des Endimions-Verschiebens gefreut. Für ihn gleich nach dem Göttlichen Ratespiel das Schönste. Und nun legte Flapping Eagle eine ganz außerordentliche Fähigkeit an den Tag, die Endimions zu manipulieren.

Der Schorf beschloß, einzugreifen. Das Endgültige Ordnen der Insel konnte noch ein wenig warten ... Als Flapping Eagle nach der Türklinke griff, stellte er fest, daß sich der Raum auflöste. Dieser Schock wirkte sich vernichtend auf sein frisch gefundenes Selbstvertrauen aus. Dunkelheit senkte sich herab. Sekundenlang fühlte er sich blind und schwindlig. Die Welt schien sich wie rasend um ihn zu drehen. Als sein Kopf wieder klar wurde, hockten die Abyssinier vor ihm.

21. Strongdancer

Der Tanz hat viele Funktionen. Er war ein gesellschaftlicher Eisbrecher und ein ritueller Wolkenbrecher. Er war ein Zeichen der Leidenschaft und ein Zeichen von Haß. Sterne haben in den Augen junger Mädchen getanzt, und der Tod hat mit seiner widerstrebenden Familie getanzt. Heute, auf der Lichtung eines Waldes, wo das grüne Licht der Blätter auf seinem Gesicht spielte, tanzte ein splitternackter, dicker Mann namens Virgil Jones mit grimmiger Miene um das Leben seines neu gewonnenen Freundes.

»Freund«, dieses Wort hatte er wohl tausendmal vor sich hingesprochen, hatte es ins Ohr des bewußtlosen Eagle geflüstert, um ihm Kraft zu verleihen.

»Du bist der Strohhalm, Flapping Eagle«, hatte er gesagt, »und ich bin der Ertrinkende.«

Letzte Chancen gibt es, genau wie erste Chancen, nur einmal. Virgil Jones war überzeugt, daß seine letzte Chance gekommen war. Eine letzte Chance, etwas zu tun, zu helfen, die Schuld und die Nutzlosigkeit, die in ihm steckten, sein Inneres mit Rost überzogen, wettzumachen; eine Chance, zu retten statt zu ruinieren.

Ein Mensch, der inmitten extremer Armut in erträglichem Komfort lebt, lernt am Ende, den Morast der Hoffnungslosigkeit nicht mehr zu sehen. Das ist ein Überlebensmechanismus. Genauso hatte Virgil Jones die Vergangenheit aus seinen Gedanken verdrängt. Er war den Berg herabgekommen und hatte die blanken Schrecken vergessen, vor denen er geflohen war. Sie waren immer noch da, in seinem Kopf, aber er sah sie nicht mehr.

Nun schloß er dieses Gefängnis Flapping Eagle zuliebe auf, und seine Erinnerungen kamen wie Pandoras Schemen unkontrollierbar hervorgequollen, um sich beim Auftauchen schmerzknirschend an ihm zu reiben. Er hatte den Schmerz vergessen gehabt. So vieles war seit so langer Zeit abgestumpft gewesen.

Anfangs hatte er gedacht, Flapping Eagle wäre vielleicht stark genug, durch seine langen Reisen abgehärtet genug, die Dimensionen ohne Hilfe zu überstehen. (Er hatte jedoch vergessen, wie verheerend deren Macht war.) Und einen Moment lang hatten Flapping Eagles Augen auch gefunkelt – fast hätte er seinen Geist von ihnen lösen können. Aber er war nicht stark genug gewesen; und nun konnte man nur noch eines tun.

Virgil Jones mußte dort hineingehen, in die Dimensionen des Geistes eines anderen, die noch weit gefährlicher als die eigenen waren, und versuchen, ihm hinauszuhelfen. Die Alternative war ein unvermeidlicher Schluß. Flapping Eagles Geist würde sich überhitzen und schließlich ausbrennen, vielleicht nie mehr zu retten sein. Wie Virgil Jones' Geist sich nahezu

selbst vernichtet hätte. Der Wurm, der sich in den eigenen Schwanz beißt, würde sich letztlich selbst verschlucken.
Denn die Welten, die der Calf Mountain mit seinem Effekt entfesselte, waren keine Phantome. Sie waren körperlich. Sie konnten zuschlagen und verletzen.
Endlos hatte Virgil Jones, als er durch die Dimensionen gereist war, dort gesessen und in Gedanken die Qualen seiner Vergangenheit rekapituliert, bevor der Effekt zu gewaltig für ihn wurde, um ihn zu bewältigen, hatte versucht, sich alle Kenntnisse zu verschaffen, die er brauchte. Er wußte, daß er es gewußt hatte; daß er irgendwo auf seinen Reisen – wen? – irgend jemanden – getroffen hatte, der wußte, wie man sich in den Geist eines anderen Lebewesens einklinkte.
Von seinen eigenen Reisen hatte Virgil Jones Flapping Eagle nichts erzählt. Zu seiner Zeit hatte er diese interdimensionalen Ausflüge sehr genossen. Es hatte Reisen in die realen, physischen, alternativen Raum-Zeit-Kontinua gegeben. So nahe und dennoch eine Ewigkeit entfernt. Und dann hatte es seine eigene vernichtende Reise in die Inneren Dimensionen gegeben, wie das innere Inferno, das Flapping Eagle jetzt in seinen Fängen hielt, das ihn so ausgehöhlt und hilflos machte, daß er von Glück sagen konnte, am Leben zu sein. Aber es gab noch eine dritte Art.
Die Brücke zwischen den beiden ersten Arten.
Mit einiger Phantasie konnte man sich, wie Virgil Jones herausgefunden hatte, Welten *erschaffen*, physische, externe Welten, weder Aspekte seiner selbst noch ein Palimpsest-Universum.
Fiktionen, in denen man leben konnte.
In jenen Tagen war Mr. Jones ein höchst phantasiebegabter Mensch gewesen.

Er kämpfte sich an der unerträglichen Erinnerung an seinen Zusammenbruch vorbei, da die Kraft zu einem Monster geworden war, sich gegen ihn gewandt und seinen Geist versengt hatte, und kam letztlich zu den guten Zeiten. Er lächelte. Welche Welten er besucht hatte! Was er alles erfahren hatte! Voller Bewunderung dachte er an die Sexualtechniken der Ydjac, die Instinkt-Logik der Pflanzengenies von Poli XI, die Tonskulpturen der Aurelionen. Inzwischen war der Schmerz verschwunden; er hatte die Sperre überwunden und grub seine eigene Geschichte mit dem Vergnügen eines echten Archäologen aus. Bis er schließlich zu der Zeit kam, da er die Spiraltänzer besucht hatte.

Bestimmte Sparten der Naturwissenschaft erstreben den Rang der Poesie; und auf dem Planeten der Spiraltänzer hatte eine lange Tradition von Wissenschaftler-Poeten einen Zweig der Physik so lange überhöht, bis er zu einer hoch-symbolistischen Religion wurde. Sie hatten Materie erforscht, sie in immer kleinere Einheiten zerlegt, bis sie in ihrem innersten Kern den reinen, wunderschönen Tanz des Lebens fanden. Es war eine Harmonie des Infinitesimalen, wo Energie und Materie sich wie Flüssigkeiten bewegten. Energiekräfte vereinten sich voller Grazie, um auf dem Höhepunkt ihrer Vereinigung ein *Quentchen* zu schaffen, das aus Materie bestand. Die Quentchen vereinigten sich zu größeren Quentchen; oder sie zerfielen nach den Regeln höchst formaler, spiraler Rhythmen wieder zu reiner Energie. Wenn sie zusammenkamen, tanzten sie den Strongdance. Wenn sie in die Ursuppe zurückfielen, tanzten sie den Weakdance.
Aus dieser Entdeckung entstand die Religion der Spiraleinheit. Wenn alles Energie war, war alles dasselbe. Ein denkendes Wesen und ein Tisch waren nur Aspekte derselben Kraft. Das war wissenschaftlich bewiesen worden.
Das Hauptritual dieser Religion, erst entstanden, nachdem Generationen von Poeten-Wissenschaftlern an den Anwendungen der Theorie gearbeitet hatten, war der Spiraltanz. Das

war eine körperliche Übung, die auf den Urrhythmen basierte und dazu diente, jedem bescheidenen, unvollkommenen Lebewesen Gelegenheit zu geben, fundamentale Vollkommenheit zu erstreben. Tanze den Tanz, und du wirst mit der Ein-Heit kommunizieren, die dich von allen Seiten umgibt.

Virgil Jones erhob sich.

Er legte sein altes, dunkles Jackett ab. Und seine alte, dunkle Hose. Und seine alte, dunkle Weste mit der uhrenlosen Uhrkette.

Er nahm den Bowler ab. Dann legte er all diese Kleidungsstücke zusammen mit seiner Unterkleidung sauber gefaltet auf Flapping Eagles ausgestreckte Gestalt, wo sie ihm nicht im Wege waren.

Und begann, ohne auf seine protestierenden Hühneraugen zu achten, mit dem Tanz.

Der Schorf, der sich bereits in Flapping Eagles Geist eingeklinkt hatte (was ihm wesentlich leichter fiel als Mr. Jones), würde sogleich eine Überraschung erleben.

Langsam, einen leisen Ton summend, umkreiste Mr. Jones den Körper von Flapping Eagle. Dabei drehte er sich ständig um sich selbst und stampfte in regelmäßigen Abständen mit den Füßen. Nach einer Weile hielt er inne, weil ihm schwindlig wurde. Nach einer längeren Zeit mußte er nicht mehr ständig an das denken, was er tat. Sein Körper übernahm die Kontrolle und führte ihn mittels Fernsteuerung auf seinem kreiselnden Pfad. Nach einer noch längeren Zeit hörte er auf, irgend etwas anderes – Umgebung, Körper, irgend etwas – wahrzunehmen, außer dem eigenen Summen, das ihn wie ein Vorhang umschloß. Dann erstarb auch das (obwohl seine Stimmbänder weiterhin das Geräusch erzeugten), und für eine flüchtige Sekunde war er sich nicht einmal der eigenen Existenz bewußt. Während dieser Sekunde geschah es, daß sich die Kräuselwellen von Flapping Eagle mit den seinen überschnitten; und daß Virgil Jones in Einklang mit dem gequälten Geist gelangte. Wenn Sie sich in der richtigen Dimension aufgehalten hätten, so hätten Sie gesehen, daß ein leichter Nebelschleier die beiden Gestalten einhüllte.

Virgil Jones war eingetroffen, diesmal Retter in der Not.

22. Khallit und Mallit

Der Schorf war hochzufrieden mit dem Rätsel, das er Flapping Eagle aufgegeben hatte. Nachdem er zu dem Schluß gekommen war, daß die Beinah-Immunität des Amerindianers gegen das Dimensionfieber einer temporären Paralyse der Phantasie entsprang, hatte der Meister des Ordnens beschlossen, diese Lücke mit seiner eigenen zu schließen. Das Rätsel, das er ersonnen hatte, war deswegen so besonders befriedigend, weil sämtliche Elemente sowie auch der Ausweg aus Flapping Eagles eigenen Erinnerungen konstruiert worden waren, so daß es zu einer absolut passablen Nachahmung einer Dimension wurde, die ein freier, denkender Flapping Eagle vielleicht betreten hätte. Der Schorf entspannte sich und machte sich bereit, Flapping Eagles Lösungsversuche zu beobachten.

Aus diesen Teilen bestand das Rätsel:

Ein Ort namens Abyssinien. Seine Charakteristika entsprangen dem Namen, den der Schorf aus Flapping Eagles Geist gefiltert hatte. Es handelte sich um einen tiefen Abgrund (engl. abyss), einen engen Canyon mit Steinwänden, die bis zum Himmel emporreichten. Und um einen Zeitfaktor hinzu-

zufügen, wurde er langsam immer enger. Die Klippen näherten sich von beiden Seiten; ja, sogar über dem Kopf schienen sie zusammenzurücken, so daß sie mit der Zeit eine Gruft aus Felsen bilden mußten.
Auf dem Boden dieses Canyons saßen zwei Abyssinier bei Flapping Eagle. Sie sahen aus wie Deggle, Schöpfer der Erinnerung. Beide waren hochgewachsen und finster. Sie trugen schwarze Umhänge und Halsketten aus Smaragden. Damit endete jedoch die Ähnlichkeit mit Deggle. (Aber sie hatte ihren Zweck erfüllt: Flapping Eagle war vom Anblick der Zwillings-Deggles gründlich entnervt und vergaß Bird-Dog sowie seine eigene Kraft lange genug, um sicherzustellen, daß sich die Dimension »setzte« und so fest wurde wie Beton.)
Die beiden Abyssinier hießen Khallit und Mallit. Sie waren in ein ewiges Streitgespräch ohne Anfang und Ende vertieft, dessen Ziel- und Sinnlosigkeit Flapping Eagles Fähigkeit zu klarem Denken unterminierte.
Und noch eines: Flapping Eagle war an Händen und Füßen gefesselt. Er lag neben den beiden Abyssiniern, die an einem Lagerfeuer hockten. Sie schienen ihn gar nicht zu bemerken und antworteten auch nicht, wenn er sie ansprach.
Ein wirklich höchst erfreuliches Rätsel.

Khallit und Mallit legten ein Goldstück zwischen sich. Immer wieder einmal warf einer von ihnen die Münze: die einzige Methode, die sie anwandten, um irgendeine Sache ihres endlosen Disputs zu entscheiden.
Im Augenblick schienen sie indirekt über Flapping Eagle zu diskutieren.
»Jede Frage hat zwei Seiten, Mallit, nicht wahr?«
»Ich weiß nicht recht ...«, gab Mallit zweifelnd zurück. Er warf die Münze. »Ja«, sagte er.
Khallit stieß einen erleichterten Seufzer aus.
»Wenn also ›Gut‹ die eine Seite der Münze ist, muß ›Schlecht‹

die andere sein. Wenn auf der einen Seite Frieden ist, muß auf der anderen der Krieg sein.«
»Strittig«, antwortete Mallit.
»Um der Diskussion willen«, bat Khallit.
»Um der Diskussion willen«, stimmte ihm Mallit zu, nachdem er die Münze geworfen hatte.
»Wenn also das Leben auf der einen Seite ist, muß auf der anderen der Tod sein«, sagte Khallit.
»Nur wenn«, gab Mallit zurück.
»Um der Diskussiun willen«, sagten sie einstimmig und lächelten einander an.
Die Wände des Canyons rückten um eine Winzigkeit näher.
»Aber da gibt es ein Paradoxon«, sagte Khallit. »Angenommen, ein Mensch wird des Todes beraubt. Angenommen, er wandert auf ewig weiter, so wie ein Anfang ohne Ende. Bedeutet das Nichtvorhandensein des Todes für ihn, daß das Leben ebenfalls nicht vorhanden ist?«
»Strittig«, antwortete Mallit. Und warf die Münze. »Ja«, sagte er.
»So daß er im Grunde nichts mehr als ein lebender Toter ist?«
»Oder weniger.«
»Würdest du mir zustimmen, daß der hauptsächliche Unterschied zwischen den Lebenden und den Toten die Fähigkeit zu handeln ist?«
»Um der Diskussion willen«, sagte Mallit.
»So daß ein solcher Mann machtlos wäre. Hilflos.«
»Machtlos. Hilflos«, echote Mallit.
»Unfähig, sein Leben zu beeinflussen.«
»Unfähig, sein Leben zu beeinflussen.«
»Auf ewig zwischen Zweifeln und Ängsten hin und her geworfen.«
»Hin und her geworfen.«
Ihre Stimmen waren melodiös. Flapping Eagle merkte, daß er

hingerissen zuhörte. Noch nie hatte er erkannt, wie schön Sprache sein kann, wie hinreißend es sein kann, ohne Ende ganz einfach zu reden und zu diskutieren ... Er spürte, wie ihm sein Geist entglitt, und versuchte, ihn zurückzuzwingen. Es war unendlich schwer.

Auf einmal merkte er, was mit dem Canyon geschah. Weil plötzlich sehr viel weniger Platz darin war als zum Zeitpunkt seiner Ankunft. Verzweifelt wehrte er sich gegen seine Fesseln. Vergebens. Wütend schrie er auf Khallit und Mallit ein.

»Können die Toten reden?« fragte Khallit.

»Zweifelhaft«, antwortete Mallit und warf die Münze. »Nein«, sagte er.

»Nein«, echote Khallit.

Bekümmert sah Flapping Eagle ein, daß es keinen Ausweg gab. Er dachte an Virgil Jones' Geflüster: Es gibt immer einen Ausweg. Aber er glaubte nicht mehr daran. Er würde dort liegen und der endlosen Unentschiedenheit dieser beiden Extrapolationen seiner selbst lauschen, bis die Felswände ihn erdrückten.

Flapping Eagle schloß die Augen.

Diesmal war der Schorf irritiert. Was nützte ein so simples, wunderschönes Rätsel, wenn der Mensch keinen Versuch machte, es zu lösen? Selbstverständlich gab es einen Ausweg. Und zwar einen ganz einfachen. Der Mensch mußte ihn nur finden. Flapping Eagle würde, argwöhnte der Schorf, im Großen Ordnungsspiel nie wirklich Kompetenz erlangen.

Dann jedoch legte sich sein Ärger und wich einer gewissen Verwunderung, denn nun geschah etwas, auf das er nicht gefaßt gewesen war.

Am Ende des Canyons tauchte plötzlich ein Wirbelwind auf.

Khallit blickte auf und war aufs höchste erregt.

»Mallit«, sagte er, »Mallit, ist das ein Wirbelwind?«

Ohne aufzublicken, warf Mallit die Münze.
»Mallit«, rief Khallit, »es ist wahr! Es ist ein Wirbelwind!«
Mallit blickte auf. »Das kann nicht sein«, behauptete er.
Der Wirbelwind kam immer näher.
»Ein faszinierendes Paradoxon«, sagte Mallit.
»Faszinierend«, bestätigte Khallit zweifelnd.
Dann war der Wirbelwind über ihnen. Da sie nichts weiter als Vorstellungen waren, weniger als menschliche Konstrukte einer fremdartigen Phantasie, löste die schiere Wucht von Virgil Jones' Ankunft sie sofort auf. Sie kehrten in das Energiestadium zurück, dem sie entsprungen waren. Auf dem Planeten der Spiraltänzer hätten die Leute wohl gesagt: »Sie tanzten den Weakdance bis zum Ende.«
Flapping Eagle öffnete die Augen. Der Wirbelwind stand vor ihm und wurde langsamer. Allmählich begann er wie ein Mensch auszusehen.
»Der Wirbelnde Dämon!« rief Flapping Eagle und benutzte damit einen Ausdruck, den er seit sieben Jahrhunderten nicht mehr benutzt hatte.
»Hallo«, sagte Virgil Jones.

Ein paar Fragen von Virgil Jones, und Flapping Eagle berichtete von Deggle und dem Wort »Äthiopien«. Im selben Moment, da er dieses Wort äußerte, löste sich das Rätsel des Schorfs auf. Denn das war der Schlüssel, der Ausweg. Äthiopien ... Abyssinien ... *I'll be seeing you* ... Goodbye. Er brauchte nur Goodbye zu sagen, und das Rätsel war gelöst.
Es war zu leicht, dachte der Schorf mißmutig. Wirklich. Die Leute sahen aus wie Deggle. Der Ort war nach einer Hälfte seines bevorzugten Ausdrucks benannt. Selbst ein Idiot hätte erraten können, daß der Ausweg durch die andere Hälfte führte. Selbst ein Idiot! Das war meistens das Problem mit den Leuten: Sie waren so schlechte Spieler.

23. Das Meer

Das Meer wirkte rein unter ihnen, die Gischt salzte ihre Wangen – prickelnd, erfrischend; ein Meer von Nebeln und Wolken, grauen, hinter Dunstschleiern verborgenen Kräuselwellen; ein Meer, auf dem man sich verirren konnte, ein dahintreibendes, nie sich veränderndes Meer.

Flapping Eagle lag atemlos auf den rauhen Bohlen des Floßes, halb benommen, und begriff nichts; Virgil Jones, ein nackter Fleck am Horizont eines anderen Menschen, stand Wache neben dem zerfetzten Segel: in den Adern neu erwachte Säfte der Erregung. Das Tableau hielt und war fixiert.

»Darf ich Sie Virgil nennen?« Flapping Eagles Stimme klang zögernd.

Virgil Jones fühlte sich außerordentlich geschmeichelt.

»Aber gewiß doch, gewiß. Selbstverständlich, nennen Sie mich ruhig Virgil.«

Ein langes Schweigen, mit dem ein Bund besiegelt wurde.

»Und wie darf ich Sie nennen?« unterbrach Virgil das Schweigen.

Flapping Eagle antwortete nicht.

»Mr. Eagle?« Virgil wandte sich um und sah den Axona fragend an.

Doch Flapping Eagle war eingeschlafen.

Schwerfällig überquerte Virgil das Floß und ließ sich neben dem Schlafenden nieder.

»Danken Sie mir nicht für Ihr Leben«, sagte er zu ihm. »Ich bin Ihnen dankbar – mehr, als ich Ihnen sagen kann. Danken Sie mir nicht fürs Herkommen; es war eine Schuld, die bezahlt, eine Welt, die erinnert wurde. Danken Sie mir für gar nichts; und haben Sie keine Angst.«

Das Meer kräuselte sich über die Kanten ihres zerbrechlichen Wasserfahrzeugs und fiel wieder zurück; kräuselte sich und fiel zurück, während der alte Elefantenbulle über den Körper des jung-alten Bullen wachte.

»Ich habe etwas zu essen«, sagte Flapping Eagle ein wenig erstaunt. Er hatte in die Tasche seiner zerlumpten Hose gelangt und zwei alte Schiffszwiebäcke gefunden. Einen gab er Virgil Jones, der seine Nacktheit unter Flapping Eagles altem Jackett verbarg. Sie aßen langsam.

»Nennen Sie mich einfach Flapping Eagle«, sagte Flapping Eagle; dann ergänzte er noch: »Virgil.«

Während sie kauten, sahen sie einander an.

»Alles, was Sie jemals getan haben«, erklärte Virgil, »war eine Vorbereitung auf den Calf Mountain. Irgendwie.«

Flapping Eagle fiel die Veränderung auf, die mit Virgil vorgegangen war; er war gelassen, statt gelähmt. Er schien mit einer Woge von Kraft erfüllt zu sein, die überaus beruhigend wirkte. Flapping Eagle erkannte, wie sehr sie gegenseitig voneinander abhängig geworden waren, und es war eine angenehme Erkenntnis.

»Mit allem, was ich jemals getan habe«, fuhr Virgil fort, »war es genauso. Irgendwie.«

»Was zum Beispiel?« erkundigte sich Flapping Eagle.

»Oh«, antwortete Virgil, »ich bin gereist. Genau wie Sie.«

Das Meer flüsterte dem Floß Geheimnisse zu.

»In jedem Leben«, sagte Virgil, »gibt es einen Höhepunkt. Einen Moment, will ich sagen, für den sich alles lohnt. Der alles rechtfertigt. Wie dem auch sei, so sehe ich es jedenfalls. Man bewegt sich entweder auf ihn zu oder entfernt sich von ihm. Oder man ist für einen Moment dort oben und ist ... voll.«

Sie lagen in einer Flaute. Flapping Eagle richtete sich auf und starrte gleichmütig auf das reglose Meer hinaus. Virgils lange Zunge leckte genüßlich um die Konturen seiner Lippen: Grenzpatrouille.

»Haben Sie jemals über den Ausdruck *versteinert vor Angst* nachgedacht?« erkundigte sich Virgil. »Zu Stein geworden, verstehen Sie?«

Flapping Eagle wandte sich halb um und sagte etwas, doch Virgil war weit fort, in einem anderen Gedankengang.

»So sind die Leute in K, wissen Sie«, fuhr er fort. »Versteinert. Und warum?« Er hob die Schultern, warf eine Last von ihnen ab. »Warum? Wegen der verdammten Dimensionen.« (Er runzelte die Stirn.) »Erinnern Sie sich, daß ich gesagt habe, Sie sollen sich auf einen einzigen Punkt konzentrieren, etwa auf Bird-Dog? Das ist die einzige Möglichkeit zur Abwehr. In K ist der Effekt nämlich viel stärker. Viel näher bei Grimus. Das hat sie um den Verstand gebracht ... Sie haben herausgefunden, daß es nur eine Möglichkeit gibt, dieses verdammte Ding im Zaum zu halten: eingleisig zu denken. Ganz und gar. Besessen. Das trifft es genau. Besessenheiten verschließen den Geist vor den Dimensionen. Das ist K. Besessen. Vermutlich können Sie verstehen, warum. Versteinert vor Angst. Es ist furchtbar, ein Fremder in sich selbst zu sein. Die Menschen haben was gegen ihre eigenen Komplexitäten. Eigentlich tragisch.«

»Wovon?« fragte Flapping Eagle. »Besessen. Wovon?«

»Ach«, antwortete Virgil, »irgend etwas. Spielt keine Rolle. Den Boden schrubben, irgendwas. Treibt man's damit auf die Spitze, dient es als Schutz. Möglicherweise war Mrs. O'Tooles Besessenheit von Beständigkeit ihr bester Schutz. Wie ich schon sagte, der Effekt breitet sich aus, wissen Sie. Überall.«

Er schwieg.

»Häufig fixieren sie sich auf eine Zeit in ihrem Leben, in der sie verweilen. Erleben denselben Tag immer und immer wieder. Vertriebene tun das, wissen Sie. Fälschen Wurzeln. Immerhin. Wenn eine falsche Fassade solide genug ist, tut sie ihre Wirkung. Und schützt.«

Es gab keine Zeit; sie saßen, standen, bewegten sich, schliefen. Einmal hatte Flapping Eagle gefragt:
»Was ist mit Ihnen, Virgil?«
»Was soll mit mir sein?« erwiderte Virgil.
»Sie sagten, in jedem Leben gebe es einen Höhepunkt ... Was ist mit Ihnen?«
»Ach ja«, sagte Virgil. »Längst vorbei.«
Wieder senkte sich das Schweigen herab. Dann sagte Virgil:
»Früher einmal. Damals. Früher. Der Terror der Titten, eh?«
»Waren Sie verheiratet?« erkundigte sich Flapping Eagle.
»Ach«, sagte Virgil. »Ja. Letztlich schon. Gewissermaßen. Vorübergehend.«

Wind kam auf. Das rudimentäre Segel war voll; über das grenzenlose Meer bewegten sie sich von irgendwo nach nirgendwo.
»In Richtung Unendlichkeit«, sagte Virgil Jones, »wo alle Paradoxien gelöst werden.«
»Sagen Sie, Virgil«, fragte Flapping Eagle, »geht es mir besser?«
»Besser?«
»Das Dimensionfieber«, sagte Flapping Eagle. »Im Moment scheint alles so glattzugehen. Bin ich auf dem Wege der Besserung?«
»Keine Ahnung«, antwortete Virgil. »Vielleicht. Vielleicht auch nicht. Gewöhnlich begegnet man ein paar Monstern. Sie wissen schon, was ich meine.«
»Nein«, sagte Flapping Eagle.
»Wie dem auch sei«, sagte Virgil, der versuchte, möglichst zuversichtlich zu klingen, »gemeinsam sollten wir in der Lage sein, mit ihnen fertigzuwerden.«

Der Schorf hatte einen Entschluß gefaßt. Keinerlei Einmischung mehr. Aber beschleunigen konnte er die Dinge möglicherweise doch ein wenig; er begann sich zu langweilen. Obwohl Mr. Jones' Anwesenheit sehr interessant für ihn war.

24. Tunnel

Aus dem Wasser stieg Land herauf, kam ihnen entgegen, aber es war anders als jeder Boden und jede Erde, die einer von ihnen jemals gesehen hatte. Es war weniger fest als nicht-flüssig, eine zähflüssige, glutinöse Masse. In der einen Sekunde schien sie so körperlos wie Luft zu sein, dann schien sie die Konsistenz von Melasse anzunehmen, dann wieder lag sie so fest und glatt da wie Glas. Außerdem schien sie ein wenig zu rauchen oder zu dampfen.

Virgil Jones wußte, wo sie sich befanden. Sie waren so nahe an der Flucht wie nur möglich, aber dies war auch die gefährlichste aller Inneren Dimensionen. Sie standen dicht an der Grenze von Flapping Eagles Bewußtsein, ganz nahe dem Punkt, wo seine Sinne in der Leere aufgingen. Dies war unbearbeiteter Boden, Rohmaterial des Geistes. Wenn sie es richtig behandelten, würde es sie führen, wohin sie wollten; wenn sie es nicht zu kontrollieren verstanden, konnte es sein, daß sie auf seinen losen Fetzen aus Flapping Eagles Existenz hinausdrifteten. Mit anderen Worten, sie würden sterben.

Das Floß war gelandet, oder vielmehr, hatte sich ins Land *gebohrt*. Behutsam setzten sie die Füße auf die farblose, formlose Substanz. Flapping Eagle wirkte nervös.

»Wir stecken tief in der Patsche«, sagte Virgil und erklärte es ihm.

»Also«, sagte er, »wir werden uns so fest konzentrieren müssen, wie wir nur können. Versuchen Sie sich die Topographie dieser Dimension vorzustellen, denn sie scheint eine Topographie zu haben. Es ist eine Reihe konzentrischer Kreise.«
»Eine Reihe konzentrischer Kreise«, wiederholte Flapping Eagle.
»Wir stehen vor dem äußersten Kreis. Aber wir müssen in den Mittelpunkt gelangen.«
»Wir müssen in den Mittelpunkt gelangen«, wiederholte Flapping Eagle.
»Sobald wir im Mittelpunkt sind, werden wir klettern müssen. Unmittelbar über dem Mittelpunkt liegt der Wachzustand. Haben Sie das verstanden?«
»Ja«, sagte Flapping Eagle.
»Wenn wir uns fest genug konzentrieren, können wir dieses Zeug hier benutzen, um uns einen Durchgang zu schaffen. Durch den wir bis zum Mittelpunkt gelangen, ohne von den Dimensionen gestört zu werden.«
Virgil Jones hatte selbst schon eine neue Dimension angenommen. Er war frisch und autoritär. Flapping Eagle ließ sich nieder, um die Materie seines Geistes zu formen.

Allmählich begann der Durchgang – oder Tunnel – um sie herum Gestalt anzunehmen. Er war dunkelgrau, erfüllt von einem schmutzig-gelben Licht. Mit steigender Erregung sah Flapping Eagle, daß er zu einem passablen Faksimile des roten Tunnels wurde, durch den Bird-Dog zu Beginn seines Fiebers geflohen war. Die Kraft begann in ihn zurückzufluten; das formbare Nicht-Land streckte sich zu einem immer längeren Tunnel. Virgil Jones, der ihn beobachtete, empfand eine ungeheure Erleichterung. Und schließlich entdeckten sie am äußersten Ende des Tunnels einen winzigen Lichtpunkt, der sie lockte.
»Wir müssen gehen«, sagte Virgil Jones.

Flapping Eagle sagte nichts. Seine gesamte Kraft konzentrierte sich darauf, den Tunnel zu halten, seine Existenz zu verlängern, bis er *fixiert* war. Also konzentrierte sich Virgil Jones, der stets kooperative, darauf, ein Transportmittel zu kreieren. Gleich darauf (die Geschwindigkeit bereitete ihm beträchtliches Vergnügen) waren sie stolze Besitzer von zwei Fahrrädern.
»Es tut mir leid«, entschuldigte er sich, »doch die Geheimnisse der Verbrennungsmaschine haben schon immer meinen Horizont überstiegen.«
Der Tunnel war *fixiert.* Sie bestiegen ihre anachronistischen Drahtesel, nahmen Kurs auf das Sirenenlicht und fuhren in den Tunnel.

Trotz all seiner jüngsten Erfolge, trotz all seiner wiedergefundenen Selbstsicherheit machte Virgil auf Flapping Eagle den Eindruck, zutiefst besorgt zu sein.
»Virgil«, fragte er ihn, »Sie verheimlichen mir doch nicht etwa was – oder?«
»Mein lieber Freund«, beschwerte sich Virgil Jones. »Mein lieber Freund!«
»Nun denn. Sie wissen nicht zufällig, was sich am anderen Ende dieses Tunnels befindet – oder?«
»Mein lieber Freund«, wiederholte Virgil Jones; und setzte dann nach einer kleinen Pause leise hinzu: »Das hängt allein von Ihnen ab.«
»Wie meinen Sie das?«
»Mit aller Wahrscheinlichkeit«, sagte Virgil, »wird dort überhaupt nichts sein.«
»Und was beunruhigt Sie dann?«
Virgil Jones hüstelte. »Sie scheinen ein höchst außergewöhnlicher Bursche zu sein«, sagte er. »Vielleicht müssen Sie ja gar nicht ...« Er unterbrach sich.
»Was?« drängte Flapping Eagle.

»Die Monster«, antwortete Virgil Jones.

Als er Flapping Eagle alles erklärt hatte, wußte der, was geschehen würde.

Die Kur für das Dimensionfieber ist kompliziert. Sie verlangt weit mehr als bloßes Überleben, weit mehr als nur die Fähigkeit, sich den Weg durch ein Labyrinth zu suchen. Wenn das alles ist, was ein Befallener zu bieten hat, wird das Fieber immer wieder kommen. Sobald er ihm einmal ausgesetzt war, ist die Resistenz des Kranken herabgesetzt, und er muß weitere, womöglich noch schlimmere Attacken erwarten, die ihn ohne Vorwarnung anspringen. Sogar die Kur selbst ist zuweilen nicht vollständig; sie bewahrt den Leidenden jedoch vor der allerschlimmsten Wirkung des Effekts. Das heißt, wenn sie ihn nicht umbringt.

In den Inneren Dimensionen eines jeden, der diesem Fieber zum Opfer fällt, lauert eine eigene Schar von Monstern. In seinen inneren Feuern schmoren seine ganz eigenen Teufel. Die eigenen Würmer nagen an seiner Kraft. Das sind die Hindernisse, die er überwinden muß, wenn er kann. Häufig genug sind sie leider stärker als er selbst; dann muß er sterben. Oder er ist, wenn er weiterlebt, ein funktionierender Körper mit einem zerstörten Geist.

Alles, was ich jemals getan habe, war nur, einfach zu überleben, dachte Flapping Eagle. So viel gewesen zu sein, und dabei so wenig getan zu haben! Auf der Suche, ständig auf der Suche nach einem Weg durch das Labyrinth, das ihn zu Bird-Dog führen würde. Und zu Sispy. Und zu seinem Weg. Es hatte ihn zu einem halben Mann gemacht, der sich nicht einmal selbst finden konnte. Dieser Mangel in ihm selbst war es, der jetzt einen kritischen Punkt erreichte. Hinzu kam das Kreuz, das er ständig zu tragen verurteilt war, die Verantwortung für Virgils Leben, das Leben seines Retters, Führers und Freundes. Warum, fragte er sich verzweifelt, warum geschieht es immer

wieder, daß ich das Leben, das Glück all jener Menschen, mit denen ich in Berührung komme, in Gefahr bringe? Das habe ich wirklich niemals gewollt.
Als hätte er seine Gedanken gelesen, sagte Virgil:
»Bitte machen Sie sich keine Sorgen um mich. Froh, Ihnen zu Diensten gewesen zu sein. Werde Ihnen vielleicht sogar noch ein wenig helfen können.«
Er wußte genau, daß das nicht zutraf. Es mußte Flapping Eagles Kampf sein, der bei dem wachsenden Lichtkreis wartete. Niemand konnte ihm helfen, ohne die eigenen Chancen auf Erfolg herabzusetzen.
Flapping Eagle biß die Zähne zusammen.
Bird-Dog: seine Suche; das alles. Eine gigantische Sackgasse. Eine Reise durch das öde Land, das ihm die Lust auf seinen größten Schatz verdorben hatte: das Leben. Wenn ich aus diesem Tunnel heil herauskomme, beschloß er, werde ich meine Suche beenden. Ich werde nach K gehen und mich dort niederlassen. Andere Menschen zu entdecken und Freundschaft mit ihnen zu schließen war genug, mehr als genug, sogar für einen Mann, dem die Ewigkeit winkte. Sollte der Calf Mountain nicht perfekt sein (und ein Utopia war er wirklich nicht) – na und? Vollkommenheit war ein Fluch, eine nutzlose Endgültigkeit. Er würde auf die Suche gehen nach und reich werden an der gloriosen Fehlbarkeit menschlicher Wesen, dieser schmutzigen, warzenbehafteten, wunderbaren Kreaturen.
Virgil ahnte, welche Gedanken seinem Freund durch den Kopf gingen, und seine Miene verfinsterte sich. Dafür gab es einen Grund. Er dachte an sein persönliches Schicksal, das inzwischen außerhalb der eigenen Kontrolle lag. Nun, da Flapping Eagle sich entschlossen hatte, den Kampf durchzustehen, würde es so sicher dräuen, wie Eier eben Eier waren. Alles hing von diesem Kampf ab. Virgil kommandierte seinen Geist in einen Zustand, der sich der Resignation näherte.

Der Schorf erwachte, aufgeweckt von einem mentalen Alarmsystem, und begann sofort ein akutes Interesse am Ablauf der Ereignisse zu entwickeln. Schon sehr viel besser, dachte er. So etwas genoß er sehr. Hätte er Hände gehabt, er hätte sie sich gerieben.
Auf ihren wackligen Fahrrädern, gekleidet in ihre elenden Lumpen, strampelten Flapping Eagle und Virgil Jones, Don Quixote und Sancho Pansa, ihrem gemeinsamen Schicksal entgegen.

25. Champion der Axona

Die Farben stimmten alle nicht. Der Himmel war rot, das Gras violett, das Wasser knallgrün. Flapping Eagle blinzelte, aber nichts veränderte sich. Eine Zeitlang starrte er die geisterhafte Szenerie an, und während sich seine Augen allmählich an das helle Licht gewöhnten, kehrte die Normalität zurück.
Sie befanden sich an einem Flußufer. Hinter ihnen lag ein dicht bewaldeter Hügel mit dem Eingang ihres Tunnels. Den Zwischenraum zwischen ihm und dem benachbarten Hügel füllte der Fluß, der sich in das ergoß, was ihm wie ein knallgrüner See vorgekommen war. Sie waren umringt von Hügeln, stummen Gefängniswärtern und Richtern. In der Mitte des Sees erhob sich ein hohes, rundes Steingebäude. Eine hohe Stimme skandierte Worte, die für Flapping Eagle anfangs genausowenig Sinn ergaben wie die verrückten Farben zuvor – bis seine Ohren dann, genau wie zuvor seine Augen, den Schlüssel zu den Tönen entdeckten. Sein Herz setzte für einen Schlag aus.
Es war ein Gesang, den er seit über sieben Jahrhunderten nicht

mehr gehört hatte: ein Lobgesang auf den großen Gott Axona. Er biß sich auf die Lippe. Virgil Jones sah ihn an, sagte aber kein Wort.
Während sie mit ihren Fahrrädern am Rand des Wassers standen, entdeckte Flapping Eagle das Boot. Ein primitives Coracle, dessen Name seitlich auf das Boot gepinselt war: *Skid-Blade.* Flapping Eagle, der Meister des Messers, spürte, wie ihm der Mut noch tiefer sank, und erkannte, daß er ein Omen in den Namen hineingelesen hatte. *Wo die Klinge ausgleitet, da gleite ich aus.* Er stieg ins Boot und bedeutete Virgil Jones, zurückzubleiben; also ließ sich Mr. Jones hilflos, schwerfällig auf den Boden sinken, während Flapping Eagle zu dem steinernen Schrein hinüberpaddelte, der Stimme seiner Vergangenheit, die ihn unwiderstehlich zu sich rief. Die beiden Fahrräder lagen schief, nutzlos neben Virgil am leeren Ufer.

Die zweite Illusion wurde durch die geweihte Flamme hervorgerufen. Als Flapping Eagle vorsichtig die offene Tür des Schreins durchschritt, sah er in einem Licht, das wieder einmal schmutzig und gelblich war, die Schattenrisse zweier Riesen an der hinteren Wand. Gigantische Gestalten: Ein Axona-Häuptling in vollem Kopfputz saß hoch aufgerichtet im Profil auf einem Zeremonienschemel, während ein Bittsteller skandierend zu seinen Füßen kniete; das ganze Tableau war etwa zwanzig Fuß hoch.
Aber es war durch die geweihte Flamme produziert worden. Sie brannte in ihrer Steinschale unmittelbar unterhalb der kleinen Plattform, auf der die Szene tatsächlich stattfand, und warf riesige Schatten an die hintere Wand. Doch selbst als er den Trick entlarvte, den ihm seine Augen gespielt hatten, fand Flapping Eagle keine Erleichterung; zum Teil, weil er – inzwischen zweimal von einer Illusion irregeführt – schon eine dritte witterte; vor allem aber, weil ihn sowohl eine absolute

Gewißheit als auch eine lähmende Angst überfielen, daß dieser alte, dunkle, adlernasige, federgeschmückte Häuptling die Inkarnation des Gottes Axona persönlich war. Und da die Dimension das war, was sie war, war die Wahrheit das, als was er sie begriff.

Der Gott Axona erhob sich von seinem Schemel; der ihn Anbetende fuhr mit seinem Singsang fort, bis der Häuptling ihn mit einer Geste zum Schweigen brachte. Er war ein eher kleiner Mann, aber der wilde Glanz in seinen schwerlidrigen Augen durchdrang sogar die stygische Finsternis im Innenraum des Tempels.

»Born-From-Dead ist also endlich zu seinem Gott gekommen«, sagte Axona und senkte mit seinen Worten eine neue Eiseskälte in Flapping Eagles Herz, denn sie enthüllten, was Dunkelheit und zeremonielle Gewänder verborgen hatten.

Der Gott Axona war eine alte, dunkle, adlernasige, federgeschmückte Frau.

»Born-From-Dead.«

Der Gott sprach seinen Namen (und ignorierte als wohlkalkulierte Beleidigung seinen selbstgewählten Kriegernamen) in einem arroganten Ton der Verachtung.

»Alles, was Unaxonisch ist, ist Unrein«, sagte der Gott. »Unrein. Hattest du vergessen, du elender, verdorbener Kümmerling, was dieses Gebot bedeutet? Bist du gekommen, weißhäutiger, bleichgesichtiger Bastard, Verräter unserer Rasse, der du bist – bist du gekommen, um deinen höchsten Akt der Beschmutzung auszuführen? Born-From-Dead hat keine Geduld mit Axona; er kann nicht gekommen sein, um zu verehren. Im Tod warst du geboren, und Vernichtung ist deine Bestimmung. Was immer du berührst, ist beschmutzt; was immer du in die Hand nimmst, vernichtest du; jeder Mensch, den du liebst, wird von deiner Liebe erstickt; jeder Mensch, den du haßt, wird durch deinen Abscheu geläutert. Ist es der Gott

Axona selbst, die du vernichten willst? Hat sich der Wurm in dir so weit gestreckt?«
Sie hatte die Wurzeln von Flapping Eagles eigenen Selbstzweifeln berührt; er vermochte kaum zu sprechen, dennoch zwang er sich die Worte über die trockenen Lippen. Sie raschelten schwach im Dämmerlicht.
»Wenn ich kann«, antwortete Flapping Eagle. »Wenn ich kann, werde ich dich zerbrechen.«
Axona lachte. Ihr wieherndes Gelächter hallte durch den Raum.
»Durch deinen eigenen Mund bist du verdammt, Born-From-Dead«, rief sie. »Und durch deine eigene Hand wirst du sterben.«
Während sie sich wieder setzte, wirbelte ihr Anbeter, der still dagelegen hatte, während sie sprach, plötzlich herum und warf seinen Umhang ab. Und da erhielt Flapping Eagles Selbstbeherrschung einen Tiefschlag.
Er blickte in seine eigenen Augen.

Seine eigenen Augen; aber eine karikierend verzerrte Darstellung seiner selbst. Der Körper war der gleiche; und genau wie Flapping Eagle trug das Wesen eine einzelne Feder im Haar; alles andere war jedoch völlig verändert. Über dem nackten Oberkörper trug er ein gestreiftes, einreihiges Jackett. Seine Haut war totenbleich. Um die Taille trug er eine Perlenkette, von der zwei Tuchfetzen herabhingen, ein gelber, der seine Genitalien bedeckte, während ein blauer auf seinem Gesäß flatterte. In seinen Ohren hingen weibische Ohrringe, auf seinen Wangen leuchtete weibisches Rouge, seine Lippen waren mit weibischem Lippenstift bemalt. Die Augenbrauen waren zu feinen Bogen gezupft, und seine Wimpern waren lang und geschwungen.
Und dann diese Stimme: die ungebrochene, hohe Stimme eines Eunuchen, Travestie seiner eigenen.

»Komm her, Born-From-Dead«, sagte sie. »Komm her!«
In der Rechten dieses Wesens lag eine leichte Axt, ein Tomahawk. In der Linken trug es ein Gewehr. Flapping Eagle bezweifelte keinen Moment, daß es geladen war. Darüber hinaus wußte er, daß er hilflos und unbewaffnet war.
»Komm her, Born-From-Dead«, spöttelte die Stimme Axonas. »Willst du nicht gegen meinem Champion antreten? Du seist ein großer Krieger, wird behauptet. Also komm her!«
Flapping Eagle seufzte; dann trat er langsam vor.

Er setzte darauf, daß sich sein Doppelgänger in dieser Situation verhaken würde, wie er es selbst getan hätte, daß er nämlich den Tomahawk benutzen würde, bevor er auf das einfachere Gewehr zurückgriff. Die Wurf-, die Nahkampfwaffen waren ihm immer lieber gewesen. Also trat er, um seinen Gegner zu provozieren, beide Hände lässig in die Taschen gesteckt, beinah anmaßend nach vorn.
Seine Rechte umschloß einen harten, abgerundeten Gegenstand. Erstaunt zog er ihn heraus. Es war der *Knochen von K!* Derselbe Knochen, den Bird-Dog ihm zugeworfen hatte, bevor sie durch den Tunnel ihres eigenen Körpers verschwand.
Der Knochen von K: Flapping Eagle verschwendete keine Zeit auf Spekulationen. Er hätte überlegen können: Woher kommt er nach dieser langen Zeit? Hätte ich ihn nicht schon früher bemerken müssen? Aber das alles spielte keine Rolle. Er hatte eine Waffe, und das veränderte die Konstellation des Kampfes. Jetzt war es vermutlich so, daß sein Doppelgänger sich für die Sicherheit entscheiden und das Gewehr zum Einsatz bringen würde. Also hatte er nur einen kleinen Moment, jene kurze »Schrecksekunde«, die seinen Gegner lähmen würde, wenn er diesen unerwarteten Gegenstand sah.
Mit einer einzigen, fließenden Bewegung schleuderte Flapping Eagle den Knochen, als werfe er einen großen, unhandlichen Pfeil. Er traf das Gewehr an der Stelle, wo es in der Hand

seines Feindes lag. Ein Schmerzensschrei, und das Gewehr fiel zu Boden. Genau wie der Knochen; der zerbrach, woraufhin beide, Flapping Eagle und sein *alter ego*, sofort erstarrten.

Erst später entzifferte Virgil Jones für Flapping Eagle die geheime Bedeutung des Namens. Es war ein Code, dessen Schlüssel der Klang seines geheimen Namens war:

Os, ein Knochen; K, ein Ort. Daher K-os, der Knochen von K. Oder aber: Chaos.

Zu jenem Zeitpunkt sah Flapping Eagle jedoch nur die erschreckende Wirkung, die der zerbrechende Knochen hatte. Die Scherben und Splitter stiegen wie ein wirbelnder Nebel vom Boden empor, entwirrten sich und bildeten im Mittelpunkt des Kampfplatzes eine Wolke. Das Gewehr verschwand vollends. Es hörte einfach auf zu existieren. Wie überhaupt alles andere auch.

Was blieb, war ein Loch. Ein turbulenter Wirbel in der Struktur der Dimension. Chaos.

Flapping Eagle erwachte aus seinem Schock um einen Sekundenbruchteil früher als sein *alter ego* – vermutlich, weil er weiter von dem Loch entfernt war. Kopfüber stürzte er sich auf seinen Gegner und rammte ihm den Schädel mit voller Wucht in den Bauch. Der Doppelgänger schwankte, stolperte einen Schritt seitwärts und wich zurück.

Und verschwand in dem Loch, löste sich im Chaos, im Nicht-Sein auf.

Axona war aufgesprungen; ihre Blicke flammten vor Zorn. Flapping Eagle jedoch wußte, daß sie sich hinter diesem Zorn fürchtete. Der Knochen, dieses zufällige Element, hatte ihren sorgfältig ausgedachten Plan zunichte gemacht; und nun war sie ihm auf Gnade und Ungnade ausgeliefert. Mit bedächtigen Schritten ging er auf sie zu.

»Bleib, wo du bist, Unreiner!« befahl sie, aber ihre Stimme verriet sie sofort.

»Ich weiß nicht, was du bist«, sagte Flapping Eagle, während er vorwärts schritt, »doch wenn ich dich schände, bin ich von meiner Vergangenheit befreit. Befreit von der Schuld und der Scham, die in einem verborgenen Winkel meines Bewußtseins gelauert haben und für deren Vorhandensein du der Beweis bist. Um mich zu befreien, muß ich Axona schänden. Begreifst du das?«
Er sagte es mit einer leichten Verwunderung, wie man wohl Wahrheiten ausspricht, die man gerade erst begriffen hat.
Und notzüchtigte sie.

Als die *Skid-Blade* ans Ufer zurückkehrte, wo Virgil wartete, brachte sie einen neuen Flapping Eagle mit. Virgil lauschte seinem Bericht; dann sagte er: »Sie müssen wirklich etwas an Ihrer Phantasie ändern, wissen Sie. Sie ist furchtbar schmutzig.«
Mit der Hilfe von Virgil Jones fiel es Flapping Eagle nicht schwer, sich aus den Fängen des Dimensionfiebers zu befreien. Die Organisation ihrer Flucht war ziemlich einfach: Flapping Eagle schloß die Augen und zwang sich aufzuwachen, während Virgil den Strongdance tanzte. Nun, da die Schlacht vorüber und Flapping Eagle stärker geworden war als die inneren Dimensionen, wirkte dies eher antiklimaktisch.
Lange Erfahrung fügt der Kraft jedoch eine gewisse Empfänglichkeit für Nuancen und *Unrechtmäßigkeiten* hinzu; so daß es, als sie sich der Bewußtheit näherten (als ihre separaten Bewußtheiten sich einander immer mehr näherten, sich sekundenlang fast berührten, bevor sie sich wieder trennten), nicht Flapping Eagle war, sondern Virgil Jones, der eine dritte Präsenz, eine dritte Bewußtheit wahrnahm, die sich ebenfalls erhob.
Einen Moment vor dem Blackout, der das Zeitfragment überbrückte, in dem er zu sich selbst zurückfand, berührte Virgil den Eindringling und erkannte ihn.

Wachzustand. Er war nackt; seine Kleidungsstücke lagen da, wo er sie zurückgelassen hatte: auf Flapping Eagles Brust; sie waren noch immer vom grünen Wald umgeben, sein Körper folgte noch immer den methodischen, kreisförmigen Bewegungen des Strongdance. Er spürte das schwere Gewicht der Erschöpfung in seinen Gliedern, das er in seinem Zorn jedoch vergaß.

»Wo bist du?« rief er. »Wo?«

Aus dem Wald kam gelassen die »Stimme« des unsichtbaren Schorfs zu ihm zurück.

»Willkommen, Mr. Jones.«

Hastig kleidete sich Virgil an.

Flapping Eagle erwachte mit quälenden Kopfschmerzen. Zum zweitenmal auf Calf Island formten seine Lippen die Worte *Wo bin ich?* Mit einem ironischen Verziehen des Mundes wischte er sie fort. Wo ist irgendwo? fragte er sich selbst. Dennoch war es immer noch Calf Mountain; das sagte ihm der Neigungswinkel des bewaldeten Bodens. Und der Aufschrei der Dimensionen, denn obwohl er ihn bewältigt hatte, schien der Effekt immer noch nachzuwirken ... ein leichtes Bohren in den Winkeln von Augen, Ohren und Geist. Nicht lange, und es würde zu einer sanften, klingelnden Infektion des Ohrs führen; und er würde es nur noch in Augenblicken absoluter Stille bemerken. Vorerst war es noch ein Ärgernis, das ihn quälte, eine schrill winselnde Erinnerung an die unendlichen Leerräume der Welt.

Er stand auf: und sah, daß er allein war. Ein Augenblick der Panik; laut rief er Virgils Namen über die Lichtung hin. Als er sich dann jedoch besann, vernahm er die Stimme im Wald. Virgils Stimme, tief und zornig. Langsam, mit der Lautlosigkeit seiner Kinderzeit, begann er auf das Geräusch zuzuschleichen. Mitten im Wald machte Virgil Jones einem alten Bekannten Vorhaltungen.

26. Vertauschte Rollen

Wie Sie sehen«, sagte die »Stimme« des Schorfs, »bin ich geblieben.«

»Die Taktik des geborenen Einmischers«, sagte Virgil, der sich nie ein oder zwei überflüssige Gesten entgehen ließ.

»Topf und Deckel«, antwortete die Stimme. »Stäubchen und Sonnenstrahl.«

»Der Erwerb eines rudimentären Idioms«, sagte Virgil, »verleiht keinerlei Freiheiten. Jeder Intellekt, der sich auf reinen Strukturalismus beschränkt, wird sich unfehlbar im eigenen Netz gefangen sehen. Ihre Worte dienen lediglich dazu, einen Kokon um Ihre eigene Irrelevanz zu spinnen.«

Etwas, das mit Virgil Jones geschah, sobald er zornig wurde: Sein Sprechstil wurde verschnörkelt und unscharf. Dies entsprang einer tiefen Angst davor, den Verlust der Selbstbeherrschung zu offenbaren. Wenn er zornig war, fühlte er sich am schwächsten, am ehesten in Gefahr, übertölpelt zu werden; also wand sich seine Sprache rund um genau jene Kokons, die er dem Schorf zugeschrieben hatte.

Er war zorniger, als er sich je erinnern konnte. Vieles davon, sagte er sich, ist Reaktion. Er hatte sich durch eine rigorose körperliche und mentale Prüfung gezwungen; bei der er Gefahr lief, sogar das Leben zu verlieren. Daher ist es verständlich, sagte er sich, wenn ein Mensch nach all dem auf eine Provokation überreagiert.

Außerdem war er sich über einen anderen Stachel klar. Er hatte sich bei seinen jüngsten Reisen wohl gefühlt, hatte sich so gefühlt, wie er sich früher gefühlt hatte. Damals. Vor Zeiten. Bevor. Von jenem starken Selbstbewußtsein in seinen gegenwärtigen Zorn gestürzt zu werden, war unerträglich. Ein Gedanke, der nur dazu diente, ihn noch zorniger zu machen. Ein *circulus vitiosus.*

Die überlange Zunge spielte um seinen Mund; eine Speichelperle bahnte sich den Weg bis zu dem Grübchen in seinem Kinn; seine Hände, in den Taschen des zerknautschten Jacketts, arbeiteten fieberhaft. Er setzte sich auf den abgefallenen Ast einer unbekannten Konifere, der sich unter ihm rauh anfühlte. Finster trat er einen Zapfen beiseite und funkelte das unsichtbare Wesen so wütend an, als wolle er es mit seinem Blick verbrennen.

Schweigend, hinter einer Baumgruppe versteckt, hörte Flapping Eagle zu, wie sein Führer in die leere Luft hineinsprach und offenbar von dort Antworten erhielt. (Die »Stimme« des Schorfs kann nur von dem Wesen gehört werden, an das sie sich wendet.) Virgil Jones, dachte er, in dir steckt mehr, als auf den ersten Blick zu erkennen ist. Und da Virgil für jedes Auge auf den ersten Blick sehr viel zu bieten hatte, war das ein Kompliment.

Der dritte Protagonist saß gleichmütig mit nur ganz leicht vibrierender Sinnesaura etwa zehn Meter von Virgil entfernt an einen Baum gelehnt. Er hatte sich nicht vor dieser Konfrontation gefürchtet; im Gegenteil, es hatte ihn amüsiert, Mr. Jones noch einmal zu begegnen, und ihm einen Hinweis auf das Endgültige Ordnen gegeben, das er nunmehr unbedingt entdecken wollte. Doch Virgils letzte Worte schmerzten genausosehr, wie es beabsichtigt gewesen war. Irrelevanz – allerhand!

»Sind Sie sich dessen bewußt, Mr. Jones«, sagte er von oben herab, »daß ich im Rang eines Ordners stehe?«

Mr. Jones antwortete nicht.

»Offenbar«, fuhr die übellaunige Stimme fort. »Dann sollten Sie sich aber zweifellos auch an die Oberste Regel dieses noblen Berufsstandes erinnern.«

Mr. Jones zog eine unschuldige Miene. Nun, da er das (dicke) Fell des Schorfs durchlöchert hatte, spürte er, wie sich der eigene Zorn allmählich legte.

»Vielleicht sollte ich Sie daran erinnern«, fuhr der Schorf auf. »Vielleicht würde Sie das dazu bewegen, sich derartiger Anspielungen zu enthalten.«

»Wenn mich meine Erinnerung nicht täuscht«, unterbrach ihn Virgil Jones, »lautet die Oberste Regel der Ordnung, jede Irrelevanz auszumerzen. Bitte korrigieren Sie mich, falls ich mich täusche.«

Es gab eine kurze Pause. Dann: »Sie täuschen sich nicht«, kam die Antwort.

»Dürfte ich«, sagte Virgil Jones, »den Meister dann vielleicht auf eine grundlegende Verletzung seiner eigenen Regeln hinweisen?«

Diesmal war das Schweigen deutlich entsetzt.

»Ihre Begründung«, verlangte der Schorf energisch. »Ihre Begründung, bitte.«

»Erstens: daß Sie, indem Sie in die persönlichen Dimensionen eines anderen Lebewesens – unantastbar, es sei denn in einer Notlage – eingedrungen sind, eine Handlung vorgenommen haben, die für jene Dimensionen nicht nur irrelevant, sondern sogar gefährlich war. Selbst die geübtesten Meister können mit den Dimensionen eines anderen nicht ohne Risiko herumspielen. In diesem Fall war das Risiko besonders groß.«

»Wenn Sie meinen, ich hätte ihm Schaden zufügen wollen, dann unterschätzen Sie meine Kunst«, erwiderte der Schorf. »Nachdem ich seine Rolle als Partizipant am Endgültigen Ordnen erspürt habe, würde es kraß gegen die Spielregeln verstoßen, dieses Ordnen durch eine willkürliche Tat zu behindern. Lediglich um sein Wissen über die Dimensionen zu vertiefen, habe ich ihm ein Rätsel aufgegeben. Überlegen Sie doch: Hätte ich das nicht getan, hätte er das Fieber sofort bekämpft, und dann hätte er die Monster niemals besiegen können. Wie kann so etwas irrelevant sein?«

Virgil überlegte.

»Da ist was Wahres dran«, sagte er. »Aber wir wissen nicht, ob er die Monster unbedingt besiegen mußte. Nun, da alles so gelaufen ist, wie es gelaufen ist, wird er behaupten, daß er es getan hat. Wäre es jedoch anders gelaufen, hätte er es möglicherweise nicht getan. Ihre Verteidigung stützt sich auf ein unbeweisbares erstes Prinzip.«

»Die Last des Beweises liegt bei Ihnen«, lautete die Antwort.

Wieder ging Virgil zum Angriff über.

»Zweitens: da Sie im Endgültigen Ordnen der Insel überhaupt nichts zu suchen haben, sind Sie schon irrelevant, seit Sie diese Tatsache erkannt haben und trotzdem geblieben sind. Es gibt keinen Grund, warum Sie hier sein sollten. Die Insel hat Sie nicht in die Konzeption ihrer selbst eingeschlossen, also wären Sie laut Ihrer eigenen Regeln eine Verzerrung, wenn Sie in irgendeinem Ordnungsprozeß eingesetzt würden. Und Beobachter brauchen wir ebensowenig. Was haben Sie dazu zu sagen?«

Das Schweigen dauerte mehrere Minuten. (Flapping Eagle, der neugierig der einen Seite dieser unheimlichen Debatte lauschte, dachte schon fast, sie sei vorüber.) Dann kam, bedächtig und schwer, nochmals die Stimme des Schorfs.

»Das war der korrekte Einwand, Mr. Jones. Sie hätten sich das Urteilsvermögen anfangs nicht durch Ihren Zorn beeinträchtigen lassen sollen. Der erste Einwand war überflüssig, und das tut Ihrer Vollkommenheit Abbruch. Dennoch aber, Punkte sind Punkte. Punkte sind Punkte. Punkte sind Punkte. Punkte sind Punkte. Punkte sind Punkte.«

Diese Worte, mit monotoner Stimme wiederholt, waren mit der unendlichen schweren Last einer Niederlage befrachtet. Dann fragte Virgil, unvermittelt mitfühlend:

»Wenn Sie das doch alles wußten, Meister – warum sind Sie dennoch geblieben?«

»Sie sollten mich nicht ›Meister‹ titulieren. Ein Meister hätte so etwas nicht getan.«

»Aber ein Meister hat es getan«, antwortete Virgil. »Ich wüßte gern den Grund dafür.«
Und der Schorf erwiderte schlicht:
»Weil es mir hier gefällt.«
Virgil dachte an den Planeten Thera. Kahl. Leer. Und er begriff, warum dieses unendlich intelligente Wesen die verzwickte Ordnung von Calf Island vorzog.
»Meister«, sagte er abschließend, »ich muß Sie jetzt verlassen.«
Die Stimme des Schorfs klang hitzig. Trotzig.
»Ich werde nicht gehen. Ich bleibe hier!«
»Dann«, sagte Virgil, dessen Körper vor Müdigkeit schmerzte, zutiefst erschöpft, »werde ich Sie hinwegordnen müssen.«
Etwas, das so klang wie ein hohles Lachen, kam aus der Leere.
»So weit bin ich noch nicht hinüber«, sagte der Schorf. »Sie haben nur an Punkten gewonnen, weil ich schuldhaft gegen die Regeln verstoßen habe. Bei einem Ordnungswettkampf würde Sie niemals gewinnen können.«
Flapping Eagle sah, wie Virgil aufstand. Er bedeckte sein Gesicht mit den Händen, und dann geschah etwas Erstaunliches: Er schien *zuzunehmen.* Nicht an Größe. Nicht an Umfang.
An Tiefe.
Der einzige Ausdruck, der hier zu passen schien, hatte eine seltsame Nebenbedeutung.
Er gewann mehrere Dimensionen.
Wie es scheint, muß jeder von uns einen Kampf ausfechten, dachte Flapping Eagle; aber ich war darauf vorbereitet, während Virgil ein Wrack ist. Und sein Gegner hat den Kampfplatz gewählt.
Virgil hegte ähnliche Gedanken, war aber hocherfreut über sein fortdauerndes Wiedererwachen. Wie es schien, war er wieder bereit, den Dimensionen einen Besuch abzustatten – nach so langer Zeit. Endlich. Das. Schmerz.
Er drehte sich um, um dem Schorf ins Gesicht zu sehen.

»Mr. Jones«, sagte der Schorf. »Ein Wort der Warnung vor dem Kampf. Falls Sie tatsächlich gewinnen sollten.«
»Ja?« fragte Virgil. (War dies eine Art Verzögerungstaktik?)
»Ich bin nicht die einzige Irrelevanz auf dieser Insel, Mr. Jones. Wie ich fürchte, sind Sie eine weitere.«
Virgil schwieg, aber er spürte, daß es dem Schorf gelungen war, ihn zu verletzen. Die Wiederauferstehung seines Ich war etwas sehr Verletzliches. Sie wurde zu leicht von Zweifeln befallen.
»Nur eine Intuition, Mr. Jones«, sagte die körperlose Stimme. »Ich würde mich freuen, wenn Sie ein wenig am Endgültigen Ordnen teilnehmen würden. Ehrlich. Das verleiht diesem Wettkampf eine gewisse Symmetrie, meinen Sie nicht?«
»Also los«, fuhr Virgil Jones ihn an.

Für den Beobachter Flapping Eagle sah es aus, als folge nun eine Zeit absoluter Untätigkeit. Ohne Erfahrung mit den Äußeren Dimensionen vermochte er nicht, in den Kampf einzugreifen. Virgil Jones stand da wie erstarrt, den Kopf gesenkt, die Arme ausgebreitet, die Hände gespreizt; er glich einem Mann, der sich gegen eine sehr, sehr schwere Tür stemmt. Dann brach er ohne Vorwarnung zusammen. Lag reglos wie eine Puppe auf dem Waldboden.
Flapping Eagle stürzte auf ihn zu.

Allmählich kam Virgil Jones wieder zu sich.
»Hätte es gar nicht erst versuchen sollen«, sagte er. »Keinen Kampf, wirklich nicht. Hoffnungslos. Fliege gegen Elefant. Konnte ihn nicht zurück-ordnen. Nicht in tausend Jahren. Es ist sein Spiel.«
»Wo ist er?« fragte Flapping Eagle, während er sich suchend umsah.
»Keine Ahnung«, antwortete Virgil. »Spielt auch keine Rolle. Er wird uns nicht mehr belästigen. Immerhin habe ich einen Punkt gewonnen.« Dann fragte er und versuchte dabei, tapfer

zu klingen: »Wer wird mich von diesem aufdringlichen Schorf befreien?«

Irgend etwas war aus Virgil Jones' Gesicht verschwunden. Diese Niederlage hatte ihn weit mehr gekostet als nur Kraft. Auf Flapping Eagle wirkte er nun wieder genauso wie am Anfang: watschelnd, aufgeblasen, untüchtig. Der entscheidungsfreudige Mann der Inneren Dimension war verschwunden, versteckte sich nun wieder hinter einem Tarnnetz des Versagens.

»Virgil«, sagte Flapping Eagle. »Danke. Virgil.«

Virgil Jones schnaufte verächtlich.

Und fiel in Ohnmacht.

Die Rollen von Erkranktem und Krankenpfleger waren vertauscht worden.

27. Terror

Früher. Damals. Lange her. Vor Zeiten. Der Terror der Titties, ich. So leicht legten sie sich in meine Hände. Legten sich. Leicht. Immer sachte, obwohl einige es auch schneller mögen. Ganz sachte bis zum Höhepunkt der Ekstase. Sachte bis zum Höhepunkt des Schmerzes. Brüste wie Zwillingshügel hatten sie damals, Berge, die unter der Berührung nachgaben. Meine. Süße Dinger. Was das für Dinger sind! Ziemlich geiler Bock, damals. Alle Organe schrumpfen durch Nichtbenutzung. Alle Schleusen gezogen, damals. *Gib's mir, Virgie!* Gib und nimm, gib und nimm, Pingpong der besessenen Körper. *O Virgil, du kannst es so gut!* Bitte ... ewig bittend waren sie, und ich knetete ihre weichen Vulkane. Brauchte ihre weiche Nachgiebigkeit. Eine Jungfrau, eh, Virginia? Ich heiße Virgil. Was bedeuten unter Freunden schon drei Buchstaben? Das hat oft geklappt. Damals. Vögelchen. Das Gurren einer Taube in meinem Ohr, während sie daran knabberte, und das Erdbeben der großen Schildkröte selbst, als wir kamen. Damals. Bevor. Ach ja, als Vogelliebhaber, der ich war, gab es keinen schillernderen Vogel als mich selbst. Ornithologie ist ein Ersatz für Sex. Federn gehören vor allem ins Bett, in ein Kissen, unter die stoßenden Körper. Alles, was ich mir wünschen konnte, mehr Wünsche für mich, als ich mir wünschte, drück mich, bitte, mich! Einstmals. Damals. Vor Zeiten. Geht irgendwohin, nach innen, nach außen, Unzucht ändert sich niemals. Seltsam. Das Vergnügungsprinzip negiert alle Grenzen. Kontrazeption umfaßt eine Million verschiedener Orte, verschiedener Welten, verschiedener Techniken, *vive la différence*, ich war da, wo die Pille war, meine Bereitschaft war da, mein Schwanz, meine Leistung, und sie kamen. Leicht. In meine Hand. Früher. Einstmals. Vor Zeiten. Zuvor. Liv.

Trink dies, Virgil. Wasser aus dem Bach.
Iß dies, Virgil, Beeren vom Baum.
Und nun ruh dich aus, Virgil.
Sprich nicht, ruhe, schlaf. Es heilt.

Schuld. Mein Fehler. *Mea maxima.* Tut mir leid, daß ich gesprochen habe. Tut mir leid, daß ich mich bewegt habe. Tut mir leid, daß ich gelebt habe. Tut mir leid. Auf den Knien. Verzeih mir. Liv. Verzeih. Oder vielmehr: *Live.* Es reimt sich. Sie war immer Liv für mich, ihr Name, der sich auf *sieve* reimte (Sieb), und auf *give* (geben), während sie meine Frau war. Ach, der Terror ihrer Titties! Terror, aber wunderschön weiß. Ich erklomm sie und versagte. Die Starken vergeben den Schwachen niemals. Ihre. Minderwertigkeit. Strahlend verglühen wir wie ein Stern, strahlender als die Strahlendsten, mein Nachtfalter gegen ihre Flamme; verzehrt wurde ich und stürzte zu Boden.

Die Hitze ist dem Lauen nicht bekömmlich. Warm. Kröte, sagte sie, und ich quakte. Geh, sagte sie, und ich ging. Vor dem Terror ihrer Titties. Damals. Aber. Zuvor. Tochter der Aufgehenden Sonne, dachte ich, daß sie mich liebe. Im Haus der Freuden, und ich bezahlte für ihre Zuneigung. *So lieb,* sagte sie, *so lieb,* ich dachte, sie liebt mich. Liebe wächst und schluckt ihre Liebe, verdaut sie und speit sie aus. Versengt von der Magensäure ihrer Liebe. Tut mir leid. Liv. Vom Haus der aufgehenden Sonne zum Schwarzen Loch, zum Schwarzen-Loch-Haus; der eigene Aufstieg und teilweise Fall. Auf den Stolz folgt Bitterkeit, tut mir leid. Sie pflegte mir mit der Hand durchs Haar zu fahren, eines Tages riß sie mir eine Handvoll mit den Wurzeln aus. Die dunkle Lady mit der hellen Haut dem hellen Haar den hellen Augen so hell und so dunkel und dennoch so hell. Feuert sie ab, einen Mann zu verbrennen, schickt sie als Eis aus, um ihn zu heilen. Dieser Mann war ich nicht. Für. Sie. Liv, Eispaket der Vollkommenheit, wie kalt sie mich abschüttelte, wie traurig ich ... *mea, maxima,* na ja. Damals. Vor Zeiten. Bevor. Die Starken vergeben niemals. Den Schwachen ihre Schwäche.

28. Hinterher

Liv war meine Frau«, erzählte Virgil, der am Rand der Lichtung an einen Baum gelehnt saß. »Sie hätte einen stärkeren Mann gebraucht.«

Flapping Eagle hatte bereits beschlossen, Virgil nie stärker mit seiner Neugier zu bedrängen, als dieser bereit war, sich zu öffnen; er wollte ihm keinen Schmerz bereiten. Also stellte er keine Fragen über Liv.

»Ich erinnere mich an K«, sinnierte Virgil gedankenverloren, »zur der Zeit, als sie anfangs kamen. Um sich niederzulassen, zu heiraten, zu huren. Und ein oder zwei von ihnen ... gingen ein bißchen weiter.«

»Wie der liebe Grimus?« erkundigte sich Flapping Eagle scharf.

»Also«, gab Virgil mit geschürzten Lippen zurück, »das weiß ich nicht so genau.«

»Was?«

»Ob Grimus lieb ist.«

Sogar in seinem frustrierten Zustand mußte Flapping Eagle lachen.

»Wenn Sie solche Witze reißen können, muß es Ihnen wirklich wieder gutgehen«, sagte er.

»Mein lieber Freund«, gab Virgil zurück, »das war kein Witz.«

»Ich weiß«, sagte Flapping Eagle, immer noch lachend. *»Kleines Wortspiel.«*

Virgil zuckte die Achseln.

»Virgil«, wiederholte Flapping Eagle, »wer oder was ist er? Grimus.«

»Ja«, antwortete Virgil Jones.

»Traurige Tatsache«, bemerkte Virgil Jones, während sie höher stiegen. »Die eigene Umgebung ist weit epischer als man selbst. Ereignisse können episch sein; Menschen nur selten. Deswegen finden sie eine solche Umgebung erschreckend. Ich habe Ihnen gegenüber einmal erwähnt, daß ich abergläubisch bin, weil dies ein Ort sei, an dem alles passieren könne; jetzt werden Sie sicher verstehen können, was ich damit gemeint habe. Aber es gibt noch eine andere Reaktion, und zwar folgende: *Wenn alles passieren kann, sollten wir verdammt noch mal dafür sorgen, daß es niemals passieren wird.«*

»Sie meinen, wie mit Dolores«, sagte Flapping Eagle.

Virgil antwortete nicht.

29. Deggle

So ein Mist«, schimpfte Nicholas Deggle.

Er stand am Calf Beach, zu dem er durch dasselbe »Tor« gelangt war, durch das er zwei Wochen zuvor Flapping Eagle geschickt hatte. Er war sehr zornig auf sich selbst und daher auf das gesamte Universum, denn er hatte einen so dummen Fehler gemacht, daß es unvorstellbar war: Er hatte versäumt, sich zu vergewissern, wo auf Calf Island ihn das Tor absetzen würde, und nun befand er sich auf der falschen Seite des Waldes und würde einen ganzen Berg hinaufklettern müssen. Natürlich hätte er sich das ausrechnen können: Da sich das Tor auf Meereshöhe befand, war dies der logische Ausgangspunkt für ihn. Nur hatte er bei all dem *Fixieren*, das er mit seinem Zauberstab, dem Stengel, unternommen hatte, auf einen Punkt oberhalb von K gezeigt; und hatte, nachdem die Tage vergangen waren und es sich herausstellte, daß das Tor funktioniert, munter angenommen, daß Flapping Eagle dort angekommen sein müsse. Ich bin doch, sagte er sich verbittert, ein absoluter Idiot; dann schob er diesen Gedanken von sich, denn er hatte viel zuviel zu tun, um jetzt noch Zeit auf Selbstkritik zu verschwenden.

Jeder Versuch, durch das Tor wieder nach X zurückzukehren und es dann zurechtzurücken, wäre sinnlos gewesen; es war nun klar, daß der Stengel ein unzuverlässiger *Fixierer* war, dabei hatte es ihn Jahre gekostet, bis hierher zu gelangen. Außerdem war das Tor eine Art Einbahnstraße: wiederum eine Funktion der Zeit. Ebensowenig Sinn hatte der Versuch, den Stengel zu benutzen, um sich auf den Berg zu versetzen; denn eben seine Unzuverlässigkeit könnte bewirken, daß er irgendwo landete, wohin er nicht wollte, womöglich in einer noch schlimmeren Situation als dieser. Es blieb ihm also nichts anderes übrig: Er mußte klettern.

»So ein Mist«, wiederholte er. Seine lange, biegsame Gestalt war nicht für körperliche Gewaltmärsche geeignet; allein der Gedanke daran reizte seine Zunge zum Ausstoßen von Schimpfwörtern.
Ein wenig munterte ihn die Vorstellung auf, wie Grimus – und natürlich Jones – reagieren würden, wenn sie entdeckten, daß er wieder da war. Wieder da, sagte er laut, an den Strand gewandt. Wieder da, um das zu tun, was schon vor langer Zeit hätte getan werden müssen und woran sie ihn gehindert hatten. Diesmal würde er dafür sorgen, daß ihnen das nicht gelang.
Plötzlich merkte er, daß er sich nicht allein am Strand befand. Ein Stück von ihm entfernt saß eine Frau neben einem leeren Schaukelstuhl auf dem Sand und sah mit starrem Blick zu den Klippen hinüber. Diesen Schaukelstuhl kannte Deggle; er gehörte Virgil Jones. Die Frau kannte er ebenfalls: Es konnte auf Calf Island nicht zwei Frauen geben, die so häßlich waren wie O'Tooles Ehefrau. Hier schien es ein Geheimnis zu geben.
Er schlenderte zu Dolores hinüber; die zahnlos weitersang, ohne ihn zu beachten.
»Mrs. O'Toole?« fragte er.
Dolores unterbrach ihren Gesang und wandte sich ihm langsam zu, um ihn zu mustern.
»Liebling«, sagte sie dann, »bitte setz dich doch!«
Liebling? dachte Deggle; aber da er müde war, nahm er in Jones' Schaukelstuhl Platz.
Virgil, dachte Dolores. Süße Stimme im schlaffen Gesicht. Himmelwärts stürmendes Herz im erdwärts sackenden Körper. Virgil, der sie vom seelenlosen Kirchenwachs erlöst und ihr dafür Fleisch gegeben hatte. Wie glücklich sie sich schätzen konnte, ihn zu haben!
»Virgil«, sagte sie laut und genoß es, seinen Namen auszusprechen. »Virgil Jones.«
Deggle beobachtete sie. »Ist er hier?« fragte er sie, während er sie mit Blicken durchbohrte.

»Wie immer«, antwortete sie und griff nach seiner Hand. »Virgil ist hier.«

Leicht angewidert löste Deggle seine Hand aus der ihren. »Sind Sie ... seine Frau?« erkundigte er sich.

Bewundernd blickte sie zu ihm empor und sang mit ihrer furchtbaren Stimme: *»Till all the seas run dry, my love.«*

Deggle fand die künstlerische Wiedergabe des Liedes, die von der verrückten Alten geboten wurde, unendlich komisch. Zwischen zwei Kicheranfällen sagte er: »Ganz schöne Veränderung von Liv zu Ihnen, nicht wahr, Mrs. O'Toole?«

»Nichts verändert sich«, sagte Dolores O'Toole. »Nicht wahr, Liebling?«

»Vermutlich nicht«, antwortete Deggle, um das erwartungsvolle Schweigen zu füllen.

Sie lächelte glücklich.

»Ach, Virgil«, sagte sie zu dem zurückzuckenden Deggle, »ich liebe dich ja so sehr!«

Deggle faßte einen schnellen Entschluß.

»Ich liebe dich auch«, sagte er und unterdrückte einen Anfall von Übelkeit.

»Komm mit, wir gehen nach Hause«, sagte sie. »Zeit fürs Frühstück. Gib mir deinen Gürtel.«

»Meinen Gürtel?« Deggles Stimme überschlug sich fast.

»Ach so, du zierst dich«, sagte sie. »Jetzt komm schon!«

Benommen reichte Deggle ihr seinen Gürtel. Anders als Virgil brauchte er ihn nicht, um seine Hose an Ort und Stelle zu halten. Und anders als Virgil, war er nicht dick; deswegen war sein Gürtel nicht lang genug.

»Ich glaube, ich werd's heute auch ohne schaffen«, sagte Dolores O'Toole gelassen.

Halb belustigt, halb abgestoßen von der verrückten Alten, folgte Nicholas Deggle ihr den Klippenpfad zu der winzigen Hütte empor. Möchte wissen, was aus Virgil Jones geworden ist, dachte er bei sich.

Später am selben Tag.
Dolores O'Toole brühte gerade Pfeilwurztee auf, als Deggle hereinkam – völlig zerzaust und noch deprimierter als bei seiner Ankunft.
»Wo bist du nur gewesen, mein Liebster?« fragte sie ihn. »Komm, trink einen Schluck Kräutertee.«
Er war ein kleines Stück weit den Berg hinaufgestiegen. Dann hatte er es gehört: das tödliche Pfeifen. Anfangs hatte er es ignoriert; dann war es immer aufdringlicher geworden, bis schließlich das Schwindelgefühl kam und das Gefühl des Losgelöstseins. Zum Glück war Nicholas Deggle als geistesgegenwärtiger Mensch sofort den Berg hinab- und aus der Gefahrenzone hinausgestolpert und -gerollt. Anschließend (denn er erkannte einen Effekt der Rose, wenn er ihn erlebte) hatte er Grimus wortlos, aber mehr als ausgiebig verflucht.
»Kräutertee«, sagte Dolores O'Toole und reichte ihm eine Schale. Er schmeckte widerlich; in seinem Zorn warf er die Schale zu Boden, wo sie zersprang.
»Tz, tz«, sagte Dolores. »So was kann jedem passieren.« Dann begann sie klaglos alles aufzuwischen.
Als sie fertig war, kam sie zu ihm und setzte sich ihm zu Füßen. Er saß wieder im Schaukelstuhl. »So werden wir beiden sitzen«, erklärte sie ihm, »immer zur Teezeit, bis in alle Ewigkeit.«
»Weißt du«, gab Nicholas Deggle zurück, »damit könntest du durchaus recht haben.«

»Klug von dir, daß du den Geist verjagt hast«, sagte sie voller Bewunderung.
»Welchen Geist?« fragte Deggle.
»Nur keine falsche Bescheidenheit! Du weißt schon. Den Geist von Grimus, den mit der Narbe auf der Brust.«
»Ach so«, sagte Deggle, »diesen Geist.«

Jones war offensichtlich mit Flapping Eagle weggegangen. Aber wohin? Hatten die beiden sich gegenseitig umgebracht? Waren sie so verrückt gewesen, den Versuch zu wagen und durch den Effekt zu gelangen?
Eines ist sicher, sagte er sich, wenn Flapping Eagle nicht zu Bird-Dog gelangt und dann das tut, was ich tun wollte, sitze ich hier auf Lebenszeit fest. Bei einer alten Schachtel, die mich liebt, weil sie mich für Virgil Jones hält. Er fragte sich, ob Virgil Jones den Witz zu schätzen wußte.
Aber das bezweifelte er; weil er ihn selbst ebensowenig zu schätzen wußte.

Er lag und schlief auf der Schilfmatte, die Mrs. O'Toole sorgfältig für ihn ausgebreitet hatte, als er von einem leichten Rippenstoß geweckt wurde. Vor ihm stand Dolores O'Toole, splitternackt, mit ihrem Buckel, der über ihrem Kopf aufragte, den welken Brüsten, die beim Atmen schwangen, einem gespenstisch-einladenden Ausdruck auf dem Gesicht und einem bissigen Lächeln auf den Lippen.
»O Gott!« sagte Deggle und schloß die Augen, um schnell ans Empire zu denken. Als er sie wieder aufschlug, war sie immer noch da und grinste ihn an.
»Nicht heute abend, Josephine«, flehte er.
»Dolores«, korrigierte sie ihn liebevoll und kehrte in ihr Bett zurück.
Nicholas Deggle schwitzte heftig.

30. Walhall

Walhall«, sagte Virgil Jones.
Walhall: wo die toten Helden in aller Herrlichkeit leben, täglich ihre alten Schlachten schlagen und die Stunde des Ruhms rekapitulieren, in der sie gefallen sind, bis sie noch einmal blutend auf den glänzenden Boden fallen, um am folgenden Morgen ihren ewigwährenden Kampf wiederaufzunehmen. Walhall, die Ruhmeshalle, das lebende Museum vergangenen Heldentums. Walhall, nahe der Quelle des Wissens, aus der Odin trank, beschattet von der Weltenesche Yggdrasil. Wenn die Esche fällt, fällt auch Walhall.
Mit einem leicht belustigten Schnalzen der Zunge deutete Virgil auf die Stadt K.

Sobald Virgil wieder zu Kräften (wenn auch nicht zu seiner Vitalität) gekommen war, hatte es beim Aufstieg auf den Berg keine Probleme mehr gegeben. Nun stand Flapping Eagle an der Seite seines Führers am äußersten Rand der bewaldeten Hänge und blickte über eine erstaunlich weite Ebene.
Es war, als sei eine riesige Stufe in die Flanke des Calf Mountain gehauen worden. Flapping Eagle, der zum erstenmal die wahre Gestalt des Berges bewundern konnte, stellte sich einen Riesen vor, der die Insel als Stufe vom Meer zum Himmel benutzte. Auf der flachen, horizontalen Stufe lag die Stadt K unmittelbar an die erneuerte Bergwand geschmiegt. Den Rest der Ebene nahmen Wiesen und Felder ein, manche mit Rinderherden, andere mit Schafen; auf wieder anderen war Weizen oder anderes Getreide angebaut worden. Jetzt allerdings war es Abend, und die Felder lagen verlassen. Bauernhäuser, welche die Ebene betupften, glommen wie Glühwürmchen in einem Garten.
Oberhalb der Stadt stand auf einem Bergvorsprung ein einzel-

nes Haus. Im Gegensatz zu dem allgemeinen Kalkanstrich, den die übrigen Gebäude der Stadt trugen, waren dieses eine schwarz wie Pech. Zu dieser Stunde war es unsichtbar und ließ keine Lichter erkennen, doch Virgil Jones wußte genau, daß es dort war. Es war Livs Haus.

Darüber lag der Berggipfel hinter einer Wolkenwand verborgen.

»Sie hebt sich nie«, sagte Virgil Jones; dann kehrte wieder Stille ein.

Flapping Eagle hatte nicht vergessen, was er sich in jener inneren Dimension geschworen hatte: daß er die Suche aufgeben und sich hier, falls möglich, ein neues Leben aufbauen würde. Und hier war nun das Ende eines Jahrhunderts der Wanderungen, eines Methusalemlebens, in dem er blindlings dorthin gegangen war, wohin ihn sein Zeigefinger führte. Eigentlich hätte er erleichtert sein müssen, doch er verspürte nur Anspannung. Denn schließlich fällt es jedem Menschen schwer, seinen Geist von allen Zielen zu befreien und durch etwas ganz Neues zu ersetzen, mit einem Schnitt, ganz einfach so; für Flapping Eagle, dessen Ziele sich, wie eine der inneren Dimensionen, in siebenhundert Jahren *fixiert* hatten, war es eine Herkulesarbeit.

Auch Virgil Jones schmiedete Pläne, und zwar Pläne, in die Flapping Eagle einbezogen wurde. Denn nachdem er Flapping Eagle nach K gebracht hatte, war dies der alles entscheidende Zeitpunkt. Wenn er darauf (und es auf ihn) reagierte, wie Virgil es sich erhoffte, wäre er für die Aufgabe bereit, die Virgil sich von ihm wünschte. Wenn nicht, waren Hopfen und Malz verloren. Virgil selbst besaß nicht mehr genügend Kraft, um Grimus gegenüberzutreten. Einmal hatte er einen kurzen Blick darauf geworfen, unten im Wald; der aber war wieder einmal durch seinen Kampf mit dem Schorf verdorben worden. Jetzt kam alles auf Flapping Eagle an. Die Tatsache, daß er genau das plante, was sich Deggle gewünscht hätte, gereichte Virgil zu einer eher finsteren Belustigung; das würde auch Meister Nicholas belustigen, wenn er es wüßte. Wenn es keinen Gott gibt, sollten wir ihn erfinden, erinnerte sich Virgil, und formulierte die Umkehrung dieses Aphorismus: Da es einen Grimus gibt, muß er vernichtet werden.

Dies war also die Wiederaufnahme eines längst verlorenen Krieges. Man mußte O'Toole konfrontieren und möglicherweise sogar Liv. Aber ein Ausweichen gab es jetzt nicht mehr.

»Flapping Eagle«, sagte er, »ich möchte Ihnen etwas sagen: Wir alle lassen uns am leichtesten durch die Menschen verletzen, die wir lieben.«

Flapping Eagle hörte ihm nur mit halbem Ohr zu. Virgil blickte auf den Abendnebel hinaus, der sich leicht über die Ebene legte und der Stadt selbst einen schimmernden, substanzlosen Nimbus verlieh.

»Ich meine Sie selbst«, sagte Virgil. »Ich hoffe, daß Sie mir letztlich keinen Schmerz zufügen. Ich bin wirklich äußerst empfänglich für Wunden, die Sie mir möglicherweise schlagen werden. Das ist für mich der Stoff, aus dem echte Freundschaft besteht.«

Jetzt hörte ihm Flapping Eagle zu. Virgil hatte eher zögernd gesprochen; es war ihm schwergefallen, die Worte zu äußern. Sie waren eine Bitte um Hilfe, ein Schrei der Not von einem Mann, der ihm inzwischen zweimal das Leben gerettet hatte.

»Einverstanden«, sagte er. Virgil nickte nur kurz.

Inzwischen hatten sie schon einige Zeit am Waldrand gestanden, und die Nacht zog endgültig herauf.

»Was ist?« sagte Virgil Jones. »Wollen wir?«

Impulsiv schob Flapping Eagle den linken Arm durch Virgils rechten; dann marschierten sie gemeinsam, im Gleichschritt wie Waffenbrüder, ihrem beiderseitigen Schicksal entgegen.

Der Mond, der sanft durch den Nebel schimmerte, warf weiße Flecken auf die tanzenden Köpfe.

Zweiter Teil

Vergangene Zeiten

31. Steine

K bei Nacht: Häuser, die sich zusammendrängen, als suchten sie Schutz, als könnten sie einander wärmen. Primitive Fassaden, durch Feuchtigkeit, Nebel und Zeit fleckig gewordene, schmutzig-weiß gekalkte Notbehelfe, architektonische Krüppel, die trotz all ihrer krummen Ziegel und schiefen Türen trotzig überlebten.

Rings um die Häuser – die Straßen. Lebenslinien aus Staub, die sich wirbelnd und kräuselnd um die deformierten Häuser wanden, aus dem Nichts kommend, ziellos kreisend, die reine Existenz ihr einziger Zweck. Ein Ort mußte Straßen haben: leere Räume zwischen den ausgefüllten Lücken.

Eine Straße, und nur eine einzige, konnte den Kopf hoch tragen. Als Avenue mit Kopfsteinpflaster durchschnitt sie die Staubwirbel, schlich sie sich von einem Ende zum anderen durch die nächtliche Stadt, stets und überall den höheren Rang behauptend, ein Römer unter Barbaren.

Ein Mann, heruntergekommen wie seine Kleider, ebenso verschmutzt wie die Häuser, ebenso verstaubt wie die Straßen, kroch diese majestätische Hauptstraße auf allen vieren entlang, ein Pilger auf dem Weg nach Rom, allem Anschein nach tief in eine religiöse Handlung versunken.

Das war Stone; auf einen anderen Namen hörte er überhaupt nicht, auf seinen selbst gewählten Beinamen nur äußerst selten. Schweigen war seine Art, die Straße sein Berg, und die Steine waren die Steine des Sisyphos. Er zählte sie täglich, einen um den anderen, bezifferte die Kopfsteine für die Nachwelt. Eine Aufgabe ohne Ende für einen Mann mit schlechtem

Gedächtnis, eine endlose Kolonne von Zahlen ohne Endsumme. Anfangs, vor so langer Zeit, daß es ihm entfallen war, hatte er es versucht; mühsam stolperte seine ausgetrocknete Zunge über die großen, unhandlichen Zahlen; immer wieder entfielen sie ihm; dann begann er geduldig noch einmal von vorn. Inzwischen war das Zählen nur noch ein Vorwand; der eigentliche Zweck war für ihn die ständige Erneuerung seiner Freundschaft mit jedem einzelnen Stein. Er begrüßte sie wie alte Freunde, stieß erfreut auf einen besonders geliebten, geborstenen Stein hier, einen besonders runden und angenehmen dort. Einigen von ihnen verlieh er sogar Namen; andere waren die Schauplätze großer Abenteuer in seinen Träumen. Diese Straße war sein Mikrokosmos; sie verschaffte ihm all seine Freuden und Schmerzen. Klein und ausgemergelt war er genauso Teil der Straße wie ein jeder seiner Steine. Bei einem seiner seltenen Ausflüge in das gesprochene Wort hatte er zu Elfrida Gribbs, Ehefrau von Ignatius Q. Gribbs, dem Stadtdenker, ernsthaft gesagt: »Ohne mich würde die Straße zerfallen. Steine brauchen Liebe ebenso sehr wie Sie.« Und in einer gewissen, praktischen Hinsicht beschützte er tatsächlich die Straße, behütete sie eifrig vor dem Ansturm des Staubes aus den Nebenstraßen und auf ihrem Weg durch Felder und Wiesen vor den Verletzungen durch Tiere. Er wusch und er pflegte sie. Sie war sein. Zum Dank für diesen Liebesdienst wurde er von dem, dessen Haus gerade am nächsten lag, wenn er hungrig war, verköstigt und von dem, dessen Haus gerade am nächsten lag, wenn er müde wurde, aufgenommen. Auf dieser Straße machten sich Virgil Jones und Flapping Eagle auf den Weg in eine unglücklich zusammengewürfelte Gesellschaft.

Kamen sie an einem vereinzelten Bauernhaus vorbei, spürte Flapping Eagle, wie sein Puls schneller zu schlagen begann. In den Fenstern schimmerte Licht durch dünne Vorhänge, warme Inseln, wo ein Reisender Unterschlupf finden konnte.

Eifrig wandte er sich an Virgil, um seiner neuen Begeisterung Ausdruck zu verleihen, doch das Gesicht seines Begleiters war finster und verschlossen. In diesem Moment war es besser, zu schweigen. Also behielt Flapping Eagle seinen aufschäumenden Enthusiasmus für sich.

Heimat: das war das Schlüsselwort gewesen. Es schlich sich in seinen Kopf, als er von den sich brechenden Wellen des Waldes aus auf die Stadt hinabblickte. Es tauchte unangekündigt auf, drang mit einem Lichtstrahl aus den fernen Fenstern unmerklich in ihn ein. Heim kehrt der Seemann, heim vom Meer, und von den Hügeln der Jäger. Flapping Eagle kehrte heim – in eine Stadt, in der er noch nie gewesen war. Er sah Heimat in den Nebeln, die sanft über den Wiesen und Feldern lagen; er roch sie in der duftbeladenen Nacht; er spürte sie in den Kopfsteinen; aber vor allem waren es die Fenster, die Heimat waren, die geschlossenen Augen eines behüteten Lebens, glühend vor Zufriedenheit, die geschlossenen Fenster.

Flapping Eagle hielt einen Augenblick inne. Virgil sah ihn neugierig an; um dann, ohne es zu wissen, das Kompliment des Freundes zu erwidern: Er zügelte seine Worte, die vielleicht als Belästigung empfunden worden wären.

Das Bauernhaus stand am Straßenrand. Es war langgestreckt, niedrig und weiß. Im Stall schliefen zweifellos die Tiere; es war das geschlossene Fenster, das bewirkte, daß Flapping Eagle wie angewurzelt stehenblieb. Dahinter gingen Menschen umher, wurden Leben geführt. Unvermittelt sprang er über das Gartentor und schlich sich gebückt an das gelbliche Licht heran. Virgil Jones blieb auf der Straße stehen und sah zu.

Langsam erhob er sich vom Boden, um durch die Glasscheibe zu spähen; und sah sich einem unbewegten, steinernen Gesicht gegenüber. Der Bauer mußte den Vorhang genau in dem Moment geöffnet haben, als Flapping Eagle von draußen hineinblickte. Es war ein Gesicht voller Abgründe; durchzogen von tiefen Tälern und Pockennarben, aber die Augen wirkten stark und drückten weder Zorn noch Verwunderung aus. Sie sahen durch Flapping Eagle hindurch, als gäbe es ihn nicht. Zutiefst erschrocken, wortlose Entschuldigungen murmelnd, wich er zum Tor, zur Straße und zu Virgil zurück, der neben ihm in Gleichschritt fiel. Während sie sich von dem Steingesicht im Fenster entfernten, merkte Flapping Eagle, daß seine Hände zitterten. Es waren die Augen, die das bewirkt hatten: Sie hatten ihm klargemacht, daß er noch immer ein Paria war. Ein Unberührbarer.

Paria. Dieses Wort stieg aus der Vergangenheit empor, um sein Unbehagen zu verstärken.

»Virgil«, fragte er zögernd, »wo werden wir unterkommen?«

Virgil zuckte die Achseln. »Wir werden schon was finden«, antwortete er. »So oder so.« Seine Zunge schlabberte im Mundwinkel.

An der Peripherie der Stadt selbst lag – nach allem, was Flapping Eagle bisher gesehen hatte – das höchste Gebäude, das einzige, das zwei Stockwerke besaß. Es war in perfektem Zustand, eine Tatsache, die es allein schon aus der Menge der anderen heraushob. Seine Wände, senkrecht und schnurgerade, schimmerten weiß in der neblig-blauen Dunkelheit, ein makelloser Wächter und Hüter über der Stadt. Es war ein Bordell. Madame Jocastas House of the Rising Son, wie ein diskretes Holzschild neben der Tür verriet. Doch neben das Schild hatte irgend jemand einen unverständlichen Satz gekritzelt. Morgen würde er zweifellos von einem frischen Kalkanstrich ausgelöscht werden, heute abend aber stand er da, ein Schandfleck auf der schneeweißen Reinheit dieses Hauses der Freuden. *A Rushian Generals Welcom,* lautete er.

Virgil, der den Satz entdeckte, murmelte vor sich hin: »Also ist Alex heute abend mal wieder ausgerissen.«

»Was soll das heißen – Willkommensgruß eines russischen Generals?« fragte Flapping Eagle.

»Ein Kinderscherz«, antwortete Virgil. »Ausgeburt eines kindlichen Gemüts.«
Da Virgil sich nicht weiter darüber ausließ, mußte Flapping Eagle seine Frage wiederholen.
»Die russischen Generäle«, sagte Virgil, »heißen Pissov, Sodov, Pedov und Phukov. Kinderkram.«
Aber Flapping Eagle, ohnehin schon bestürzt über die Steinaugen in dem Granitgesicht, fühlte sich nun, da er die Bedeutung dieses unflätigen Satzes kannte, noch stärker beunruhigt.

Mitten in der Stadt, jetzt; hier und da Aufflackern von Geschäftigkeit, wegen der späten Stunde jedoch sporadisch. Ein Blick durch ein anderes Fenster: Eine alte Frau betrachtete, tief in ihre Vergangenheit versunken, ein Fotoalbum. Der natürliche Zustand im Exil: die Wurzeln in die Erinnerungen versenken. Flapping Eagle wußte, daß er diese Vergangenheiten kennenlernen, sie sich aneignen mußte, damit die Gesellschaft ihn aufnahm. Er betrat K auf der Suche nach Geschichte.
Ein Stückchen weiter sahen sie auf der Straße die kriechende Gestalt des Mannes vor sich, der sich Stone nannte und die Steine begrüßte. Darüber hinaus vernahm Flapping Eagle irgendwo in der Nähe, hinter den dicht zusammenstehenden Häusern verborgen, das Geklapper von Hufen; und dann und wann drang, vom Nebel gedämpft, lautes Gelächter zu ihnen herüber.
Die Quelle des Gelächters lag als Gegenstück zu Madame Jocastas Haus am anderen Ende der Kopfsteinpflasterstraße. Dies war der Moment, vor dem sich Virgil gefürchtet hatte, von dem er jedoch wußte, daß er sich ihm zu stellen hatte. Es war der Elbaroom, Heimat der Trinker von K und Informationszentrum der Stadt. Seinem Plan entsprechend würden sie das Haus betreten müssen – nicht nur, um eine Möglichkeit zum Übernachten zu finden, sondern um K seinen Freund

Flapping Eagle zu präsentieren: Somit mußten sie den Wirt treffen.
Sein Name war O'Toole.
»Able was I ere I saw Elba«, murmelte Virgil Jones. Abgesehen von der Sprache, die sich Malayalam nannte, war es das einzige Palindrom, an das er sich zu erinnern vermochte.

32. Blink

Flapping Eagle sah sie zuerst: eine eher unheimliche Gestalt, so wie sie, halb Frau, halb Vierfüßer, durch den kreisenden Nebel auf sie zukam.
Elfrida Gribbs litt, wenn auch nicht sehr oft, an Schlaflosigkeit. Wenn diese zuschlug und sie mit brennenden Augen in den mitternächtlichen Stunden wachlag, stand sie auf, wickelte sich in ihren wärmsten Schal und ritt auf einem kleinen Samtesel durch K. Warm eingemummelt, um sich vor dem Nebel und der Feuchtigkeit zu schützen, empfand sie solch einen Ritt als beruhigend. Man mußte sich schließlich beschäftigen.
Elfrida: Der Name paßte zu ihr, und sie haßte Diminutive. »Ein Name ist ein Name«, sagte sie. Mit ihrem Elfengesicht und ihrer Elfenfigur konnte es einfach keinen anderen Namen für Mrs. Gribbs geben. Sie war ganz zarteste, rosige Haut, die sich perfekt über die sanften Hügel und Täler ihres Körpers spannte; ihr Mund war klein, ein wenig schmollend, und ihre Augen glichen glitzerndem Wasser. Ihre Kleider waren aus alter Spitze, ihr Schal mit Lilien bestickt, und die Krempen ihrer Hüte, so breit, wie ihre grünen Augen groß waren, beschatteten ihre Züge wie lange, stille Wimpern. Häufig trug sie einen Schleier.

Meistens war sie glücklich und steckte mit ihrer Fröhlichkeit alle Menschen in ihrer Umgebung an. Und wenn sie traurig war, behielt sie ihre Depressionen für sich. Andere Menschen haben ihre eigenen Probleme, sagte sie sich stoisch. Sie dagegen kam bestens mit sich selbst zurecht.

Dank Ignatius. Ignatius Gribbs war ein gesichertes, unverrückbares Zentrum für sie. Ihr ganzes Leben und ihr ganzes Glück drehten sich einzig um ihn. »Was immer uns zusammengebracht hat«, pflegte sie zu ihm zu sagen, »ich bin dafür dankbar. Wenn Ehen im Himmel geschlossen werden, dann wurde die unsere im siebenten geschlossen.« Dann knurrte er etwas, nickte, und wenn sie dann seinen beruhigenden Duft nach frisch gewaschenen Socken erschnupperte, war sie beruhigt und zufrieden. In einer Stadt wie K brauchte man als Frau solch eine Liebe. Weil sie die Dunkelheit fernhielt.

Solchermaßen von der Kraft der Liebe unterstützt, hielt sie es für ihre Pflicht, sich nach besten Kräften zu bemühen und etwas von ihrer Kraft den Schwachen zuteil werden zu lassen. Die Lahmen zu pflegen und die Hungernden zu speisen war für sie ein Privileg und eine Schuld, die abgezahlt wurde. Dieses Bestreben trug ihr ebenso viele Feinde wie Freunde ein. Nicht jeder mag sich helfen lassen; nicht jeder in K reagierte auf ihren heimeligen guten Willen. Und die Kehrseite ihres sonnigen Lebens lag darin, daß Elfrida Gribbs in Wirklichkeit ein kleiner Snob war.

Aber sie war schön, sogar durch den Schleier. Flapping Eagle blieb einen Moment hingerissen am Eingang des Elbaroom stehen, mit Virgil zusammen eingerahmt von dem gelblichen Licht, das durch die Tür fiel, und vom Flackern der Lampe über ihren Köpfen: Silhouetten, die den bleichen, lieblichen Geist bei seinem Nachtritt beobachteten.

Sekunden später trafen sich ihre Blicke; in diesem Moment war das Universum sekundenlang ausgelöscht, erstarrten die Bewohner der Stadt in einer Reihe charakteristischer Positionen, ein Tableau, im Aspik eines Blinks, eines Lidschlags in der Zeit fixiert.

Das ungewöhnlichste Duo im Elbaroom saß an einem niedrigen, runden Tisch etwa auf halber Länge des schmalen Schankraums. Einer von ihnen war riesig, ein Bär von einem Mann – ein Eindruck, den er bewußt noch dadurch verstärkte, daß er so gut wie immer einen Bärenpelz trug, denn es war selten wirklich kalt in K. Vielleicht war es der Pelz, der seinem Gesicht die hochrote Farbe verlieh. Es war ein Gesicht wie eine zerklüftete Tomate. Vor Erregung standen ihm Schweißtropfen auf der Stirn. Die buschigen Brauen krümmten sich, nach innen gebogen, abwärts zu seiner dicken Nasenspitze und überschatteten unterwegs die glänzenden Augen. Er sprach sehr schnell; seine Hände schwangen in weiten, gefährlich krallenden Bogen.

Sein Begleiter war so schmal, wie er selbst breit war, so schlank und elegant, wie er selbst klobig war; ein zierlicher Mann mit jugendlichem Gesicht und Calf Islands traditionell uralten Augen. Gegenwärtig hatten diese Augen einen unaussprechlich gelangweilten Ausdruck, und dieser Blick wirkte, als wären sie daran gewöhnt. Er war diskret nach unten auf die schmalen Hände gerichtet, die einer Spinne sauber und präzise die Beine ausrissen.

Der Zierliche wurde Hunter genannt. Sein voller Name lautete Anthony St. Clair Peyrefitte Hunter, doch sein Begleiter nannte ihn *Two Time Kid.* Dieser Name war an ihm hängengeblieben, nicht nur wegen der Beleidigung, die er beinhaltete, sondern weil Hunter immer wieder behauptete, er werde »alles zweimal probieren«. Der Bärenhafte hatte ihn mit seiner untrüglichen Begabung für das Offensichtliche gefragt, warum zweimal? Und Mr. Hunter hatte ihm mit der leichten Verachtung, die Jahrhunderten der Inzucht entspringt, geantwortet:

»Einmal, um zu sehen, ob es gefällt; zweimal, um zu sehen, ob man recht gehabt hat.«

»Ha!« brüllte der Bär, »Sie kleiner, hinterfotziger Two-Timer!« Und hatte mit seinem Gelächter Hunters vornehm-höhnisches Kichern eindeutig übertönt.

Der Bär hieß Peckenpaw. In K war er als »One-Track« Peckenpaw bekannt. Er erzählte Geschichten, die niemand in Frage stellte: Er war zu riesig, um sich den Vorwurf anzuhören, er tische Lügenmärchen auf. Seine Geschichten waren angefüllt mit den Legenden des Alten Westens: damals, als er Wild Bill gegenüberstand und ihn niedergestarrt hatte; damals, als er mit den bloßen Händen einen Knoten in William Bonneys Gewehrlauf gebogen hatte; Goldrush-Geschichten von Mining Towns, in denen Männer noch Männer und die Weiber dankbar waren. Zum Zeitpunkt des Blinks langweilte er Mr. Hunter jedoch mit seiner Lieblingsstory, die er schon tausendmal erzählt hatte und die einer der beiden Gründe für den Namen »One-Track« – Der Eingleisige war. Sein endloses, zwanghaftes Geschichtenerzählen war der andere.

One-Track Peckenpaw hatte Jahrhunderte seines Lebens mit der Jagd auf das nordamerikanische Gegenstück des Yeti verbracht: Bigfoot. Er hatte ihn nie erwischt. Seine Geschichten strotzten von der aggressiven Melancholie des Versagens, von sterilen Phantasien über den Grund, warum ihm Bigfoot entkommen war. Nur weil er Bigfoot fangen wollte, hatte er die Bürde der Unsterblichkeit auf sich genommen; und es war die zähneknirschende Erkenntnis, daß ihm das niemals gelingen würde, die ihn zum Kandidaten für Calf Mountain machte.

»Es gab einmal eine Zeit«, berichtete er, »da war ich sicher, daß er eine Frau sein mußte. Es war seine Hinterlist, die Art, wie er Katz und Maus mit mir spielte, der Bastard. Ich dachte mir, wenn er ein Mensch wäre, würde er bestimmt eine Frau sein und überdies ein Schwanzfopper. Das war natürlich 'ne dumme Idee, daß er 'n Weibchen sein sollte, aber sie hat sich bei mir im Kopf festgesetzt und wollte einfach nicht rausgehen. Einmal hab' ich geträumt, daß ich ihn gebumst habe ... sie. Jesus, war das ein Ringkampf! Hätte Ihnen alle Knochen im Leib gebrochen, Mr. Two-Time – mindestens!«

»Ich probiere alles ...«, begann Hunter sanft.

»Zweimal!« brüllte One-Track Peckenpaw und übertönte die Stimme seines Zuhörers. »Yeah. Jedenfalls. War 'n richtiger Spaß, seine Spur zu verfolgen. Als wär' man hinter 'nem widerspenstigen Weib her, das gezähmt werden muß. Wenn ich seine Spur an einem Bach entdeckte, fragte ich mich, wie würde sich jetzt eine Frau verhalten? Ist das ein Bluff oder ein Doppelbluff? In welche Richtung ist er wirklich gelaufen? Ich hab' mich immer auf meinen Instinkt verlassen. Man kriegt ein Gefühl für die Beute, das stärker ist als jede Witterung. Wenn die Spuren nicht mit dem Gefühl übereinstimmen, ignoriert man die Spuren. Das ist der Unterschied zwischen einem lausigen Fährtensucher und einem hervorragenden.«

»Aber Sie haben das Biest nie erwischt«, warf Two-Time zukkersüß ein.

»Gesehen hab' ich ihn zweimal«, sagte Peckenpaw. »Aus der Ferne. Eine übermenschliche Gestalt, groß wie ein Berg, die durch das dickste Unterholz brach, als wäre da gar nichts. Als ich dann an die Stelle kam, sah es aus, als wär da 'n Panzer durchgebraust. Das flößt einem doch richtigen Respekt ein, wenn man so was sieht.«

Er schwieg eine Weile.

»Das zweitemal«, fuhr er fort, »das war, als er zu mir kam. Schlafen ist gefährlich, im Bigfoot-Land. Ich baute immer ein Alarmsystem um mein Lagerfeuer – überall Stolperdraht, der klingelte oder meine Pfannen klappern ließ. Als ich eines Nachts plötzlich aufwachte, stand er vor mir und sah zu mir runter. Ist so sauber wie 'n Messerschnitt durch sämtliche Alarmanlagen gekommen, nur um mich aus der Nähe zu sehen. Da hab' ich aufgehört, mir vorzustellen, er wär' 'ne

Frau. Ich hab' dagelegen wie 'n Toter, und er hat genickt und ist einfach weggegangen. Also hab' ich mich umgedreht, um mein Gewehr zu nehmen. ES WAR NICHT DA! Er hatte es auf die andere Seite des Lagerfeuers gelegt. O ja, der Kerl war clever! Und ich will Ihnen noch was sagen, Mr. Naseweiser Hunter. Mag ja sein, daß ich den Scheißkerl nicht erwischt habe, aber er hat mich zu einem männlicheren Mann gemacht, als Sie jemals sein werden. HOL MICH DOCH, das hat er gemeint, als er mich so angestarrt hat. CATCH AS CATCH CAN. Verstehen Sie? Er hat mir einen Punkt ohne Wiederkehr gezeigt. Daß ich der beste Spurensucher von der Welt war, mit zehnlebenslanger Erfahrung, hat überhaupt keine Rolle gespielt.
Denn er hatte *eine Million* Jahre Erfahrung im Entkommen. Und jetzt? Jetzt respektiere ich seinen Lebensraum.«
Unvermittelt sprang One-Track Peckenpaw auf, wedelte mit den Armen wie eine Windmühle und schrie: »KOMM DOCH UND HOL MICH, DU BASTARD! CATCH AS CATCH CAN!« Dann brach er in ein zwanghaftes Lachen aus, riesige, gierige Lachsalven, die seine Augenbrauen erzittern ließen; während Two-Time Hunter der Spinne die letzten Beine ausriß und sie als rundes, hilflos sterbendes Wrack zurückließ.
Blink.

Elfrida Gribbs hatte immer gedacht, die Probleme mit Flann O'Toole hätten zwei Gründe: erstens seine Versessenheit darauf, ein so gräßlich geräuschvoller irischer Prachtjunge zu sein, und zweitens die Tatsache, daß sein zweiter Vorname Napoleon war. Ein irischer Napoleon war eine so groteske Vorstellung, daß sie durch so etwas wie O'Toole ergänzt werden *mußte.*
O'Toole brannte im Hinterzimmer Kartoffelschnaps und machte bei jedem weiblichen Wesen, das den Elbaroom betrat, Annäherungsversuche; er schwor zahllose Eide und brach

rücksichtslos jedes Versprechen; er neigte zu Wutausbrüchen, hielt sich aber für einen vernünftigen Menschen; er drohte Tag und Nacht jeden Moment in alkoholisierten Stupor zu fallen, betrachtete sich aber als Mann mit Macht; er wurde jede Nacht in einer Dunstwolke von Zoten und Kotze ins Bett getragen, war aber überzeugt, ein führendes Mitglied der Gesellschaft zu sein; er zitierte Poesie genauso mühelos wie Anstößiges. In Elfridas Augen verdunkelte seine Gegenwart jeden Raum und negierte die Schönheit des Lebens; in seinen eigenen Augen war er ein Blitzableiter, ein Verwalter der Elektrizität, der entfesselte Prometheus, ein ungehobelter, sinnlicher Mann in den besten Jahren, auf dem Höhepunkt der Lebenslust. Außerdem war ein recht starker, religiöser Zug in ihm erhalten geblieben; am Morgen danach konnte man sehen, wie er sein Fleisch mit einem Stock kasteite, oder durch die Tür von Mlle. de Sades Zimmer im House of the Rising Son hören, wie er schmerzlich weinte. Das war einer der Gründe, warum Dolores ihn verlassen hatte: jene, die ungewollt unter körperlichen Qualen oder Verstümmelungen leiden, verabscheuen natürlich jene, die sich diese im Namen Gottes selbst zufügen. Für sie war die einzig mögliche Reaktion die Flucht gewesen.
»Heilige Mutter Gottes«, rief O'Toole einer Bauersfrau zu, die vor Angst vor ihm zurückzuckte, »du siehst aus, als hättest du's nötig, Liebchen! Was würdest du von 'ner kräftigen Portion von O'Tooles heißem Schwanz halten, eh? Na, na, nun bleib doch hier! Ich offeriere dir hier das O'Toole-Organ, du Protestantenhure. Und das ist keine geringe Gabe, das kann ich dir versichern, wenn der Korken erst mal rausgezogen ist und so.«
Der Bauer saß zutiefst beleidigt neben seiner Frau, machte aber keinen Versuch, sie zu verteidigen. Ein Bauch voller Kartoffelschnaps macht einen Mann zum bösartigen Schläger.
»Nun sieh mal an, dein Ehemann«, lallte O'Toole, »wenn der nicht noch 'ne größere Mimose ist als du, dann weiß ich's auch

nicht. Nachgiebigkeit ist 'ne Tugend; Widerstand ist Gewalttätigkeit, und ich hasse das alles. Na, komm schon, Röcke hoch, Büxen runter, dann wird Napoleon O'Toole dir einen Abend bereiten, den du nie wieder vergessen wirst. Das wäre echter Pazifismus. Auf Sanskrit heißt das wohl Ahimsa. Mr. Gandy selbst wäre stolz auf dich.«

Die Frau schüttelte den Kopf und sah flehend zu ihrem Mann empor.

»He, hör mal«, sagte dieser, während er sich halb vom Platz erhob. O'Toole stieß ihn zurück.

»Wollt Ihr mir mein Recht verweigern, Sir – ja? Dieses Haus ist mein Grund und Boden, und auf dem eigenen Grund und Boden hat ein Seigneur *droits*. Komm mir bloß nicht in die Quere. Hüte dich! Jahrelang hab' ich mich durch die geheiligte Gemeinschaft mit einer verkrüppelten Hexe von Frau kasteit. Das war, wenn Sie so wollen, eine fromme Tat, den Krüppeln zu Gefallen zu sein und dabei Qualen zu erleiden. Hast du schon mal 'ne Bucklige gevögelt, Bauer? Dann verweigere mir nicht meine Freiheit. Ich habe meine Zeit abgedient.«

»Ich will nicht mit Ihnen gehen«, sagte die Frau.

»Du willst nicht?« brüllte O'Toole. »Du willst also nicht? Du kommst in den Elbaroom und willst nicht mit dem Herrn des Hauses gehen? Sind das Manieren, Frau, den Gastgeber so zu behandeln? Der Name hätte dir schon Warnung genug sein sollen. El Baroom! Der Feuerstoß der Rakete und der Schwanz von Napoleon. Hast du nicht Lust, dich mit dem Kaiser im Bett zu vergnügen? Geniale Kinder werd' ich dir machen. Wenn ich könnte.«

»Ich werde nicht mitgehen«, beharrte die Frau unter Tränen.

»Dann geh zum Teufel!« schrie O'Toole, hob den kleinen Tisch, an dem das Bauernpaar saß, hoch über seinen Kopf, daß Gläser und Drinks zu Boden stürzten, und machte Anstalten, ihn quer durch den Raum zu schleudern.

Blink.

(O'Tooles Version über das Zerbrechen seiner Ehe mit Dolores lautete, als er genügend Qualen ertragen, lange genug unter ihrer Mißbildung und Undankbarkeit gelitten hatte, habe er sie hinausgeworfen. Die Wahrheit lautete ganz anders. Dolores O'Toole hatte ihren Ehemann verlassen, weil er sie nicht befriedigen konnte. Flann Napoleon O'Toole hatte nur einen halben Hoden, den Rest hatte er bei einem Kampf mit einem Hund verloren; sein schlaffer Penis war nur einen Zoll lang und vermochte sich – auf Grund der Schädigungen durch den Teufel Alkohol – auch kaum zur doppelten Größe zu entfalten. Diese Umstände werden hier zur Erklärung für sein Verhalten angeführt.)

Als Jocasta damals Livs Platz als Madame des Stadtbordells eingenommen hatte, war es Virgil Jones gewesen, der das ironische Wortspiel vorschlug, aus dem sein Name jetzt bestand. Aber obwohl sie darauf beharrte, ein makellos sauberes Haus zu führen, besaß es nichts von der weitläufigen, vergitterten, schmiedeeisernen Eleganz der Stadt, die New Orleans früher einmal gewesen war; auch ähnelte Madame jener tragischen Königin, Ehefrau und Mutter des ödipalen Rex kaum mehr als durch den gemeinsamen Namen. So waren beide Zweige des Scherzes irgendwie gestutzt, und das House of the Rising Son schuf sich einen eigenen Stil.
Eine der ersten Neuerungen, die sie einführte, sobald sie sich stark genug fühlte, um aus dem alles überlagernden Schatten von Liv herauszutreten, war es, die Funktionen ihrer Angestellten stärker zu spezialisieren. Liv hatte es für ausreichend gehalten, daß sie allesamt hervorragende Vertreterinnen des horizontalen Gewerbes *im allgemeinen* waren; Jocasta hatte das immer anders gesehen, vielleicht weil sie selbst am besten als All-Rounderin, sozusagen als Hanna-Dampf in allen Gassen arbeitete und stets eine nagende Unzufriedenheit mit sich selbst verspürt hatte. Also verpaßte sie ihren Angestellten am

selben Tag wie ihrem Bordell neue Namen – Namen, die von extrem präzise begrenzten sexuellen Funktionen begleitet waren. Diese Veränderung hatte sich ausgezahlt, davon war sie überzeugt; die Leute sagten, das House of the Rising Son sei weitaus heller, offener, weniger peinlich und viel zufriedenstellender als Livs Ménage. (Es ist leichter, um die Dienste einer Lady zu bitten, von der man weiß, daß sie eine Expertin in den Variationen ist, die man selbst bevorzugt, als eine anonyme Hure zu bitten, den eigenen Launen nachzugeben.) Und Jocasta hatte das Gefühl, daß ihre Mädchen inzwischen viel stolzer auf ihre Arbeit waren.

Sorgen machte nur jener Angestellte, der die einzige männliche Hure war: Gilles Priape. Er war träge für seine Größe; sie wußte zwar, daß Männer längere Ruhepausen brauchten als Frauen, argwöhnte aber, daß Monsieur Gilles sich ganz einfach drückte. Wiederum Spezifikation, verstehen Sie? Er war der einzige Vertreter des männlichen Gewerbes und daher zur Vielseitigkeit gezwungen. Immerhin schienen seine Kunden ziemlich zufrieden zu sein. *Spezialität des Hauses* nannten sie ihn, sehr zum Ärger der Mädchen. Vor allem, wenn seine Kunden Männer waren.

Jocasta schritt durch die Korridore ihres Imperiums. Hinter den geschlossenen Türen war das Personal voller Eifer beschäftigt. Nichts gefiel Jocasta besser als diese gedämpften Laute, das Grunzen echter Ekstase, vermischt mit den weitaus kunstvolleren Seufzern der Simulation. Zuweilen dachte sie, daß sie diese auditive Stimulation dem Akt selbst sogar vorziehe … Dann aber verwies sie diesen unprofessionellen Gedanken energisch an seinen Platz.

Sie war eindeutig eine begehrenswerte Frau; das war ihr klar. Nicht vielleicht in derselben visuellen Kategorie wie einige ihrer Mädchen, aber definitiv eine Klassefrau. Ihre Züge waren so klassisch griechisch wie ihr Name; und wenn ihre Brüste auch um eine Winzigkeit zu schwer waren, so hatte sie vor Ewigkeiten schon aufgehört, sich darüber Gedanken zu machen. Sie wirkten sehr hübsch, wie sie unter ihrem weißen, bodenlangen Spitzennachthemd wogten, in Schatten getaucht vom Licht der Kerze, die sie bei ihrem Rundgang durch das Haus in der Hand hielt. Sie liebte es, sich so zu kleiden. Sie fühlte sich dann wirklich rein.

Während Madame Jocasta, wie jede ihrer Angestellten genau wußte, alles, was sie konnten, doppelt so erotisch darzubieten verstand. Sie war die Beste; und wenn sie selbst auch ihre Rundumbegabung unterbewertete – ihre Kohorten taten das nicht. Wenn sie, was selten vorkam, persönlich zur Tat schritt, drängten sie sich an den Spionen in den Wänden ihrer Zimmer, um von ihr etwas zu lernen.

Das Sausen der Peitsche war unverkennbar. Es kam von der Tür, hinter der »Boom-Boom« de Sade in voller Aktion war. Mit ihrer sinnlichen Stimme äußerte sie träge etwas über einen glühheißen Schürhaken, und Jocasta ging zufrieden weiter.

Boom-Boom war die große Favoritin von Flann O'Toole, denn sie bewirkte, daß er seine Selbstkasteiungen ausgiebig genoß; leider war Flann O'Toole kein Favorit von Jocasta. Dazu war die Gefahr zu groß, daß er selbst zum Sadisten wurde und dem Personal Schaden zufügte.

Hinter der nächsten Tür herrschte Schweigen. Das war Mlle. Florence Nightingales Zimmer. Sie strahlte eine gemütliche Sexualität aus, so friedvoll, wenn sie zufällig eine Brustwarze sehen ließ, so schüchtern, wenn sie sich entkleidete. Bei Florence hieß es immer, *es tun,* sie bumste nicht, sie fickte nicht, sie vögelte nicht, und sie schlief nicht mit einem Mann; sie *tat es* mit Anstand und immer im Dunkeln. Während Jocasta stehenblieb, wurde drinnen summend eine kleine Weise angestimmt: Florence sang ihren Kunden mit einem Wiegenlied in den Schlaf.

Aus Gilles' Zimmer kam Musik. Möglich, daß er seine man-

gelnde Begeisterung übertönen wollte; aber Madame Jocasta beschloß, heute abend nicht einzugreifen. Dennoch würde sie bald mit Gilles sprechen müssen.
Kamala, die junge Inderin, war nicht in ihrem Zimmer. Madame Jocasta erinnerte sich, daß sich gleich nebenan, im Bett der chinesischen Schlangenfrau Lee Kok Fook, ein ganz besonderer Gast befand. Graf Tscherkassov hatte um die Gesellschaft seiner beiden Lieblingsdamen gebeten, und während Madame Gräfin Tscherkassova ahnungslos in ihrem Bett lag und schlief, bewirkten die beiden Meisterinnen in den Künsten des Fernen Ostens, daß das blaue Blut des liebenswürdigen, aber beschränkten Grafen ein wenig schneller durch seine Adern floß als sonst. Lee Kok Fook und Kamala Sutra bildeten ein perfektes Team.
»Kommen Sie herein, Madame.«
Medias Stimme übergoß Jocastas Antlitz mit einem rosigen Hauch der Freude. Dies war ihre Favoritin, die einzige, die sie wirklich verstand. Media besaß jene Begabung, die Jocastas Gebiet am nächsten kam. Um einen Konkurrenzkampf mit ihrem Schützling zu vermeiden, hatte Jocasta ihr die Aufgabe übertragen, ausschließlich Frauen zu Diensten zu sein – was sie mit großem Eifer tat. »Ich liebe Frauen«, erklärte sie. »Ich komme gut mit ihnen aus.«
Jocasta betrat das Zimmer ihrer Stellvertreterin.
»Offenbar haben wir beide heute abend frei«, sagte Media. Sie stand mit dem Rücken zum Fenster und bot sich nackt der dunklen Nachtluft dar.
»Mach das Fenster zu, Media! Der Nebel. Du könntest dir was holen.«
Media gehorchte ohne Widerspruch. Madame wußte es immer am besten.
»Da wir also ein bißchen Zeit übrig haben«, sagte sie, »wüßte ich gern, ob Sie vielleicht Lust auf ein paar kleine Übungen haben, Madame.«

»Genau darauf habe ich Lust«, sagte Madame Jocasta und ließ ihr Nachtgewand zu Boden fallen. Ergebenheit.
»Es ist mir ein Vergnügen, Madame«, gab Media zurück und kam auf sie zu.
Blink.

Mr. Norbert Page war ein kleiner Mann.
Er trug eine kleine, silberumrandete Bifokalbrille.
Er ging mit kleinen Schritten.
Er trank kleine Drinks.
Seine Hände machten kleine, nervöse Bewegungen, als sie entdeckten, daß die Tür zum Schuppen nicht verschlossen war. Alex wurde allmählich zu gut mit seinem goldenen Zahnstocher. Als er die Tür aufstieß, grinste Alex unschuldig und voll kindlichem Charme zu ihm empor.
»Alex«, sagte Norbert Page und schwenkte einen Finger so streng, wie er es nur konnte, »du warst doch nicht etwa draußen – oder?« Es war eine sinnlose Frage, denn Alex nickte nur freudig: »Ja!«
»Hat dich irgend jemand gesehen?«
Immer noch selig lächelnd, schüttelte Alex den Kopf.
»Alexy«, sagte Mr. Page zutiefst erleichtert, »du wirst mich noch umbringen, ehrlich! Wenn dich jemand gesehen hätte … Wenn deine Mutter herausgefunden hätte, daß ich auf ein ganz kleines Drinkie ausgegangen bin …«
Er gab es auf; Alex grinste immer breiter. »Spielen!« befahl er. »Spiel spielen!«
Norbert Page liebte Spiele, die man zu Hause spielen konnte; seine Lehnsesselsportlichkeit hatte ihm den Titel »Sports« Page eingebracht. Diese Liebe machte ihn zum idealen Hüter von Alex.
Sie spielten Dame – auf einem Schachbrett und mit Schachfiguren. Das ermöglichte es Mr. Page, sich selbst insgeheim einen Schwierigkeitsgrad zu setzen. Wenn die Damen das

Königinnenfeld erreichten, ersetzte er einen Bauern durch eine wichtigere Schachfigur. Für Alex war das nichts weiter als eine normale Doppeldame; aber Sports Page beachtete gewissenhaft die Überlegenheit der Königin über Turm, Turm über Läufer und so weiter und gestattete es sich niemals, eine wichtigere Figur mit einer weniger wichtigen zu schlagen. Das machte das Spiel interessanter für ihn und gab Alex eine Chance, zu gewinnen.

»Dein Zug«, sagte Mr. Page.

Blink.

Es gab natürlich einige, die den Blink verschliefen. Irina Tscherkassova lag zum Beispiel regungslos in ihrem breiten, wenn auch primitiven Himmelbett und war sich dessen ebensowenig bewußt wie der nächtlichen Ausflüge ihres Gatten.

Wenn das Rising Son das höchste Haus von K war, dann war die Villa der Tscherkassovs, ein wenig entfernt von der eigentlichen Innenstadt, das weitläufigste. Und erfreute sich eines schönen, großen Gartens. Tatsächlich glich es einer alten Datscha so sehr, wie es nur möglich war; doch da die Familie bei weitem nicht groß genug war, um es zu füllen, war sie gezwungen, es sich mit einem gewissen P. S. Moonshy zu teilen, über den als ständiger Witz gesagt wurde, er sei ganz offensichtlich ein Post Scriptum seiner Eltern gewesen – daher die Initialen. P. S. Moonshy war der Quartiermeister der Stadt, und der ständige Kampf, der zwischen ihm und den Tscherkassovs tobte, war eines der Rätsel und *der* Freudenbringer der Stadt. »Welch glückliche Ironie«, hatte man O'Toole in einem nüchternen Augenblick sagen hören, »daß dieses Adelsnest mit einer so potenten Giftschlange der Nivellierung geschlagen ist.«

P. S. Moonshy schlief jede Nacht mit Marx unter dem Kopfkissen. Das war zwar unbequem, aber er tat es als Ausdruck seiner Hochachtung. Im Augenblick schlief er. Schlecht.

Im Haus gleich daneben wohnte der zweite Inhaber bedeutsamer Initialen, Ignatius Quasimodo Gribbs.

Da sie ein kleiner Snob war, empfand Elfrida Gribbs einen Anflug von Übelkeit, als sie auf die Kopfsteinstraße einbog und sich dem Elbaroom näherte. Den sie genausowenig zu tolerieren vermochte wie Madame Jocastas Höllenloch; und wenn sie eine Beschwerde gegen ihren schlafenden Ehemann hatte, so war es die, daß er in seiner allumfassenden Liebe für diese Stadt, die er zu seiner Heimat gemacht hatte, kein Wort des Abscheus für diese beiden Stätten des Lasters gefunden hatte. Genau dort trafen sie sich nun, ein ungleiches Quartett unmittelbar vor dem Elbaroom: Virgil Jones, der mit schlaffen Gliedern neben Flapping Eagle stand und mit verkniffenen Augen in den Nebel hineinstarrte; der Mann namens Stone, der sich kriechend auf der Kopfsteinstraße vorwärtsbewegte; und die bleiche Frau auf ihrem gehorsamen Esel.
Elfridas und Flapping Eagles Blicke trafen sich. Elfrida hielt den Atem an.
Blink.

33. Vor dem Elbaroom

Wie lange dauert ein Lidschlag im Dasein der Menschen? Der Blink war – so kam es jedenfalls denen vor, die ihn spürten – fast schon vorüber, bevor er Zeit hatte, zu geschehen. Dennoch aber war er geschehen, und Elfrida erschauerte vor Kälte. Sie ertappte sich dabei, daß sie intensiv an Ignatius dachte, in Gedanken sein Gesicht umfaßte, ihn so körperlich werden ließ, daß sie sich an ihm festklammern konnte. An einem

anderen Ort fuhren Jocasta und Media voll ungewohnter Hemmungslosigkeit mit ihren Praktiken fort; und im Elbaroom stellte Flann O'Toole den Tisch wieder ab, den er gerade werfen wollte, und begab sich hinter die Bar, wo seine Schäferhündin mit verwirrtem Schweigen zu ihm emporblickte.
»Virgil?« fragte Flapping Eagle; aber Virgil Jones schüttelte verständnislos den Kopf. »Irgendein Blackout«, sagte er. »Wir sind offenbar sehr müde.«
»Aber wir beide, Virgil? Zur selben Zeit?«
Wieder schüttelte Virgil den Kopf. »Ich weiß nicht«, sagte er, und seine Stimme zerrte an Flapping Eagles wunden Nerven.
»Gehen wir hinein«, schlug Flapping Eagle vor. »Ist wohl besser, wenn wir jetzt erst mal versuchen, uns beiden ein Bett zu sichern.«

Elfrida hatte den Namen Virgil gehört. Aber das kann doch unmöglich sein, dachte sie, Mr. Jones kann doch unmöglich zurückgekehrt sein! Dennoch hatte eine der Gestalten im Eingang ganz deutlich etwas von Virgil Jones gehabt. Der andere ... sein Begleiter ... jener, der sie angestarrt hatte ... das Gesicht ... Nein, es waren der Nebel und ihre eigene Phantasie! Er war ein Fremder. Die Feder war der Beweis dafür. Er war ein Fremder.
Eines steht jetzt fest, sagte sich Elfrida. Sollte ich jemals gehofft haben, heute noch Schlaf zu finden, so ist diese Hoffnung zu nichts zerstoben. Vielleicht sollte ich die Nacht lieber damit verbringen, nach einer Lösung für dieses Rätsel zu suchen.
Flapping Eagle und Virgil hatten den Elbaroom betreten.
Elfrida saß ab, wickelte sich fester in ihren Schal, stahl sich an die Mauer des Elbarooms und bezog zwischen Tür und Fenster Posten.
Zum erstenmal in ihrem Leben lauschte Mrs. Gribbs absichtlich.

34. Im Elbaroom

Das Schweigen verbreitete sich mit ihnen, als sie durch den langen, schmalen Schankraum schritten. Es war, als strahlten sie eine unsichtbare, tödliche Substanz aus, durch welche die Worte auf den Lippen der Menschen und die Bewegungen an ihrer Quelle abgetötet wurden. Und es war eine magnetische Substanz, denn die Blicke der Verstummten und Gelähmten konnten nicht anders, als den beiden Vorwärtsschreitenden zu folgen. Stille war ein unbekannter Zustand hier. Und außerdem spürte Flapping Eagle unter dem Schock etwas, das schlüpfriger war, gefährlicher, weniger berechenbar in seinen Auswirkungen: die Gefühle des Gefängniswärters, dessen entflohener Häftling soeben aus freien Stücken zu seinen Häschern zurückgekehrt ist, oder die des Löwen, der einem selbstmörderischen Christen gegenübersteht. Rätselhafterweise schienen diese Gefühle ihnen beiden zu gelten. Nicht zum ersten- und nicht zum letztenmal empfand Flapping Eagle eine brennende Neugier hinsichtlich der Vergangenheit seines Begleiters. Darüber hinaus erschrak er jedoch über die Blicke – fast so etwas wie *Wiedererkennen* –, die ihm ganz persönlich galten. Nur um sich gleich darauf – ebenso unbegreiflich – gänzlich ignoriert zu sehen. Als hätte er nicht hier sein dürfen und alle Anwesenden wünschten, er wäre nicht hier.

Sobald sie mich kennen, redete er sich ein, werden sie nicht mehr so feindselig sein. Angesichts des unerklärlichen Schweigens im Elbaroom war das vermutlich ein allzu optimistischer Gedanke.

So unvermittelt, wie er verstummt war, kehrte der Stimmenlärm wieder in die Bar zurück; zugleich wandten sich alle Blicke von den beiden Neuankömmlingen ab. Es war eine enervierende Umkehrung: Als die Gäste der Kneipe in einen

wahren Strom von Worten ausbrachen, war es fast so, als gäbe es sie gar nicht.
Hunter starrte One-Track Peckenpaw mit verzweifeltem Interesse an.
»Erzählen Sie mir«, bat er um eine Nuance zu ernst, »von Ihren Jagdmethoden.«
Woraufhin Peckenpaw sich in eine geschwätzige Tirade über das Fallenstellen, das Anpirschen, das Schießen und das Überleben in der Wildnis stürzte. Aus den Zügen des Two-Time Kids war jede Spur Langeweile verschwunden und durch eine neu entdeckte Leidenschaft für die Jagd ersetzt worden. One-Track selbst war selten so passioniert gewesen; er berichtete aus seiner Vergangenheit, als hinge sein Leben davon ab.
Flann O'Toole dagegen schien komplett zusammengebrochen zu sein. Mit fest zusammengekniffenen Augen stand er da, hämmerte mit den Fäusten auf die Bartheke und wiederholte monoton: »Heilige Maria Mutter Gottes ich schwöre daß ich nie wieder trinken werde. Heilige Maria Mutter Gottes ich schwöre daß ich nie wieder …«
Er hielt inne, um sich in einen Eimer unter der Bar zu erbrechen.
»Jesus Maria«, stöhnte er.

In diesem Moment tat Napoleon O'Tooles Schäferhündin etwas Unerwartetes. Sie schlängelte sich an ihrem kotzenden Herrn vorbei und unter der Bar hindurch und stürzte sich schwanzwedelnd und mit schlabbernder Zunge auf Virgil Jones, um dem Rückkehrer die erste herzliche Begrüßung in dieser Stadt zuteil werden zu lassen. Mit grauem Gesicht blickte O'Toole auf; seine Augen wurden groß.
»Das kann doch nicht wahr sein!« sagte er. »Aber der Hund hat ihn ja immer gemocht; war ja den Tieren immer näher als den Menschen, deswegen konnte er so gut mit ihnen umge-

hen. Es ist tatsächlich Virgil Jones und kein Miasma. Jones, der Totengräber. Der Friedhofsnarr ist wieder da!«
Langsam schweiften die Blicke wieder zurück und durch den Raum zu Virgil und Flapping Eagle mitsamt dem großen, freundlichen Hund hinüber, der um sie herumsprang, während sie stocksteif auf halber Länge der Bar gleich gegenüber von Peckenpaw und dem Two-Time Kid standen. Flapping Eagle, der die Blicke beobachtete, entdeckte, daß sie sehr schnell eine ganze Reihe von Emotionen durchliefen. Ungläubigkeit zuerst, als Echo auf O'Toole; dann Staunen; und schließlich Erleichterung.
»Nanu«, sagte Peckenpaw. »Jones und ein *Fremder!*« Er verlieh dem Wort eine besonders starke Betonung.
»Nanu, nanu«, sagte Two-Time zweimal. »Jones und ein Fremder.«
Und über die ganze Länge des Raumes gab es überall ähnliche Ausrufe. Ganz langsam kehrte Fröhlichkeit in die Nacht zurück.
Flann O'Toole kam hinter der Bar hervor; er hatte sich sehr schnell erholt, seine Überschwenglichkeit war schon wieder hergestellt. Auf dem Gesicht trug er ein Lächeln, das tatsächlich freundlich aussah. Freundlich *aussieht,* warnte sich Flapping Eagle selbst. Aussehen ist nicht Sein.
»Sein Freund«, brüllte One-Track überflüssigerweise, »trägt eine Feder im Haar. Das erinnert mich daran, wie ich mal einen Indianerhäuptling skalpiert habe.« (Gelächter, Jubel, Buhrufe.)
Das rief auch in Flapping Eagle eine Erinnerung wach. Nicht an ein Erlebnis, sondern an eine Geschichte. Er wußte, woran ihre Ankunft ihn erinnerte: an alte Filme in der Flohkiste von Phoenix, die er unerlaubterweise besucht hatte. Die Rothaut betritt den Saloon. Die Männer machen sich über ihn lustig, bevor sie ihn erschießen. *Hier bei uns ist nur 'ne tote Rothaut 'ne gute Rothaut.*

»Hund«, sagte Flann O'Toole zu seiner Hündin, »gib Ruhe!«
Diese Zurechtweisung verschärfte Flapping Eagles wachsendes Unbehagen, aber auf O'Tooles Gesicht stand immer noch dieses freundlich wirkende Lächeln. Der Schäferhund schlich hinter die Bar zurück.
Flann O'Tooles Hände: riesige Pranken, die am unteren Ende der Arme hingen. *Würgerhände*, dachte Flapping Eagle. Zu einer anderen Zeit, an einem anderen Ort sollte er sich an diesen Gedanken erinnern. In diesem Moment waren sie jedoch zu einer Geste der Freundschaft ausgebreitet.
»Virgil«, dröhnte O'Toole. »Virgil, mein Junge! Bist du das wirklich?«
Dabei schoß seine linke Hand vor und zwickte Virgil kräftig in den Arm. Virgil stand jetzt schon seit geraumer Zeit still. Flapping Eagle sah, wie der Schmerz über sein Gesicht zuckte und wieder verschwand. Sein Blick war leer.
Flann O'Toole brüllte vor Lachen über seinen Trick. »Brillant oder ein Idiot, eines von beiden bist du, Mr. Jones«, sagte er. »Nur ein Idiot würde sich so etwas ungestraft gefallen lassen. Ein Idiot oder ein Mann, der seine Schwächen kennt. In einem bin ich mir jetzt jedenfalls sicher: Du bestehst aus Fleisch und Blut. Also komm, laß mich das wieder gutmachen, und trink ein Glas auf meine Kosten.«
Virgil rührte sich nicht.
»Nun komm schon«, kicherte O'Toole, der es, jetzt wieder ganz er selbst, von Herzen genoß, diesen dicken, kurzsichtig blinzelnden Mann zu quälen. »Ich war doch noch gnädig; ich hätte auch meine Rechte benutzen können. Schließlich wollen wir doch sichergehen, eh? Komm her und trink was mit O'Toole; dann kannst du uns auch gleich deinen traurigen Freund vorstellen. Drinks auf O'Toole!« rief er dem ganzen Barraum zu. »Kommt her und heißt diese ruhelose Seele willkommen!«
Virgil erhob die Stimme.

»Bevor ich mit Ihnen trinke, O'Toole, muß ich mit Ihnen sprechen.«
»Lächerlich!« rief O'Toole. »Wir können doch beim Trinken reden.«
»Unter vier Augen«, sagte Virgil.
Flann O'Toole zog eine spöttisch-bemüht ernste Miene. *Er behandelt Virgil wie einen Dorftrottel,* dachte Flapping Eagle und fragte sich, warum Virgil sich hier ausgerechnet diese Rolle ausgesucht hatte. Vielleicht, dachte er, hat er sie sich gar nicht ausgesucht.
»Ha!« rief O'Toole. »Es ist also ernst, eh? Aber das hier sind meine Freunde, meine lieben und verehrten Kameraden. Ich habe keine Geheimnisse vor ihnen. Also raus damit, Mann! Das aufregende Wiedersehen mit dir hat mich durstig gemacht!«
»Ihre Gattin Dolores«, sagte Virgil Jones, »die Sie verlassen hat. Aus gutem Grund, möchte ich hinzufügen. Sie und ich, wir lieben uns. Ich kann nicht mit Ihnen trinken. Alles, was sie über Sie gesagt hat, trifft zu. Es traf damals zu, bevor sie floh. Und es trifft heute noch immer zu. Wir sind nicht gekommen, um mit Ihnen zu trinken. Wir suchen nur eine Unterkunft, wissen Sie. Wenn Sie mich also jetzt entschuldigen wollen ...«
Das Grollen begann tief in Flann O'Tooles Brust und schwoll allmählich zu einem wilden, ohrenbetäubenden Gebrüll. Seine Augen wurden groß und rot. So stand er einen Moment da, brüllend und immer tiefer rot anlaufend; dann griffen seine Hände nach Virgil Jones. Und ehe Virgil sich rühren konnte, befand er sich in einem schraubstockartigen Griff um seinen Hals. Keuchend rang er nach Luft.
»Entschuldigen – ach ja?« schrie O'Toole. »Du bist wirklich ein Idiot, Mr. Virgil Casanova. Die Heiligen mögen mir verzeihen, wenn ich dich nicht jetzt und hier erwürge, dich langsam, aber sicher deinem wohlverdienten Tod zuführe. Hier in O'Tooles eigenes Haus zu kommen und ihm zu sagen, er sei

ein Hahnrei – die absolute Idiotie eines absoluten Irren. Meine Ehefrau verführen! Du kannst von Glück sagen, daß ich dir nicht glaube. Nicht mal 'ne Wurst könntest du verführen, und das rettet dir das Leben.«

»Ich dachte, Sie hätten gesagt, Ihre Frau sei eine Qual für Sie gewesen«, warf Two-Time Hunter interessiert ein.

»Sie halten sich da raus!« befahl O'Toole. »Meine Frau ist meine Frau, und ich werde nicht dulden, daß ihr Name beleidigt wird, denn dadurch werde auch ich beleidigt. Es wird wohl Zeit, daß Mr. Jones sich endlich Manieren zulegt. Selbst Idioten bleibt das nicht erspart.«

Seine Hände lösten sich von Virgil, der einen Schritt zurückstolperte und in durstigen Lungenzügen nach Luft schnappte. Flapping Eagle sah, wie sich die rote Rechte ballte und ausholte. Aber er stand da wie gebannt. In Zeitlupe sah er die Faust auf den keuchenden Virgil zuschießen; das Geräusch des Treffers schien dann weniger laut zu sein, als es eigentlich sein mußte. Virgil brach wortlos in die Knie und ging zu Boden.

Flapping Eagle stand noch immer regungslos da. O'Toole wandte sich um, ein Stier auf der Suche nach dem zweiten Matador. »Wollen Sie Ihrem Freund nicht helfen, Wie-heißen-Sie-noch?« fragte er, noch immer in höchster Lautstärke. Flapping Eagle spürte, wie sich sein Kopf verneinend drehte.

»Nein.« O'Toole lachte.

»Virgil hat nie enge Freunde gehabt«, sagte er. »Klug von Ihnen, daß Sie Distanz bewahren.« Flapping Eagle fühlte Übelkeit in seinem Magen aufsteigen.

»Schmeißt ihn raus!« rief eine Stimme aus dem Hintergrund. »Setzt ihn mit dem Hintern auf die Straße!«

O'Toole grinste. »One-Track«, rief er. »Ihre Hilfe, wenn ich bitten darf.« Gemeinsam zerrten sie Virgil Jones auf die Füße und schleppten ihn zur Tür. Flapping Eagle sah ihnen dabei zu.

Eins.

Zwei.
Drei.
Und Virgil landete geräuschvoll auf den Kopfsteinen.
Erschrocken lief Elfrida Gribbs zu ihm hinüber und bettete seinen Kopf in ihrem Schoß; doch als er das Bewußtsein wiedererlangte, rappelte er sich unsicher auf, stülpte sich den Hut wieder auf den Kopf und machte sich, ohne ihr zu danken, auf den Weg zum anderen Ende der Kopfsteinstraße, wobei er einmal über den knienden Stone stolperte.
Zutiefst gekränkt von dieser Undankbarkeit für ihre Hilfe, schürzte Elfrida die Lippen. Ignatius hatte schon immer gesagt, daß Virgil Jones irgendwie nicht ganz bei Sinnen sei. Er hatte offensichtlich recht gehabt.

Es war die Stimme in seinem Kopf, die ihn solchermaßen gelähmt hatte. Sie war so überzeugend wie eh und je und bewirkte, daß Flapping Eagle sich selbst nicht mehr leiden konnte. Folgendes hatte sie ihm gesagt:
Er sei schon jetzt ein verdächtiger Außenseiter in der Stadt, in der er sich niederlassen wollte. Selbst um ein Bett für die Nacht zu finden, brauche er die Leute im Elbaroom – brauche er ihr Vertrauen und ihre Hilfe –, ganz zu schweigen von einem Platz im allgemeinen Leben der Stadt. Wenn er sich jetzt mit Virgil Jones zusammentue, könne er seine Hoffnungen, wenigstens ans Ende seines Weges zu gelangen, seinen sicheren Hafen zu finden, endgültig vergessen. Ihm wurde schlecht, als er daran dachte, denn er war ja bereits mit Virgil verbündet und schuldete ihm zweimal sein Leben. Dennoch klang diese Stimme höchst überzeugend. Er kannte sich jetzt; er wußte, daß die Sehnsucht, dazuzugehören, akzeptiert zu werden, die Kontrolle über ihn ergriffen hatte, während die Abenteuerlust und die leidenschaftliche Hingabe an seine langzeitige Suche in ihm allmählich schwächer wurden.
Morgen, sagte er sich, oder vielleicht später heute abend. Ich

werde Virgil suchen und mich entschuldigen. Jawohl, das ist es. Morgen.
Er hörte noch immer Virgils Bitte, vor etwa einer Stunde erst an ihn gerichtet: *Ich bin wirklich äußerst empfindlich gegen Wunden, die Sie mir möglicherweise schlagen werden.* Schon jetzt hatten sich die Ängste, die hinter diesen Worten steckten, realisiert. Flapping Eagle wußte, daß er seinen Freund sehr viel schmerzhafter getroffen hatte als Flann O'Toole, und an einer weit empfindlicheren Stelle. Das schlechte Gewissen war da; aber es schien, als habe er keine Lust zur Reue. Jetzt noch nicht. Zunächst mußte er sich vorstellen.
Schuld. Meine Schuld. Mea maxima.

Er schüttelte sich, bis er seine Umgebung wieder wahrzunehmen vermochte. Ringsumher ernste Gesichter; bis auf O'Tooles, das von einem bösartigen Grinsen verzerrt wurde.
»Wohin wird er gehen?« erkundigte sich Flapping Eagle.
»Zu Jocasta natürlich, wohin sonst?« antwortete ein rotes Gesicht mit buschigen Brauen. »Die ist die einzige, die ihn aufnehmen würde.«
»Wie es scheint«, sagte ein schmales, feinknochiges Gesicht, »werden wir uns wieder an ihn gewöhnen müssen.«
»Hier nicht«, erklärte Flann O'Toole energisch. »Napoleons Kaiserreich wird er nicht betreten!«
»Darf ich mich setzen?« fragte Flapping Eagle.
»Sie dürfen«, gab Flann O'Toole zurück. »Und Sie werden uns auch ein paar Fragen beantworten.«
Zynismus in dem feinen Gesicht, Brutalität in O'Tooles. O'Toole: das Gesicht bewußter Gewalttätigkeit, brutaler Kraft, die sich an sich selbst ergötzt, eine Masturbation der Macht. O Gott, dachte Flapping Eagle, wohin bin ich hier bloß geraten?
»Die beantworte ich Ihnen gern«, sagte er und biß sich dabei vor Scham auf die Zunge.
»Wie heißen Sie?« fragte O'Toole.

»Flapping Eagle. Ich bin ein Axona-Amerindianer. (Rang und Kennummer. Er spürte das Blut in seinem Mund. Und Virgils an seinen Händen. Ein weiterer Mensch, der durch den Kontakt mit ihm Schaden gelitten hatte.)
»Nie gehört«, sagte Peckenpaw, der bedächtig den Kopf schüttelte.
»Alter«, verlangte O'Toole.
»Siebenhundertundsiebenundsiebzig.« (Wie lächerlich das klang, wie weit er sich von seinem gesamten Leben vor diesen letzten Tagen entfernt hatte! Und hier auf Calf Island hatte er bereits eine Veränderung durchgemacht: Seine Unsterblichkeit war nicht mehr wichtig, nicht mehr wichtig, nicht einmal mehr ein Thema für Gedanken oder Gespräche, ganz zu schweigen von Depressionen. Seltsam der Gedanke, daß sie ihn früher einmal fast zum Selbstmord getrieben hatte. Unter Genies verliert die Intelligenz ihren Wert; sie wetteifern miteinander beim Kochen oder beim Sex. Genauso die Unsterblichen. Wenn das Alter zur Konstanten wird, wird es irrelevant.)
»Beruf?«
»Seefahrer. Ich war Seefahrer.« (Auch das schien die Bezeichnung für einen anderen Flapping Eagle zu sein.)
»Hauptinteresse?«
»Ich ... Wie bitte?«
»Hauptinteresse«, wiederholte O'Toole.
»Ich verstehe nicht ganz«, gab Flapping Eagle zurück.
»Würden Sie ihm das erklären, Two-Time?« seufzte O'Toole. »Ich werde mir jetzt ein bißchen Flüssignahrung einschenken.«
O'Tooles Gesicht wurde durch das elegante ersetzt. »Wir hier in K«, sagte eine von Zynismus nur so triefende Stimme, »halten uns gern für vollkommene Menschen. Die meisten von uns, oder vielmehr wir alle, haben ein spezielles Interessengebiet, das wir ganz für uns allein in Anspruch nehmen. Ich

glaube kaum, daß wir jemanden akzeptieren könnten, der anderer Meinung ist. Es ist wie der Unterschied zwischen beiläufigem Sex und Liebe, wissen Sie. Je mehr man liebt, desto besser lernt man kennen, desto tieferen Einblick bekommt man, desto reicher wird man belohnt. Wir alle finden, daß wir reich belohnt werden. Es wäre uns lieb, wenn wir wüßten, daß Sie uns beipflichten.«

»Ja«, sagte Flapping Eagle, »ich pflichte Ihnen bei ... (*die Sie mir möglicherweise schlagen werden,* hatte Virgil gesagt. – *Einverstanden,* hatte Flapping Eagle geantwortet.)

O'Toole war wieder da. »Also dann«, sagte er, »versuchen wir's noch einmal von vorn, ja? Hauptinteresse?«

Die Gesichter warteten.

Flapping Eagle, benommen und verwirrt, sagte, ohne zu wissen, woher ihm der Gedanke kam: »Grimus. Es ist Grimus.«

»Ach«, sagte O'Toole, der keine Worte fand.

»Tz, tz«, machte Hunter. »Sie haben unglücklicherweise eine Gabe, immer den Nerv zu treffen«, sagte er. »Über dieses Thema reden wir nicht viel ... hier.«

Die Gesichter blickten mürrisch drein. Wenn O'Toole jetzt zur Gewalttätigkeit aufrufen sollte, würde er keine Chance haben. Es war One-Track Peckenpaw, der sich unerwarteterweise auf die Seite der »Rothaut« schlug.

»Hölle und Teufel«, sagte er, »leben und leben lassen. Ich kann nicht einsehen, warum man ihm das nicht erlauben sollte, nur weil er ein komischer Indianer ist. Einige meiner besten Freunde waren Indianer. Kein Grund, Einwände zu erheben – oder? Er ist anders, okay? Er füllt eine Lücke, okay? Also warum, heilige Scheiße, nicht?«

Peckenpaw war der einzige, der sich mit Flann O'Toole auf seinem eigenen Territorium messen konnte. O'Tooles glasiger Blick entspannte sich zu einem zweideutigen Grinsen.

»Okay«, sagte er, »überlassen wir das letzte Wort dem lieben

Grafen. Mir macht es nichts aus, über Grimus zu sprechen. Ich liebe Märchen.«

»Es heißt, er kann keinen Drink vertragen«, sagte eine Stimme in tiefem Ernst. Alle lachten.

»Es heißt, er war mal gut im Spielen«, meldete sich eine andere Stimme, und das Gelächter verdoppelte sich.

»Es heißt, er wäre ein großer Jäger«, sagte Peckenpaw und stimmte das dritte allgemeine Gelächter an.

»Gentlemen«, sagte Flapping Eagle, »es ist wirklich überflüssig, sich über mich lustig zu machen. Ich bin in gutem Glauben gekommen; ich möchte mich hier niederlassen.«

»Wenigstens sind Sie jetzt in besserer Gesellschaft«, sagte O'Toole. »Trinken Sie doch ein Glas, Mr. Flapping Eagle. Die Entscheidung liegt bei Graf Tscherkassov, nicht bei uns. Sie werden ihm morgen begegnen. Bis dahin werde ich Ihnen gleich hier einen Platz zum Schlafen anbieten.«

Erleichterung stieg in Flapping Eagle auf, die jedoch durch Vorsicht gebremst wurde.

»Ich hätte gern gewußt ...«, begann er.

»Raus damit!« sagte O'Toole.

»Nun ja, welchen Tag haben wir heute?«

Dieses Mal klang O'Tooles Lachen gutmütig. »Da sehen Sie mal, was daraus wird, wenn Sie sich mit Leuten wie Jones rumtreiben«, sagte er. »Man verliert jegliches Gefühl für Zeit. Dienstag haben wir heute, obwohl es inzwischen eigentlich schon Mittwochmorgen ist. Haben Sie noch mehr von diesen kniffligen Fragen in petto?«

»Ja«, sagte Flapping Eagle. »Wer ist Virgil Jones?«

Sekundenlang starrte ihn Flann O'Toole offenen Mundes an; dann malträtierte er Flapping Eagles Trommelfelle mit seinem brüllenden Gelächter. »Also, das ist vielleicht ein Witz! Ihr Freund ist er, weiter nichts und schlimm genug. Trinken Sie aus, Mr. Eagle, trinken Sie aus!«

Ob es nun der Kartoffelschnaps war oder die Müdigkeit, Flapping Eagle wurde auf einmal von einer Welle aus Übelkeit und Schwindelgefühl heimgesucht. »Ich geh nur mal schnell raus, um frische Luft zu schnappen«, sagte er und tastete sich zur Tür – ein verdreckter Landstreicher mit einer schief hängenden Feder im Haar, am Ende all seiner Kräfte. Die Gesichter wichen zurück, um ihn durchzulassen. Der ganze Raum war von Dunst erfüllt.

Flann O'Toole und Dolores O'Toole im Bett. Er sturzbetrunken, während sie mit weit aufgerissenen Augen nach ihm griff. Flann Napoleon O'Toole knurrte in tiefem Schlaf:

»Nicht heute abend, Josephine.«

»Dolores«, korrigierte sie ihn eiskalt und legte sich schlafen.

Die Erinnerung daran ließ O'Toole ein Glas zerdrücken.

35. Einladung

Die lauschende Elfrida Gribbs war zu einer Entscheidung gekommen; das zarte Kinn zielstrebig vorgestreckt, wartete sie, ein wenig besorgt, aber fest entschlossen, auf Flapping Eagle. Der schleppte sich zur Bar hinaus und sank draußen sofort gegen die Hauswand. Sein Kopf saß nicht ganz fest auf dem Hals; für alle Welt war er ein Mensch im letzten Stadium körperlicher und geistiger Erschöpfung. Und so furchtbar schlecht angezogen, dachte Elfrida. So verdreckt.

»Sir«, sagte sie so energisch, wie sie nur konnte.

Flapping Eagles Kopf drehte sich in ihre Richtung. Die Frau ... es war die schöne Frau ... ja, da, der Esel ... Er verstand nicht, was sie wollte.

»Sir«, drängte Elfrida, »Sie können nicht hierbleiben.«

»Eh?« fragte er.

»Sie müssen mit mir kommen«, erklärte Elfrida kategorisch. »Wenn Sie sich ernstlich in K niederlassen wollen, hätten Sie keinen schlechteren Start haben können. Erst Mr. Virgil Jones und nun dieses ... dieses zügellose, bösartige Pack. Nein, Sir, Sie kommen jetzt mit mir. Mein Mann und ich, wir haben ein Gästezimmer, dort können Sie schlafen. Ist Ihnen der Gedanke an saubere Bettwäsche angenehm? Und gutes Essen gibt es auch, obwohl ich es selbst bin, die das behauptet. Bitte, kommen Sie, Sir. Die Tscherkassovs sind unsere Freunde und Nachbarn. Graf Tscherkassov weiß den Rat meines Ehemanns sehr zu schätzen. Ich versichere Ihnen, es ist wirklich das Beste für Sie. Aber bitte, beeilen Sie sich, sonst werden die Sie noch holen kommen.«

Flapping Eagle begriff, daß diese schöne Frau ihm ihre Gastfreundschaft anbot. Da er nichts von ihrer Neigung zu guten Taten wußte, hatte er keine Ahnung, warum, und war zu müde, um darüber nachzudenken. Richtig klar war er sich jedenfalls nur darüber, daß sie viel hübscher war als Flann O'Toole, also stand seine Entscheidung fest. Selbst als er das Wort »Ehemann« hörte.

Er versuchte sich aufzurappeln. »Flapping Eagle«, sagte er.

Sie lachte verhalten. »Bitte verzeihen Sie mir, Mr. Eagle, Sie sehen komisch aus. Aber einmal richtig ausschlafen wirkt Wunder. Ich bin Elfrida Gribbs. Mein Mann ist Mr. Ignatius Gribbs, der Philosoph.«

»Und ich«, versuchte Flapping Eagle zu scherzen, »bin der Mühlstein des Philosophen.« Er schwankte.

»Wie bitte?« sagte sie. »Sollte das eine Geistreichelei gewesen sein? In dem Zustand, in dem Sie sich jetzt befinden, könnten Sie doch bestimmt nur wertlose Metalle in Narrengold verwandeln. Aber nun beeilen Sie sich!«

»Ich ... Ich brauche Ihre Hilfe.«

Halb auf Mrs. Gribbs gestützt, schleppte er sich dorthin, wo der Esel stand; nach ein paar weiteren Anstrengungen hatten sie es geschafft, beide rittlings auf dem Tier zu sitzen, Mrs. Gribbs vorn, Flapping Eagle hinter ihr; dann machten sie sich auf den Weg die Kopfsteinstraße entlang bis zu dem Ort, nach dem sich Flapping Eagle etwas früher am Abend so sehr gesehnt hatte: nach Hause.

Als sie am House of the Rising Son vorbeikamen, war Flapping Eagle fest eingeschlafen; einen Arm hatte er, um nicht herunterzufallen, um Mrs. Gribbs' Taille gelegt, während sein Kopf auf ihrem Nacken ruhte.
Du meine Güte, dachte Elfrida Gribb, was für ein Abenteuer!

Die lange Nacht war fast vorüber.

36. Gribbs

Am Fußende seines Bettes stand ein Gnom. »Bemerkenswert«, sagte er. »Bemerkenswert.« Es war ein sehr properer Gnom, der mit dem Ausdruck unersättlicher Neugier, von akuter Ungeduld noch gesteigert, ungeduldig auf und ab hüpfte. Er trug – makellos sauber – Seidenhemd und Seidenkrawatte, einen Hausrock, eine eher inkongruente, uralte (aber makellos hygienische) Cordhose und Filzpantoffeln. Als er sah, daß Flapping Eagle aufgewacht war, leuchteten seine Augen – stahlend und veilchenblau – freudig auf. »Aha«, sagte er, »Mr. Eagle. *Soyez le bienvenu,* wie man in La Belle France zu sagen pflegt. Bitte gestatten Sie mir, Ihnen den Daumen zu schütteln.«
Flapping Eagle schloß daraus, daß er entweder noch schlief oder sich verhört hatte. »Den Daumen?«

»Ja, ja, ja, ja, ja«, sprudelte der Gnom hervor. »Sehen Sie – so!« Hüpfend kam er an Flapping Eagles Seite und streckte die Hand aus. Mit automatischer Höflichkeit kam Flapping Eagles Hand ihm entgegen. Der Gnom verschränkte die Daumen mit ihm und legte die Finger um seine Hand. »So«, sagte er. »Die Gebräuche der Einheimischen sind überaus wichtig, wissen Sie. Beherrschen Sie die einheimischen Gebräuche, öffnen sich Ihnen alle Türen. Ignatius Quasimodo Gribbs, zu Ihren Diensten, Sir. Ehemals Professor der Philosophie an der ... aber das ist nicht wichtig. Im Gegensatz zu den, wie ich schon sagte, einheimischen Gebräuchen. Die es sind. Wichtig. Ich hoffe, Sie haben sich ein wenig erholt ...« Sein Mund stand offen, seine Augen glänzten, während er von einem Fuß auf den anderen hüpfte und auf Flapping Eagles Antwort wartete.
»Ich danke Ihnen, Mr. Gribbs«, gab Flapping Eagle zurück. »Sie und Ihre Gattin sind überaus großzügig.«
»Unsinn, Unsinn, Unsinn, Unsinn! Jetzt werden Sie erst einmal baden, dann werden wir Ihnen ein paar Kleidungsstücke heraussuchen, die nicht von wütenden Wilden zerrissen wurden. Schön geschniegelt und immer gebügelt. Sauber und rein, macht alles fein. Eh, eh?«
»Ja«, bestätigte Flapping Eagle zweifelnd. »Aber ich glaube kaum, daß mir Ihre Kleider passen würden ...« Er unterbrach sich; mit wedelnden Händen wehrte Mr. Gribbs ab.
»Nicht meine, nicht meine, nicht meine«, versicherte er. »Eine freundliche Geste des guten Grafen Tscherkassov. Nachbarschaftshilfe, wissen Sie. Und außerdem verheißungsvoll, nicht wahr? Kann nicht schaden, die Kleider eines Mannes zu tragen, wenn man ihn um seine Zustimmung bittet, eh, eh?« Damit versetzte er Flapping Eagle, während er ein veilchenblaues Auge krampfhaft zukniff, einen kräftigen Rippenstoß.
»Allerdings nicht«, pflichtete ihm Flapping Eagle hastig bei.
Elfrida Gribbs betrat den Raum. Man sah ihr die schlaflose Nacht nicht an; falls überhaupt, dienten die Umgebung ihres

eigenen Heims sowie das dunstige Tageslicht nur dazu, ihre ätherische Schönheit zu unterstreichen.
»Sie müssen meinem Gatten verzeihen«, sagte sie. »Es ist so furchtbar aufregend für ihn, Sie hier zu haben, daß ich fürchte, er wird ein klein wenig zu frenetisch. Sie beide müssen sich ausgiebig unterhalten. Was mich betrifft, so werde ich in der Nähe sein, falls Sie mich irgendwann brauchen sollten.«
Sie beugte sich über ihren Ehemann, um ihn auf den erkahlenden Schädel (oder vielmehr den in der Mauser erstarrten Schädel) zu küssen, und ging.

So beginnt also mein neues Leben, dachte Flapping Eagle, während er badete. Eine Nacht zwischen kostbarem Leinen auf einer Federmatratze. *Er mußte es einfach schaffen.* Eines wenigstens: Die Gribbs lebten um einiges besser als seine letzten Wohltäter, Virgil Jones und Dolores O'Toole.
Das Badewasser war schwarz. Er mußte völlig verdreckt gewesen sein. Seine Haare waren eine wirre, verfilzte Masse gewesen. Er beschloß, noch einmal zu baden; dieses Mal war das Wasser kalt, aber das war nicht weiter schlimm. Er färbte das Wasser abermals schwarz. Erst nach der dritten Wanne vermochte er sich als sauber zu betrachten. Als er herauskam, erwartete ihn Ignatius Gribbs mit einer Auswahl von Kleidungsstücken, die auf dem Bett ausgebreitet waren. Flapping Eagle wählte einen unauffälligen dunklen Anzug mit Krawatte, der ihm relativ gut paßte. Einen Hut wies er zurück. »Hoffentlich habe ich nicht allzu viel Wasser verbraucht«, sagte er.
»Unsinn, Unsinn!« sagte Gribbs. »Wir haben einen großen Tank auf dem Dach. Nun kommen Sie aber, und präsentieren Sie sich unserer Elfrida. Sie wird fasziniert sein.«
Gemeinsam begaben sie sich vom Schlafzimmer aus in ein vollkommen eingerichtetes Gemach. Elfrida ruhte mit ihrer Petit-Point-Stickerei auf einer Chaiselongue. Als sie eintraten, richtete sie sich auf und klatschte in die Hände.

»Also nein!« sagte sie, »jetzt sehen wir Sie endlich in Ihren wahren Farben, Mr. Eagle.«
»Das ist Ihnen zu verdanken, Madame«, sagte er und verneigte sich.
Ein leichter Hauch von Röte stieg in ihre schönen Wangen.
»Hinfort mit euch beiden!« sagte sie. »Ich habe furchtbar viel zu tun.«
Neben ihr stand ein altes, ja sogar antikes Grammophon; sie setzte die Nadel auf eine Schallplatte. Musik ertönte. Musik, die Flapping Eagle seit Ewigkeiten nicht mehr gehört hatte. Geigen und Flöten: ein Intermezzo aus einer fast vergessenen friedlichen Zeit. Er spürte einen Kloß in seiner Kehle.
»Mein Herrenzimmer, Mr. Eagle«, sagte Ignatius Gribbs. »Würden Sie mir bei einem Drink Gesellschaft leisten?«
Den Blick nur zögernd von der verzauberten Szene losreißend, folgte Flapping Eagle dem kleinen, strahlenden, runzligen Mann.

»Sie sind offensichtlich ein höchst welterfahrener Mann, Mr. Eagle«, sagte Ignatius Gribbs. »Das spricht aus jeder Ihrer Reaktionen.«
»Ihr Heim erinnert mich ständig an die Vergangenheit«, sagte Flapping Eagle. »An die bezauberndsten Momente. Dieser Sherry, zum Beispiel. Seit über einem Jahrhundert habe ich keinen Sherry mehr getrunken.«
»Elfrida ist – zusätzlich zu ihren zahlreichen Tugenden – eine äußerst klug vorausplanende Frau«, sagte Gribbs. »Als wir uns entschlossen, die Reise nach Calf Island zu wagen, bestand sie darauf, alle erforderlichen Voraussetzungen für einen kultivierten Haushalt zu schaffen. Daher verfügen wir über einen kleinen Weinkeller, von dem wir bei so seltenen Gelegenheiten wie dieser Gebrauch machen, verstehen Sie? Zumeist begnügen wir uns mit dem einheimischen Wein. Ein wenig untergewichtig, vielleicht, aber besser als zu fett.«

Flapping Eagle unterdrückte ein Lachen: Mr. Gribbs war eindeutig von seiner eigenen *critique* begeistert.
»Wie ich schon sagte«, fuhr der Philosoph fort, »habe ich entdeckt, daß es möglich ist, die Erfahrung eines Menschen an seinen Augen abzulesen. Ein Mann, den das Leben gebeutelt hat, besitzt gewöhnlich sehr schmale Augenschlitze; sein Gegenstück, sagen wir, der siegreiche Held, wird die Augen weit und stolz aufreißen. Wie ich mit Vergnügen bemerke, sind Ihre Augen, Mr. Eagle, weit offen. Und das bedeutet, daß wir Freunde werden können.«
Verwirrt stammelte Flapping Eagle Dankesworte. Bei sich dachte er dagegen: Der Mann ist ein Dummkopf, und überdies ein dogmatischer; doch zweifellos würde er sich als Dank für die bedingungslose Gastfreundschaft als erträglich erweisen.
Mr. Gribbs kam gerade erst in Schwung, und als Flapping Eagle fragte: »Welcher Schule der Philosophie gehören Sie an, Sir?«, brauchte Gribbs kein weiteres Wort der Aufforderung.
»Vor vielen Jahren«, legte er los, »begann ich mich für die Idee der Rassen-Erinnerung zu interessieren: das Sediment hochkonzentrierten Wissens, das durch die Zeitalter weitergegeben wird und dem ständig etwas hinzugefügt oder weggenommen wird. Ich entdeckte, daß das Quellenmaterial dieses Wissens der Grundstoff für die Philosophie sein mußte. Mit einem Wort, Sir, ich habe die ultimative Harmonie entdeckt: die Kombination der profundesten Gedanken der Rasse, geprüft durch die Zeit, und die Kadenzen, die jenen Gedanken Kohärenz und – weitaus wichtiger – Popularität verleihen. Ich bringe den Intellekt ins Volk zurück.«
»Ich verstehe nicht ganz ...«, begann Flapping Eagle.
»Aber begreifen Sie denn nicht, mein guter Mann? Die Kadenz, die Struktur, der Stil: das alles ist da, um benutzt zu werden, in den Altweibergeschichten, in Lügengeschichten und vor allem ... (er gestikulierte dramatisch mit der Rechten

und nahm ein Manuskript von seinem Schreibtisch) ...im Cliché!«

Großer Gott, dachte Flapping Eagle.

»Das hier«, sagte Gribbs und stach mit dem Finger auf die Seiten ein, »ist mein großes Projekt. Die Allzweck-Zitaten-Philosophie. Ein Zitat für jede Jahreszeit macht das Leben sowohl erträglich als auch begreifbar. Ein System von Phrasen, innerhalb dessen man sich einrichten kann, mit einer wahrhaft universalen Bedeutung. Wie zum Beispiel mein allererster Eintrag, vielleicht das perfekteste Allzweck-Zitat von allen:

Der Sand der Zeit ist getränkt mit neuen Anfängen.«

»Das ist unglaublich«, sagte Flapping Eagle.

»Meinen Sie? Meinen Sie? Ja, ja, ja. Überlegen Sie mal: Eine alte Tante sucht auf einer Hochzeit eine Bemerkung, um ihr Perspektive zu verleihen. Wenn sie dazu dieses Zitat benutzt, wird die Zeremonie einen neuen und tiefgründigeren Kontext erlangen. Dieselbe Frau bereitet eine katastrophale Mahlzeit zu; sie benutzt – mit stoischer Standhaftigkeit – dasselbe Zitat und hat dadurch sofort zwei separate Ereignisse miteinander verknüpft. Auf diese Weise schärft das Allzweck-Zitat unsere Wahrnehmungsfähigkeit für die Interrelationen des Lebens. Es zeigt uns genau, aus welchem Grund eine Hochzeit dasselbe ist wie die Zubereitung einer zweiten Mahlzeit. Und erhellt somit beide Ereignisse.«

»Bemerkenswert«, sagte Flapping Eagle.

»Mein Lieber, mein Lieber, mein Lieber«, sagte Ignatius Gribbs. »Wie ich sehe, werden wir die besten Freunde werden. Sie werden Cheskassov gefallen, darin besteht kein Zweifel. Ich werde ihm sagen, daß er Sie mögen muß.«

»Möglicherweise«, sagte Flapping Eagle, »könnte es einige Probleme wegen meiner Wahl des Hauptinteresses geben.«

»Pah!« sagte Gribbs. »Bis jetzt hat Tscherkassov noch niemals eins abgelehnt.«

»Als ich es im Elbaroom erwähnte, hat es einen ziemlichen Wirbel ausgelöst.«
Gribbs schnaufte wegwerfend. »Nun ja, nun ja, nun ja. Worum handelt es sich denn bei diesem gefährlichen Hauptinteresse, das Sie haben, eh?«
»Um Grimus«, antwortete Flapping Eagle. Ignatius Gribbs setzte sich und schwieg. Eine Standuhr zählte tickend das Schweigen. Eine Fliege summte verdächtig aufdringlich.
»Elfrida hat so etwas erwähnt«, sagte Gribbs. »Dennoch. Machen Sie sich keine Sorgen.« Dabei nickte er, als wolle er ihn beschwichtigen.
Flapping Eagle fühlte sich nicht ganz beruhigt.

Elfrida saß auf der Chaiselongue; Ignatius saß neben ihr; die Petit-Point-Stickerei lag achtlos auf dem Boden, einziger Mißton der Unordnung in diesem so peinlich ordentlichen Raum. Das Grammophon dudelte ein uraltes Lied.
Es war Nachmittag, und der Nebel hatte sich vom Gold des Morgens in ein post-meridianes Gelb verfärbt. *Gelb für das Leben,* erinnerte sich Flapping Eagle, der den beiden in einem viel zu steifen Korbsessel gegenübersaß. Ein träger Dunstschleier lag über dem Raum. Die Zeit vergeht jetzt langsamer, dachte Flapping Eagle und war fast glücklich. In K zu sein hieß, zu einer Bewußtheit der Geschichte zurückzukehren, der guten Zeiten, sogar der Nationalität: O'Toole, Tscherkassov ... ob man sie mochte oder nicht, die Namen riefen eine vergangene Welt ins Leben zurück. Hier, im Schutz des Gribbsschen Salons, fühlte er sich wohl und fand Geborgenheit.
Hier wurden die Gepflogenheiten der Vergangenheit sorgsam gehütet. Das war dem Heimatsuchenden überaus wichtig.
Er beobachtete, wie Elfrida mit niedergeschlagenen Augen der Stimme ihres Ehemannes lauschte. Das war eine weitere Quelle der Freude. Ihre langen Finger spielten langsam und

kunstvoll mit einem Stück Stickfaden. Es war ein hypnotischer Anblick.

Ignatius führte aus:

»Der eine Aspekt von K, den ich vor allem liebe, ist die Abwesenheit von Wissenschaftlern. Ich habe es immer schon als Schande empfunden, daß reine Technologen die Anmaßung besitzen, sich so zu nennen – Wissenschaftler, Männer des Wissens. In ihrer Abwesenheit ist die Wissenschaft zu ihren wahren Hütern zurückgekehrt, zu Gelehrten, Denkern, abstrakten Theoretikern wie mir.

Die Abwesenheit der Technokraten bedeutet jedoch nicht einen Rückfall in den Aberglauben, mein lieber Flapping Eagle; ganz im Gegenteil, sie bürdet uns eine noch schwerere Pflicht auf: rational zu sein. Die Welt ist so, wie wir sie sehen, wissen Sie – nicht mehr und nicht weniger. Empirische Daten sind die einzig wahre Grundlage für die Philosophie. Ich bin kein Reaktionär; in meiner Kinderzeit hätte ich über die Idee der Unsterblichkeit gelacht, aber jetzt, da ich weiß, daß sie verliehen werden kann, akzeptiere ich sie. Dafür wenigstens danke ich den Technologen; Ehre, wem Ehre gebührt. Eine Ewigkeit zu haben, um sein persönliches Projekt zu studieren, ist eine Gnade und ein Segen; in der sicheren Umgebung dieser Stadt zu leben ist das, was ich, wäre ich abergläubisch, als Wunder bezeichnen würde. Hier kann man sich seinem Hauptinteresse hingeben und nichts entbehren; man hat ein Heim, Nahrung und Gesellschaft. Damit und mit dem ewigen Wechselspiel von These und Antithese muß der Mensch glücklich sein. Ich bin ein glücklicher Mensch, Mr. Eagle; und wissen Sie auch, warum? Gestatten Sie mir, es Ihnen ein wenig umständlich zu erklären.

Sie müssen wissen, Mr. Eagle, daß auch wir erst vor relativ kurzer Zeit hier eingetroffen sind, das heißt, vor ein paar Jahrhunderten. Als ich kam, stellte ich fest, daß sich eine gewisse Anzahl unglückseliger Mythen in der Entstehung befanden; ich habe es mir zur Aufgabe gemacht, diese Mythen aus den Köpfen der Stadtbewohner zu vertreiben. Das ist übrigens eine interessante Nebenstudie meiner Arbeit über die Rassen-Erinnerung: das Entstehen einer Mythologie in einer einzigen, langlebigen Generation. Wie dem auch sei, Mr. Eagle, ich weiß nicht, welchen Richtlinien Sie auf Ihrem erwählten Gebiet zu folgen beabsichtigen; darf ich ganz einfach hoffen, daß Sie nichts unternehmen werden, um diesen ganz bestimmten Mythos fortbestehen zu lassen?«

Flapping Eagle hatte plötzlich das Gefühl, auf sehr dünnem Eis zu stehen.

»Wollen Sie damit sagen, Sir«, erkundigte er sich, »daß Grimus nicht existiert?«

Ignatius Gribbs zog eine verärgerte Miene.

»Ja, ja, ja, ja, ja«, sagte er. »Natürlich will ich das. Und ebensowenig seine kostbare Maschine und seine angeblichen Dimensionen – nichts davon. Das alles ist das dümmliche Gerede eines Idioten wie Jones; Schall und Rauch, ohne jegliche Bedeutung.«

»Das erstaunt mich, Mr. Gribbs«, sagte Flapping Eagle. »Und ich kann Ihnen nicht zustimmen.«

»Sie waren zu lange mit diesem Trickser zusammen ... diesem Scharlatan. Er hat kein eigenes Heim in dieser Stadt.« Jetzt war Gribbs eindeutig zornig geworden. Ein roter Zwerg.

»Liebling«, warf Elfrida ein, »es wäre sicher höchst interessant für dich, wenn ein Mann von Mr. Eagles unbestrittener Erfahrung diese Angelegenheit untersucht.«

Gribbs nahm sich zusammen. »Ja, gewiß«, sagte er. »Mein Lieber, mein Lieber, mein Lieber. Es wäre ... äußerst amüsant.«

Flapping Eagle überlegte angestrengt: offenbar hatte niemand in K jemals am Dimensionfieber gelitten; und seit er die Krankheit überstanden hatte, waren die Dimensionen nie mehr in sein Bewußtsein eingedrungen. Außerdem war er in

Virgils Gesellschaft krank geworden. Er wünschte sehnlichst, ein bißchen mehr über Virgil zu erfahren.

Inzwischen war er sich einer Sache sicher: Falls man es ihm gestattete, beabsichtigte er, so viel wie möglich über Grimus in Erfahrung zu bringen, Fakten oder Fiktionen. Das war die einzige Möglichkeit, zu begreifen, was ihm zugestoßen war.

Und wo hielt Virgil Jones sich jetzt auf?

Zu Mr. Gribbs sagte er sehr formell: »Bitte seien Sie versichert, Sir, daß ich bei meinen Studien die personifizierte Unvoreingenommenheit sein werde. Das schulde ich Ihnen schon, weil Sie mich so freundlich beherbergt haben. Gelehrsamkeit zieht eine gelehrsame Einstellung nach sich.«

»Na ja, na ja, na ja, na ja, na ja«, sagte Mr. Gribbs besänftigt.

»Himmel«, sagte Elfrida, »wenn wir bei den Tscherkassovs dinieren sollen, muß ich fliegen und mich ankleiden!«

37. The Rising Son

Ein gebeutelter Mann in zerrissenem Anzug klopft siebenmal an die Tür eines Bordells. Genau beim siebten Mal wird die Tür aufgerissen. Ein hohles Geräusch, als sie gegen eine dunkle Wand prallt. Kerzenschein: eine Frau in langem Spitzennachtgewand, das dunkle Haar eine Kaskade auf ihren Schultern, mit strahlendem Gesicht. Der Mann stolpert ins Haus; die Tür geht zu. In jeder Wildnis gibt es eine Oase.

Der Mann liegt im Schoß einer Lady mit einer Lampe und schläft, während sie singt. Hinter ihr steht ein junges Mädchen, nackt und regungslos; zu ihren Füßen liegt die Frau mit dem langen Spitzennachtgewand und sieht zu. Dies sind einige Zeilen aus ihrem Lied.

> Du willst ihn besiegen, hörte ich sagen,
> Den unbesiegbaren Mountain of Kâf?
> Er schlägt alle Menschen, die das wagen,
> Zerschmettert auch den kräftigsten Stab.
> Jeglichem Reim setzt er ein Ende,
> Läßt jedes Lachen sofort ersticken.
> O sieh doch ab von dem Unterfangen.
> Der Unerbittliche wird dich erdrücken.
> Doch letztlich wird jeder sein Opfer sein.

Erwachend bittet der Mann um Asyl; und da jedes Bordell ein Zufluchtsort ist, wird ihm Asyl gewährt. Und Essen. Und neue Kleidung.

»Dein Namensvetter Chanakye«, flüsterte Kamala Sutra Virgil Jones ins Ohr, »konnte seine rechte Hand auf ein Kohlenbecken und seine linke auf die kühle Brust eines jungen Mädchens legen, ohne weder den Schmerz des Feuers noch den Genuß ihrer Haut zu verspüren. Du solltest dich fragen, ob es ein Glück oder ein Unglück für dich ist, beides empfinden zu können. Und nun, da das Feuer dich verbrannt hat, laß dich von dieser Frau heilen.«
Sie lag neben ihm; aus ihrer Kehle kamen leise, glucksende Laute. Sie strich sich mit den Händen über die Augen, um sie zu schließen, und legte sie dann mit gespreizten Fingern an die Winkel ihrer pflaumenförmigen Lider. Als Virgil sich nicht rührte, ergriff sie seine Hand und legte sie auf ihre Brust. Ganz langsam begann sie sie zu bewegen.
»Laß dich trösten«, sagte sie.
Und er war getröstet.

»Wenn du den Blick auf einen schwarzen Punkt im Zentrum einer weißen Papierseite richtest«, sagte Lee Kok Fook, »wird er entweder verschwinden oder größer werden, bis er die ganze Seite auszufüllen scheint. Bei dem uralten Symbol von Yin und Yang enthält die Yin-Hälfte einen Yang-Punkt und die Yang-Hälfte einen Yin-Punkt; das soll zeigen, daß jede Hälfte ein Korn ihres Gegenstücks enthält. Wenn man den Blick auf den Punkt fixiert, wird er zu einer Wolke anwachsen und im Geist eine Unausgewogenheit hervorrufen, etwa so wie die Niedergeschlagenheit, die du jetzt empfindest. Ich werde dir helfen, den Blick von dieser Wolke abzuwenden. Wenn wir uns lieben, kann die Harmonie vielleicht wiederhergestellt werden.«

Wie eine Schlange wand sie sich um ihn herum, ihre Beine und Arme schienen ihn wie Spiralen zu umfangen, bis alle Glieder unauflöslich ineinander verschlungen waren; und er konnte nichts tun, als reagieren.

In jener Nacht sang ihn Florence Nightingale wieder einmal in den Schlaf; dann stand die nackte Media wieder einmal schweigend hinter ihnen, während Madame Jocasta zu ihren Füßen ruhte. Es war ein plätscherndes Lied, erfüllt von klarem Wasser und eilig dahinströmenden Bächen, frisch und beruhigend. Er schlief besser.

»Es gibt Menschen«, sagte Lee Kok Fook, »die mit dem Fluch geschlagen sind, anders als die anderen zu sein. Bei den Denkern sehen sie nur den Mangel an praktischem Wissen; bei den Tatkräftigen beklagen sie den Mangel an Denken. Wenn sie sich in einem Extrem befinden, sehnen sie sich nach dem anderen. Solche Menschen sind gewohnheitsmäßig allein, ungeliebt von den meisten anderen, unfähig, Freunde zu finden, denn einen Freund zu haben würde bedeuten, die Denkweise des anderen zu akzeptieren.

Aber vielleicht ist es ja gar kein Fluch, allein zu sein; Weisheit findet sich nur selten in Massen. Und dann«, setzte sie noch hinzu, während sie um ihn, mit ihm verschmolz, »gibt es stets Zeiten, da sogar solche Menschen nicht ganz allein sind.«

Madame Jocasta hob die Klappe über einem Spion. Kamala Sutra zeigte Virgil eine Übung in *yoga tantra.* Er saß nackt, mit untergeschlagenen Beinen auf ihrem Bett; sie hockte, die Beine um seine Taille geschlungen, auf seinem Schoß, ihre Geschlechtsteile waren vereinigt, ihre Augen geschlossen. Jocasta nickte zufrieden.

Virgil Jones lag friedlich auf Florence Nightingales Bett. Auf dem Nachttisch stand eine schimmernde Bronzekaraffe mit Wein. Jocasta, Media, Kamala und Lee standen im Halbkreis um die beiden Personen auf dem Bett.
»Herzlich willkommen zu Hause, Virgil«, sagte Madame Jocasta.
»Ich möchte einen Toast ausbringen«, sagte Virgil Jones, »einen Toast auf das House of the Rising Son und seine Bewohner, die Engel der Barmherzigkeit.«
»Und wir werden auf deine neuerwachten Lebensgeister trinken«, sagte Jocasta.
Virgil leerte sein Glas. Florence füllte es sofort wieder auf.
»Soll ich spielen, Madame Jocasta?« fragte sie.
»Ja, bitte«, antwortete Virgil. »Spielen und singen.«
Florence griff nach ihrer Laute und begann zu singen. Während er ihr zusah, erinnerte sich Virgil an einen Vers aus einem anderen Gedicht:

Ein Fräulein mit Gitarre
im Traume ich einst sah,

Er sah zu, wie die schwarzhäutige Nightingale sang, und vergaß alle anderen Lieder und Gedichte.

Sie war eine abessinische Maid
und sang in ihrem großen Leid
Das Lied vom Berg Abova

Sie lagen im Bett, der Totengräber mit dem römischen Namen und die Hure mit dem griechischen Gesicht.
»Anfangs«, sagte Virgil, »war ich verletzt von Flapping Eagles Verrat. Aber jetzt macht es mir nicht mehr viel aus.«
»Du mußt hierbleiben, Virgil«, sagte Jocasta. »Bleib bei uns und kümmere dich um uns. Du bist viel zu lange umhergewandert, immer diesen verfluchten Berg rauf und runter, jetzt hast du wahrhaftig genug getan. Niemand kann die Schuld für eine ganze Insel tragen. Es wird Zeit, daß du dich ausruhst. Laß deinen Flapping Eagle weiterreisen, wenn er will; du hast ihn so weit gebracht, wie du es konntest.«
»Oder so weit, wie ich gehen wollte«, gab Virgil zurück. »Vorerst ist er ganz von dem Gedanken beherrscht, sich hier anzusiedeln. Anzusiedeln! Aber wer weiß, vielleicht ist das ja alles, was an der Sache dran ist, alles, was zu tun ist, alles, was an ihm dran ist. Ich hatte eben nur gedacht ...«
Er verstummte.
»Du hast gedacht, daß er derjenige sei, der tut, was du nicht tun kannst«, sagte Jocasta. Virgil antwortete ihr nicht.
»Rache ist kein besonders lobenswertes Gefühl«, sagte Jocasta leise. »Du weißt genausogut wie ich, daß jetzt niemand mehr an Grimus herankommt.«
Virgil zuckte die Achseln. »Vermutlich«, sagte er. »Vermutlich nicht.«
»Was hat Liv nur an sich«, fragte Jocasta bitter, »das ein solches Krebsgeschwür in den Menschen zurückläßt? Du hättest Gri-

mus niemals so sehr gehaßt, wenn Liv dich nicht dazu aufgestachelt hätte.«

»Vermutlich nicht«, wiederholte Virgil.

»Liv!« fauchte Jocasta. »Du wirst sie vergessen müssen, Virgil. Sie, und Grimus, und Flapping Eagle. Ich kann nicht mit deinen Geistern ins Bett gehen.«

Virgil lachte.

»Du bist eine tolerante Frau, Jocasta«, sagte er. »Gib mir noch etwas Wein; in ihm liegt Absolution. Ich bleibe gern.«

»Jocasta?«

Sie rührte sich im Schlaf.

»Hör zu, Jocasta!«

Virgil saß senkrecht im Bett. Er konnte sich – im Dunkeln verschwommen – im Spiegel an der gegenüberliegenden Wand sehen.

Jocasta stützte sich auf einen Ellbogen. »Was ist denn jetzt wieder los?« fragte sie ihn. In den letzten Nächten war es immer wieder vorgekommen, daß Virgil abrupt aus seinen Träumen hochfuhr.

»Es dauert ein wenig länger, das Unbewußte zu exorzieren«, hatte er entschuldigend gesagt.

»Mir ist gerade etwas eingefallen«, antwortete er. »In der Nacht, als ich hierherkam. Erinnerst du dich, daß da ... etwas geschehen ist? Etwas Außergewöhnliches?«

»O Gott«, sagte sie, »das hatte ich ganz vergessen. Der Schlag.«

»Ja. Was zum Teufel ist das gewesen?«

»So was ist bisher noch nie passiert«, sagte sie.

Virgil sah zum Fenster auf die dunkle Masse des Calf Mountain hinaus, dessen Gipfel hinter Wolken verborgen war. »Was zum Teufel führt dieser Idiot jetzt wieder im Schilde?« fragte er zornig.

»Vielleicht kann er es nicht kontrollieren«, warf Jocasta ruhig ein.

»Es war, als ...«, begann Virgil. Dann hielt er inne.
»Wie ein Blitzschlag des Todes«, beendete Jocasta seinen Satz.
In jener Nacht fand keiner von beiden mehr Schlaf.

»Auf dem Rückweg hierher«, sagte Virgil, »hab' ich die Gabe zurückerhalten, weißt du das? Aber dann hab' ich sie wieder verloren. Ein einziges Mal noch bin ich gereist.«
»Du hättest es nicht versuchen sollen«, sagte Jocasta. »Wir anderen haben alle Glück; daß wir immun sind, meine ich.«
»Wie der König, der regelmäßig Gift schluckte, um zu verhindern, daß es ihn eines Tages umbringt«, sagte Virgil ironisch.
»Ja«, gab Jocasta sehr ernst zurück, »genauso.«
Virgil fiel in die Kissen zurück. »Das ist etwas, das du niemals verstehen wirst«, sagte er. »Es gibt nichts Schöneres als das Reisen. Nichts, das jemals auf Erden erfunden wurde.«
»Vergiß es, Virgil«, sagte Madame Jocasta. »Komm her.«

38. Bei den Tscherkassovs

Irina Tscherkassova schwebte auf Elfrida herab und verzierte ihr beide Wangen mit einem Kuß. »Ach, meine Liebe«, rief sie aus, »wie schaffen Sie es nur, so herzensgut und zugleich so schön zu sein? Es ist unfair, daß Sie gleich *sämtliche* Tugenden auf sich vereinen. Weil für uns andere dann nur noch die Laster bleiben.«
Elfrida errötete. »So ein Unsinn, Irina«, gab sie zurück. »Sie dürfen mich nicht so hochloben; Mr. Eagle wird das bald genug durchschauen und mich für eitel halten.«
»Mr. Eagle«, sagte Irina Tscherkassova und reichte ihm ihre lange, schmale Hand, »wir haben schon so viel von Ihnen

gehört. Welch ein Glück für Sie, daß Elfrida sich mit Ihnen angefreundet hat! Sie ist eine Heilige.«

»Wenn das Äußere ein Maßstab wäre«, sagte Flapping Eagle, während er sich über die ausgestreckte Hand beugte, »darf ich mich heute abend doppelt glücklich schätzen.«

Irina Tscherkassova lachte fröhlich, aber ihr Blick, der Flapping Eagles Blick begegnete und ihn festhielt, war durchdringend, geheimnisvoll und grau, enthielt aber vielleicht ein leichtes Aufflackern von Verheißung. Zu Elfrida sagte sie: »Zwei Heilige, meine Liebe. Zwei Heilige zusammen: Was könnten wir nicht alles erreichen?« Dabei fuhr sie fort, Flapping Eagle mit ihren Augen zu verwirren. Es waren Augen, die sich ihrer Macht bewußt waren.

Eine winzige Falte erschien zwischen Elfrida Gribbs' Augenbrauen.

»Kommen Sie, kommen Sie!« rief Irina und hakte Elfrida unter, um sie alle in den Salon zu führen. Während sie den beiden folgten, flüsterte Ignatius Gribbs Flapping Eagle etwas zu: »Ein guter Rat, Mr. Eagle. Seien Sie vorsichtig!«

Irina und Elfrida, zwei bleiche, exquisite Porzellanpuppen, segelten hoheitsvoll vor ihnen einher. Flapping Eagle sann über den schnellen Wechsel seiner Verhältnisse seit seiner Ankunft in K nach, von der beunruhigenden Gewalttätigkeit im Elbaroom zu der ebenso beunruhigenden Schönheit in der Welt dieser beiden Frauen; und fragte sich, ob es eigentlich überhaupt einen spezifischen Unterschied zwischen den beiden Welten gab.

Graf Alexandr Tscherkassov transpirierte sehr stark für einen gutaussehenden Mann. Er hielt in jeder Manschette ein Taschentuch versteckt; das eine war bereits klatschnaß, das andere holte sehr schnell auf. Immer wieder tupfte er sich fieberhaft die Stirn, diese hohe Wölbung, die ihm das Aussehen eines sinnenfreudigen Genies verlieh – eine Illusion, die durch sein lockiges Blondhaar und seine geschwungene Oberlippe noch verstärkt wurde. Aber es war wirklich eine Illusion; Alexandr Tscherkassov war ein schwacher, dümmlicher, langweiliger, hohlköpfiger Blödling, und seine schöne Frau war sich dieser Tatsache vollauf bewußt. Sie warf sie ihm vor – immer wieder, um ihn zu quälen und ihn zu demütigen. Und er fand niemals eine schlagfertige Erwiderung darauf: einfach, weil es nie eine gab.

Als das Quartett den Raum betrat, stand er in der uralten Pose indolenter Aristokraten am unbenutzten Kamin: lässig angelehnt, einen Ellbogen gegen die Wand gestützt. Neben ihm stand ein niedriges Tischchen mit einer Weinkaraffe und einem silbernen Zigarettenkästchen. Die Zigaretten enthielten keinen Tabak, doch auf den Ebenen von K wuchs der Indische Hanf in so reichen Mengen, daß der Tabak überflüssig war. Da in Tscherkassovs Adern während des größten Teils seines Lebens ein Übermaß an Marihuana kreiste, wurde sein von Natur aus glasiger Blick dadurch noch akzentuiert. Die Droge öffnete keine Türen in seinem trägen Geist, sondern diente höchstens dazu, ihn noch tiefer in eine Reihe anachronistischer Gesten versinken zu lassen, die sein Leben ausmachten. Alexandr Tscherkassov hatte seine russischen Besitzungen niemals wirklich verlassen.

Er entledigte sich seiner Pflichten in K mit einem absoluten Minimum an Anstrengung; da es nur eine sehr geringe Kriminalität in der Stadt gab, brauchte er auch nur selten als Magistrat aufzutreten, und bei Flapping Eagles Ankunft war es schon sehr, sehr lange hergewesen, daß er ein Hauptinteresse zu genehmigen hatte. Zumeist schlief er, rauchte, ging in seinem Garten spazieren oder speiste. Das Leben vermochte ihm nur wenig Aufregendes, nur wenige Ambitionen zu bieten; er war der Pfau und begnügte sich damit, herumzustolzieren. Er hätte nichts dagegen gehabt, auf ganz normale Weise zu sterben; es waren Irinas Angst vor dem Alter und ihr

Verlangen nach Gesellschaft, die ihn veranlaßt hatten, das Angebot der Unsterblichkeit zu akzeptieren; und als die Gesellschaft, die ihnen vertraut war, zusammenzubrechen begann, war ihnen Calf Island, wo die Zeit stillstand, als eine verlockende Alternative erschienen. Außerdem kompensierten Madame Jocastas Huren den gut kaschierten Antagonismus und die sexuelle Antipathie, die seine Schwäche oft in Irina auslöste.

Er begrüßte Elfrida mit einem Kuß, Gribbs mit einem leichten, spöttischen Salut und Flapping Eagle mit einem schlappen Daumenschütteln.

»Ach ja, Ignatius«, näselte er, »Sie haben also einen Protégé gefunden ... und noch dazu einen so attraktiven! Ich werde auf meine Lorbeeren achten müssen, wie?«

»Konkurrenz war noch nie so recht Ihr Geschmack, nicht wahr, Graf?« gab Gribbs zurück.

»Da könnten Sie recht haben«, sagte Tscherkassov. »Ja. Vermutlich.«

»Wie dem auch sei«, fuhr Gribbs fort, »im Grunde bin ich es, der sich unbehaglich fühlen sollte: ein häßliches Entlein, umgeben von Schwänen.«

Tscherkassov lachte und *tätschelte Gribbs den Kopf.* »Sie sind weit wertvoller als wir alle, Ignatius«, sagte er von oben herab.

Flapping Eagle fand die Beziehung der beiden zueinander rätselhaft, um so mehr, da beide, Irina und Elfrida, sofort zustimmend murmelten, als sei es eine Reflexreaktion. Es bestand eine seltsame Dichotomie zwischen Tscherkassovs respektvollen Worten und seiner herablassenden Geste, als sei Gribbs für ihn eine Figur, die man auf ein Podest stellen, zugleich aber auch auf Distanz halten sollte. Gleich darauf vergaß er seine Gedanken, weil Irina, die grauen Augen so leuchtend wie immer, auf ihn zugeschwebt kam.

»Ein Drink, Mr. Eagle«, sagte sie und reichte ihm ein Glas Wein, doch erst, nachdem sie es einen Moment in ihren

beiden Händen gehalten hatte. »So«, sagte sie dann strahlend, »jetzt hab' ich's für Sie angewärmt.«
»Gibt es einen besseren Ort, Wein zu lagern?« sagte Flapping Eagle lächelnd, und wieder zeigte sich die winzige Falte zwischen Elfridas Augenbrauen.
»Ich verhungere«, verkündete Graf Tscherkassov. »Sollten wir den Wein nicht beim Essen austrinken?« Nun war es an Irina, ein flüchtiges Stirnrunzeln zu zeigen; dann beglückte sie ihren Mann mit einem strahlenden Lächeln und sagte: »Aber natürlich, Liebling. Entschuldigen Sie mich für einen Moment, während ich mich um andere Dinge kümmere. (Und, zu Flapping Eagle gewandt:) Heutzutage muß ich leider ohne Dienstboten auskommen, das zieht leider gewisse Verstöße gegen die Höflichkeit nach sich.«
Damit verschwand sie.

Graf Alexandr beherrschte die Konversation. Sein gewohnheitsmäßig ausdrucksloser Blick war in diesem Moment eher fern als leer. Beim Sprechen wandte er sich ausschließlich an seine Frau; die anderen hätten sich nach dem Betreten des Speisezimmers in Luft auflösen können. Während er sprach, saß Irina angespannt und mit verkniffenen Lippen da, machte aber keinen Versuch, ihn zu unterbrechen oder ihre Gäste in das einzubeziehen, was für Flapping Eagle eine Art internes Ritual zu sein schien.
»Gute Zeiten«, sagte Tscherkassov. »Kavallerieangriff am Morgen nach dem Ball. Kosakenjagd über die weiten Ebenen. Die Salons von Petersburg, die geistreichen Herren, die schönen Frauen, die Ströme von Wein und Verkehr – und nicht ausschließlich gesellschaftlich, eh?«
Er lachte auf: schrill, nervös.
»Alexandr«, mahnte Irina schließlich. Aber das, was wohl als Vorwurf gedacht war, klang weit eher nach Besorgnis. Er ignorierte sie.

»Verkehr«, wiederholte er. »Das war alles, was uns blieb. Der Plebs nahm zu, seine Protestrufe wurden lauter, seine Waffen wurden mächtiger. Was waren wir denn schließlich anderes als alte Hunde, die ihre beste Zeit hinter sich hatten? Uns erwarteten doch nur noch die Nacht und der Scharfrichter.«

Seine Stimme hatte einen beunruhigenden, rhythmischen, dröhnenden Ton angenommen. »Gehenkt haben sie uns, erschossen, uns den Bauch aufgeschlitzt; ein letztes Glas, eine letzte Zigarette, ein letztes Lachen – mehr haben sie uns nicht gegönnt. Eines aber konnten sie uns nicht nehmen: daß wir Freunde waren. Das bleibt auf ewig. Dieses Zimmer birgt die Erinnerungen. Laßt uns darauf anstoßen!«

Acht Gedecke waren auf dem großen, runden Tisch ausgelegt. Flapping Eagle saß rechts von Irina. Zu seiner Rechten befand sich ein leerer Stuhl. Dann kam Ignatius Gribbs: eine Insel zwischen zwei leeren Stühlen: vermutlich wieder ein Zeichen für seinen Platz in der Hackordnung der Tscherkassovs, denn da er allein saß, hatte er keinen unmittelbaren Nachbarn, mit dem er sich unterhalten konnte. Vervollständigt wurde die Tischrunde von Tscherkassov, dann Elfrida und schließlich, zwischen ihr und Irina, der dritte leere Stuhl.

Flapping Eagle, der sich Tscherkassovs Elegie anhörte, fragte sich, wen der Graf in diesem Zimmer sah, fragte sich, wer die leeren Stühle besetzte, welche Geister dort saßen, wo er selber saß; in diesem Moment aber zuckte Tscherkassov ein wenig zusammen, und sein Blick veränderte sich: Immer noch glasig, war er jedoch nicht mehr fern. Ein wenig verlegen blickte er lächelnd in die Runde, während Irina sichtlich erleichtert war.

»Ein Toast«, verkündete er. »Ein Toast auf diesen Abend und auf unsere Freundschaft, die alle Fluten der Geschichte nicht hinwegschwemmen können.«

Alle fünf erhoben sie sich und tranken.

Während Flapping Eagle wieder Platz nahm, mußte er an Virgil Jones' Beschreibung von K denken: *Walhall.* Er spürte einen Druck an seinem Schenkel. Als er hinabblickte, entdeckte er einen kleinen Zettel. Ohne ihn über die Tischplatte hinauszuheben, las er die Botschaft der Gräfin:

STELLEN SIE JETZT KEINE FRAGEN.
FOLGEN SIE MIR SPÄTER IN DEN GARTEN.
I.

Irina und Elfrida machten den tapferen Versuch, einen oberflächlichen Plauderstrom in Gang zu setzen, als ihre Hoffnungen von einem gräßlichen Getöse zunichte gemacht wurden, das durch die Wand des Speisezimmers herüberdrang. Es war, als werde ein ganzes Heer von Kannen, Töpfen und anderen hohlen Gegenständen zugleich zu Boden geschleudert. Diesem schaurigen Krach folgte der Klang einer dünnen Stimme, die zur Begleitung eines rhythmisch geschlagenen Gongs einen Singsang intonierte. »SVO-BO-DA!« skandierte die Stimme. »SVO-BO-DA!«

»Moonshy«, sagte Irina Tscherkassova resigniert.

»Wie schrecklich für Sie«, sagte Elfrida automatisch. Wieder einmal hatte Flapping Eagle den Eindruck, einem unverständlichen Ritual beizuwohnen, das sich heute abend vor ihm abspielte, wie es sich immer schon abgespielt hatte und auch für alle Zeiten abspielen würde. Vielleicht war es der absolute Mangel an Überraschung, der ihm diesen Eindruck vermittelte, und das wurde sehr schnell durch die Gräfin bestätigt, die ihm erklärte:

»Mr. Moonshy teilt das Haus mit uns, Mr. Eagle. Er gibt sich nicht damit zufrieden, Quartiermeister unserer Stadt zu sein, eine Position, die ihm die Macht verleiht, seine lächerlichen, gleichmacherischen Ideen durchzusetzen, nein, er hält es auch noch für nötig, uns jeden Abend mit seinem Lärm zu belästigen. Ich glaube, er will uns damit begreiflich machen, daß wir zur Klasse der Unterdrücker gehören. Wir dulden seine Ausbrüche: Sie sind zwar ein wenig *ennuyeux*, aber harmlos.«

Graf Tscherkassov hatte sich erhoben. »Entschuldigen Sie mich«, sagte er, »ich sollte wohl lieber zur Tür gehen. Bitte lassen Sie sich nicht beim Essen stören.«

»Das ist die unvermeidliche nächste Phase«, sagte Irina. »Er kommt an die Tür und liefert uns seine Haßtiraden gleich frei Haus. Manchmal habe ich das Gefühl, daß er seine Weinvorräte plündert. Finden Sie nicht auch, daß es eine wahrhaft poetische Ironie wäre, wenn dieser Demagoge gegen seine eigenen Grundsätze verstieße, weil er sich Mut antrinken muß?« Sie stieß ein kurzes Lachen aus.

»Aber was hat er da gerufen?« erkundigte sich Flapping Eagle.

»SVOBODA«, antwortete Irina Tscherkassova. »Das ist Russisch. Und bedeutet FREIHEIT. Eine lächerlich überflüssige Forderung. In Anbetracht der Umstände.«

Mr. Moonshys dünne, aber durchdringende Stimme machte sich an der Haustür bemerkbar.

»Freiheit!« rief er. »Die Freiheit ist selbst in Ketten geschlagen!«

»Guten Abend«, sagte Alexandr Tscherkassovs Stimme.

»Der Vorabend der Befreiung ist gekommen«, sagte Moonshy. »Die Götterdämmerung für die Bosse. Aus diesem Grund allein ist es schon ein guter Abend.«

»Darf ich Ihnen ein Glas Wein anbieten?« fragte der Graf.

»Vielen Dank«, sagte Moonshy ganz normal; dann stieß er hervor: »Zu viele Märtyrer haben zuviel Blut vergossen! Die Transgressoren werden eine gräßliche Rache erleben! Es ist der Vorabend, sage ich euch. Der Vorabend der Vernichtung!«

»So geht das nun schon seit Jahrhunderten«, flüsterte Irina Flapping Eagle ins Ohr. Dann fuhr sie um ein weniges zu laut fort: »Neulich habe ich eine faszinierende Geschichte gelesen. Möchten Sie sie hören?«

»O ja, *bitte!*« sagte Elfrida.
Irina schürzte die Lippen und legte in einer Pose tiefer Konzentration die Fingerspitzen zusammen. »Es ist eine ziemlich ernste Geschichte«, erklärte sie. »Sie handelt vom Engel des Todes. In der Geschichte wird er von Gott ausgeschickt, um die toten Seelen einzusammeln; er aber merkt, daß ihm etwas Erschreckendes widerfährt, denn jeweils, wenn er eine Seele verschlingt, wird sie zu einem Teil von ihm. So unterzieht sich der Tod durch jedes sterbende Lebewesen sozusagen einer Metamorphose. Der arme Engel empfindet das als eine immer stärkere Belastung und beginnt sogar daran zu zweifeln, daß er mit all diesen Leuten in ihm überhaupt als eigenständiges Wesen existiert; also kehrt er zu Gott zurück und bittet darum, ihn von seiner Aufgabe zu entbinden. Und was glauben Sie wohl, was er darauf erfährt? Folgendes: daß Gott seiner Arbeit ebenfalls müde ist und am liebsten sterben möchte. Gott bittet den Engel, ihn zu verschlingen, und der Engel kann ihm das natürlich schlecht verweigern. Also gehorcht er, und Gott stirbt; aber die Anstrengung, ihn zu verschlingen, bricht dem Engel das Herz. Und dann gibt es ein sehr trauriges Ende, als ihm klar wird, daß der Tod nicht sterben kann, weil es niemanden gibt, der ihn verschlingt. Halten Sie das nicht auch für eine sehr hübsche, kluge Geschichte?«
Nach einer Schweigepause sagte Ignatius Gribbs: »Meine liebe Irina, trotz Ihrer strahlenden äußeren Erscheinung ist es in Ihrem Verstand sehr dunkel.«
Elfrida dagegen schien fasziniert zu sein. Flapping Eagle, vertieft in diese beiden seltsamen, blassen Frauen, vergaß die Tiraden im Nebenzimmer.
»Sie gefällt mir nicht«, sagte Elfrida. »Sie ist zu hübsch, zu klug ausgedacht. Ich mag es nicht, wenn Geschichten so … so wohlgeordnet sind. Geschichten sollten wie das Leben sein, ein wenig ausgefranst an den Rändern, mit vielen losen Enden und Lebensläufen, die einander lediglich durch Zufall gegen-

überstehen statt durch grandiose Planung. Das meiste im Leben hat keine Bedeutung, also muß es doch wohl eine Verzerrung des Lebens sein, Geschichten zu erzählen, in denen jedes einzelne Element eine Bedeutung hat, wie? Und wenn eine Geschichte das Leben verzerrt, so ist das, gelinde gesagt, ein Verbrechen, denn dadurch könnte die eigene Weltanschauung verzerrt werden. Wie schrecklich, wenn man erleben muß, daß allem rings um einen herum, allem, was man tut, allem, was einem widerfährt, eine große Bedeutung beigemessen wird!«

Sie hielt inne und schien sich ihrer Ansprache ein wenig zu schämen, denn diese war schließlich eine direkte Antithese zu ihrem eigenen, wohlgeordneten Leben. Irina antwortete mit mutwilligem Lächeln:

»Aber meine Liebe, Sie messen meiner Geschichte zuviel Gewicht bei. Schließlich ist es nur eine Geschichte. Geschichten sind wirklich höchst unwichtige Dinge. Warum sollten sie uns also nicht ein bißchen unschuldiges Vergnügen bereiten, indem sie wohlgeordnet sind? Ich ziehe die Schönheit dem häßlichen Gesicht des Lebens jederzeit vor. Was meinen Sie dazu, Mr. Eagle?«

»Ich weiß nicht recht«, antwortete Flapping Eagle. »Kommt darauf an, ob man daran glaubt, daß alle kleinen Kreise der Welt irgendwie miteinander verbunden sind.«

»Nein, nein, nein, nein, nein!« protestierte Gribbs. »Sie verfehlen den springenden Punkt. Die Crux ist doch: Das Wort Bedeutung heißt ›etwas bedeuten‹. Nun sagt Elfrida, die Geschichten für bedeutungsschwer hält, daß sie es vorziehen würde, wenn sie weniger bedeutungsschwer wären, also leichter. Während die Gräfin, für die dieselben Geschichten absolut unbedeutend sind, es vorzieht, wenn sie gut gemacht sind, das heißt bedeutungsvolle Selektionen aus dem ›häßlichen Gesicht des Lebens‹, das heißt bedeutungsschwere oder auch wichtige Selektionen. So widersprechen beide Damen sich selbst. Eine einfache Frage der Semantik, wenn Sie mir folgen können. Wenn Geschichten bedeutungsvoll sein sollen, müssen sie gut gemacht sein. Wenn sie das nicht sind, können sie es nicht sein. Und *vice versa.*«

Er verstummte. Flapping Eagle hatte den Faden seiner Argumentation schon gleich zu Beginn seines Ausbruchs verloren, genauso wie wohl auch Elfrida und Irina. Als er aufblickte, sah er Tscherkassov und Moonshy an der Tür stehen. Moonshys Erscheinung überraschte ihn, denn er war, ganz anders als seine Stimme, ein untersetzter, bärtiger Mann mittlerer Größe.

»Mr. Moonshy ist gekommen, um Ihnen seine Aufwartung zu machen«, sagte Tscherkassov. »Er möchte sich verabschieden.«

»Ich bin gekommen, um zu sagen, daß ich gehe, und nicht, um Ihnen meine Aufwartung zu machen«, erklärte Moonshy. »Vor allem nicht *ihm*«, sagte er und nickte zu Ignatius Gribbs hinüber. »Diesem aufgeblasenen Heuchler. Ihre Ideen sind es, Mr. Gribbs, die vor allem für unsere Knechtschaft verantwortlich sind. Und jetzt gehe ich«, sagte er scharf, machte auf dem Absatz kehrt und marschierte hinaus.

»Na ja«, sagte Elfrida.

»Was meint er denn nur?« fragte Irina. »Er kann doch sicher nicht meinen, daß Ignatius mit seiner Ablehnung der ... der Mythen von Calf Island irgendwie unrecht hat?«

»Ich hatte eigentlich immer gedacht, daß es der Aberglaube war, der das Opium für die Massen lieferte«, sagte Ignatius.

Flapping Eagle beobachtete Irina und Elfrida. Keine von beiden schien Opium für die Massen zu liefern. Tscherkassov tupfte sich fieberhafter als gewöhnlich den Schweiß von der Stirn.

»Beachtet ihn gar nicht«, sagte Tscherkassov hastig. »Er ist ein verwirrter Mann.«

Es sei denn, der Aberglauben beruht auf Tatsachen, dachte Flapping

Eagle. *In welchem Fall es in der Tat eine Art Knechtschaft wäre, sie zu leugnen.*
Nebenan begann wieder das Getöse.
Irina Tscherkassova erhob sich. »Wenn wir alle fertig sind«, sagte sie, »sollten wir, glaube ich, nach nebenan gehen. Elfrida?« Die beiden Damen zogen sich zurück. Ignatius, Graf Tscherkassov und Flapping Eagle begaben sich in ein drittes Zimmer, das Graf Tscherkassov gleichzeitig als Bibliothek und Schlafzimmer diente. Das Speisezimmer, von den Speisenden verlassen, füllte sich wieder mit der Kakophonie, die durch die Wand herüberdröhnte.

Flapping Eagle hatte sich gründlich überlegt, wie er seine Wahl des Hauptinteresses am günstigsten darstellen sollte; und diese Tatsache sowie Ignatius Gribbs' Unterstützung machten die Diskussion zu wenig mehr als einer Formalität: vor allem, da Alexandr Tscherkassov, wie Flapping Eagle argwöhnte, kaum daran interessiert war, mehr zu sein als nur ein Genehmigungsstempel.
»Ich stelle es mir«, erläuterte Flapping Eagle, »als eine Möglichkeit vor, die Geschichte von Calf Island zu entdecken. Sie müssen wissen, daß ich jetzt schon sehr lange wurzellos bin; und wenn ich hier Wurzeln schlagen soll, wäre es mir eine große Hilfe, so viel wie möglich über die Stadt, die Insel und den Berg in Erfahrung zu bringen.«
»Ganz recht«, sagte Tscherkassov.
»Außerdem«, ergänzte Flapping Eagle, »habe ich geschickte Hände. Reparaturarbeiten ausführen, Dinge bauen. Man lernt eine Menge, wenn man reist. Daher wäre es mir eine Freude, jedem in K, der etwas gebaut oder repariert haben möchte, meine bescheidenen Dienste zu offerieren. Wobei ich überdies eine Menge Leute kennenlernen würde.«
»Wunderbar«, sagte Tscherkassov.
In einer Ecke des Zimmers beriet er sich kurz mit Ignatius

Gribbs. In diesen Fragen hatte Gribbs' Wort einiges Gewicht, selbst wenn er von den russischen Aristokraten gesellschaftlich ein wenig geschnitten wurde.

»Mr. Eagle«, sagte Tscherkassov, »ich stimme zu. Wenn Ignatius meint, daß Ihre Tätigkeit nicht schaden könne, habe ich keine Einwände. Wir schulden ihm nämlich sehr viel, wissen Sie. Er hat uns geholfen, eine ... erträgliche ... Gemeinschaft aufzubauen. Dank seiner wachen, entmystifizierenden Intelligenz.«

»Ich danke Ihnen beiden«, sagte Flapping Eagle.

»Willkommen in K«, sagte Alexandr Tscherkassov und reichte ihm seinen Daumen.

Ich bin daheim, dachte Flapping Eagle.

Sie gesellten sich wieder zu den Damen. Elfrida trat zu ihrem Ehemann und sagte:

»Ignatius, ich habe gerade Irina von diesem seltsamen Vorkommnis letzte Nacht erzählt. Warst du da wach? Wie hast du es empfunden?«

»Was denn, meine Liebe?« fragte Ignatius mit dem Ausdruck geduldiger Toleranz.

»Nun ja, diesen ... So etwas wie einen Blink, einen Zeitsprung. Als wäre man sekundenlang nicht da gewesen.«

»Lächerlich«, antwortete Gribbs.

»Nein«, widersprach Flapping Eagle, »Mrs. Gribbs hat durchaus recht. Es war wie ein Hiatus ... ein Sprung in der Zeit.«

»Hör zu, hör zu, hör zu«, sagte Gribbs ungeduldig, »so etwas ist logisch einfach unmöglich. Wenn du behauptest, es habe einen Moment gegeben, da alles aufhörte zu existieren, widersprichst du dir selbst. Wenn alles aufhört zu sein, ist es auch aus mit der Zeit; also kann es keinen Moment des Nicht-Existierens geben, oder vielmehr, überhaupt einen Zeitraum des Nicht-Seins.«

»Na, aber es war trotzdem so«, behauptete Elfrida hartnäckig.

»Meine Liebe«, sagte Gribbs gereizt, »wie kannst du behaupten, daß für einen Augenblick alles aufgehört hat zu sein, und gleichzeitig behaupten, daß es so *war*? Der Terminus ›sein‹ bezieht sich auf die Existenz; Nicht-Sein kann nicht existieren, daher kann es diesen Moment nicht gegeben haben.«

Er schien mit seiner Beweisführung überaus zufrieden zu sein. Flapping Eagle beschloß, sie durchgehen zu lassen; Gribbs war nicht der Mann, mit dem man diskutieren konnte. Und auch Elfrida schien dieses Prinzip zu vertreten, war aber vermutlich leicht verwirrt.

Irina warf Flapping Eagle einen grauen Blick zu, während sie sagte: »Ich bitte um Verzeihung, aber ich muß einen Moment in den Garten. Ich habe heute nachmittag dort etwas vergessen, und möchte nicht, daß es von Nebel und Tau beeinträchtigt wird.«

Sie ging. Einen Augenblick später fragte Flapping Eagle nach der Toilette. Graf Tscherkassov zeigte ihm den Weg und ließ ihn dort zurück. Zu seiner Genugtuung stellte Flapping Eagle fest, daß es ihm möglich sein müßte, durchs Fenster zu klettern und sich mit Irina, ohne Aufmerksamkeit zu erregen, im Garten zu treffen. Er verriegelte die Tür hinter sich.

Er warf einen kurzen Blick in den Spiegel an der Wand und sagte laut zu seinem Spiegelbild: »Nun, da du aufgenommen bist, solltest du besser deinen Frieden mit Virgil Jones schließen. Du hast deine alten Freunde vernachlässigt.«

Doch dann – unmöglich – *hinter seinem Spiegelbild* eine Bewegung. Während er noch nicht ganz ausgesprochen hatte, sah er im Spiegel, *daß sich die Tür öffnete.* Aber sie ist doch verriegelt, dachte er hektisch und fuhr herum.

Die Tür war fest geschlossen und verriegelt. In seiner Verwirrung drehte er sich wieder zum Spiegel um. Dort, in der Spiegelung, ging die Tür immer noch langsam auf. Irgend jemand kam herein.

Er hörte eine Stimme, bitter, aber erkennbar.
»Hallo, kleiner Bruder.«
Bird-Dog betrat den gespiegelten Raum. Flapping Eagle spürte, wie er am ganzen Körper in eiskalten Schweiß ausbrach. Bird-Dogs Erscheinung kam ein paar Schritte in den »Raum« herein und wiederholte:
»Hallo, kleiner Bruder.«
Dann zog sie sich durch die Spiegeltür zurück, und alles war wieder ganz normal. Flapping Eagle mußte sich an ein Regal lehnen, um sich aufrecht halten zu können.

Irina Tscherkassova stand vor einem Schuppen am unteren Ende des Gartens. Er hatte keine Fenster, die Türen waren mit Vorhängeschlössern gesichert. Ihre grauen Augen blickten ausdruckslos, als sie beobachtete, wie der erschütterte Flapping Eagle auf sie zukam.
»Mr. Eagle«, sagte sie. »Ich dachte schon, Sie hätten mich vergessen.«
»Ich wurde aufgehalten«, gab er zurück. »Ich bitte um Verzeihung, Gräfin.«
»Irina«, berichtigte sie ihn leise.
»Irina«, korrigierte er sich.
»Ich wollte Ihnen etwas erklären«, sagte sie. »Mein Mann lebt viel zu sehr in der Vergangenheit; wie wir wohl alle. Sie dürfen nicht denken, daß er verrückt ist. Er ist absolut normal. Genau wie Elfrida, trotz ihrer Besessenheit von Reinheit, Sauberkeit und Gribbs. Und auch genau wie Gribbs, obwohl ...« Der Wortstrom versiegte. Flapping Eagle war zu beunruhigt, um nachzufragen.
»Wie ich hörte, sind Sie mit Virgil Jones nach K gekommen«, fuhr sie hastig fort. »Also, der ist wirklich ein Verrückter, wenn Sie so wollen. Genau wie Madame Liv, seine Exfrau. Aus Mitleid mit ihrer Krankheit haben wir sie mit Essen versorgt. Wir sind nicht verrückt, Mr. Eagle!« Ihre Worte klangen heftig.

»Ich hatte niemals den Eindruck, daß Sie das wären«, versicherte er. »Es muß furchtbar sein, sich so das Leben wiederaufzubauen.«
»Ich wußte es!« jubelte sie erregt. »Ich wußte, daß Sie ein Mann sind, dem man sich anvertrauen kann. Ich möchte, daß wir Freunde werden, Mr. Eagle.«
»Flapping Eagle«, sagte er.
»So«, sagte sie. »Irina und Flapping Eagle. Nun sind wir Freunde, und nun werde ich Ihnen zeigen, wieso mir die Vergangenheit wie ein Mühlstein um den Hals hängt und wie schwer dieses Gewicht zu tragen ist.«
Sie schloß den Schuppen auf und öffnete die Tür.
Im Dämmerlicht vermochte Flapping Eagle nichts weiter als zwei – erwachsene – Männer auszumachen, die mit Schachfiguren Dame spielten. Einer von ihnen war Mr. Page, der erschrocken aufsprang und sich zwischen sie und den anderen Mann stellte. Bis er Irina erkannte.
»Schon gut, Mr. Page«, sagte die. »Flapping Eagle, das ist Mr. Page. Er ist uns bei unserem Problem behilflich. Bei Medizinern ist der korrekte Ausdruck wohl Allopathie: die Behandlung eines Leidens, indem man eine andere Tendenz anwendet. Mr. Page, wissen Sie, liebt Spiele; er kommt her, um mit Alexej zu spielen, weil er hofft, irgend etwas in ihm zu berühren. Eine vergebliche Hoffnung, fürchte ich. Mein Sohn lebt hier, in diesem Schuppen, weil er ihn dem Haus vorzieht; also lassen wir ihn, um Peinlichkeiten zu vermeiden, hier wohnen. Das halten wir für das Beste.«
Alexej Tscherkassov grinste blöde zu ihnen empor, nach außen ein großer, kraftstrotzender Sechzehnjähriger. Seine schlaffen Bewegungen und seine schlaffen Gesichtsmuskeln ließen jedoch erkennen, daß mit ihm nicht alles in Ordnung war.
»Ein Schwachsinniger«, sagte Irina giftig. »Im Kopf ist er so alt wie ein Kind von vier Jahren. Müssen Sie noch fragen, warum

ich meinem Mann seine Stupidität vorwerfe? Er hat mir einen idiotischen Sohn beschert.«

»Ma-ma«, sagte Alexej Tscherkassov fröhlich und nuckelte am Daumen.

Flapping Eagle folgte Irina zum Schuppen hinaus. Sie verschloß die Tür, sperrte ihre Leiche wieder in den Keller. »Mr. Page hat einen Schlüssel zur Tür auf der anderen Seite«, erklärte sie. »Er kommt immer, wenn er kann.« Sie lehnte sich an die Schuppenwand, als sei sie zutiefst erschöpft. Dann nahm sie sich zusammen, richtete sich hoch auf und reckte das Kinn.

»Und jetzt werde ich Ihnen noch etwas erzählen, Flapping Eagle, mein neuer Freund«, sagte sie, und der Blick ihrer grauen Augen schien ihn zu durchbohren. »Berühren Sie meinen Bauch«, verlangte sie; als er zögerte, griff sie energisch nach seiner Hand und legte sie dorthin. »Fühlen Sie etwas?« fragte sie ihn.

»Nein«, sagte er. »Es ist ein Bauch.«

»Nun ja«, sagte sie ärgerlich, »fühlen Sie meine Brüste.« Verständnislos schüttelte er den Kopf. War sie betrunken? War dies etwa ein Verführungsversuch?

»Fühlen Sie meine Brüste!« wiederholte sie und zerrte seine Hand ein Stückchen weiter nach oben. »Na?« fragte sie ihn. Abermals schüttelte er den Kopf.

»Warum sollten Sie schließlich auch.« Sie seufzte. »Ich denke immer, es müßte sofort ins Auge fallen. Ich meine folgendes, Flapping Eagle: Kurz nachdem ich das Lebenselixier getrunken hatte, stellte ich fest, daß ich im dritten Monat schwanger war. Wie Sie wissen, bringt das Elixier das gesamte Wachstum und die körperliche Entwicklung zum Stillstand. So daß ich nach all diesen Jahrhunderten immer noch schwanger bin. Immer noch. Können Sie sich vorstellen, Flapping Eagle, was das für ein Gefühl ist? Was es heißt, ein zweites Leben stagnierend im eigenen Körper zu haben, vielleicht ein Genie, vielleicht einen zweiten Idioten, vielleicht ein Monster, erstarrt in mir wie die Liebenden auf der griechischen Amphore? Was es für eine Frau bedeutet, so viele Ewigkeiten lang schwanger zu sein, schwer von den Säften der Mutterschaft? Können Sie sich das vorstellen?«

»Ja«, sagte Flapping Eagle, »das kann ich mir vorstellen. Aber es gibt Möglichkeiten ...«

»Sie haben nichts begriffen!« weinte sie. »Es ist ein Leben. Ein lebendes Wesen. Unschuldig. Heilig. Und genau, weil ich das Leben für heilig hielt, habe ich das Elixier getrunken. Man darf kein Leben auslöschen.

Vielleicht sind Sie ja doch nicht der Mann, der Sie zu sein scheinen«, ergänzte sie noch und holte tief Luft. »Der würde ...« Wieder unterbrach sie sich und fuhr statt dessen fort: »Wir müssen hineingehen.« Damit war sie verschwunden. Flapping Eagle zögerte noch einen Moment, bevor er zu dem Fenster an der Seite des Hauses zurückkehrte.

Irinas unbeendete Sätze beunruhigten ihn. Ebenso – ganz leicht – die Problemlosigkeit, mit der er akzeptiert worden war. Nach der anfänglichen Feindseligkeit im Elbaroom hatte er das nicht erwartet: Tscherkassov und Ignatius schienen geradezu gierig darauf zu sein, ihn in ihre Gesellschaft aufzunehmen. In Gedanken zuckte er die Achseln; vielleicht reichte es ja, daß er akzeptiert worden *war.* Alles übrige würde ihm wohl zweifellos im Laufe der Zeit klargemacht werden. Sogar Bird-Dog ...

In Gegenwart der beiden blassen Damen lösten sich seine Befürchtungen in Luft auf. Er saß da und trank den Wein von K, während Tscherkassov und Gribbs in eine oberflächliche Plauderei vertieft waren und die Damen den Raum in einer Art hypnotischen, ziellosen Promenade umkreisten. Die weißen Hexen woben ihren Zauber, flochten ihn mit seidenen

Banden. Sie waren es, die K für ihn real machten – trotz Gribbs' Theoretisierereien, trotz Moonshy und, jawohl, trotz Virgil. Von Tscherkassov mochte die Akzeptanz gekommen sein, die Attraktion; das erste, was ihn an K fesselte, kam von diesen beiden Frauen, die ihn umkreisten, umkreisten wie die Motten das Licht. Der grüne Blick und der graue, die im Gleiten der Bewegungen miteinander verschwammen. Reine Elfrida, befleckte Irina, müder Eagle. Ein Zauber wurde gewoben, den keiner von ihnen verstand, den sie alle zu spät verstehen würden, während die bleichen Zauberinnen kreisten und lächelten.

»Ich fühle mich ein wenig schwach«, sagte Elfrida Gribbs. »Ich glaube, wir sollten uns verabschieden.« Sie warf Irina einen Blick zu, der nicht besonders liebevoll war, aber Irina war, als sie das Trio zur Tür begleitete, die Fürsorglichkeit selbst.

Elfrida stellte fest, daß sie sowohl die Länge der Zeitspanne mißbilligte, während der die Gräfin ihre Hand in Flapping Eagles Hand ruhen ließ, als auch den Ausdruck (Dankbarkeit? Reue?) in ihren Augen. Dann mahnte sie sich selbst zur Ordnung.

Es war nicht wirklich wichtig für sie. Sie liebte ihren Mann. Er liebte sie. Von der Ehe der Tscherkassovs war allgemein bekannt, daß sie eine hohle Nuß war, aufrechterhalten nur durch die gemeinsame Furcht vor einem Skandal. Was spielte es schon für eine Rolle, was Irina Tscherkassova von Flapping Eagle hielt oder er von ihr?

Auf dem Heimweg war sie ganz außergewöhnlich schlechter Laune.

Flapping Eagle fühlte sich von seinem zweiten Abend in K fast ebensosehr geschwächt wie vom ersten.

Winzige Insekten, Geschöpfe der Nacht, flatterten ihnen ins Gesicht. Die Bühne war bereitet.

39. Sodomie

Der Esel der Gribbs, vielleicht der gehorsamste, duldsamste, am wenigsten eselsstörrische Esel, den es jemals gegeben hat, trottete, einen zwiegespaltenen Flapping Eagle auf dem Rücken, gelassen auf der Kopfsteinstraße dahin. Flapping Eagle hatte fast den ganzen Tag damit verbracht, seine neue Heimat zu erforschen, und nun tobte in seinem Kopf ein Kampf zwischen dem Wunsch, den Widersprüchen und Anomalien, die er bisher schon entdeckt hatte, auf den Grund zu gehen, und dem Wunsch, klaglos am Busen seines neuen Freundeskreises zu verweilen. Die beiden Wünsche schienen sich gegenseitig auszuschließen. Akzeptierte er seine eigenen jüngsten Erfahrungen sowie Virgil Jones' Erklärung dafür, stellte er sich damit selbst außerhalb des Ethos von K, das Grimus und seinen Effekt leugnete; akzeptierte er das autorisierte Evangelium nach Gribbs, leugnete er damit den Beweis seiner eigenen Sinne oder verurteilte Virgil Jones sowohl als verrückt wie auch als böse; das brachte Flapping Eagle nicht übers Herz, genauso wie er nicht recht wußte, wie er, wenn er es tat, seine innere Reise erklären sollte. Vielleicht eine Droge? Aber wie wäre dann Bird-Dogs Erscheinung zu erklären? Der Kampf tobte und wogte in seinem Kopf; er kam sich genauso ignorant, so dumm wie sein geduldiger Esel vor und wünschte, sein Horizont wäre genauso eng.

»Wie wollen Sie den Grimus-Mythos widerlegen?« hatte er Gribbs gefragt.

»Pah«, hatte die Antwort gelautet. »Ich habe keine Zeit für Entstehungsmythen. Ich muß Sie dringlichst darauf hinweisen, daß diese Beschäftigung mit simplifizierenden Ursprungserklärungen – und mehr sind diese Entstehungsmythen ja nicht – eine äußerst kontraproduktive Angelegenheit ist.«

»Vielleicht«, erkundigte sich Flapping Eagle so höflich, wie er nur konnte, »könnten Sie mir ja erklären, wie Sie und Mrs. Gribbs – und was das angeht, sämtliche Bewohner der Stadt – nach Calf Island gekommen sind.«

»Zuweilen, Mr. Eagle«, entgegnete Gribbs, »lassen Sie ein gewisses Maß an Perversität erkennen ... Wie ich schon sagte, Ursprünge, Anfänge sind wertlos. Wertlos. Studieren Sie meinetwegen, wie wir hier leben. Aber vergessen Sie um Himmels willen diese Mutterleibsgeschichten, von denen Sie besessen sind, diese Fragen nach der Geburt. Von weit größerem Interesse als die Geburt ist ja doch wohl die Reife! Und jetzt entschuldigen Sie mich bitte. Ich muß vor dem Lunch noch ein paar weitere Clichés kollationieren.«

Der Esel trabte auf der Kopfsteinstraße dahin.

Weitere Rätsel drängten sich in Flapping Eagles schwirrenden Kopf.

Auf dem Axona-Plateau hatte es keine Münzwährung gegeben; aber das war auch eine Gesellschaft gewesen, die zum Gemeinschaftsleben geboren und erzogen war. Es war außergewöhnlich, daß eine so bunt gemischte Gesellschaft wie die Bewohner von K, die so streng voneinander getrennt lebten, es geschafft hatte, eine ähnliche Gemeinschaftsform scheinbar so mühelos zu akzeptieren. Vermochte sich ein Mann wie Flann O'Toole, aggressiv, konkurrenzbewußt, jemals mit der Vorstellung abzufinden, nicht mehr und nicht weniger zu sein als jedes andere Mitglied dieser Gesellschaft? Und den Tscherkassovs war dieses Konzept, obwohl sie eine nominelle Herrschaftsstellung errungen hatten, mit Sicherheit genauso fremd. Auf Belohnungen zu verzichten, die Erzeugnisse von Ks fruchtbarem Ackerland je nach Bedürftigkeit zu verteilen statt nach Rang, Status oder Reichtum ... das mußte für sie sehr schwer zu schlucken gewesen sein. Aus Gesprächen mit einem Bauern hier, einem Schlachter dort (und häufig erstaunt über die Unvereinbarkeit von Mann und Beruf) schloß Flapping Eagle, daß Jocastas Huren nicht bezahlt wurden;

genausowenig wie Peckenpaw, der Extrapper und jetzige Dorfschmied. Sie taten ihre Arbeit und durften daher die Dienste anderer Stadtbewohner für sich in Anspruch nehmen sowie vom Quartiermeister Moonshy großzügige Lebensmittelrationen beziehen. Die Stadt lieferte die Dienstleistungen, die Bauern lieferten die Lebensmittel, und beide wurden bereitwillig gegeben und genommen. In gewissem Sinne war dies Utopia; aber wie in aller Welt war es durchführbar geworden? Die Tscherkassovs waren immer noch Aristokraten, Gribbs war immer noch Gribbs. Einzig in der Frage der gesellschaftlichen Organisation zeigte K dieses deplazierte Gemeinschaftsgefühl; davon abgesehen war die Stadt in kleine Grüppchen gespalten, sogar in einzelne Individuen, wobei nur wenige der Festivitäten und Gruppenaktivitäten gewöhnlich mit eng verknüpften Gemeinschaften verbunden wurden. *Und keine Kriminalität.* Flapping Eagle hatte unwillkürlich das Gefühl, daß ein solches System für solche Menschen nur unter dem Druck einer überwältigend starken feindlichen Macht funktionieren konnte, irgend etwas, vor dem sie sich alle sosehr fürchteten, daß Unterschiede in der allgemeinen Suche nach Überlebensmöglichkeiten untergingen. Was wiederum zu Virgil Jones' Erklärungen zurückführte – und zu Grimus. Das Pfeifen war noch immer da: sobald er daran dachte, tief in den Winkeln seines Kopfes. Er hatte sich eingeredet, das Fehlen des Dimensionfiebers in K könne als endgültige Widerlegung von Virgils Theorien genommen werden; die Alternative war jedoch noch unwahrscheinlicher. Obsessionalismus, »eingleisiges Denken«, der Prozeß, menschliche Wesen in die versteinerten, simplifizierten Menschen von K zu verwandeln, seien eine Abwehr gegen den Effekt, hatte Virgil gesagt: »Konzentriert man sich auf die Form der Dinge, die materiellen Seiten des Lebens und auf ein ›Hauptinteresse‹, werden die inneren und äußeren Universen ausgeblendet.« Das paßte: Deswegen weigerten sich Gribbs und alle anderen so kategorisch, über Ursprünge zu diskutieren, denn dadurch würden sie anerkennen, daß es den Feind gab, den sie aus ihrem Bewußtsein verbannt hatten. Deswegen hatte Tscherkassov Gribbs mit dieser Mischung von Respekt und Kränkung behandelt: Als Vertreter der Grimus-leugnenden Denkschule mußte er respektiert werden; aber da alle in K erkannten, daß das ein bequemer Schwindel war, konnte dieser Respekt nur äußerlich sein; vermutlich verabscheuten sie ihn wegen seiner Großspurigkeit. Flapping Eagle fragte sich, was Elfrida wohl empfand. Vermutlich bewunderte sie ihn für seine Gerissenheit.

Elfrida, Irina: sie waren die beiden schwersten Gewichte zugunsten von K. Keine Stadt, in der sie lebten, konnte leichtfertig abgetan werden. Und möglicherweise waren zwei Tage zu kurz, um zu entscheiden, ob er den Eid brechen sollte, den er sich selbst geschworen hatte. Ja, möglicherweise.

Aber während er sich das einredete, tauchte das Gesicht von Bird-Dog wieder vor seinem inneren Auge auf und wollte nicht mehr verschwinden. Es ist nicht leicht, ein Vogel Strauß zu sein, sogar in einer Stadt, die voll davon ist.

Wie gewohnt, blieb der Esel vor Moonshys Ladengeschäft stehen. In P. S. Moonshy hatte Flapping Eagle einen Mann gesehen, mit dem zu reden es sich lohnte, und sei es nur, um ihn nach der Gültigkeit von Gribbs' Ideen zu fragen. Doch als sie in dem spartanischen Hinterzimmer des Ladens saßen, das Moonshys Rückzugsort war, war er auf einmal nicht mehr so sicher. Vergilbte Plakate klebten an den Wänden, verkündeten Trotz gegen längst vergangene Tyranneien. Überall prangte die geballte Faust der Solidarität. Moonshy unterschied sich von den anderen nur durch die Wahl des Gegenstands seiner Besessenheit. Er war der Oppositionelle. Das verlieh ihm die Kraft, das wacklige Gebäude in Frage zu stellen, von dem die geistige Gesundheit Ks abhing. Er stellte in Frage, war aber ein Teil davon; so daß Flapping Eagle, als er die entscheidende Frage nach den Ursprüngen stellte – und nach

Grimus –, nichts als einen versteinerten Blick und die offizielle Doktrin zur Antwort erhielt.

»Ach, das – pah!« sagte Moonshy. »Diese Dinge sind unwichtig. Ich spucke auf sie. Was wirklich wichtig ist, das sind die Privilegien der Tscherkassovs, sind Gribbs' alberne Schreibereien, die von den hungernden Arbeitern auch noch unterstützt werden müssen, ist die Sinekure, die diese Frau, diese Liv, in Anbetracht ihres Geisteszustands erhält. Sie ist nicht von Sinnen, sie ist auch nicht talentiert. Sie ist ein Schmarotzer. Das sind Dinge, die wichtig sind.«

»Aber Sie arbeiten weiterhin innerhalb des Systems?«

»Die Zeit ist noch nicht reif«, tönte Moonshy. »Sobald alle Arbeitenden politisiert sind, wird die Zeit kommen.«

Sein Ton strafte seine Worte Lügen. Er war so sicher in seiner Attitüde, als hätte er sie niemals zu ihrer logischen Schlußfolgerung führen müssen. Flapping Eagle brachte irgendeine Ausrede vor und ging – tief enttäuscht.

Als der Abend hereinbrach, sah Flapping Eagle Bird-Dog abermals. Und diesmal war es keine Halluzination, war es nichts, das man als Augentrug hätte erklären können. Sie war es, seine Schwester und sein Muttersatz, Bird-Dog höchstpersönlich, in voller Lebensgröße und ganz eindeutig.

Nichts war außergewöhnlich in K; Mr. Stone war mit seiner Zählerei beschäftigt, die Wolke hing über dem Berggipfel, der Nebel hing über der Ebene. Neben dem House of the Rising Son stieg Flapping Eagle von seinem Esel. Er wollte Virgil wiedersehen. Dort, neben der Kopfsteinstraße, band er den Esel an und ging nach vorn herum zur Haustür. An diese Tür gelehnt, stand eine Frau, deren Gesicht im Schatten lag. »Ist Virgil Jones hier?« rief er ihr zu.

Die Frau trat auf die Straße hinaus. »Komm, kleiner Bruder«, sagte sie. »Fang mich doch!« Und schon war sie auf und davon, rannte so hurtig wie eh und je um das Bordell herum, von dem dort angebundenen Esel fort. Vor Überraschung blieb Flapping Eagle einen entscheidenden Moment wie angewurzelt stehen; dann lief er hastig hinter ihr her. Sie aber bog um jede Ecke, während er noch um die vorherige bog, und wahrte ihren Vorsprung mühelos. »*Das nächste Mal, kleiner Bruder. Das nächste Mal vielleicht*«, rief sie ihm zu. Er jagte ihr um den hinteren Teil des Hauses nach und kam so wieder an der Seite heraus, an der sein Esel stand und schrie – aber Bird-Dog war nirgendwo zu sehen.

Der Esel schrie, weil das Two-Time Kid, Anthony St. Clair Peyrefitte Hunter, drauf und dran war, sich an ihm zu vergehen, und weil es selbst für einen geduldigen Esel Grenzen gibt. Indem er Zorn und Ekel tapfer hinunterschluckte, erkundigte sich Flapping Eagle: »Haben Sie sie gesehen?«

»Wen?« fragte Hunter gesprächig. Der Esel schrie lauter.

Eine Frau beugte sich aus einem Fenster des Hauses.

»Verschwinde!« rief sie erbost. »Du Lümmel!«

»Um Himmels willen, hören Sie damit auf!« rief Flapping Eagle und zerrte Hunter von dem festgebundenen Esel herunter.

»Na schön«, gab Hunter sanftmütig nach. »Es war ohnehin eher widerlich.«

»Warum haben Sie dann ...«

»Ich versuche alles zweimal«, sagte Hunter routinemäßig und klopfte sich reinlichkeitsbewußt die Hose ab. »Das letzte Mal hat mich das Biest getreten. Hätte mir fast das Bein gebrochen. Jetzt brauch' ich's wenigstens nicht noch einmal zu tun.«

Flapping Eagle zwang sich, nicht weiter über diesen Wahnsinn nachzudenken. Bird-Dog war wieder verschwunden; aber – weit wichtiger – sie war wieder erschienen. Woher war sie gekommen? War das eine Art Spiel? Es war, als hätte sie – oder ein anderer – etwas dagegen, daß er sich in K niederließ. Ein gewisser Trotz stieg in ihm auf. Wenn dem so war, dann erst recht!

Hunter war inzwischen – jetzt aber logischer – durch den

Nebel zum Elbaroom gegangen. Flapping Eagle tätschelte seinen armen, verwirrten Esel. »Armes Eselchen«, sagte er und saß auf. An diesem Abend war für ihn genug geschehen; er hatte keine Lust mehr zu seiner beabsichtigten Konfrontation mit Virgil Jones. Irgendwie fühlte er sich von den Ereignissen genauso mißbraucht wie sein unglückseliges Reittier.

Im Elbaroom sagte Hunter zu Peckenpaw: »Furchtbar langweilig, diese Stadt. Wenn man irgendwas Neues zu tun versucht, ist man gezwungen, Esel zu vergewaltigen. Dieses ewige Überleben macht uns alle zu Feiglingen.«
»Äh?« machte Peckenpaw.
»So hätte es eigentlich nicht sein dürfen«, sagte Hunter.
»Äh?« machte Peckenpaw.
»One-Track«, sagte Hunter, »warum sind Sie auf die Insel hier gekommen?«
Tiefernst dachte Peckenpaw über die Frage nach. Dann sagte er:
»Ich hatte mich daran gewöhnt, ewig zu leben.«

40. Die Schaukel

Die Schaukel, Elfrida darauf, Flapping Eagle dahinter, Irina an die dicke Esche gelehnt, an der sie hing. Elfridas Parasol lehnte neben Irinas, geschlossen, im sanften Schatten des Baumes überflüssig. Elfrida lächelnd vor kindlich-unschuldigem Vergnügen. Flapping Eagle, um ihr Gesellschaft zu leisten, halb lächelnd, Irina, nicht lächelnd, graue Augen hinter geschlossenen Lidern, halbwegs zwischen Traum und Wachen. Die Schaukel, in ruhigen Bogen schwingend, majestä-

tisch wie der Baum. Nicht einmal im Garten der Tscherkassovs gab es einen Baum, der sich mit dieser Esche messen konnte, und auch keine Schaukel, die mit dieser vergleichbar wäre. Der Nebel war nur leicht, heute, die Sonne warm, die Luft summte von fleißigen Bienen. Da: ein Schmetterling, glitzernde Flügel und Geflatter in den schattigen Lichtbalken. Ein elegischer Tag, so zart wie Spitze oder die Haut einer blassen Frau, ein Tag, der zu der Schönheit der Frauen bei der Schaukel paßte. Flapping Eagle erwachte bei Morgengrauen mit weiten Augen und erfrischt; er hatte gut geschlafen und konnte sich an keine Träume erinnern. Die Morgendämmerung – wie der nachfolgende Tag eine aufmunternde Zeit – hatte ihn für seine Probleme blind gemacht. An einem solchen Tag, unter einem Baum, bei einer Schaukel mit zwei solchen Damen zu sein, konnte jegliche Laune nur bessern. Flapping Eagles Laune war himmelhochjauchzend.
Elfrida auf der Schaukel. »Höher!« befahl sie. Flapping Eagle stieß kräftiger an, die Schaukel stieg hoch hinauf. Irinas Lider, geschlossen wie ihr Parasol, schnitten die Szene aus ihrem Blickfeld. Eine so ostentative Unschuld wirkte wenig reizvoll auf sie. Elfrida Gribbs war ihre ständige Begleiterin und Nachbarin; und dennoch, dachte sie, haben wir zwei wenig gemeinsam – bis auf die Schönheit. Es war lange her, daß Irina einen solchen Gedanken gehegt, sehr lange her, seit sie sich über Elfridas gespielte Rolle als Kindfrau geärgert hatte. Kein Mensch konnte so rein, so unschuldig, so behütet, keine Handlung so wenig berechnend sein, wie Elfrida es von den ihren behauptete. Ihre Künstlichkeit kaschiert nur wieder Künstlichkeit, dachte Irina, und dieses Versteckspiel war ärgerlich. Sie lachte, aß, staunte wie ein Kind – und Irina Tscherkassova mochte keine Kinder. Sie schloß die Augen und ließ sie spielen.
Auf Flapping Eagle übte die schaukelnde Elfrida eine ganz andere Wirkung aus. Auch sie war früh aufgestanden; und so

hatten sie sich, bevor die Gräfin auf einen Überraschungsbesuch zum Frühstück kam, schon lange unterhalten. Wie Flapping Eagle festgestellt hatte, bewirkte ein tiefer Blick in diese grünen Augen, daß man ihren Gedanken beipflichtete, genau wie Irina Tscherkassovas graue Augen ihn nach Belieben zu hypnotisieren vermochten. Als er mit Elfrida sprach, war er, wie er merkte, bereit, sämtliche Bedenken vom Abend zuvor, all seine Zweifel zu unterdrücken und bei der Rückkehr zu seiner Überzeugung, daß K der richtige Platz für ihn sei, wieder neuen Mut zu fassen. Es gab Schlimmeres, als eine Ewigkeit mit diesen Augen zu verbringen. Und wenn er Elfrida lauschte, empfand er sogar eine gewisse Sympathie für Ignatius Gribbs. In ihren Augen war er ein rücksichtsvoller, liebevoller Mann, und die Augen waren unwiderlegbar. Wenn sie flackerten, wirkten sie überschattet, als gerate ihre Gewißheit ins Schwanken ... doch dann wurde der Schatten verscheucht, und sie begannen wieder zu funkeln. Selbst ihre Abneigung gegen Jocasta und ihr Haus rief keinen Widerspruch hervor; Flapping Eagle hatte unangenehme Erinnerungen an seine eigene Hurenbockzeit und teilte ihre Abneigung mit dem Eifer des Konvertiten. Er stellte fest, daß er begann, Virgil Jones weniger zu schätzen, weil der dort lebte. Was natürlich ein willkommener Balsam für sein Gewissen war. Vom Blick der Elfrida Gribbs stimuliert, hatten die chamäleonhafte Anpassungsfähigkeit, die symbiotische Perfektion ihn wieder unter Kontrolle gebracht.

»Irina«, sagte Elfrida auf einmal. »Kommen Sie. Jetzt sind Sie an der Reihe.«

»Nein, nein«, wehrte Irina Tscherkassova ab. »Ich verzichte.«

»Unsinn!« sagte Flapping Eagle. »Hier gibt es doch keine Zuschauer.«

Irina gab nach. Sie nahm Elfridas Platz ein. Elfrida setzte sich ins Gras und summte vor sich hin.

Unvermittelt kam Flapping Eagle der Gedanke, daß es zu lange her war, daß er eine Frau gehabt hatte. Im selben Moment dachte er an Irina Tscherkassova, mit ihrem Schwächling von Ehemann, ihrem Idioten von Sohn und ihrer versteinerten Schwangerschaft. Elfrida Gribbs war trotz (oder wegen?) ihrer gespielten Unschuld attraktiv; Irina Tscherkassovas Charme wurde weit freizügiger dargeboten. Sie war die wahrscheinlichere von den beiden. *Aber nur zweite Wahl,* sagte er sich und war überrascht von diesem Gedanken. Überrascht und dann beunruhigt über die Folgen für ihn selbst, als Gast im Haus ihres Ehemanns. Unbewußt stieß er die Schaukel zu kräftig an.

»Aber Mr. Eagle«, warnte Irina, »seien Sie bitte ein wenig vorsichtiger.« *Mr. Eagle:* um nach außen den Schein zu wahren oder Zurückweisung der Intimität des vergangenen Abends?

»Verzeihung«, sagte er.

Auch Elfrida empfand ihre Nachbarin heute als Plage. Und wiederum war dies ein ungewohntes Gefühl; doch wie Irina gelang es auch ihr nicht, die Ursache dafür zu finden. Vielleicht aber wollte sie es gar nicht, nachdem sie am Abend zuvor ihre Eifersucht durch intensive Gedanken an ihren lieben Ignatius verbannt hatte. Jetzt zwang sie sich, sein Bild zu sehen, wie er über den Büchern und seiner winzigen Handschrift hockte, stundenlang stillsaß wie ein Stein, um dann plötzlich eine Zeile in das alte Schulheft zu schreiben, das er, um kein Papier zu verschwenden, denn seine Vorräte waren nicht unerschöpflich, ganz und gar, ohne einen Millimeter Papier freizulassen, ausfüllte. Bei dieser Vorstellung mußte sie lächeln; dann löste sie sich auf, und Flapping Eagles hochgewachsene, straffe Gestalt füllte wieder ihre Gedanken. Er ist wirklich schön, dachte sie bei sich.

Irina stieg von der Schaukel. »Und nun, Mr. Eagle«, sagte sie energisch, »werden Elfrida und ich, da Sie ja Zuschauer nicht sehr mögen, endlich dafür sorgen, daß auch Sie an die Reihe kommen.«

»O ja!« rief Elfrida und sprang auf. »Los geht's, Mr. Eagle!«

Gleich darauf war er in ihren Händen, flog hinauf, hinab und zurück, sauste durch die nahezu klare Luft, den beiden blassen Püppchen auf Gnade und Ungnade ausgeliefert. Auf Gnade und Ungnade, weil auch er allmählich besessen wurde und weil die Objekte seiner Besessenheit diese beiden Frauen waren.

Es ging nicht anders. Er mußte Virgil heute noch sprechen. Er hatte es schon viel zu lange aufgeschoben, aber nun mußte es sein. Gewiß, seine allmähliche Einführung in die Lebensweise von K würde bedeuten, daß er von seinem einstigen Führer nur wenig zu sehen bekommen würde, aber das war keine Entschuldigung für Undankbarkeit. Und vielleicht war K ja nicht der Ort ... Es gab immer noch unbeantwortete Fragen, vor allem diese Vogel-Strauß-Politik.
»Ich muß in die Stadt«, erklärte er.
»Ich werde Sie bis zur Kopfsteinstraße begleiten«, sagte Irina. »Ich hatte selbst vor, einen kleinen Spaziergang zu machen.«
Als sie gingen, hatte Elfrida wieder schlechte Laune, und sie ärgerte sich über sich selbst.

Außer Sichtweite des Gribbsschen Hauses, wo die Bäume sie vor den Blicken schützten, fragte Irina Tscherkassova: »Sind wir noch Freunde, Flapping Eagle?«
»Ja«, antwortete er, »wenn Sie wollen.«
Sie legte ihm die Arme um den Hals und küßte ihn auf den Mund.
»Dann wird das unsere Freundschaft endgültig besiegeln«, sagte sie und ging davon, ohne sich noch einmal umzusehen.

Es gab zu viele Fluktuationen in ihm – zwischen seinen Gefühlen für Virgil und seinen Gefühlen für das neue Leben, in das Elfrida ihn eingeführt hatte; und nun auch noch ein emotionales Schwanken zwischen Elfrida und Irina, ausgelöst durch diesen Kuß. Ich muß endlich anfangen, die Dinge endgültig zu bereinigen, sagte er sich und ging energischen Schrittes zum House of the Rising Son hinüber.

41. Der schwarze Reiter

Das House of the Rising Son erhob sich strahlend weiß neben der Straße. Davor saß auf dem Kopfsteinpflaster, still wie eine Statue, eine Gestalt. Als er näher kam, entdeckte Flapping Eagle, daß die Gestalt in ein schwarzes, fließendes Gewand gekleidet war, das sie von Kopf bis Fuß verbarg; nur in Augenhöhe gab es eine Art kleines Gitter, ein Kreuzgewebe wie ein Fenster. Ob es sich um einen Mann oder eine Frau handelte, konnte er nicht erkennen, und während er dem Reiter stumm befahl, alles andere zu sein als eine dritte Erscheinung von Bird-Dog, lief ihm ein eisiger Schauer über den Rücken. Dann sprach ihn die Gestalt plötzlich an, und er entspannte sich ein wenig, denn es war zwar eine Frauenstimme, leise und tonlos, aber eindeutig nicht die seiner Schwester.

»Wer sind Sie?« erkundigte er sich.

Dann stellte er sich erst einmal vor, weil er keinen Grund sah, es nicht zu tun. Die verhüllte Frau erwiderte diese Höflichkeit nicht. Also war sein Ton ein wenig rauher, als er fragte:

»Gehören Sie zum Haus?«

»In gewisser Weise ja«, antwortete die Stimme, die jetzt auf einmal belustigt klang.

»Dann sagen Sie mir bitte, ob Virgil Jones anwesend ist.«

Die Gestalt nickte bedächtig und fuhr fort, das Bordell genauso zu fixieren, wie sie es bisher getan hatte.

»Wo soll er denn sonst sein?« sagte sie tonlos.

»Gut«, gab Flapping Eagle kurz angebunden zurück und ging zur Tür.
»Flapping Eagle«, sagte die Gestalt.
»Wie bitte?« Direkt an der Tür hielt er inne und wandte sich um; die Frau verhielt sich regungslos.
»Nichts«, sagte sie. »Ich wollte mich nur an Ihren Namen gewöhnen. Doch da Sie Virgil sprechen werden, könnten Sie ihm mitteilen, daß ich hier war.«
»Und wer wäre das?« fragte Flapping Eagle, neugierig geworden. Die Gestalt überlegte einen Moment; dann hob sie den rechten Arm und zeigte auf etwas.
»Ich lebe dort«, sagte sie.
Das schwarze Haus lag auf einem Felsvorsprung über der Stadt und unter einer Wolkenwand – so schwarz wie die Bekleidung, die seine Bewohnerin verbarg.
»Ich hoffe, Sie bald zu sehen«, sagte sie; dann setzte sie ihren Esel in Bewegung.
»Wie lautet Ihr Name?« wollte Flapping Eagle wissen.
Der Esel hielt in seinem gelassenen Gang nicht inne.
»Mrs. Virgil Jones«, antwortete Liv, und wieder hatte sich verächtliche Belustigung in die Tonlosigkeit ihrer Stimme geschlichen.

42. Madame Jocasta

Mr. Virgil Jones brauchte seinen Hosengürtel nicht mehr. Weil er keine Hosen mehr trug.
Er trug ein Handtuch um die Taille, eine Perlenkette um den Hals und einen Bowler auf dem Kopf. In der Rechten hielt er einen Krug Wein. In der Linken eine Handvoll vom Hinterteil

Kamala Sutras. Auf seinem Schoß stand eine Schale voll Obst. Von seiner Zunge tropfte ein dünner, roter Faden bis in das Grübchen in seinem frisch rasierten Kinn. Er saß auf einem niedrigen Bett; neben ihm lag Kamala Sutra, während Madame Jocastas Kopf in seinem Schoß ruhte. Er war besoffen wie ein Fürst.

Flapping Eagle stand an der Tür: sprachlos beim Anblick dieser Szene. Virgil Jones löste seine Linke von Mlle. Kamala, zog den Hut und legte die Hand wieder dorthin zurück. »Ah«, sagte er, »mein alter Freund, mein alter Angeber, so eifrig, so begeistert. Flapping Eagle, nehme ich an. Seid gegrüßt, Heil und Sieg und fette Beute für Sie. Trinken Sie doch was. Legen Sie die Kleider ab. Entspannen Sie sich. Finden Sie nicht, daß ich apart aussehe? In Pink, verstehen Sie? In dem sprichwörtlichen Pink. Pink Dschinn, das bin ich. Kleiner Scherz.«

Flapping Eagle trat einen Schritt vor; dann blieb er wieder stehen. Kamala Sutra sprang vom Bett. Sie stellte ihren linken Fuß auf seinen rechten und schlang ihm ihr rechtes Bein um die Taille. Sie legte ihren rechten Arm auf seine linke Schulter und ihren linken um seinen Hals. Dann hob sie das Gesicht zu ihm empor und stieß gurrende Laute aus.

Virgil Jones prustete vor Vergnügen und schlug sich mit der nunmehr leeren Linken auf den Schenkel, daß die Fleischrollen seines Bauches fröhlich schwabbelten.

»Seht euch das an«, sagte er. »Die Klettert-auf-den-Berg-Position! Wie außergewöhnlich passend oder passend außergewöhnlich! Verstehen Sie, verstehen Sie, Flapping Eagle? Sie sind der Berg, und sie klettert auf den Berg, um Sie um einen Kuß zu bitten. Mitsamt dem Gegurre und so. Eine nicht unsinnige Kamasutra-Technik.«

»Cucurucucu«, sagte Kamala Sutra.

Madame Jocasta schürzte die Lippen. »Er scheint das Angebot nicht sehr zu goutieren«, sagte sie. »Sollen wir Gilles kommen lassen?« Kamala Sutra löste sich und kehrte zum Bett zurück.

»O ja, bitte!« sagte Virgil Jones, der noch heftiger lachte, aus seinem Krug trank und sich verschluckte. Ein feiner Sprühregen von Wein verbreitete sich über die Bettlaken. Und Madame Jocasta.

Madame Jocasta erhob sich und ging an Flapping Eagle vorbei zur Tür, wo sie an einer Klingelschnur zog. Als sie zu Virgil zurückging, sagte sie ironisch: »Schön, endlich zu wissen, wie Sie aussehen.«

Flapping Eagle stammelte: »Ich komme, um ... mich zu entschuldigen ...«

»Bei Virgil?« fiel Madame Jocasta ihm ins Wort. »Aber nein, wie *reizend* von Ihnen!« Sie lächelte umwerfend und versetzte ihm eine schallende Ohrfeige. »Sie haben sich Zeit gelassen«, sagte sie, und das Lächeln verrutschte um keinen Millimeter, als sie mit der anderen Hand ausholte und sie auf seine andere Wange klatschen ließ. »So, jetzt geht's mir besser«, sagte sie.

Hinter ihnen wurde die Tür aufgestoßen. Und dann erschien der schönste Mann, den Flapping Eagle jemals gesehen hatte. Als Gilles Priape hereingeschlendert kam, streichelte er träge sein übernatürlich großformatiges Handwerkszeug. Das sich ebenso träge in einem beachtlichen Winkel aufrichtete, während er Flapping Eagle begutachtete.

»Der da?« fragte er Madame Jocasta und zeigte auf ihn.

»Der da«, bestätigte Madame Jocasta und kehrte zu Virgils Knie zurück.

»Hier?« fragte Gilles Priape, der eine herrlich professionelle *moue* zu Flapping Eagle hinüber machte.

»Hier«, befahl Madame Jocasta.

»Möchten Sie, daß ich Sie entkleide?« erkundigte sich Gilles Priape bei Flapping Eagle. Seiner matten Stimme war deutlich zu entnehmen, daß er ein Nein als Antwort erwartete.

»Sei nicht so verdammt träge!« schimpfte Jocasta. »Tu's einfach!« Und an Flapping Eagle gerichtet, ergänzte sie entschuldigend: »Er ist nur träge, bis er anfängt.«

Flapping Eagle schüttelte Gilles Priapes resignierend schlaffe Hände ab, versuchte den Rest der ganzen, völlig unerwarteten Szene zu ignorieren und wandte sich an Virgil Jones.
»Virgil«, sagte er, und seine Stimme, ein wenig schwankend, verriet seinen Mangel an Erfolg, »was da im Elbaroom geschehen ist, tut mir unendlich leid. Ich hätte nicht zulassen dürfen, daß man Sie so behandelt. Dürfte ich mit Ihnen allein sprechen?«
»Du liebe Zeit«, spöttelte Jocasta, »wie sind wir doch wieder mal förmlich! Wie sind wir doch wieder mal ernst! Welches Recht haben Sie überhaupt, Mr. Jones überhaupt um etwas zu bitten?«
Virgil bekam einen Schluckauf; dann kicherte er. Flapping Eagle fand, daß er absolut mitleiderregend aussah, und sofort mischte sich Zorn unter seine Scham und seinen Abscheu und machte es ihm unmöglich, sich zurückzuhalten.
»Nun gut«, sagte er, »ich weiß eigentlich gar nicht, warum ich überhaupt hierhergekommen bin. Aus einem gewissen Gefühl der Freundschaft, nehme ich an, einem Gefühl der Verpflichtung und, wie ich zugeben muß, des schlechten Gewissens. Außerdem hatte ich gedacht, Sie könnten mir helfen ... Ich hatte Ihnen ein paar Fragen stellen, mir Ihre Hilfe erbitten wollen ... Jetzt sehe ich ein, daß das sinnlos ist. Finden Sie es nicht traurig, Virgil, daß ausgerechnet Sie so tief gesunken sind? Sie, der Sie mir erklärt haben, wie wichtig Ihnen Ihre Würde sei? ›Man versucht, mit seinem Leben und seinen Handlungen ein bißchen Sinn in ein sinnloses Universum zu bringen‹ ... Ist es dies, was Sie damit gemeint haben ... dieser Lumpensack voll lasziver Impotenz? Hat man Sie dazu überredet, sich so ganz und gar in Selbstmitleid zu ergehen? Hat man Sie überredet, zu vergessen, warum Sie Dolores verlassen haben? Ein Dutzendmal wohl habe ich Sie fragen wollen, warum, aber ich habe gewartet, bis Sie dazu bereit waren. Jetzt scheint es, als hätte ich meine Chance verpaßt. Sie sind ruiniert, und

ich habe mich niedergelassen. Nein, Sie sind mehr als ruiniert ... Sie werden hier einbalsamiert! Mit einem Bordell als Pyramide. Mit ...«

»Schnauze!« sagte Madame Jocasta.

Nachdem er aufgestaute Frustrationen und Schuldgefühle losgeworden war, verstummte Flapping Eagle zögernd und stand dümmlich in diesem schwülen Zimmer herum, während Virgil kicherte, Gilles Priape eine unbeteiligte Miene zog, Kamala Sutra Virgils Füße küßte und Madame Jocasta vor Wut schäumte, ohne zu erkennen, wieviel diese Wut dazu beigetragen hatte, den Riß zwischen den beiden Reisenden zu vergrößern.

»Sie«, sagte sie mit schneidender Verachtung, »sind ein ganz und gar selbstsüchtiger Mensch. Sie haben erkannt, daß Mr. Jones ein guter, großzügiger Mensch ist, also haben Sie seine Dienste aus ihm herausgezogen wie einen Zahn. Ohne Rücksicht auf den Schmerz, den ihm das verursacht; ohne Rücksicht auf das, was er zurückgelassen hat; ohne Rücksicht auf das, zu dem er zurückgekehrt ist. Trotzdem verlangen Sie immer noch Hilfe, Rat, Führung von ihm. Und weil Sie das von ihm wollen, mißbilligen Sie die Tatsache, daß er hier Trost gefunden hat. Ist er Ihnen irgend etwas schuldig, Mr. Eagle? Nein. Sie aber sind ihm alles schuldig. Es wohnt keine Ehre in einem Mann, der Liebe mit Verrat vergilt. Virgil ist hierhergekommen, an den Ort, der ihm Zuflucht ist. Lassen Sie ihn in Ruhe.«

»Er ist mir eine Erklärung schuldig«, sagte Flapping Eagle schwach. »Eine Erklärung der Gründe, warum er mich hierhergebracht hat.«

»Aber mein Lieber«, warf Virgil Jones ein, »Sie waren es doch, der mich hierhergebracht hat!«

»Aber warum?« rief Flapping Eagle hilflos. »Warum?«

»Mr. Eagle möchte gehen, Gilles«, sagte Madame Jocasta. »Würdest du ihn zur Tür begleiten?«

Mit einem unerwarteten Ausbruch von Tatkraft packte Gilles Priape Flapping Eagles rechten Arm und drehte ihn auf den Rücken.
»Nein!« sagte Virgil Jones mit seiner älteren, nüchternen Stimme. »Ich werd's ihm erklären.«

»Nicholas Deggle wurde von mir und Grimus von Calf Island vertrieben«, begann Virgil Jones, »weil wir befürchteten, die Macht, die Grimus besaß, könne vernichtet werden. Zu jener Zeit war ich mit Grimus einer Meinung, daß dieses neue Wissen kostbar sei, daß die Mächte der Reaktion, die Deggle repräsentierte, bekämpft werden müßten. Jetzt bin ich das nicht mehr. Der Effekt wird immer mächtiger ... Ich bin nicht sicher, ob Grimus ihn noch kontrollieren kann. Ich will, daß die Quelle des Effekts vernichtet wird.«
»Dann haben Sie mich also benutzt«, sagte Flapping Eagle. »Soviel zu Madames Selbstgerechtigkeit.«
»Wenn Sie so wollen, habe ich Sie benutzt«, räumte Virgil Jones ein. »Ich selbst bin nicht mehr in der Lage, Grimus gegenüberzutreten. Sie dagegen ja, da Sie Ihre inneren Dimensionen so großartig bewältigt haben. Und weil Sie unbedingt Ihre Schwester suchen wollten, war ich außerdem der Überzeugung, daß Sie den Willen und die Motivation dazu hätten.«
»Ist sie bei ihm?« erkundigte sich Flapping Eagle.
»Natürlich«, antwortete Virgil müde. »Wo sollte sie sonst sein?«
»Ich habe sie gesehen«, sagte Flapping Eagle. »Hier. In K.«
»Also«, sagte Virgil Jones, und seine Augen leuchteten einen Moment auf, um dann sofort wieder glanzlos zu werden, »also wissen Sie jetzt, was die arme Dolores mit dem Gespenst der Steinrose gemeint hat.«
»Was ist die Steinrose?« wollte Flapping Eagle wissen. »Und wo ist Grimus? Weiter oben auf dem Berg, vielleicht?«

»Das spielt jetzt keine Rolle«, antwortete Virgil Jones. »Sie haben Ihre Entscheidung getroffen und ich die meine. Also ist dies das Ende der Straße. Für uns beide. Leben Sie wohl, Mr. Eagle.«

Seit er hier in diesem Raum war, hatte Flapping Eagle mit so vielen Emotionen zu kämpfen gehabt, daß er sogar gezwungen gewesen war, seine Zuflucht bei heißem Zorn zu suchen.

»Ich bin nur froh«, sagte er bissig, »daß ich nicht genau hier gelandet bin, umgeben von Huren und schlichtem Wahnsinn.«

»Sind Sie das nicht?« fragte Virgil Jones.

»Nein!« schrie Flapping Eagle. »Das bin ich, verdammt noch mal, nicht! Ich bin mir bei vielem nicht sicher, aber davon bin ich fest überzeugt. Ich habe es besser gemacht als Sie.«

»Ich mißbillige feste Überzeugungen«, gab Virgil Jones zurück. »Sie engen das Blickfeld ein. Zweifel sind ein Aspekt von Weite.«

Flapping Eagle verließ den Raum ohne Gilles Priapes Hilfe, der für ihn ein grotesker Alptraum seiner eigenen Vergangenheit war ... und verhielt sich, als er das tat, zum erstenmal fast wie ein Einwohner von K. Er beschloß, seine Gedanken vor der Vergangenheit zu verschließen, sie vor jedem Schuldgefühl, jeder Demütigung zu verschließen, sie vor den Stichen der Wahrheit zu verschließen, die er unter Madame Jocastas hitzigem, verächtlichem Blick erfahren hatte. Virgil hatte recht: Die Entscheidung war gefallen.

Außerdem entschied er, daß er Virgil Jones nicht mochte.

All dies genügte, um seine Wahl für ihn erträglich zu machen.

Auf dem Weg hinaus begegnete er zwei Personen. Die erste war eine schöne, dunkelhaarige, nackte Frau – Media haßte es, innerhalb des Hauses Kleider zu tragen. Wie angewurzelt blieb sie stehen und starrte ihn regungslos an. Er selbst stieg die Treppe hinab, ohne sie richtig wahrgenommen zu haben; seine Blicke waren weit in die Ferne gerichtet. Sie ging nach oben, in das Zimmer, in dem Jocasta und Kamala sehr ernst dreinblickten, während Virgil sehr viel lachte. Gilles Priape war verschwunden und suchte sich einen Platz, wo er allein seine Trägheit ausleben konnte.

»Mr. Jones«, sagte sie, »war *das* Ihr Freund?«

»Nein«, sagte Madame Jocasta scharf.

»Doch«, sagte Virgil Jones. »Das war er.«

»Sie müssen mir alles von ihm erzählen«, bat Media.

Madame Jocasta fand es unmöglich, ihre Wut zu bezähmen. Wie es schien, drängte sich Flapping Eagle jetzt auch noch zwischen sie und ihre Favoritin. Das Leben konnte manchmal sehr unfair sein.

Die zweite Person, der er begegnete, war Flann O'Toole auf dem Weg von einer Sitzung mit Boom-Boom de Sade zum Elbaroom. Sie trafen sich an der Tür.

»Oho!« dröhnte O'Toole. »Hier sind Sie also. Wie ich gehört habe, sind Sie ein großer Erfolg bei den Tscherkassovs und den Gribbs. Sollten Sie nicht auf Ihre Aufnahme bei uns anstoßen? Sozusagen als Eingliederung in die Herde?«

»Gehen Sie mir voran«, sagte Flapping Eagle.

Sie verließen das Haus gemeinsam; erst als sie im Elbaroom eintrafen, fiel Flapping Eagle die Nachricht ein, die er Virgil Jones überbringen sollte – die Nachricht von Liv.

43. Über die Obsession

Von wie vielen Genies haben Sie gehört, die nicht irgendwie unter Obsessionen gelitten haben?« fragte Ignatius Gribbs. »Die Obsession ist der Weg zur Selbsterkenntnis. Der einzige Weg, Mr. Eagle, der einzige.«

»Virgil Jones sagt, sie reflektiert eine Furcht vor den Funktionen des Geistes«, sagte Flapping Eagle. Er war inzwischen so betrunken, daß es ihn nicht kümmerte, was er sagte, und die Gribbs waren höflich genug, um so zu tun, als sei er stocknüchtern, obwohl Elfrida stumm und bekümmert am Lunchtisch saß.

»Virgil Jones ist ein menschliches Wrack«, sagte Ignatius Gribbs. »Ein lebender Beweis für die Idiotie dessen, was er so gern seine Ideen nennt. Ich bin froh, daß Sie sich von ihm distanziert haben, Mr. Eagle, sehr froh sogar. Nur müssen Sie sich jetzt noch von seinen Tiraden lösen.«

»Virgil Jones sagt, daß Zweifel der festen Überzeugung vorzuziehen seien«, murmelte Flapping Eagle.

Ignatius Gribbs holte tief Luft. »Die Hamlet-Krankheit«, sagte er. »Die Zweifel, meine ich. Die haben ihn umgebracht. Ein weiterer Beweis ist die alte Geschichte vom ungläubigen Thomas. Wo es Überzeugungen gibt, wäre es lächerlich, zu zweifeln. Meinen Sie nicht auch?«

»Äh …«, machte Flapping Eagle, den die alkoholischen Nebel umfingen, Ignatius Gribbs duldete jedoch keinen Widerspruch.

»Wir müssen«, dozierte er, »vor allem zwischen Obsession und Besessenheit unterscheiden. Ein besessener Mensch ist nicht mehr Herr seiner selbst; es ist eine Geisteskrankheit. Besessenheit führt zu Tyrannei und widerlichen Verbrechen. Obsession führt genau zum Gegenteil. Sie komponiert Symphonien und Gemälde. Sie schreibt Romane und versetzt Berge.

Sie ist das höchste Gut der menschlichen Rasse. Sie zu verleugnen hieße unsere Menschlichkeit verleugnen. Welchen Zweck sollte die Unsterblichkeit erfüllen, wenn sie nicht benutzt wird, um die Tiefen der eigenen, innersten Hauptinteressen zu erforschen? Welchen Sinn hätte dann wohl Calf Island?«
»Virgil Jones meint«, sagte Flapping Eagle, »daß der Schuh an den anderen Fuß gehört. Die Insel schafft erst das Bedürfnis ... Er sagt, der Grimus-Effekt kann nur überlebt werden, wenn man einen obsessiven Verstand besitzt.«
»Und das«, gab Ignatius Gribbs zurück, »ist der Mythos, den Sie mit Ihrem Hauptinteresse explodieren lassen wollen.«
Zum erstenmal meldete sich Elfrida Gribbs zu Wort.
»Flapping Eagle«, sagte sie. »Sie haben doch nichts dagegen, daß ich Sie so nenne, da wir doch alle jetzt Freunde sind, nicht wahr? ... Ich glaube, Sie lassen sich zu leicht von anderen beeinflussen. Dieser Mr. Jones sollte Ihre Gedanken nicht sosehr mit Beschlag belegen. Vergessen Sie ihn und seine Verrücktheiten ... Sie brauchen ihn jetzt nicht mehr.«
Wieder dieser Anflug von Verzweiflung in ihrer Stimme.
»Ihn vergessen«, sagte Flapping Eagle und fiel bewußtlos in die Suppe.

44. Vogel Strauß und Einmischung

Elfrida«, sagte Flapping Eagle, »haben Sie meine Schwester Bird-Dog gekannt?«
Elfrida riß die Augen weit auf; schließlich stammelte sie: »Ich ... Ich kenne den Namen ... Ihre *Schwester*?«

Flapping Eagle nickte und sah, daß sie zu einer unerschütterlichen Gelassenheit zurückfand, als sie sagte:
»Ich fürchte, ich habe schlechte Nachrichten für Sie. Bird-Dog ist tot.«
In ruhigem Ton entgegnete Flapping Eagle: »Woher wissen Sie das?«
»Von Ignatius«, antwortete sie. »Ignatius hat gesagt ... Sie ist verschwunden ... Sie muß tot sein. Es tut mir leid.«
Sie floh vor seinem beunruhigenden Blick, indem sie ihre Handarbeit fallen ließ.

»Kommen Sie doch heute nachmittag zum Krocketspielen herüber«, sagte Irina Tscherkassova.
»Aber ich kenne dieses Spiel nicht«, wandte Flapping Eagle ein.
»Dann wird es eine Lehrstunde sein.« Sie lächelte. »Wenn man sich noch nicht auf ein Spiel versteht, lernt man eine Menge über sich selbst. Und die eigenen Grenzen.«
»Ich bin sicher, daß Flapping Eagle seine Grenzen kennt.« (Elfrida, scharfen Tones.)
Irina zog eine Braue hoch. »Das war nur ein Scherz«, behauptete sie munter.
»Ich würde gern kommen«, sagte Flapping Eagle.
Elfrida schwieg.

Während der nun folgenden paar Tage diktierten Elfrida und Irina einen großen Teil von Flapping Eagles Leben. Aufgrund von Gribbs' Studien und Tscherkassovs Indolenz waren die beiden Frauen immer schon aufeinander angewiesen gewesen, daher schienen sie sich über seine Gesellschaft zu freuen, wirkten sie beide durch seine Gegenwart verjüngt. In gewisser Weise waren auch sie eine Art Zuflucht für ihn, genauso eine Zuflucht vor seinen Gedanken und Ängsten wie das House of the Rising Son für Virgil. Solange er in ihrer Gesellschaft war,

fand er es sowohl möglich als auch angenehm, den Vogel Strauß zu spielen.
Die Anziehungskraft des Fleisches beherrschte natürlich seine Gedanken. Flapping Eagle wußte, daß er nicht unattraktiv war. Er wußte aber auch, daß er um einiges davon entfernt war, unwiderstehlich zu sein. Falls er sich in der beneidenswerten Lage befand, Spitze eines Dreiecks zu sein, dessen weitere Ecken von diesen Frauen besetzt waren, mußte es andere Gründe dafür geben. Vermutlich hatte sein Neuigkeitswert viel damit zu tun. Er war der Fremde, der Unbekannte, ein neues Leben, das es zu erforschen galt.
In Irinas Fall war ihr eindeutiges Verlangen nach ihm relativ leicht zu verstehen. Es war nicht zu übersehen, daß sie ihren Ehemann verabscheute; Flapping Eagle war für sie vermutlich ein Ausweg aus der Falle, eine Möglichkeit, ihrer Verachtung für Tscherkassov Ausdruck zu verleihen und aus der ermüdenden Monogamie ihrer Ehe auszubrechen. Der einfache, klassische Fall einer gelangweilten, unglücklichen Ehefrau, der ein neuer Stimulus vor die Nase gehalten wird.
Nach Flapping Eagles persönlicher Ansicht genoß sie fast schon ihr eigenes Elend. Der doppelte Kummer über ihre Mutterschaft und die Leere ihrer Ehe waren zu emotionalen Krücken geworden, zu Plattformen, von denen aus sie Mitgefühl und Bewunderung auszulösen vermochte. Würde er sich mit ihr einlassen, würde er die Last ihrer Leiden mittragen müssen. Zudem war sie eine Sirene, und Sirenen verschlingen Männer. Dennoch war sie eine schöne, begehrenswerte Frau und hatte bereits angedeutet, daß sie auch ihn begehrte.
Er empfand diese Bereitwilligkeit als Beeinträchtigung. Das Unerreichbare übte eine weit größere Anziehungskraft auf ihn aus, und Elfrida mit ihrer immer wieder betonten Anhänglichkeit an ihren dozierenden Gnom, Elfrida war weit näher daran, unerreichbar zu sein. Er war nicht einmal sicher, ob sie sich zu ihm hingezogen fühlte. Es war nichts ausgesprochen wor-

den; er gründete seine Hoffnung lediglich auf ein paar Blicke, gelegentliche Berührungen von Haut an Haut, gelegentliches Zögern, wenn sie von ihrer Liebe zu Ignatius sprach, eine geringe Schärfe im Ton, wenn Irina offen mit ihm flirtete. Möglich, daß er sich das alles nur einbildete.
Wenn er das nicht tat, eröffnete sich ihm ein weiteres Feld der Sorgen. Vielleicht liebte sie Gribbs gar nicht so sehr, wie sie sich das selber einredete. Wenn das zutraf – warum war ihre Zuneigung zu ihm dann so intensiv? War ihre scheinbar natürliche, allumfassende Liebe nichts weiter als eine der notwendigen Übertreibungen des Way of K? Eine Auflehnung gegen Ignatius, ähnlich wie bei Irina und Tscherkassov? Er schüttelte den Kopf. Vielleicht sollte er mehr an sich selbst glauben.
Natürlich hatte Flapping Eagle keine Ahnung von dem wahren Grund, warum seine Ankunft die beiden bleichen Schönheiten so beunruhigt hatte; daher trafen seine Überlegungen nur einen Teil der Wahrheit.

Die Geheimnisse von Calf Island machten sich während dieser Tage nur einmal bemerkbar, doch als sie das taten, beantworteten sie die Frage, ob sich Elfrida zu Flapping Eagle hingezogen fühlte oder nicht. Was alles andere betraf, so tauchte keine Bird-Dog mehr auf, und das Pfeifen in Flapping Eagles Ohren schien vorerst weitgehend nachzulassen. Es war, als warte die Insel ab. Rückblickend erschien es Flapping Eagle, als habe man ihm genügend Leine gegeben, um sich selbst aufzuhängen, und einige andere dazu.
Diese eine Einmischung wurde folgendermaßen bemerkt: Ignatius Gribbs hielt seinen Mittagsschlaf; daher verpaßte er wieder einmal ein wichtiges Ereignis. Elfrida und Flapping Eagle waren bei der Schaukel. Genauer gesagt, sie saßen auf dem Rasen unter der Esche, von der diese herabhing. Beide waren schläfrig vom guten Essen und vom guten Wein; aber der zweite Blink ließ sie hellwach werden.

Er traf sie wie ein elektrischer Schlag. Kein Lebewesen kann aus seiner Existenz gerissen und gleich wieder in sie zurückgeschleudert werden, ohne daß es die Auswirkung spürt.
Es ging vorüber; Elfrida sah Flapping Eagle an: ein hilfloses, von Angst geschütteltes Kind. Er nahm sie in die Arme, und sie umklammerten einander fest, bewiesen sich, daß alles in Ordnung war und daß sie da waren, körperlich und lebendig. So schien es nur natürlich, daß sie sich küßten.
Drinnen in seinem Herrenzimmer schnarchte Ignatius Gribbs ungestört weiter.

45. Media

Etwas früher, im House of the Rising Son.
Media sagte: »Madame Jocasta, waren Sie nicht vielleicht ein wenig zu streng mit Flapping Eagle? Manchmal wissen die Menschen nicht, was sie tun. Unter Druck können auch gute Menschen Schlechtes tun.«
»Du kennst den Mann ja nicht einmal!« gab Madame Jocasta zurück.
Media warf den Kopf in den Nacken. »Ich wollte ihn nur nicht vorschnell verurteilen. Virgil ermuntert die Menschen stets, Zweifel anzumelden.«
»Flapping Eagle ist hier nicht willkommen. Und vergiß nicht, Media, daß deine Spezialität ihn aus deinem Bett ausschließt.«
»Ja, Madame«, sagte sie. Und nach einer Pause setzte sie hinzu: »Ich liebe Frauen.«

»Sei nicht traurig«, sagte Media.
»Nein, meine Liebe«, antwortete Virgil zerstreut.

»Tut mir leid, daß ich nach ihm gefragt habe«, sagte sie zerknirscht.
»Das ist es nicht«, behauptete er.
Der Schorf hatte ihn gewarnt: daß er irrelevant, überflüssig sei; daß er in der Geschichte des Calf Mountain keine Rolle mehr spiele. Der Schorf hatte ihn gewarnt; und da sich Flapping Eagle für den Way of K entschieden hatte, sah es aus, als hätte der Schorf recht gehabt.
»Wenn die Menschen im Ruhestand sind, werden sie manchmal depressiv«, sagte er zu Media.

46. Die bleichen Hexen

Niemand, der ihn leitete; keine Schwester zum Versorgen, kein Sham-Man zum Austreiben, keine Livia zum Befehlen, kein Deggle zum Dirigieren, kein Virgil zum Belehren. Er mußte wählen – welche von beiden? Oder beide? Und dann ihre Wahl abwarten. Und wissen, was er wollte.
Die bleichen Hexen weben ihren Zauber, binden ihn mit seidenen Banden.
Vielleicht war jede Wahl, sogar die schlechte, besser als diese quälenden, schwankenden Selbsterforschungen und inneren Debatten.
Ohne sich dessen bewußt zu sein, geriet Flapping Eagle in das natürliche Denkmuster seiner Adoptivstadt.
Die bleichen Hexen kreisten und lächelten.
»Ich weiß, ich bin Gast in seinem Haus«, sagte er. »Aber es ist auch das Ihre. Ich weiß, er ist freundlich und großzügig zu mir gewesen. Aber Sie waren es, die mich hierhergebracht hat. Ich erwarte nicht, daß Sie mich lieben; ich bin mir nicht

sicher, ob ich Sie liebe. Aber ich begehre Sie. Ich weiß, daß es leichter, bequemer wäre, wenn ich das nicht täte. Aber es ist eben so.«

Na also: Er hatte es getan.

»Ich liebe meinen Mann«, sagte Elfrida Gribbs mit Panik in der Stimme.

Nacht. Irina Tscherkassova lag schlaflos in ihrem Bett und dachte an den Blink. Eine Spinne krabbelte ungesehen an den Vorhängen über ihrem Kopf entlang, dem primitiven Himmel ihres uneleganten Himmelbetts. Vor den geschlossenen Fenstern hingen Fledermäuse von den Dachbalken.

Für sie war es der erste Blink, und der erste ist immer der schlimmste. Sie biß sich auf die Lippe und schmeckte das salzige Blut. Heute nacht brauchte sie Gesellschaft, und wenn es auch nur Alexandr war. Aber wie sollte sie zu ihm gehen, die stolze Irina, wie sollte sie nach dieser Ewigkeit getrennter Nächte in sein Schlafzimmer kriechen, wie sollte sie ihn angesichts ihrer früheren eiskalten Überheblichkeit um Wärme und Schutz bitten? Nein, nein, das konnte sie nicht. Nein. Doch. Doch. Sie konnte. Sie stieg aus dem Bett und hüllte sich fester in ihren Morgenmantel.

Als sie an seine Tür klopfte, kam keine Antwort. Offenbar schlief er; vermutlich erinnerte er sich nicht mal daran, daß es geschehen ist, der hohlköpfige Idiot. Sie öffnete die Tür.

Im selben Moment leckte Lee Kok Fook im House of the Rising Son Alexandr Tscherkassov das Ohrläppchen.

Sie wußte es natürlich; ja, sie hatte sogar vorausgesehen, daß er ganze Nächte in dem Bordell verbrachte. Nachdem sie ihn aus ihrem Bett verbannt hatte, wäre es naiv gewesen, etwas anderes zu erwarten. Außerdem war ein befriedigter Dummkopf einem frustrierten Ehemann, der auf seinen Rechten bestand, bei weitem vorzuziehen. Aber heute nacht tat es weh.

Heute nacht, da sie bereit gewesen war, zu ihm zu gehen, sich vor ihm zu erniedrigen, nur damit er bei ihr war. Für die Empfindsamen ist es höchst ärgerlich, von den Brutalen verletzt zu werden. Irina Tscherkassova kehrte in ihr eigenes, inzwischen kaltes Bett zurück, streckte sich aus, streichelte das halb entstandene Ding in ihrem Leib und erwog Masturbation. Als Flapping Eagles Gesicht vor ihrem inneren Auge auftauchte, verzichtete sie auf Selbsthilfe. Es war um so vieles schöner, Hilfe zu erhalten, und es wurde Zeit, daß sie sie erhielt. Ihr Entschluß tröstete sie, bis sie einschlief.

Nach ihrem einzigen Kuß leistete Elfrida Flapping Eagle mit einer so heftigen Leidenschaft Widerstand, daß er Hoffnung schöpfte. Des langen und breiten erklärte sie ihm, warum dies unmöglich sei, warum sie niemals wiederholen dürften, was sie getan hatten, und daß es vor allem nichts geben dürfe, was über diesen Punkt hinausging; aber sie sagte nie, der Kuß sei etwas anderes gewesen als reines Vergnügen. »Es ist nur wegen Ignatius«, sagte sie, und obwohl sie hastig hinzufügte, daß es ihre Liebe zu ihm sei, die den Antrag ihres Verehrers unannehmbar mache, gewann Flapping Eagle den deutlichen Eindruck, daß sie gemeint hatte – vielleicht nur für den Bruchteil einer Sekunde, vielleicht nur für die kurze Zeit, die es gedauert hatte, ihre Worte zu äußern –, daß ihr Ehemann ihnen im Wege sei.

Er begann damit, sie zu bitten, ihn auf langen Spaziergängen durch die Felder und Wiesen von K zu begleiten; und obwohl sie ihm nach jedem Spaziergang heftig versicherte, daß sie seine nächste Aufforderung abschlagen werde, tat sie es nie.

Am ersten Tag machten sie an einem Brunnen halt. Er wurde gemächlich von einem Ochsen am Ende eines langen Holzbalkens umkreist, der ein System von Rollen in Gang setzte, mit dem durch ein kontinuierliches Rad von Eimern Wasser aus dem Brunnen geschöpft wurde, Wasser zum Bewässern, das auf die Felder hinausgeleitet wurde. Elfrida, die das Tier betrachtete, sagte nachdenklich:

»Die Tiere sind die glücklichsten von uns.«

Flapping Eagle wartete. Im Vorbeigehen tätschelte sie die Flanke des Tiers und ergänzte: »Sie sterben.«

»Sie sind hier unglücklich«, stellte Flapping Eagle fest und wußte, daß er recht hatte.

»Unsinn!« gab Elfrida energisch zurück. »Ich bin absolut glücklich.« Und zum erstenmal fiel ihr auf, daß diese Worte hohl und unaufrichtig klangen. Unvermittelt wandte sie sich ab und entfernte sich von dem Brunnen. »Ich werde jetzt nach Hause gehen«, sagte sie, als sei die Rückkehr zu einer vertrauten Umgebung zugleich eine Rückkehr zu vertrauten Gefühlen.

Die bleichen Hexen weben ihren Zauber, binden ihn mit seidenen Banden, kreisen, kreisen, Motten, um seine Kerze.

Der Krocketrasen war alles andere als eben, und die Kugeln waren weit davon entfernt, rund zu sein, doch Irina spielte mit der Konzentration eines Profis. Flapping Eagle fand es schwierig, sich zu konzentrieren, schaffte es aber, sich nicht zu blamieren.

»Sie lernen schnell«, sagte sie. »Es muß der Sadist in Ihnen sein, der jetzt die Macht gewinnt.«

»Ich bin bei weitem nicht so gut wie Sie«, beteuerte er.

»Übung macht den Meister.« Ihr gelang ein langer Schlag.

»Sie werden die Kugel niemals treffen«, sagte Flapping Eagle. »Der Rasen ist zu uneben.«

Sie traf sie.

»Man muß nur die Neigung in Rechnung ziehen«, erklärte sie. »Ich habe einen unfairen Vorteil vor Ihnen: Ich kenne jeden Zoll dieses Bodens.«

Sie beförderte seine Kugel in die Büsche.

»Du liebe Zeit!« sagte sie mit unverblümter Heuchelei, »jetzt hab' ich Ihre Kugel verloren.«
Er ging sie suchen, und während er in dem dichten Gebüsch herumstocherte, das den unteren Teil des Tscherkassov-Gartens beherrschte, hörte er plötzlich ein Rascheln hinter sich. Als er sich umdrehte, entdeckte er Irina, die sich gerade ihres Kleides entledigte.
»Ich möchte vermeiden, daß ich irgendwo hängenbleibe und den Stoff zerreiße«, sagte sie. »Ohne Kleidung ist es besser.«
»Sind Sie sicher, daß Sie wissen, was Sie tun, Irina?« erkundigte er sich.
»Ich helfe Ihnen, die Kugel zu suchen«, behauptete sie. »Allein scheinen Sie's ja nicht zu schaffen.«
Trotz Flapping Eagles vorausgegangener Bedenken erwies sich ihr Liebesspiel als tröstlich für beide.
Norbert Page, im Schuppen am anderen Ende des Gartens, glaubte einen Aufschrei zu hören. Er ging hinaus, um nachzusehen, konnte aber nichts entdecken.

Bei ihrem nächsten Spaziergang erlaubte Elfrida ihm, ihre Hand zu halten. Beim darauffolgenden ließ sie sich von ihm küssen. Und beim dritten gestattete sie ihm – und sich selbst – inmitten laut summender Bienen einen zweiten Kuß. Weiter wollte sie vorerst noch nicht gehen; schließlich aber ließ sie sich von ihm liebkosen, wobei seine Hände sie zunächst durch ihre Kleidung hindurch streichelten, um sich anschließend darunter zu stehlen und sie zu schier unerträglichen Höhen des Begehrens zu führen.
Dann aber gebot sie ihm Einhalt, womit sie ihn zur Verzweiflung brachte.
»Was soll das, jetzt aufzuhören?« rief er erregt. »Sie sind doch längst schon untreu genug gewesen ... Warum wollen Sie's nicht wenigstens ganz genießen?«

»Wie Sie sagten«, gab sie unglücklich zurück, »ich bin untreu genug gewesen.«

Sie wollte ihn nicht zur Weißglut bringen; sie war genauso frustriert wie er. Aber den letzten Schritt wollte sie nicht tun, den letzten Treuebruch nicht begehen. Irgend etwas, das stärker als Elfrida war, verhinderte das. Und Flapping Eagle wollte nicht glauben, daß es Moral sein konnte.

»Ich liebe *ihn*, ich liebe *ihn*, ich liebe *ihn*«, wiederholte sie immer wieder durch zusammengebissene Zähne.

»Nein, tun Sie nicht«, widersprach Flapping Eagle. »Sie waren aneinander gewöhnt. Sie haben ihn nie attraktiv gefunden. Und Sie lieben ihn nicht.«

»Tu ich doch«, weinte sie. »Ich weiß, daß ich ihn liebe!«

Dann sah er zu, wie ihre Selbstbeherrschung zurückkehrte und ihre Tränen in den Augenwinkeln trockneten.

Die Schaukel, Elfrida auf ihr, Irina beobachtend. Es gibt Momente, dachte Flapping Eagle, da könnten sie eineiige Zwillinge sein. So gleich, so ungleich.

Irina Tscherkassova, der es so leichtfiel, zu verachten, stellte fest, daß sie Elfrida verachtete. Diese törichte, ewig kichernde Frau. Elfrida Gribbs dagegen spürte das Aufkeimen einer weit stärkeren Emotion: Eifersucht.

Durch ihre Schleier lächelten sie einander zu.

Es war am Abend des großen Balls in ihrem Elternhaus, und Irina weigerte sich zu weinen. Unten: die Musik und die betreßten Kavaliere; oben: sie, mit trockenen Augen, fieberte. Krank zu werden, ausgerechnet an diesem einzigartigen Abend, in diesem einzigartigen Jahr, da sie aufgeblüht, aus ihrem Kindheitskokon geschlüpft war und stundenlang vor dem Spiegel gestanden hatte, splitternackt, mit einem Buch auf dem Kopf, eingezogenem Bauch und herausgestreckter Brust. Dieses Jahr hätte es kein Tätscheln der Wange gegeben, kein herablassendes, bemüht erwachsenes Geplauder, keine nachsichtige Belustigung, wenn sie auf Befehl ihrer Mutter vor Mitternacht auf ihr Zimmer verschwand. Dieses Jahr hätte sie bis zum Morgengrauen und darüber hinaus getanzt und zum Frühstück mit irgendeinem jungen Verehrer unter den Weiden am Fluß gepicknickt … Sie dachte an die dicke, pickelige Mascha unten, die vor Triumph glühte, die häßliche Schwester, die zur Ballkönigin wurde und auf dem Tanzboden mit gelangweilten jungen Männern herumwirbelte, während die sich fragten, wo denn die hübsche Irina sei, und der Zorn ließ ihre Tränen versiegen.

»Darf ich hereinkommen?«

Pataschin. Grigor Pataschin. *Éminence grise* im Salon ihrer Mutter. Ein großer Mann, der seine sicherlich fast siebzig Jahre mühelos auf seinen breiten Schultern trug, so quadratisch, daß er kaum einen Hals hatte. Pataschin mit der Warze auf der Nasenspitze und der Stimme wie knirschender Kies. Pataschin, der mit zunehmendem Alter immer berüchtigter wurde.

»Komm rein.«

»Irina Nataljewna«, sagte er und zog beim Eintreten seine schlecht sitzende Hose hoch. »Ohne dich ist dieser Abend nichts wert.«

»Setz dich, Grigor«, sagte sie und tätschelte ihr Bett. Die Anrede »Onkel«, mit der sie ihn ihr ganzes Leben lang betitelt hatte, ließ sie absichtlich fort. »Setz dich und erzähl mir alles. Ist Mascha heute abend sehr schön?«

»Kann Mascha überhaupt jemals schön sein? Das ist noch die Frage«, antwortete Pataschin und zwinkerte ihr zu.

»Du alter Bär«, sagte Irina, »du bist ein Meister der Höflichkeit.«

»Und du, Irina«, gab er zurück, während er ihr Kinn sanft mit der Hand anhob, »bist viel zu klug und zu beherrscht für dein Alter. Wenn ich dir in die Augen sehe, erkenne ich Wissen. Wenn ich mir deinen Körper ansehe, erkenne ich freudige

Erwartung. Du mußt lernen, gewisse Dinge zu verbergen, weniger weltläufiges Wissen in deinen Augen lesen zu lassen, und mehr davon in deinem Körper.«

»Und dann als alte Jungfer sterben«, sagte Irina lachend. »Ich bin eben so, wie ich bin.«

»Ja«, sinnierte Pataschin. Seine Hand lag immer noch an ihrem Kinn; jetzt legte er sie an ihre Wange. Sie schmiegte sich hinein. Die Hand war kalt.

»Sie würden dich nicht vermissen«, flüsterte sie. »Jedenfalls eine Weile nicht.«

Pataschin lachte laut auf. »Keine Chance, ich werde dich nicht verführen, Irina Nataljewna«, sagte er. »Wenn du einen Mann willst, mußt du dich vergewissern. Wenn nicht ...« Er schnitt eine Grimasse.

»Schließ die Tür ab«, befahl sie ihm.

Zusehen, wie ein großer, schwerer Mann sich auszieht, ist ein deprimierendes Erlebnis; mit dem Vatermörder und der Weste, die er sorgfältig über einen Stuhl faltete, legte Pataschin auch die Würde ab. Dann stand er, weiße Haare auf der Brust, vor ihr und grinste lüstern. Sie schloß die Augen und flehte darum, niemals alt werden zu müssen.

»Ich hoffe, es hat nicht weh getan«, sagte er später.

»Nein«, antwortete sie leichthin. »Einer der Vorteile beim Reiten.«

»Ich muß gehen«, erklärte er nervös, und sie beobachtete, wie er mit den Kleidern auch das Format zurückerlangte. Als er seine Haare glattstrich und sich den Bart kämmte, sagte sie: »Vergewaltigt von einem Genie. Welch ein Beginn!«

Als er hinausging, sagte Grigor Pataschin: »Ich frage mich, wer hier vergewaltigt wurde.«

Jener Abend mit Grigor Pataschin erfüllte Irina mit einem immer stärkeren Haß auf das Alter; und führte sie direkt in die Arme des jungen, schönen, dummen, jungen Alexandr

Tscherkassov. So konnte sie Pataschin die Schuld am trostlosen Schicksal ihrer Kinder zuschieben. Sie hatte sein genaues Gegenteil geheiratet, und das war seine Schuld. Andererseits fand sich ein Teil ihrer Gefühle für Mascha auch in ihrer gegenwärtigen Haltung Elfrida gegenüber wieder. Bis auf eines: Elfrida Gribbs war schön.

Und eines noch, über Grigor Pataschin: Er hatte eine Leidenschaft für das Verbotene in ihr geweckt, denn das Verbotene erinnerte sie an jenen Abend, und jung sein war daher ...

Flapping Eagle war eindeutig verboten.

Elfrida Edge, so hieß sie damals. Mrs. Edges Töchterchen. Die liebe Elfrida, ein so entzückendes Mädchen. Ihr Vater ist vom Dach gesprungen, wissen Sie, und sie hat ihn fallen sehen, an ihrem Schlafzimmerfenster vorbei, aber sie hat gedacht, es sei eine Schornsteinhaube. So ausgeglichen, hat ihr überhaupt nicht geschadet. Zum Glück natürlich ziemlich reich, stinkreich, so was kommt von Vorfahren mit Rinderzucht *down under* und weltberühmten Briefmarkensammlungen. *Little penny black* wurde sie genannt, weiß wie ein Bettlaken; verrückt, aber Geld beruhigt, nicht wahr? So beherrscht und selbstsicher, die kleine Miß Schneeflocke, nicht mal Butter würde schmelzen, man will ja nicht ungerecht sein, aber kleine, neunjährige Mädchen sollten öfter *weinen*. Nein, Mrs. Edge wohnt hier nicht mehr, die ist irgendwo im Ausland, läßt sich von Eingeborenen bedienen, und warum auch nicht, sie sieht immer noch gut aus, hier in der Nachbarschaft werden Sie kein Wort gegen lustige Witwen hören. Nicht, seit Elfrida herangewachsen ist, ein solcher Schatz, hilft den Alten, spielt bei Jungverheirateten den Babysitter, liest sehr viel, näht sehr viel, kocht sehr viel, aber junge Damen von achtzehn Jahren sollten öfter *ausgehen.*

Elfrida Edge
Spielt unter der Hecke
Mit sich selbst
Oder mit Reggie.

»Ach bitte, Elfrida, geh doch mit mir spazieren!«
»Nein, lieber nicht. Vielen Dank.«
»Ich werde dir auch meinen Dingdong zeigen.«
»Ich interessiere mich nicht für deinen Dingdong.«
»Aber du hast ja noch nie einen gesehen.«
»Hab' ich wohl.«
»Na ja, deine Mutter, die hat bestimmt schon einen gesehen. Schwarze, braune, gelbe und blaue von diesen Arabern, die sich bemalen.«
»Laß meine Mama aus dem Spiel.«
»Was für die gut genug ist, ist auch für dich gut genug.«
»Reggie Smith, du hast die schmutzigste Ausdrucksweise der ganzen Schule.«
»Und du die saubersten Höschen.«

... der große, schmutzige Mann mit dem fußlangen Schwanz und ein Künstler obendrein lebte mit Bohème-Typen an der Küste und war also vermutlich sehr gut im Bett mit ihr und grunzend also sagte sie warum nicht man weiß nie was man verpaßt bis man's versucht also sagte er okay Puppe und schraubte ihn heraus und in dem Loch wo sein Schwanz gewesen war war ein Gewinde und er schraubte ihn in das ihre das auch ein Gewinde hatte und als sie erwachte empfand sie Enttäuschung während das Bett völlig durchgeschwitzt war ...

Nur weil
Mutter es tut
Muß ich es nicht auch tun.

Nur weil Daddy es tat
Muß ich es nicht auch wollen.
(E. E., 16 Jahre)

Als Ignatius Gribbs ihr einen Studienplatz verweigerte, wußte sie, daß dies das Ende der Fahnenstange war. Wenn sie nicht an diesem College zugelassen wurde, konnte sie überhaupt nicht aufs College gehen, und damit basta. Lernbegierige, freudlose Elfrida, an diesem Punkt endet die Ausbildung. In seinem Brief hatte er geschrieben: »... wenn Sie dies als hart empfinden, darf ich vielleicht versuchen, Ihren Kummer ein wenig zu lindern, indem ich Ihnen sage, wie bezaubernd und präsentabel ich Sie fand, und hinzusetzen, daß ich Ihnen, sollte es Ihnen nicht gelingen, einen Studienplatz an einer Universität zu erlangen, mit Freuden den Posten einer Sekretärin in meinem Büro anbieten würde. Bitte denken Sie ernsthaft darüber nach.«

Sie waren zwei verlorene Menschen, die Unerfüllten dieser Welt. Es war unvermeidlich, daß sie heirateten. Mit ihr als Ehefrau, deren Schönheit den öden Campus blendete, wurde er ein bißchen weniger zur Zielscheibe des Spottes. Mit ihm als Ehemann vermochte sie sich als klug zu sehen – falls sie es über sich brachte, an ihn zu glauben. Sie kannten beide ihre Grenzen und beschützten einander vor den scharfen Pfeilen, dem Hohn und dem Spott der Außenwelt. Daher war Calf Island für sie eine beseeligende Offenbarung; hier fand er seine Selbstachtung, während sie ihre Liebe pflegen konnte. Ignatius, nach dem dunklen Heiligen benannt, war ihr Mittelpunkt und ihre Liebe. Liebe, das war alles; einen anderen zu lieben, das war es.

Der Sand der Zeit
Häuft sich zu neuen
Anfängen.

Elfrida und Irina, beide in ihrer Jugend geschädigt. Die eine versuchte sie zurückzuholen, indem sie die Naive spielte, die andere, indem sie sich in bösen Gedanken – und manchmal Taten – erging. Gleich und dennoch ungleich. So gleich und so ungleich wie Axona und K.

Mehrere Tage lang hatte er nur für den Augenblick gelebt, hatte die Ereignisse ihren Lauf nehmen lassen, war dem Diktat dieser oder jener unkontrollierten Emotionen gefolgt und hatte in ihren Fängen jeden Gedanken an Grimus, Bird-Dog und Virgil von sich gewiesen. Das heißt, bis zu dem Tag, da ...
Den Augenblick leben, ein seltsam adäquater Ausdruck. Später sollte er sich daran erinnern, daß Virgil gesagt hatte: »Im Leben gibt es immer einen Höhepunkt. Einen Augenblick, der allem einen Sinn gibt.«
Für Flapping Eagle kam dieser Augenblick, als er zum siebtenmal mit Irina Tscherkassova schlief.
Sie lagen zum erstenmal in ihrem Bett. Tscherkassov war wieder mal im Rising Son, und Irina hatte die Gelegenheit genutzt, um es ihnen bequem zu machen. Eine einzige Kerze spendete im Zimmer Licht. Irina war begehrlich, verlangte, als absoluter Souverän anerkannt zu werden; und Flapping Eagle war genau in der richtigen Stimmung, ihr diesen Wunsch zu erfüllen. Es war eine gewalttätige, wilde Liebe, die sie in dieser Nacht erlebten, das Tier mit den zwei Rücken; und mitten in diesem Kampf hatte Flapping Eagle eine Vision.
Ihr Gesicht im Kerzenschimmer, Elfridas Gesicht, elfenbeinbleich; ihr Körper, sich windend, Elfridas Körper; ihr Stöhnen, Elfridas Stöhnen. Es war, als wären die beiden Frauen für diesen Sekundenbruchteil eins geworden, vereint durch das Band seiner Liebe. Dann verblaßte die Vision, ihre Wahrheit jedoch blieb; und als sie aufhörten, sich zu lieben, lag Flapping Eagle im sanftgelben Licht und staunte über das neue Wunder.

Denn es war ja so: In Irinas entfesselter Lust suchte er Elfridas Eleganz, ja, sogar die Sprödigkeit, jene Heiligmäßigkeit, die ihre Schönheit über jene der Gräfin erhob; zugleich aber wünschte er sich, Irinas Sinnenfreudigkeit möge ein wenig auf Elfridas selbstlose Moralität abfärben. Sie waren Gegensätze und doch gleich, Elfrida so naiv und unschuldig, wie Irina es nicht war, Irina so frei, wie Elfrida gefangen war. Auch in der Beziehung zu ihren Ehemännern waren sie krasse Gegensätze. Das vereinigende Band war Flapping Eagle. Während Elfrida ihn liebte, diese Liebe aber nicht vollziehen wollte, begehrte Irina ihn und lebte ihre Wollust aus. Einzeln war keine von beiden perfekt; durch ihn erreichten sie beide Perfektion. Ihre Gesichter, ihre Körper, ja sogar ihre Seelen deckten sich und wurden vor seinen Augen eins. Irina zu lieben bedeutete Elfridas Hemmungen zu beheben; Elfridas Wange zu küssen bedeutete Irinas Wollust zu lösen. Elfrina, Irida, Elfrida, Irina. Umgekehrt aber machten auch sie ihn erst perfekt. Er lag in Irinas Bett, in der Mitte zwischen der Liebe zur Unschuld und der Lust auf neue Erfahrungen, zwischen Verweigerung und Vollzug, stand auf jenem Höhepunkt, von dem aus es nur eine einzige Richtung gab: nach unten. Elfrina Eagle. Das Dreieck bestand nicht aus drei Punkten, sondern war eins.

Dann war der Augenblick auf ewig verloren, denn in seiner Träumerei äußerte er einen Namen.

»Elfrina«, sagte er.

Irina Tscherkassova erstarrte neben ihm. Sie hatte *Elfrida* verstanden.

»Hinaus!« befahl sie.

Als Flapping Eagle aus seinen Träumen auftauchte und ins Kerzenlicht zurückkehrte, stellte er fest, daß seine neu gefundene Perfektion in Trümmern lag.

»Hinaus!« wiederholte Irina Tscherkassova.

Der Augenblick der Perfektion hatte zu seiner Vernichtung geführt.

Es war nach Mitternacht, als Flapping Eagle sich in die Villa der Gribbs zurückschlich, aber Elfrida Gribbs saß blaß und hohlwangig im vorderen Zimmer, während der Schein einer einzigen Kerze wie ein Echo des Schlafzimmers wirkte, das er soeben verlassen hatte.
»Guten Abend, Flapping Eagle«, sagte sie.
Er schüttelte wortlos den Kopf und setzte sich ihr gegenüber in einen Sessel.
»Irina?« fragte sie, obwohl sie die Antwort kannte.
»Was kann man anderes erwarten?« gab er zurück und hörte selbst, daß seine Worte die Erinnerung an seine Vision herabsetzten.
»Ignatius schläft so tief, wie sonst kein Mensch auf dieser Welt«, sagte sie verbittert. »Also könnten Sie gleich hier und jetzt mit mir schlafen.«
»Das ist nicht Ihr Ernst!« sagte er.
»Verdammt noch mal, nun schlafen Sie schon endlich mit mir«, sagte sie.
Aber wieder geschah dasselbe; unter seinen Händen, erfüllt von Begehren nach ihm, erstarrte sie.
»Es tut mir leid«, sagte sie, »das Fleisch ist offenbar schwach.«
»Oder stark«, widersprach Flapping Eagle leise.

Graf Alexandr Tscherkassov, Gräfin Irina Tscherkassova, Alexej Tscherkassov und Norbert Page nahmen im Salon gemeinsam den Tee. Obwohl es eigentlich nicht sehr heiß war, fächelte Irina sich eher hektisch Luft zu.
»Ma-ma«, sagte Alexej vergnügt.
»Mama ist hier, Alexej«, versicherte Irina. »Mama ist immer hier.«
»Irina«, sagte Tscherkassov, »du bist eine überaus starke Frau.«
»Ja«, sagte sie. »Ja, das bin ich. Ich weiß, wie ich mich selbst verleugnen muß. Und wann.«

Mr. Page entgingen all diese Untertöne; er fand sie beide wundervoll.
»Es ist eine große Gnade«, sagte er unsicher, weil er meinte, er müsse seinen Teil zur Konversation beitragen. »Eine große Gnade. Zu wissen, wann man aufhören muß.«

Ein einziges Wort hatte die Chance vereitelt. Er hätte Elfrida ihren Frieden zurückgeben und sich mit ihrer Seele begnügen können. Er hätte Irina die Freundschaft geben können, die ihr fehlte, und nie darüber nachdenken müssen, wer ihre eigentliche Zuneigung genoß. Elfrina Eagle wären sie gewesen, und das hätte bis in alle Ewigkeit dauern können. Statt dessen waren sie plötzlich wieder drei Spitzen und nicht mehr eine einzige, dreieckige. Ein einziges Wort, das den Lauf der Geschichte änderte.

Das Bauernhaus stand am Straßenrand. Es war langgestreckt, niedrig und weiß. Erschrocken erinnerte sich Flapping Eagle: Hier war er bei seiner Ankunft in K über das Gartentor gesprungen und hatte durchs Fenster auf das granitharte Gesicht gestarrt; hier war er daran erinnert worden, daß er ein Paria war. Jetzt war er anders; jetzt gehörte er zu dem Ort, zu dem auch dieses Bauernhaus gehörte, und deswegen gehörte er auch zu diesem Bauernhaus. Jedenfalls heute.
Elfrida Gribbs war bei ihm; so weit waren sie noch nie gewandert, doch keiner von beiden hatte auf die Entfernung geachtet, während sie in versunkenem Schweigen dahinschritten. Jetzt erzählte Flapping Eagle die Geschichte des granitharten Bauern mit dem Gesicht voller Furchen und den Basiliskenaugen.
»Wie ein Mann, der hundert Geheimnisse kennt und nicht ein einziges davon preisgibt«, sagte er. Elfrida lächelte dünn. Ihre Gedanken weilten anderswo.
»Das gleiche gilt für jeden, den ich in K kennengelernt habe«,

sagte Flapping Eagle. »Ich würde nicht sagen, daß sie ihre Geheimnisse für sich behalten – sie tun einfach so, als hätten sie sie niemals gekannt. Zu vieles bleibt ungesagt. Viel zu vieles.«
Ohne ihn anzusehen, antwortete Elfrida:
»Ja. Das glaube ich auch.«

»Freut mich, Sie an Bord zu haben, Flapping Eagle«, sagte Ignatius Gribbs an jenem Abend. »Sie sind wahrhaftig gut für Elfrida. Leider bin ich tagsüber wohl eher ein Einsiedler. Es muß schwierig für sie sein, den Tag auszufüllen – nicht wahr, Liebling?«
Elfrida zwang sich zu einem Lächeln.
Ignatius Gribbs beugte sich vertraulich zu Flapping Eagle hinüber.
»Bis Sie hier aufgetaucht sind, alter Knabe, hätte sie nicht gewußt, was sie ohne mich tun soll.«
»Also wirklich, Ignatius …«, sagte Elfrida, aber Gribbs winkte fröhlich und zufrieden ab.
»Was wirklich nur richtig ist«, fuhr er fort. »Denn ich wüßte nicht, was ich ohne sie tun sollte.«
»Eine glückliche Ehe ist etwas Wunderbares«, stellte Flapping Eagle fest und kam sich vor wie ein gargantuesker Bastard.
Elfrida Gribbs verließ das Zimmer.

»Ein Blick, und ich wußte Bescheid«, sagte Irina. »Er übt einen schlechten Einfluß auf die arme, naive Elfrida aus. Man braucht ihn einfach nur anzusehen.«
»Äußere Dinge können täuschen«, wandte Alexandr Tscherkassov ein.
»Ich bin sicher, daß da etwas ist, zwischen den beiden«, beharrte Irina. »Ich finde, du solltest mit Ignatius ein Wörtchen reden.«
»Aber wozu denn?«

»Na ja, um ihn zu warnen, natürlich. Um ihn vor seinem Hausgast zu warnen.«
»Ich glaube nicht, daß man ...«
»Wenn du es nicht tust, werde ich's tun«, fuhr sie ihn an.
»Ich mache dir einen Vorschlag«, sagte Alexandr Tscherkassov besorgt. »Ich werde mit Flapping Eagle sprechen. Ihm den Kopf zurechtsetzen. Du weißt schon.«
»Ach, du dummer, du wirklich dummer Mann!« sagte Irina Tscherkassova zornig.
Die Ereignisse waren jedoch schneller als ihr Zorn.

Obwohl das alles vorüber ist, berichtete Flapping Eagle dem Spiegel, und trotz der tragischen Ereignisse und der schwarzen Schrecknisse, die möglicherweise noch kommen werden, war es ein unvergleichlicher Augenblick, ein Augenblick der Klarheit, ein Augenblick des Lichts.

»Nein«, sagte Elfrida Gribbs, »mir ist heute morgen nicht nach einem Spaziergang zumute. Gehen Sie nur allein. Ich muß hier einiges erledigen.«
Als er sie verließ, ruhte sie, von leiser Musik umspielt, auf ihrer Chaiselongue.

47. Tod

Als der Tod nach Calf Island kam, kam er als Antiklimax, ohne Vorwarnung, auf leisen Sohlen; ja, er war sogar eher ein Beginn als ein Ende. Er kam ganz natürlich, als sei er die ganze Zeit dagewesen und habe lediglich beschlossen, nun seine Anwesenheit kundzutun; die Bestürzung jedoch, die er auslö-

ste, war durch die Natur seines Kommens um kein bißchen geringer.
Als Flapping Eagle von seinem Spaziergang zurückkehrte, fand er eine kleine Menschenmenge vor dem Haus der Gribbs. Norbert Page war da und Quartiermeister Moonshy. Irina Tscherkassova stand an der Haustür, als sei sie im Augenblick des Eintretens mumifiziert worden. Automatisch trat sie beiseite, um ihn durchzulassen. Niemand beantwortete seine Fragen.
Graf Alexandr Tscherkassov saß transpirierend auf der Chaiselongue; er hatte Elfridas Petit-Point-Stickerei aufgehoben und spielte geistesabwesend damit herum.
»Was ist passiert?« erkundigte sich Flapping Eagle.
»Wir hörten einen Schrei«, sagte der Graf. »Einen langgezogenen Schrei.« Flapping Eagle schaute sich in dem stillen, leeren Zimmer um.
»WAS IST PASSIERT?« schrie er laut. »Wo ist Elfrida?«
Tscherkassov nickte zum Herrenzimmer hinüber. »Einen langgezogenen Schrei«, wiederholte er.
Flapping Eagle stürzte auf die geschlossene Tür zu und ins Herrenzimmer hinein. In der Stille glaubte er in den Winkeln seines Kopfes ein Pfeifen zu hören.

Da die Läden vor dem Fenster geschlossen waren, kam nur das Licht ins Zimmer, das hereinfiel, als Flapping Eagle die Tür öffnete und eintrat. Da war Ignatius Gribbs' Schreibtisch, übersät mit Akten und Papieren, Federhaltern und selbstgemachter Tinte. Da waren seine Bücher, auf der Schreibtischplatte verteilt, auf Sessel und Fußboden, auf überquellenden Regalen und Vorsprüngen. Die Unordnung allein war in diesem Haus ein Schandfleck für die Augen.
Das Bett stand unmittelbar am Fenster. Dort lag ausgestreckt eine Gestalt, still, tot, verschattet, im Dämmerlicht der geschlossenen Läden. Eine weitere Gestalt stand neben dem

Bett, still, lebendig, ebenfalls verschattet. Auf einem Tisch neben dem Bett stand eine erloschene Kerze.
Die Gestalt auf dem Bett war der kleine, verkrümmte Leichnam von Ignatius Quasimodo Gribbs, ehemals Professor der Philosophie, Fanatiker und Weiser.
Die stehende Gestalt war seine frisch verwitwete Ehefrau Elfrida Gribbs, ehemals Elfrida Edge, die ihren abstürzenden Vater für eine Schonsteinhaube gehalten hatte.
»Ich habe ihn getötet«, sagte sie. »Ich war's.«

Frida Gribbs
Frida Gribbs
Brachte ihren Gatten um,
Und das ist kein Witz.

Flapping Eagle zog die Tür hinter sich ins Schloß. Es wurde dunkel im Zimmer; er trat ans Bett. Auf Ignatius Gribbs' Lidern lagen alte Münzen.
»Seine Augen standen offen«, erklärte Elfrida. »Ich mußte ihm die Augen schließen.«
Er packte sie an den Schultern. »Sehen Sie mich an«, sagte er. Sie ließ weiterhin den Kopf hängen. »Elfrida!« sagte er scharf; nun hob sie ihn langsam.
»Ein Geheimnis weniger«, sagte sie. »Ich liebe Sie.«
Er betrachtete Ignatius Gribbs' Leichnam. Er trug – makellos – Seidenhemd, Krawatte, Hausjacke, eine eher unpassende, sehr alte Cordhose und Filzpantoffeln. Die Lippen waren geschürzt, der Mund stand ein wenig offen, wie bei einem Fisch.
»Unehrenhafter Tod«, sagte Elfrida. »Er hat nicht einfach nur sein Leben verloren.«
»Ich sehe keine Wunden an seinem Körper«, stellte Flapping Eagle fest. »Keine Spuren.«
»An seinem Körper nicht«, entgegnete sie dumpf. »Im Kopf

habe ich ihn getötet. Ich mußte ihm die Augen schließen. Nachdem ich sie ihm geöffnet hatte.«
Sie brach zusammen; die eisige Selbstbeherrschung ließ nach; die Tränen flossen. Sie klammerte sich an Flapping Eagle. »Ich liebe dich«, sagte sie. »Ich liebe dich, ich liebe dich, ich liebe dich.«
»Sie haben es ihm gesagt, nicht wahr?« fragte Flapping Eagle, der zu verstehen begann.
»Ja«, antwortete sie flüsternd. »Ich habe ihn getötet.«

Es war nicht schwer, zu rekonstruieren, was geschehen war. Elfrida, von Eifersucht geplagt, hatte den Schritt gewagt, gegen den sie so lange Zeit so widerstrebend, aber erfolgreich angekämpft hatte. Da sie aber Elfrida war, mußte dieser Schritt so endgültig, so unwiderruflich sein wie ihre vorhergehende Hingabe an Ignatius. Deswegen hatte sie sich geweigert, Flapping Eagle auf seinem Spaziergang zu begleiten, und, während er aus dem Weg war, ihren Ehemann in seinem Zimmer konfrontiert und ihm erklärt, daß sie ihn nicht mehr liebe. Mit Virgils Worten, sie hatte ihre Obsession von Ignatius auf Flapping Eagle übertragen. Der dachte: Nun ratet mal, auf wen die Schuld daran zurückfällt.
Es hatte Ignatius wie ein Blitzschlag gelähmt. Selbst weit entfernt von Calf Island wäre er wohl daran zerbrochen. Diese beiden, die aufgrund ihrer gegenseitigen Abhängigkeit überlebt, die einander vor den Wunden und Verleumdungen der Welt beschützt hatten, zwei leicht verletzliche Menschen, die sich, um sicher zu sein, in ein Ehebett verkrochen hatten. Ihre Liebe war das einzige Fundament für seine arrogante, selbstsichere Haltung gewesen. Die Liebe einer schönen Frau kann für einen verkrüppelten Mann sehr leicht eine solche Stütze sein. Er hatte von ihrer Kraft und Courage gezehrt, die es ihm ermöglichten, nicht nur seine Theorien und Meinungen zu formulieren und aufrechtzuerhalten, sondern seine gesamte

Persönlichkeit. Sie war seine Seelenruhe, seine übertragbare Krücke, seine perfekte Ergänzung, und nun hatte sie sich von ihm zurückgezogen. Männer hatten sich schon aus weniger triftigen Gründen umgebracht.
Dies aber war Calf Mountain, und im Feld des Grimus-Effekts war Selbstmord überflüssig geworden. Flapping Eagle konnte das zerstörte Hirn in dem bemünzten Kopf fast vor sich sehen. Weil Elfrida mit ihren Worten weit mehr angerichtet hatte, als Ignatius zu verletzen. Die beiden hatten den unbewußten, tief eingewachsenen Verteidigungsmechanismus durchbrochen, die mentale Barriere, die er für nahezu jedes Mitglied der Gesellschaft von K geschaffen hatte. Mit ihrem Rückzug hatte Elfrida den Eckpfeiler der Rolle entfernt, die er errichtet hatte; und so war im selben Moment, da alles, was so sicher gewirkt hatte, in einen fließenden Zustand zurückgeführt wurde, das Fieber der Inneren Dimensionen über ihn hereingebrochen.
Was muß er empfunden haben, fragte sich Flapping Eagle, in jener Sekunde, da er spürte, daß diese innere Vielfältigkeit über ihn herfiel, weich und unvorbereitet, wie er war, und hinter diesen zerbrochenen Wehren unfähig, sie unter Kontrolle zu bringen? Wie muß es gewesen sein, von exakt jener Kraft besessen und vernichtet zu werden, die zu verleugnen er zu seinem wichtigsten Beitrag zum Leben der Stadt gemacht hatte? Unehrenhafter Tod, in der Tat.
Und was ist mit K selbst, K, das sich auf Gribbs' Theorien verließ, auf seine Technik des Hauptinteresses und auf seine Beschäftigung mit dem Hier-und-jetzt-Leben? Ignatius' Tod hatte gezeigt, daß es ein Etwas gab, daß eine unsichtbare Kraft auf sie einwirkte, die ihren Erzfeind mit erschreckender Schnelligkeit vernichtet hatte. Konnten sie angesichts seines Todes immer noch ihren Geist verschlossen halten? Nun, wenigstens einige würden das nicht weiterhin tun können, davon war Flapping Eagle überzeugt.

Schuldbewußtsein erfaßte ihn wie eine weiche, dunkle Lawine und zerstörte den Bann des bleichen Zaubers, den Irina und Elfrida gewoben hatten. Er geißelte sich grausamer, als O'Toole es jemals geschafft hätte. Er, der sich dem Way of K so willig unterworfen, sich der Illusion der Beständigkeit hingegeben und seine eigene Erfahrung für eine Heimat und eine Dreiecksliebe aufgegeben hatte! Er, der den Mann verachtet hatte, der ihm die wahre Natur der Insel gezeigt und ihm zu überleben geholfen hatte. Waren denn gesellschaftliche Akzeptanz und die Gesellschaft der beiden schönen Frauen den Schaden wert, den er angerichtet hatte? Offenbar nicht; und sogar das war nun verloren. Von Irina verstoßen und angesichts einer völlig veränderten Elfrida schwebte er selbst vermutlich auch in Lebensgefahr. Er zuckte die Achseln. Er brachte es nicht fertig, sein eigenes Leben so hoch anzusetzen, nicht jetzt, da seine Fähigkeit, die Menschen in seiner Umgebung in Katastrophen zu stürzen, einen neuen Höhepunkt erreicht hatte. Selbstsüchtig, hatte Jocasta gesagt. Das war die Untertreibung aller Zeiten.

»Ich werde für dich sorgen«, versicherte Elfrida. »Das verspreche ich dir. Ich werde immer für dich sorgen. Wenn du auch für mich sorgen wirst.«

»Elfrida ...«, sagte er hilflos, doch seine Stimme verklang in Schweigen; ihm wollte nichts zu sagen einfallen.

»Ich liebe dich, verstehst du?« fuhr sie fort. »Du brauchst keine andere mehr. Das stimmt doch – oder?«

Licht fiel ins Zimmer. Graf Alexandr Tscherkassov stand in der Tür. Seine Lippen kräuselten sich vor Abscheu, übertönten das Entsetzen in seinen Augen.

»Es war kein Mord«, sagte Flapping Eagle. »Sie hat ihn nicht ermordet. Es hat keinerlei Gewalttätigkeit gegeben.«

»Ach ja, wirklich?« sagte Tscherkassov und verließ das Haus.

Elfrida Gribbs klammerte sich an Flapping Eagle, als hin-

ge ihr Leben von ihm ab. Was ja in gewissem Sinne auch zutraf.
Er hielt sie umfangen, und so blieben sie lange neben dem Leichnam des Way of K stehen.

48. Beisetzungen

Vier Gräber, leere Wächter am Waldesrand, frisch geschaufelte Gruben in Walhall, befanden sich genau an der Stelle, wo Flapping Eagle und Virgil Jones eine emotionale Ewigkeit zuvor auf die Ebene hinausgeblickt hatten. Es war ein stiller Morgen, die leichten Nebel wirbelten, der Berg versteckte sich diskret hinter undurchdringlichen Wolken. Naß vor Erschöpfung, mit schmerzenden Füßen, während seine Zunge fieberhaft über die Lippen strich, beobachtete Virgil mit zusammengekniffenen Augen das Herannahen des Trauerzugs. Seine Glieder sammelten neue Kraft; bald würden sie ihre getane Arbeit wieder rückgängig machen müssen. Neben den Gräbern türmten sich, dunkel und ein wenig feucht, Erdhügel auf.

Femme fatale. Wem der Schuh paßt, der zieht ihn sich an. Einer nach dem anderen fallen die Leute um mich herum; Tote außen, ungeborenes Leben in mir. Armer, dummer Graf, ein Stoß durch den schwachen Kopf. Ich habe zugesehen, wie er starb, wie er das Haus des Todes verließ, so still, so distanziert, wie er ohne ein Wort in den Garten ging, ich hinter ihm, er voraus, nach vorn blickend. Ein Kichern von Alexej, dem Idioten, dem Sprößling, der über den verwirrten Vater lachte, während eine Schachfigur zu Boden fiel, und wieder zurück, zum Haus zurück, um dort zu sitzen und zu starren. Armer,

engstirniger Anachronismus, der er war, Trost suchend in den Armen von Huren, in den meinen keinen findend, und nun, da ich es wollte, konnte ich ihm keinen geben. Starrend und rauchend, als werde der Tod mit den Rauchwolken davonschweben. Damals, in der Vergangenheit, als er die kleine Sophie Lermontow in den zarten Hintern kniff, wie ritterlich war er auf den Bällen und im Krieg, doch die Vergangenheit wich jetzt zurück, der gegenwärtige Horror vertrieb vergangene Vergnügungen, während er saß und starrte und rauchte. Die Trivialität der Vorstellung, für den Tod eines Gribbs zu sterben, den schwachen Geist vom Tod eines Gribbs durchbohrt. Ich sah ihn sterben, den Blick auf eine andere Welt gerichtet, Hände und Lippen bewegten sich wie in einem unsichtbaren, unhörbaren Leben, ich habe alles beobachtet: wie er auf die Füße kam, steifgliedrig auf die Füße kam, hochaufgerichtet und hübsch, mein idiotischer Adonis, und dann vor seinen geisterhaften Henkern zusammenbrach, nein, nein, bitte keine Augenbinde, eine Zigarre, bevor ihr mich erschießt. Die geisterhaften Henker – ich habe sie weder gehört noch gesehen, die Geister seiner Mörder, aber sie waren es. Es hat mich nicht überrascht, ihn tot aufzufinden.
Aber Page, der anbetende, kleine Norbert, letzter aller Leibeigenen, der nichts anderes wollte, als uns dienen, so lieb war er zu Alexej; obwohl ein kleiner Mann, der gute, unschuldige Page, wollte er doch nicht für einen Gribbs sterben, aber daß ein Tscherkassov starb, hat ihn zerbrochen. Solange die Tscherkassovs fest auf dem Way of K standen, konnten die Gribbs dieser Erde ausgelöscht werden, ohne ihm zu schaden. Doch wenn der Stamm des Baumes fällt, gibt es für die Zweige wenig Hoffnung. Er starb, als er es erfuhr, als er wußte, daß Tscherkassov gefallen war, überwältigt von Grimus, dort, ich hab's gesagt, gestorben, während Alexej lachte und spielte.
Femme fatale. Ich akzeptiere es. Der Kummer – akzeptiert. Der Schmerz – akzeptiert. Sollen sie um mich herum fallen. Ich

werde nicht fallen, sondern die Last tragen. Nicht aber die Schuld. Die Schuld soll dorthin fallen, wo sie hingehört, auf die lebenden Bewohner im Haus des Todes, auf sie, diese leisetretende Wölfin im Schafspelz, und auf ihn, den mörderischen Adler. Gräfin Irina trifft keine Schuld.

Anthony St. Clair Peyrefitte Hunter war im Elbaroom, als die Nachricht von Gribbs' Tod eintraf. Seine erste Reaktion war eine wilde Freude gewesen. »Jetzt werden wir's ja sehen«, sagte er. »Jetzt können wir ja vielleicht mit dem Lügen aufhören.«
One-Track Peckenpaw schenkte ihm einen desinteressierten Blick. Gribbs war also tot. Na und? Peckenpaw konnte gut ohne Gribbs auskommen. Ein Mann tat, was ein Mann tun mußte, um am Leben zu bleiben. Und ein Mann glaubte, was ein Mann glauben mußte, um zu überleben. Ein gewisser Gribbs würde daran nichts ändern.
Der desinteressierte Blick verwandelte sich jedoch in Besorgnis, als das Two-Time Kid sich plötzlich den Kopf hielt und gegen die Bartheke sackte. Seine Miene drückte absoluten Unglauben aus.
Selbsttäuschung funktioniert auf verschiedenen Ebenen, und Hunter war sich eindeutig nicht bewußt, in welchem Ausmaß er von dieser Rolle abhängig geworden war. Er war zum Two-Time Kid geworden, und zu diesem Part gehörte eine elegante, zynische Desillusionierung im Hinblick auf K. Darunter war er genauso verängstigt, genausowenig bereit, zuzugeben, daß Grimus und sein Effekt Realität waren, wie Gribbs oder Alexandr Tscherkassov. Die Dimensionen überfielen ihn hinterrücks und packten ihn mit ihrem Fieber nur, weil seine Selbsttäuschung sogar noch tiefer ging als bei den anderen; er hatte sich selbst so fest eingeredet, daß es nicht existierte, daß er seinen Geist nicht vor den Folgen von Grimus verschlossen hatte. So tobte sich der Sturm der Inneren Dimensionen ungezügelt in ihm aus, verbrühte seine Nervenzentren, brann-

te die Synapsen eines Gehirns aus, das sich nicht damit abfinden wollte, daß die neue Realität, die es durchdrang, das Gegenteil bewies.
Peckenpaw sah ihn vornüberfallen, sah, wie sein Kopf auf den Boden schlug; und er konnte ihn anschreien und schütteln, so lange er wollte – es half nichts. Hunters Ende war das schnellste von allen.
One-Track Peckenpaw war außer sich, in den Fängen eines überwältigenden Gefühls. Er wollte nicht dulden, daß Hunter tot war. Er wollte nicht!
»Nun komm schon, du kleiner Schlawiner«, redete er auf ihn ein. »Komm schon, du kleiner Gauner, ist doch okay, ist doch okay, ist doch okay.« Er schüttelte den Leichnam wie eine Lumpenpuppe.
»Hat keinen Sinn«, sagte Flann O'Toole mit ungewohnter Behutsamkeit. »Laß ihn, One-Track, es hat keinen Sinn.« Sanft legte er dem Riesenbären die Hand auf die Schulter.
Peckenpaw stand auf und nahm Hunters Leichnam in die Arme.
»Irgend jemand hat Schuld daran«, sagte er zu niemandem im speziellen. »Irgend jemand wird dafür bezahlen – *bald*!«
Mit dem Leichnam auf den Armen ging er zur Tür; dann wandte er sich abermals an alle.
»Ich werde ihn jetzt nach Hause bringen. Two-Time Kid. Er ist in seinen Stiefeln gestorben.«

Särge gab es nicht. Ignatius Gribbs, Norbert Page und das Two-Time Kid waren in grobe Wolldecken aus den Lagerbeständen gehüllt worden. Graf Alexandr Tscherkassov ruhte in einem Tuch, das mit seinem Wappen bestickt war. Jeder Leichnam wurde in einer einfachen Hängematte getragen, aufgehängt zwischen zwei Stangen und mit einem Sargträger an jeder Ecke. Die meisten Bewohner von K folgten den Haupt-

trauernden als tränenreiche Schlange. Die Haupttrauernden waren Elfrida in Begleitung von Flapping Eagle, Irina Tscherkassova und One-Track Peckenpaw.
Graf Alexandr Tscherkassov war mangels anderer Möglichkeiten Titular-Oberhaupt von K geworden. Sogar Flann Napoleon O'Toole zog es vor, sein Kaiserreich auf die alkoholische Umgebung des Elbaroom zu begrenzen. Doch weil er nun mal Titular-Oberhaupt gewesen war, gingen seine Pflichten nun, da er tot war, natürlich und ohne jeden Zweifel auf seinen Sohn über.
Angeführt wurde der Trauerzug von Graf Alexej Alexandrowitsch Tscherkassov, der lächelte wie ein Kind, das ein neues Spiel erlernt.
Die Totenfeier war kurz und schlicht und verzichtete auf jegliche Vorspiegelung von Religiosität. Die Haupttrauernden sprachen ein paar Worte, Erde wurde gestreut, und das war alles. Alexej Tscherkassov, ein Narr an der Spitze der Blinden, stand, Fleisch gewordener Epitaph, lächelnd im feinen Nebel.
»Mein Gatte«, sagte Elfrida Gribbs, »hat weniger gesündigt, als man sich gegen ihn versündigt hat. Er war das Salz der Erde, die Blüte seiner Generation, der Fels, auf dem wir standen. Er war ein guter Mann und liebevoller Ehemann.«
Es war angemessen, daß des Autors der Allzweck-Zitaten-Philosophie mit einer Reihe von Clichés gedacht wurde. Elfrida trat vom Grab zurück, um Flapping Eagles Arm zu umklammern. Irina Tscherkassova beobachtete es mit wütend funkelnden Augen.
One-Track Peckenpaw ragte hoch über dem Grab von Two-Time Hunter auf, ein tragischer Goliath, den Verlust seines Davids betrauernd. Er hätte keine Worte finden können, um auszudrücken, was er empfand, aber er hatte wahrgenommen, daß sich inmitten der groben Scherze und Beleidigungen, mit denen die beiden sich gewöhnlich bewarfen, ein wichtiges

Band gebildet hatte: das beiderseitige Bedürfnis nach einem Gegenspieler.

»Das Two-Time Kid war einer der Besten«, sagte er.

Irina Tscherkassova mußte zwei Grabreden halten. In der Stille stand sie hocherhobenen Hauptes unter ihrem Schleier da, das Urbild trauernden Standesdünkels. Sie sprach kurz von der Loyalität und Selbstlosigkeit Norbert Pages, und als sie seinen Namen nannte, klatschte Alexej Tscherkassov in die Hände. Dann sagte sie, als sie an das Grab ihres Ehemanns trat: »Es würde die Erinnerung an meinen Gatten trüben, wenn sein Tod das, was wir geschaffen haben, zusammenbrechen ließe. Der Way of K ist ein guter Weg. Nichts wird sich verändern.«

Flapping Eagle, der diesen trotzigen Worten lauschte, hörte in ihnen ein Echo von Dolores O'Toole; aber er vernahm auch einen Hinweis, einen Grund für das Weiterleben der meisten Bewohner von K, die, wie er gefürchtet hatte, bis auf den letzten Mann den Dimensionen zum Opfer fallen würden. Jene, die (wie Irina) den Schock überlebt hatten, waren auch jene, für die der Way of K nicht nur ein Instrument der Verteidigung gewesen war, sondern ein Selbstzweck, eine Lebensweise, durch die sie im Kokon der Vergangenheit und den Details der Gegenwart bewahrt wurden. Dies war es, was sie *wollten.* Also hatte Irina ihre Verluste einfach in ihr tragisches Selbstbildnis integriert, so wie Peckenpaw Hunter zum Teil seiner eigenen, immer wieder erzählten Legenden gemacht hatte. Für diese Menschen war es möglich, dem Grimus-Effekt zu widerstehen. Sie hatten sich notgedrungen eine Alternative dazu erschaffen, und diese Alternative hatte sich mit der Zeit verselbständigt. Der Effekt konnte ihnen nichts anhaben: dafür waren sie zu tief in sich selbst versunken.

»Schaufeln Sie die Gräber zu, Totengräber«, sagte Flann O'Toole, und die Zeremonie war beendet.

Bevor sich die Versammlung auflöste, geschahen drei Dinge, die bewiesen, daß K trotz Irinas Grabrede nicht gänzlich unverändert bleiben würde. Das erste geschah, als Elfrida auf Irina zutrat und sagte:

»Es tut mir so leid!«

Irina musterte sie mit ihrem generationenlang eingeübten Hochmut und sagte:

»Ich spreche nicht mit Huren.«

Elfrida, schon immer blaß, wurde schneeweiß, während die Gräfin wortlos davonschritt.

Das zweite Ereignis war im Gegensatz zu dieser schroffen Zwistigkeit eine Versöhnung. P. S. Moonshy trat zögernd, den Blick gesenkt und mit einem Jackenknopf spielend, auf Irina zu.

»Gräfin«, sagte er, »wenn Graf Alexej einen Spielpartner braucht, würde ich ... wäre ich gern bereit ... falls mir die Zeit bleibt ...«

»Ich danke Ihnen, Mr. Moonshy«, sagte Irina.

K schloß instinktiv seine Reihen, versicherte sich seiner Einigkeit gegen den wiedererwachenden Feind.

Das dritte Geschehnis war folgendes:

One-Track Peckenpaw und Flann O'Toole hatten die Köpfe zusammengesteckt. Jetzt kamen sie zu Flapping Eagle und Elfrida Gribbs herüber.

»Ich muß Ihnen was sagen«, erklärte Peckenpaw.

Flapping Eagle und Elfrida blieben stehen.

»Wir denken«, sagte Peckenpaw, »daß dies alles angefangen hat, als Sie in die Stadt kamen. Außerdem sagen die Leute, daß ihr beiden zusammen ins Bett geht. Solche Dinge mögen wir in dieser Stadt nicht.«

»Was wollen Sie damit sagen, Mr. Peckenpaw?« fragte Elfrida kühl. »Bitte, erklären Sie sich genauer.«

»Was ich damit sagen will, *Mrs. Gribbs*«, sagte Peckenpaw und betonte die Anrede mit tonnenschwerer Verachtung. »Ich will

damit sagen, daß gewisse Leute zum Teufel noch mal machen sollen, daß sie aus der Stadt rauskommen.«
»Sie verstehen«, sagte Flann O'Toole.

»Ich liebe dich«, sagte Elfrida Gribbs, »weil ich aufgehört habe, ein Kind zu sein. Ich brauche jetzt nicht mehr beschützt zu werden. Ich brauche dich. Du hast mir die Augen dafür geöffnet, weshalb ich mich so an Ignatius geklammert habe: weil er mehr Vater als Liebhaber für mich war. Während du, Geliebter, mein Liebhaber sein wirst. Das weiß ich. Wir werden uns umeinander kümmern und uns lieben. Du hast mich gezwungen, erwachsen zu werden, und darüber bin ich froh. Ich möchte nicht mehr ausschließlich gut sein.«
»Froh?« fragte Flapping Eagle. »Froh, nachdem es den Mann umgebracht hat, der Sie geliebt hat?«
»Du liebst mich«, sagte Elfrida und ging ihm an die Kleider. »Zeig's mir.«
»Das ist unmöglich«, antwortete Flapping Eagle. »Wir haben ihn gerade erst begraben.«
»Ich liebe dich jetzt«, sagte Elfrida. »Jetzt. In dieser Minute. In dieser Sekunde.«
»Nicht jetzt«, antwortete Flapping Eagle.
Sie löste sich aus seiner Umarmung; und ihre Liebe steigerte die Last seiner Schuld.

49. Rückzug

Am folgenden Tag ging Flapping Eagle nach K hinein, um sich aus Moonshys Laden Lebensmittel und andere Dinge zu holen. Im selben Moment, da er die Stadt betrat, wußte er, daß

Peckenpaw keine leeren Drohungen ausgestoßen hatte. Wenn er vorbeiging, blieben die Leute stehen und starrten ihn an, als seien sie entsetzt über seine Frechheit. Die Straßen waren erfüllt von der Atmosphäre der uralten Filme, die er in der Flohkiste von Phoenix gesehen hatte: K war Peckenpaw-Land geworden, eine Kleinstadt im Alten Westen; und Flapping Eagle war schließlich und endlich eine Rothaut. Fast erwartete er, daß ein Sheriff durch die Schwingtüren kam und ihn auf der Stelle niederschoß.

P. S. Moonshy hantierte hinter einem Tresen und wog Waren auf einer Waage ab. Es gab nur eine andere Kundin im Laden, doch Moonshy ignorierte Flapping Eagle. Als die Frau hinausging, sagte Flapping Eagle: »Jetzt bin ich an der Reihe, denke ich.«

»Denken Sie noch mal«, sagte P. S. Moonshy.

»Hören Sie, geben Sie mir einfach diese Lebensmittel, dann gehe ich«, sagte Flapping Eagle und reichte ihm seine Liste.

»Keine Lebensmittel«, verkündete P. S. Moonshy.

Als Flapping Eagle den Laden mit leeren Händen verließ, wurde er auf der Straße von One-Track Peckenpaw erwartet. »Na«, sagte er, »wenn das nicht unser Indianer ist.« Er hatte sich zwischen Flapping Eagle und seinem Esel aufgebaut.

Flapping Eagle suchte Zuflucht bei einer Politik energischer Höflichkeit. »Wenn Sie mich bitte entschuldigen würden«, sagte er, »ich möchte gern zu Mrs. Gribbs zurückkehren und ihr erklären, daß man uns zur Stadt hinaushungern will.«

»Aber sicher«, antwortete Peckenpaw. »Würd' mir nicht im Traum einfallen, Ihnen den Weg abzuschneiden.« Er rührte sich nicht vom Fleck. Flapping Eagle versuchte, um ihn herum zu seinem Esel zu gelangen; doch Peckenpaw streckte nur eine riesige Pranke aus und packte Flapping Eagle beim Hals. Da jede Gegenwehr sinnlos war, ließ Flapping Eagle sich

einfach schlaff zusammensacken. Peckenpaw funkelte ihn aufgebracht an.
»Also, verstehen Sie mich nicht falsch«, sagte er. »Ich habe keine Vorurteile. Aber wenn Sie morgen immer noch hier sind, werde ich nach Ihnen sehen.«
Mit seiner freien Hand versetzte er ihm einen vernichtenden Genickschlag. Flapping Eagle erbrach sich auf die Kopfsteine. Peckenpaw ließ ihn in sein eigenes Erbrochenes fallen und ging davon.
Kriechend begab sich Flapping Eagle zu seinem Esel und machte sich auf den Heimweg.

»Wir müssen fort«, sagte er zu Elfrida.
»Warum?« fragte sie ihn. »Dies ist jetzt mein Haus. Unser Haus.«
»Hören Sie, wenn wir bleiben, wollen die uns nichts mehr zu essen geben, und außerdem werden sie ohnehin versuchen, uns zu vertreiben. Wir können uns nicht gegen die ganze Stadt wehren.«
»Wenn du gehst, Geliebter«, sagte sie, »werde ich dich natürlich begleiten.« Ihre Miene war ruhig und gelassen, ihr Verhalten gefaßt, wenn nicht sogar unterwürfig.
»Dann gehen wir«, sagte er.
»Und wohin wirst du mich bringen?« erkundigte sie sich.
Ja, wohin? Die Kraft ihrer Obsession versetzte sie in die Lage, den Weg bergab abermals zu überstehen: wenn sie den Effekt in K überleben konnte, war ihr das mit Sicherheit auch dort möglich, wo er weniger stark war. Aber Elfrida Gribbs war nicht für schwierige Wege geschaffen; und Dolores O'Toole würde den »Geist des Grimus« wohl kaum in ihrem Heim willkommen heißen. Außerdem würde das aussehen, als verlasse er den Schauplatz eines Verbrechens. Seines Verbrechens. Nein, zurückkehren konnten sie nicht. Zurückkehren konnte er nicht. Und wenn er weitergehen würde, den Berg hinauf, bis in die

unbekannten Wolken – was sollte er dort anfangen? Schlimmer noch, was sollte *sie* dort anfangen? Er schüttelte den Kopf. Er brauchte Beratung.
Beratung. Virgil Jones, schwitzend bei den Gräbern. Flapping Eagle hatte den Eindruck gehabt, daß Virgil ihm einmal während der Feier zugezwinkert hatte. War es möglich, daß er ihm nichts übelnahm? Virgil, den er so schlecht behandelt hatte?
»Wir gehen zu Madame Jocasta«, erklärte er, laut seine Gedanken äußernd. »Etwas anderes will mir nicht einfallen.«
»Ich glaube kaum, daß man *mich* dort willkommen heißt«, sagte Elfrida.
»Wir werden beide, äh, ziemlich viel Dreck fressen müssen«, sagte Flapping Eagle. »Auch ich schien ihr nicht besonders gut zu gefallen.«
»Möglicherweise hat sie dein Gesicht nicht gemocht«, lautete Elfridas rätselhafte Antwort.
»Das nützt uns alles nichts«, sagte Flapping Eagle. »Ich muß noch einmal mit Virgil sprechen. Und irgendwie glaube ich nicht, daß sie uns da rausholen werden.«
»Das Bordell«, murmelte Elfrida. »Warum nicht? Warum nicht?«

Er hatte seine alte, abgetragene Reisekleidung angelegt. Ignatius Gribbs, bis zuletzt genauso gewissenhaft wie Elfrida, hatte sogar sein Stirnband mitsamt der Feder aufbewahrt. Ironisch grinsend, legte er auch dieses an. Wenn er schon in einem schlechten Western mitspielen sollte, dann auch in voller Ausrüstung.
Da er die Kleider des verstorbenen Grafen zurückbringen mußte, hatte er Irina Tscherkassova aufsuchen müssen. Sie nahm sie ihm an der Haustür ab und machte keine Anstalten, ihn hereinzubitten.
»Glauben Sie ja nicht, daß ich Sie nicht durchschaue«, sagte sie. »Sogar in diesen Kleidern.«

»Was soll das heißen?« fragte Flapping Eagle. »Sie haben mich zu Ihrem Freund gemacht.«
»Ich hab's dem Grafen gesagt«, behauptete sie. »Ich hab's in Ihrem Gesicht gesehen. Das Böse.«
Sie schlug die Tür zu, und er sollte sie nie wiedersehen.

Präzise beim siebten Klopfen wurde die Tür geöffnet. Erstaunt starrte Madame Jocasta die beiden an. Elfrida ließ ihren Parasol kreisen und erwiderte ihren Blick gelassen. Sie war ganz in weiße Spitze gekleidet.
»Wollen Sie was von mir?« fragte Jocasta abweisend.
»Ja«, antwortete Flapping Eagle. Dies war nicht der richtige Zeitpunkt, den Stolzen herauszukehren. »Wir suchen Zuflucht.«
Jocasta lächelte humorlos. »Nein«, sagte sie und wollte die Haustür schließen.
»Was soll ich denn sonst noch sagen?« rief Flapping Eagle. »Daß ich eingesehen habe, wie falsch mein Verhalten war? Das habe ich. Daß ich ein unmenschlich egoistisches Schwein war? Das war ich. Daß ich Virgil schlecht behandelt habe, obwohl ich Grund genug hatte, ihn gut zu behandeln? Das stimmt. Ich sehe alles ein. Sie wollen kein aufrichtiges Schuldeingeständnis akzeptieren? Was glauben Sie wohl, was für ein Gefühl es ist, die Schuld an vier Todesfällen zu tragen, und sei es auch nur indirekt?«
»Mörderisch, möchte ich meinen«, antwortete Jocasta unnachgiebig.
»Wenn Sie uns nicht einlassen«, sagte Flapping Eagle, »werden Sie für zwei weitere verantwortlich sein. Sie wollen uns keine Lebensmittel mehr geben.«
»Oh, hallo!« sagte eine Stimme. Über Jocastas Schulter hinweg strahlte Media mit freudiger Miene die Bittsteller an.
»Geh Virgil holen, Media«, befahl Jocasta. »Er soll entscheiden.«

Als Virgil Jones herunterkam, strahlte er ebenfalls beglückt.
»Mein lieber Flapping Eagle!« sagte er. »Meine liebe Mrs. Gribbs. Welch eine Freude!«
»Virgil«, sagte Flapping Eagle, »Sie glauben vermutlich, daß ich dies sage, weil ich in Schwierigkeiten stecke, weil ich einen Weg eingeschlagen habe, der nicht funktioniert hat, aber dem ist nicht so. Ich habe Unrecht getan. Mein Verhalten Ihnen gegenüber war moralisch unvertretbar. Ich kann nur bekennen, daß ich das eingesehen habe und daß es mir leid tut.«
Virgil lauschte seiner Ansprache feierlich, seine Augen jedoch blickten nicht ernst.
»Unsinn!« rief er munter, als Flapping Eagle endete. »Wir alle müssen unsere Fehler machen. Willkommen im Club!«
»Du willst, daß ich ihn einlasse?« fragte Jocasta zweifelnd.
»Selbstverständlich«, gab Virgil zurück. »Er ist doch mein Freund.«
»Und was ist mit ihr?« wollte Jocasta wissen. »Die heilige Elfrida, ganz in Weiß am Tag nach der Beerdigung ihres Mannes. Noch kein einziges Wort des Bedauerns hab' ich von der gehört.«
»Ich bin nicht besser als Sie, aber auch nicht schlechter«, erklärte Elfrida.
»Bitte, Virgil«, sagte Flapping Eagle. »Sie ist nicht bei sich.«
»Das klingt schon besser«, sagte Madame Jocasta einlenkend. »Na schön, dann kommt rein, ihr zwei Unglücksraben. Was steht ihr noch da?«
Medias herzliches Willkommenslächeln wurde von Jocastas widerstrebendem Ton mehr als ausgeglichen.

Das Zimmer blickte auf den hochaufragenden Berg, dessen verhüllter Gipfel dräuend durch das einzige Fenster hereinschaute. Es war kein schönes Zimmer; es hätte vermutlich völlig unerwähnenswert gewirkt, wären da nicht die Schnitzereien gewesen.

Die Schnitzereien waren gräßlich.
Nicht nur, daß sie grotesk waren, denn selbst das Groteske, künstlerisch dargestellt, wirkt schön. Nicht nur, daß die Objekte gräßlich waren; selbst häßliche Köpfe können unter den richtigen Händen schön aussehen. Die Schnitzereien waren schlicht und einfach und ohne Frage extrem häßlich, ihnen schien jeder Sinn, jede ästhetische Gabe zu fehlen, bis auf die, die Welt böse und haßerfüllt darzustellen. Aber selbst das war noch zu hoch gegriffen. Der Schnitzer hatte sogar weniger Talent als Flapping Eagle besessen, und der war nun wahrhaftig kein Künstler.
Die Schnitzereien starrten von den Wänden herab und machten das Zimmer zu einem finsteren Ort.
»Livs Zimmer«, sagte Virgil Jones. »Ist nicht mehr benutzt worden, seit sie ... na ja, Sie wissen schon, seit sie mit ... äh, mir fortgegangen ist. Livs Werke. Hoffentlich haben Sie nichts dagegen, ich habe sie zurückgebracht, als ich, äh, hier vor längerer Zeit gelebt habe. Bevor ich K verließ, wissen Sie. Aber trotz alledem, es ist ein Bett.«
Ein Bett, auf dem sich Elfrida Gribbs prompt ausstreckte. Kurz darauf war sie schon eingeschlafen. Ganz zweifellos hatten ihre Nerven, von denen sie seit Ignatius' Tod gezehrt hatte, schließlich aufbegehrt und eine Erholungspause verlangt. Flapping Eagle war eindeutig erleichtert.
Als Virgil ihn allein ließ, sagte er: »Sammeln Sie ein wenig Kraft, das ist wichtig.« Er trat ans Fenster, ohne die mißgestalteten Objekte an den Wänden eines Blickes zu würdigen, und betrachtete den Berg. Eine Fliege ließ sich auf seiner Wange nieder; er verscheuchte sie. Sie ließ sich auf seiner anderen Wange nieder; abermals verscheuchte er sie. Beim drittenmal klatschte er sie an seiner Wange tot. Lässig wischte er den Leichnam ab.
Trotz all der häßlichen Schnitzereien, trotz Elfrida Gribbs' Gegenwart, trotz des Nichtvorhandenseins auch nur einer

Spur von Richtungssinn fühlte sich Flapping Eagle hier sicher. Die Luft im Bordell war schwer vom Duft der Tröstung. Aber Zuflucht war es nicht für ihn, jedenfalls nicht für sehr lange. Wenn es ihm mißlungen war, den Stillstand zu erzwingen – das heißt mißlungen war, sich in den Way of K zu vertiefen –, würde er sich wieder der Bewegung zuwenden müssen. Das aber bedeutete, zu wissen, was tun – nicht nur mit sich selbst, sondern auch mit Elfrida.

Flapping Eagle betrachtete den Berg. »Du hast gewonnen«, sagte er laut. Dann ging er zum Bett und warf sich neben die schlafende Elfrida, um leeren Blickes zur Decke zu starren. Kurz darauf war auch er für die Welt verloren, lag er erschöpft in tiefem Schlaf.

Media betrat das Zimmer, um ihm beim Träumen zuzusehen. Während sie sein Gesicht betrachtete, jenes Gesicht, das ihr Leben verändert hatte, das Gesicht mit dem energischen Kinn, dem dunklen Bartschatten und den geschlossenen, langwimprigen Augen, kamen ihr ketzerische Gedanken. Vielleicht hatte das etwas mit Livs Zimmer zu tun; Liv, die das Bordell und die Sicherheit, die es bot, wegen eines Mannes verlassen hatte (schwer zu glauben, daß dieser Mann Virgil Jones gewesen sein sollte); Liv, die sich selbst und ihre Wünsche über ihre Pflichten gestellt und die Gelegenheit beim Schopf gepackt hatte; aber Media, die das schlafende Gesicht betrachtete, formte einen bestimmten Gedanken im Kopf:

Wo er hingeht, da werde auch ich hingehen.

Leise flüsterte sie dem schlafenden Eagle zu:

»Was du brauchst, ist eine Frau, die mit dir fertigwird.«

Madame Jocasta schritt wieder durch die Gänge ihres Reichs; aber es machte ihr keine Freude, sie lauschte nicht nach den Geräuschen hinter den verschiedenen Türen, denn sie hielt auf Virgils Bitte die Türen des House of the Rising Son verschlossen. Überall Stille. In ihrem eigenen Zimmer ein trübsinniger, nachdenklicher Virgil; im Zimmer ihrer Vorgängerin die verborgenen Gestalten der zwei Menschen, die ihre kleine Welt, wie sie fürchtete, verändern würden – zu sehr, viel zu sehr.

Während sie lautlos vor der Tür von Livs Zimmer verweilte, die einen Spalt offenstand, hörte sie Medias Stimme diesen einen Satz sprechen. Lautlos zog sie sich zurück. Ihre Sorgen hatten sich verdoppelt.

Aber ich habe ihnen Zuflucht gewährt, dachte sie sich; dieses Versprechen werde ich nicht brechen.

Angeführt wurde der Mob von Flann O'Toole und One-Track Peckenpaw. Dazu kam etwa ein Dutzend mehr, allesamt Stammkunden des Elbaroom. Sie brachten Stöcke mit, Steine und einen Strick.

»Das Haus ist geschlossen«, sagte Jocasta durch die Tür.

»Deine Weiber wollen wir nicht«, sagte O'Toole mit heiserer Stimme, auf der die Dünste des Kartoffelschnapses schwammen. »Wir wollen diesen Bastard Eagle.«

»Wir haben nichts weiter vor als ein kleines, harmloses Lynching«, ergänzte Peckenpaw.

»Ich verstehe«, sagte Jocasta. »Ihr sucht einen Sündenbock.«

»Gott behüte«, sagte Flann O'Toole grinsend. »Aber wenn man ein wenig nachdenkt, erkennt man, daß unsere Probleme erst nach seiner Ankunft hier begonnen haben. Ist doch ganz logisch, daß wir seinen Abgang ein bißchen beschleunigen wollen – oder?«

»Flann O'Toole«, sagte Madame Jocasta. »Du weißt genau, was für ein Haus dies ist. Sobald man dieses Haus betritt, läßt man die Außenwelt hinter sich. Es ist ein Haus, in das man sich zurückzieht; nichts Böses kommt hier herein. Flapping Eagle hat hier Zuflucht erhalten. Wenn ihr ihn gewaltsam herausholt, verliert dieses Haus seine Bedeutung für euch alle. Ihr

werdet einen Teil eurer eigenen Stadt hängen. Ist dies wirklich das, was ihr wollt?«
Verlegen scharrten die Männer mit den Füßen. Flann O'Tooles Grinsen erstarb.
»Jetzt hör mal zu, Jocasta«, entgegnete er. »Warum in Gottes Namen willst du ihn unbedingt beschützen? Du weißt doch genau, daß wir das niemals tun würden, die Unantastbarkeit deines Hauses verletzen und so; doch dieser Eagle, der ist weder dein Freund noch der von deinem Mr. Jones.«
»Verschwinde, O'Toole!« befahl Jocasta.
»Okay«, lenkte Peckenpaw ein. »Okay, Jocasta. Du hast gewonnen. Aber wir werden hier vor deiner Tür Wache halten. Und wenn er seine hübsche Fratze heraussteckt, wird Virgil Jones wieder was zum Graben haben.«
Mit einem verächtlichen Blick drückte Jocasta die Tür ins Schloß. Der Blick hatte keinerlei Wirkung auf One-Track Peckenpaw.

50. Töten oder Heilen

Während Virgil sprach, saß Flapping Eagle zu seinen Füßen, oder vielmehr, neben ihm auf dem niedrigen Bett in Jocastas Zimmer. Virgils Miene drückte Genugtuung aus, seine Stimme verriet Erregung, aber auf eine ganz leicht morbid wirkende Art: die Genugtuung und die Erregung eines Mannes, der spürt, daß ihm der Lauf der Ereignisse wieder entgegenkommt, der aber nicht sicher ist, ob er sie kontrollieren und dirigieren kann. An der Decke wob eine Spinne ihr Netz.
»Mehr Fälle von Fieber«, sagte Virgil Jones. »Und bestimmt wird es noch weitere geben. Ich fürchte, daß K jetzt anfällig ist.

Die Achillesferse exponiert. Anschauungsunterricht für die Durchlässigkeit sogar der besten Abwehr. Und vergessen Sie nicht: Der Way of K war eine äußerst geschickte Abwehr. Die Leute haben diesen Scheuklappenblick so lange geübt, daß er zu ihrer zweiten Natur wurde. Daher die verwirrende Illusion der Normalität, der Sie erlegen sind, und diese faszinierende, ätherische Qualität. Sie haben hier gelebt, aber sie lebten für ihre Obsessionen und wirkten daher distanziert, berauscht, vollkommen. Das Expertentum wuchs mit der Kraft des Effekts, sie hielten Schritt, und sie hätten möglicherweise ewig durchgehalten. Gribbs' Tod aber hat das alles verändert. Jetzt gibt es viele, denen es schwerfällt, nicht an Grimus zu denken. Aber das dürfen sie nicht, während es ihnen vor den Todesfällen ein leichtes war, Witze über ihn zu reißen. Daher die wilde Entschlossenheit des Lynch-Mobs. Daher das Verhalten von Mrs. Gribbs. Ich bin nicht sicher, ob sie Sie wirklich so sehr liebt. Es ist ihr ein Bedürfnis, zu lieben, das ist weit wichtiger. Und es wird schlimmer werden; denn jetzt werden sie sich, sobald sie sich entspannen, für die Dimensionen öffnen. Einige von ihnen werden sterben. Wodurch die übrigen nur noch verängstigter werden. Düstere Aussichten, da werden Sie mir sicher zustimmen.«

»Jocasta und ihre Mädchen scheinen nicht zu leiden«, wandte Flapping Eagle ein.

»Ah«, sagte Virgil, »da haben wir die außergewöhnliche Eigenschaft dieses Hauses in einer Nußschale. Eine Zuflucht vor dem Effekt wie vor dem Mob, verstehen Sie? Weil es, wie Sie früher schon einmal errieten, für sie ein Zweck an sich geworden ist. Das einzige, was für sie von Bedeutung ist. Obwohl ich fürchte, daß Sie die liebe Media möglicherweise aus dem Gleichgewicht bringen. Auf Frauen üben Sie eine fast ebenso unwiderstehliche Wirkung aus wie ... wie Grimus, ha ha!«

»Es tut mir leid«, sagte Flapping Eagle törichterweise.

»Die schlichte Tatsache ist«, sagte Virgil Jones, »daß Grimus im Besitz eines enormen Wissens ist: daß wir nämlich in einer unendlichen Zahl von Dimensionen leben. Wenn man die Existenz der Dimensionen akzeptieren will, muß man die eigene Vorstellung dessen, was wir sind und wie unsere Welt aussieht, grundlegend verändern. Und somit das Buch der Moral und Prioritäten von Anfang an umschreiben. Was wir uns fragen müssen, ist: Gibt es so etwas wie zu viel Wissen? Wenn eine wundervolle Entdeckung gemacht wird, deren Auswirkungen man nicht unter Kontrolle bringt – sollte man versuchen, diese Entdeckung zu vernichten? Oder sind die Interessen der Wissenschaft wichtiger als jene der Gesellschaft und – jawohl – des Überlebens? Ist es besser, gewußt zu haben und zu sterben, als überhaupt nicht gewußt zu haben? Eine ganz schöne Reihe von Fragen, nicht wahr?«
»Und Sie«, sagte Flapping Eagle, »haben beschlossen, daß die Wissenschaft zurücktreten muß.«
»Zu dieser Zeit, an diesem Ort ist dieses spezielle Wissen etwas unverantwortlich Gefährliches«, gestand Virgil Jones bedrückt.

Virgil Jones untersuchte seine Hühneraugen und wackelte mit den Zehen. Flapping Eagle saß schweigend da und beobachtete die Spinne. Schließlich fuhr Virgil Jones fort:
»Sie behandeln mich hier wie einen Idioten, weil ich eine Phase hatte, in der ich mich wie einer benahm. Kurz nach meiner ... Meinungsverschiedenheit ... mit den Inneren Dimensionen. Und mit Liv. Einmal lief ich mit heraushängendem Glied in der Stadt herum. Ich bemalte meine Nase blau. Ich furzte den Frauen mit herabgelassener Hose ins Gesicht. Eine arme, gespaltene Kreatur war ich. Bin ich. Damals hatte ich sogar etwas zu beweisen. Daß sie für mich nicht wichtig waren. Daß diese ganze Insel nicht wichtig war. Daß überhaupt nichts wichtig war. Das Dumme war, daß ich selbst nicht

daran glaubte. Deswegen mangelte es meinen Gesten an einer gewissen Überzeugung. Schließlich stieg ich den Berg hinab und entdeckte statt dessen für mich die Würde. Die Verkleidung der Hilflosigkeit. Bis Sie kamen.«

»Aber Virgil, was soll ich tun?« platzte Flapping Eagle heraus. »Was könnte man überhaupt noch tun?«

»Aha«, sagte Virgil, dessen Zunge hektisch seine Lippen umleckte, »das ist es genau, worauf ich hinaus will. Sie können zwischen Rückzug, Passivität und Aktivität wählen. Und für keine Wahl müßten Sie sich schämen.«

»Ich verstehe nicht«, gestand Flapping Eagle.

»Rückzug bedeutet, Sie verlassen das Haus und lassen sich lynchen. Oder Sie schleichen sich irgendwie hinaus und steigen den Berg hinab, um die Dinge ihren Lauf nehmen zu lassen. Die Blinks, das Fieber, einfach alles. Sie lassen alles hinter sich. Passivität bedeutet, hier im Haus zu bleiben und abzuwarten, ob Jocasta Sie hinaus- und den Wölfen zum Fraß vorwirft. Aktivität dagegen bedeutet im Grunde das, was ich Ihnen sage.«

»Sie haben sich für die Passivität entschieden«, sagte Flapping Eagle. »In letzter Zeit haben Sie nicht mehr viel getan.«

»Natürlich«, bestätigte Virgil Jones. »Weil ich nichts tun kann. Aber Sie können.«

»Nicht, daß die Inneren Dimensionen meinen Verstand ausgebrannt hätten«, sagte Virgil. »Sonst hätte ich den Strongdance nicht erfolgreich ausführen können. Bezeichnen Sie es als eine Art Paralyse. Ein immenses Getriebe. Damals, im Wald, hat es in höchster Not funktioniert. Leider hat mein kleines Geplänkel mit dem Schorf dem jedoch ein Ende gesetzt. Nun aber, da es für Sie weit einfacher sein würde, besteht diese Not nicht mehr. Und ich bin sicher, daß auch der Wille nicht mehr vorhanden ist.«

»Aber Sie sagten, daß Sie Ihre Entscheidung getroffen hätten.«
»Entscheidungen zu treffen ist leicht«, seufzte Virgil Jones. »Das ist noch das Leichteste dabei.«

»Das Feld dessen, was ich das Dimensionschaos nennen möchte und in dem wir uns befinden«, sagte Virgil belehrend, »das heißt, eigentlich die gesamte Kraft, die Grimus besitzt, entspringt einem Objekt, das die Steinrose genannt wird. Wie Sie vermutlich schon erraten haben. Diese Steinrose ist es, die vernichtet werden muß.
Es besteht da allerdings ein beträchtliches Risiko. Denn möglicherweise kann diese Dimension ohne die Rose nicht bestehen. Sicher ist, daß hier niemand überleben wird – bis auf Spinnen, Fliegen und andere Tiere –, wenn die Rose nicht zerbrochen wird. Wir müssen also ein Risiko eingehen.«
»Töten oder heilen«, sagte Flapping Eagle.
»Genau«, bestätigte Virgil. »Treffend formuliert.«

»Deggle, wissen Sie«, fuhr Virgil Jones fort, »hat unbewußt das einzige getan, was mich zum Widerstand gegen die Rose veranlassen konnte. Als er dieses Stück vom Stengel abbrach, meine ich. Man muß sowohl die Blinks als möglicherweise sogar auch den Grimus-Effekt auf Fehlfunktionen der verstümmelten Rose zurückführen. Da es sich nur um ein kleines Stück handelte, blieb es unentdeckt. Aber es hat, äh, die Dimension beschädigt.«
»Wenn ein kleines Stück so viel Unheil anrichten kann«, erkundigte sich Flapping Eagle, »wäre es denn dann nicht unvermeidlich, daß wir vernichtet werden, sobald die ganze Rose zerstört wird?«
»Nicht unbedingt«, antwortete Virgil. »Ein halber Laib ist nicht immer besser als gar kein Brot.«

Die schwere Last der Schuld und das Gefühl der Sinnlosigkeit, das ihn erfüllte, machten Flapping Eagle geneigt, sich zur Übernahme der Aufgabe bereitzuerklären. Seit dem Tod von Ignatius Gribbs hatte ihn seine Entschlossenheit weitgehend verlassen. Nun, da er vor den düsteren Alternativen stand, die Virgil ihm bot, war sie endgültig verschwunden. Aber irgend etwas hinderte ihn noch daran, seine Zustimmung zu geben, möglicherweise ein winziger Teil des relativ unschuldigen Ichs, das er nach Calf Island mitgebracht hatte; und als er an dieses Ich dachte, entdeckte er einen letzten Hoffnungsschimmer.

»Ich verlange in zwei Fragen Ihr Ehrenwort«, sagte er zu Virgil. »Erstens, daß Grimus in der Lage sein wird, meine Unsterblichkeit aufzuheben. Ich habe nichts, was mich auf Calf Island zurückhält, und daß die Ewigkeit in meiner eigenen Welt verblaßt, das weiß ich.«

»Sind wir also wieder bei diesem Thema«, sagte Virgil.

»Außerdem«, fuhr Flapping Eagle fort, »muß ich mich davon überzeugen, daß es einen Rückweg gibt: einen Rückweg zu dem Ort, der Welt, der Dimension, was immer, aus dem oder der ich gekommen bin.«

»Wenn wir verschont bleiben, möchten Sie also zurückkehren.«

»Ja.«

»Und wenn ich Ihnen mein Wort darauf gebe, werden Sie zu Grimus gehen?«

»Wenn ich kann.«

Virgil Jones lächelte traurig.

»Soweit ich weiß«, sagte er, »lautet die Antwort auf Ihre beiden Fragen, daß es einen solchen Weg und eine solche Möglichkeit, eines oder beide Ihrer Ziele zu erreichen, nicht mit Sicherheit geben kann.«

Es war wie ein Todesurteil, bestätigt und ohne Möglichkeit zur Berufung. Kein Weg zurück. Das Ziel der Jahrhunderte, die Rückkehr in ein normales Leben – vernichtet; sein jüngstes Ziel, zufrieden hier in K zu leben – zerstört. Flapping Eagle war ein leerer Mensch, eine Schale ohne Form.

»Ach was, zum Teufel!« sagte er. »Ich werde es trotzdem tun. Warum nicht?«

Wieder zeigte Virgil Jones sein trauriges Lächeln. Es enthielt eine winzige Spur Triumph.

Die Zeit der Aktivität verhindert den Prozeß der Bewertung. Virgil Jones, Champion des Zweifelns, hatte jetzt keine Zeit mehr dafür. Er mußte Flapping Eagles Aufstieg zu Grimus planen.

»Das Tor zu Grimus ähnelt sehr stark dem Tor, durch das Sie in das Meer von Calf gekommen sind. Aber es ist weniger primitiv. Solange man nicht weiß, wo es ist, kann man es unmöglich finden. Zufällig aber weiß ich das. Dort wird uns Ihre Überwindung der Inneren Dimensionen zugute kommen. Da sie Ihnen jetzt nicht mehr schaden können, können Sie sich darauf konzentrieren, sich durch die Äußeren zu bewegen. Das könnte allerdings nicht besonders angenehm sein. Grimus wird mit Sicherheit wissen, daß Sie kommen; er wird das Tor vermutlich zu schließen versuchen. In dem Fall werden Sie große Mühe haben, durchzubrechen. Außerdem wird er sich jedem Versuch widersetzen, die Rose zu manipulieren. Sie werden einfach tun müssen, was Sie können, die passende Gelegenheit abwarten, wissen Sie, erst dann zuschlagen, wenn die Zeit reif ist, und so weiter. Vergessen Sie nicht: Er ist auch nur ein Mensch.«

»Die Umstände scheinen ein bißchen sehr gegen mich zu sein«, bemerkte Flapping Eagle.

»Etwa hundert zu eins«, räumte Virgil ein. »Und selbst, wenn Sie durchkommen ... Grimus kann sehr überzeugend sein.«

»Wo ist das Tor?« erkundigte sich Flapping Eagle automatisch.
»Ach ja, das Tor. Also um das zu erreichen, müssen wir dem Mob entkommen. Und noch ein bißchen weiter hinaufklettern. Bis ... bis dahin, wo ... wo Liv wohnt. Zum schwarzen Haus, wissen Sie.«
Seine Stimme verklang hilflos.
»Ich weiß«, sagte Flapping Eagle. »Ich bin ihr begegnet. Sie läßt Sie grüßen.«
Virgil fuhr aus einer beginnenden Träumerei empor.
»Ihr begegnet?« fragte er. »Sind Sie ganz sicher?«
»Nein«, antwortete Flapping Eagle. »Sie war in einen schwarzen Schleier gehüllt. Von Kopf bis Fuß.«
»Das ist sie«, sagte Virgil. »Das ist Liv.«
Flapping Eagle sah sich im Zimmer um. Kletterpflanzen an der Wand. Krabbelnde Spinnen an der Decke. Dies war vermutlich einer der letzten Räume, die er jemals sehen würde. Angesichts dessen merkte er, daß ihn das nicht sonderlich störte. Er hatte seine ganze Kraft verbraucht, war nur noch Virgils Werkzeug, sonst nichts. Bevor er nach Calf Island kam, war er von einem selbstmörderischen Drang getrieben worden, welcher der Verzweiflung entspang. Jetzt war er nicht mehr verzweifelt; jetzt sah er einfach keinen besonderen Wert darin, ewig zu leben.
»Nun gut«, sagte Virgil Jones. »Es wird, äh, angenehm sein, Liv wiederzusehen.«

51. Stone

Aber bitte sehr«, sagte Jocasta. »Geh nur.«
Virgil stand vor ihr wie ein zerknirschter Schuljunge, wrang die Hände und öffnete und schloß den Mund, als sei er ständig

kurz davor, eine glaubwürdige Erklärung seiner Missetaten vorzubringen.

»Geh nur«, wiederholte Jocasta. »Wenn dir alles, was ich für dich getan habe, alles, was ich getan habe, so wenig bedeutet, dann bitte sehr, verschwinde sofort. Geh doch zurück zu ihr. In Stücke wird sie dich reißen, die da. Dieses Mal wird von dir nichts übrigbleiben, das ich zusammenflicken könnte. Sie sitzt da oben, spinnt ihre Netze, und du mußt dich natürlich sofort darin verstricken. Geh nur, geh, damit ich's hinter mir habe; wenn du dir unbedingt selbst schaden willst, werde ich dich bestimmt nicht mehr aufhalten. Vielleicht bist du ja wirklich ein Tor. Vielleicht bist du ja wahnsinnig. Denn es ist Wahnsinn zurückzukehren, nach all der Schande, die sie über dich gebracht hat ... Aber geh nur! Ich werde dir keinen Stein in den Weg legen.«

»Ich muß, Jocasta«, sagte Virgil bekümmert. »Ich muß Flapping Eagle das Tor zeigen.«

»Flapping Eagle!« rief sie. »Der dir deine Güte mit Verrat heimgezahlt hat! Der meine Güte erwidert, indem er Media verführt. Der allen, die ihn aufgenommen haben, nichts gebracht hat als Kummer und Sorgen. O ja, für *den* würdest du alles tun!«

»Es ist Flapping Eagle, der dies für mich tut«, sagte Virgil Jones mit betont ruhiger Stimme.

»Ihr alle!« fuhr Jocasta auf. »Verschwindet, ihr alle! Laßt mich in meinem Haus allein!«

Elfrida Gribbs stand, die Skulpturen rechts von ihr, der Berg in ihrem Rücken, in weißer Spitze, das Gesicht von einem Schleier verhüllt, am Fenster; Flapping Eagle stand zu ihrer Linken, während die Katastrophe ihr ins Gesicht starrte.

»Du wirst nicht gehen!« sagte sie. »Du kannst nicht gehen – nicht nach dem, was ich getan habe. Ich liebe dich, Flapping Eagle. Mein Platz ist an deiner Seite.«

Er schloß die Augen und ließ seine Stimme so hart werden, wie er nur konnte.
»Ich habe Sie geliebt«, sagte er.
Ihre Augen wurden zu Stein, grüne Murmeln der Blindheit.
»Geliebt.« Das Wort war keine Frage. Es war eine resignierte Feststellung.
»Alles hat sich verändert«, erklärte er unglücklich. »Ich muß gehen.«
»Eine Hure«, sagte sie. »Du hältst mich für eine Hure. *Ich spreche nicht mit Huren.* Du und sie. Ihr beiden habt dies geplant, damit ich mich in dich verliebe, um mich eifersüchtig zu machen, um mich zu ruinieren.«
»Nein«, widersprach er.
»Hure. Elfrida, die Hure. Nun ja, warum nicht. Nun ja, warum nicht. Wenn mein Geliebter mich für eine Hure hält, muß ich beweisen, daß er recht hat. Jawohl, warum nicht. Ich werde eine Hure sein und mir damit den Lebensunterhalt verdienen. Jawohl, warum nicht, warum nicht?«
Warum nicht? dachte Flapping Eagle, das war im Augenblick wohl die häufigste Phrase.
Media, die lauschte, hatte das Gespräch gehört. Und war erfreut.

In der Küche des House of the Rising Son, inmitten ramponierter Töpfe und Pfannen, saß der Mann, Stone genannt, als einziger Gast dieser Nacht, der nicht abgewiesen werden konnte, und aß. Virgil Jones beobachtete ihn; die Flucht war geplant.
Flapping Eagle verließ das Haus durch die Seitentür und kroch auf allen vieren auf die Kopfsteinstraße hinaus. Heruntergekommen wie seine geborgten Kleider, verschmutzt wie die Häuser, verstaubt wie die Straßen, begann er die Kopfsteine zu zählen. Begrüßte sie wie alte Freunde. Ganz langsam, den verbeulten Hut tief in das geneigte Gesicht gezogen, bewegte

er sich die nächtliche Straße entlang, in der einen Hand den Eimer, in der anderen das Wischtuch, auf den Knien, murmelte er vor sich hin und polierte alles.
Madame Jocasta lag, in ihrem Zimmer eingeschlossen, im Bett und weigerte sich, wahrzunehmen, was sich in ihrem Haus abspielte. Media hatte sich bereit erklärt, den Kopfsteinreiniger abzulenken, obwohl das ein Bruch der Hausregeln war; und während Jocasta das Gesicht zur Wand drehte, benutzte Media jedes Mittel aus ihrer langen Erfahrung, um den hingerissenen Stone, ihren ersten Mann seit einer Ewigkeit, lange genug zu faszinieren, daß Flapping Eagle seine langsame, unter Schmerzen geplante Flucht bewerkstelligen konnte.

Kurz vor Morgengrauen verließ Virgil Jones, Bowler auf dem Kopf, uhrlose Kette auf dem Bauch, vergnüglich vor sich hinsummend das Bordell. Der Mob hatte sich in die Betten verzogen – jedenfalls zum größten Teil; der unerbittliche Peckenpaw dagegen saß wie ein gefährlicher Bär auf der Vortreppe. Wütend funkelte er Virgil an, ließ ihn aber passieren. Weitersummend schlenderte Virgil die Straße entlang und stellte interessiert fest, daß keine kriechende Gestalt zu entdecken war. Flapping Eagle war entweder entdeckt worden, oder er hatte sein Ziel erreicht.
Am anderen Ende der Kopfsteinstraße, an dem Punkt, da die Stadt K in die Vorberge des Calf Mountain überging, gewann der Wald die Oberhand. Dichte Vegetation verbarg den schmalen Pfad, eher für Esel als für Menschen geeignet, der bis zum letzten bewohnbaren Punkt führte: dem Felsen, auf dem Livs schwarzes Haus stand und auf K hinabblickte. Hier oben, im Wald, trafen sich Virgil und Flapping Eagle.
»Genau wie in alten Zeiten«, sagte Virgil Jones.

Media – verschwunden. Flapping Eagles Abgang war eine Erleichterung. Gegen Virgils Abschied hatte sie sich gewappnet.

Aber einen Mann, und noch dazu einen so elenden Mann, in Medias Bett zu finden, während das Mädchen nirgends zu sehen war – das war einfach mehr, als Madame Jocasta ertragen konnte. Media, die arme, verblendete Media – von all ihren Mädchen ausgerechnet Media!

Fort – aber wohin? Folgte sie Virgil und Eagle – aber wie weit? Und hatten die beiden sie darum gebeten, wollten sie sie mitnehmen, oder würde sie kleinlaut und niedergeschmettert zurückkehren und um Vergebung bitten? Das würde Jocasta gefallen, aber auch sie erinnerte sich an Liv. Und wußte, daß Media nicht zurückkehren würde – nicht, wenn sie es verhindern konnte, nicht, wenn sie …

Jocasta ging auf den stillen Korridor hinaus und wurde dort ganz allein plötzlich von einem Blink überrascht.

Als er vorüber war, keuchte sie auf und lehnte sich an die Wand. Elfrida Gribbs kam mit verkniffenem Gesicht und absolut selbstbeherrscht aus ihrem Zimmer.

Und legte den Arm um sie.

»Madame«, sagte sie, »ich würde gern hierbleiben. Hierbleiben und … arbeiten.«

Jocasta starrte sie leeren Blickes an. Inzwischen war wirklich alles möglich.

»Da wir eine unerwartete Freistelle haben«, antwortete sie, »sind Sie engagiert.«

Die beiden verlassenen Frauen verharrten noch einen Moment in ihrer Umarmung; dann ging Jocasta mit rot verweinten Augen zur Haustür. Als sie die Tür öffnete, stand Peckenpaw davor.

»Das House of the Rising Son ist wieder eröffnet«, sagte Madame Jocasta.«

Es war früher Morgen.

52. Mrs. O'Toole

Nicholas Deggle saß, wie es ihm zur Gewohnheit geworden war, inmitten der früh erwachten Hühner im Schaukelstuhl. Er dachte über die Blinks nach.

Mrs. O'Toole nahm offenbar keine Notiz von ihnen. Vielleicht negierte ihr irrender Verstand ganz einfach ihre Existenz, genau wie sie das Zeugnis ihrer Augen leugnete, um in ihm Virgil Jones zu sehen und zu hören. *Nichts wird sich verändern.*

Aber, dachte Deggle mit einem Anflug von Angst, es gibt noch eine andere Erklärung. Grimus. Grimus hatte diese neue, verheerende Macht erlangt und versuchte nun, sie loszuwerden. Vielleicht war Deggle der einzige, den es betraf.

Nicholas Deggle war hin und her gerissen zwischen Impotenz und Paranoia, hin und her. Dolores O'Toole kam mit einem Messer in der Hand aus der Hütte. Es wurde Zeit, ein weiteres Huhn zu schlachten.

Dolores setzte sich auf den Boden. Mit dem Messer in der Rechten begann sie sich mit verbissener Konzentration die Adern an ihrem linken Handgelenk aufzuschlitzen. Dann wechselte sie das Messer in die andere Hand und machte sich daran, ebenso methodisch das rechte Handgelenk aufzuschneiden. Nun erst erwachte Deggle aus seinem Schock und stürzte sich auf das Messer. Dolores wich seinem Griff aus und hob die Klinge an ihren Hals.

»Um Gottes willen, was machen Sie da?« rief er.

»Jeden Abend, seit wir uns damals geliebt haben«, sagte sie, »jeden Abend hast du dich mir verweigert. Das weist eindeutig darauf hin, Virgil, daß du meinen Körper verabscheust. Und wenn du mich so sehr haßt, kann ich nicht weiterleben.«

Blut sprudelte zu Boden, erzeugte kleine Teiche aus rötlichem Schlamm.

Was tun, um diese Blutung zu stoppen? Deggle sah sich hilflos um. »Ein Verband«, sagte er laut.
»Laß mich in Ruhe«, verlangte sie und begann mit schwacher Stimme zu singen.

Whitebeard is all my joy
and whitebeard is my desire

sang sie.
Nicholas Deggle zog sich das Hemd über den Kopf. Als er wieder sehen konnte, lag Dolores ausgestreckt auf dem Boden und ein zweiter, blutroter Mund zog sich unter ihrem Kinn von einem Ohr zum anderen. Sie hatte getan, was sie sich vorgenommen hatte.
Deggle sah mit nackter Brust, das Hemd in der Hand, betroffen zu, wie das Blut floß, bis es versiegte. Folgender Gedanke ging ihm durch den Kopf:
Ich bin es, der allein bleiben wird.
Der Schaukelstuhl schaukelte in der frühen Morgenbrise.

53. Anagramm

Der Schorf, entschlossen, Calf Island bis zum Ende zu begleiten, hatte sich vor Virgil Jones' erfolgreichen Anschuldigungen auf den stets sehr anregenden Zuschauersport der Beobachtung des Lebens anderer Leute zurückgezogen.
Die Schorfs können sich, obwohl ihre Körper sich nur mit größter Mühe bewegen, durch einen Prozeß der physischen Integration und Reintegration – überwacht von ihrem entkörperten Ich – von einem Ort zum anderen transportie-

ren. Daher hatte der Schorf Elfrida im Elbaroom beobachtet und in ihrem Garten gesehen, wie sie, Irina und Flapping Eagle abwechselnd auf der Schaukel saßen. Er hatte durch die Fenster des House of the Rising Son gespäht und gesehen, wie die Reisenden aufbrachen. Die Blinks hatten ihn fasziniert, anschließend war er ein unemotionaler Zeuge von Dolores O'Tooles Selbstmord gewesen.

Nun, da er auf das Endgültige Ordnen wartete, begann er immer wieder an das grundlegende Anagramm zu denken, das sosehr viel zur wesentlichen Identität von Calf Island beigetragen hatte: Die Umordnung, die man von dem Namen *Grimus* herleiten konnte.

Das Anagramm lautete *Simurg*.

Der Schorf freute sich auf das unmittelbar bevorstehende Aufeinandertreffen des Eagle, König der irdischen Vögel, mit dem Simurg, dem Paradiesvogel, Beherrscher der Steinrose. Daß die Namen all diese prämordialen Symbole enthielten, empfand er als überaus erfreulich. Das verlieh dem Ganzen Pfeffer.

Dritter Teil
Grimus

54. Vierundfünfzig

Es war dunkel in dem kleinen, schwarzgestrichenen Haus, eine dunkle, eisige Stille. Überall standen Schatten, körperlose Wächter über unsichtbare Häßlichkeit. Draußen hing das Leichentuch des Gipfels von Calf Mountain über dem Haus wie eine zweite, dräuende Decke, die es vom bleichen, nebelschwachen Sonnenlicht auf den Ebenen darunter abschirmte. Livs Haus stand, blind und ohne Fundament, finster auf dem freudlosen Felsvorsprung; die Tür war fest geschlossen, das einzige Lebenszeichen war ein einsamer Esel, der am letzten Baum des aufsteigenden Waldes festgemacht war und sich am langen Gras des Waldes gütlich tat. Ein Vogel kreischte.

Unsichtbare Häßlichkeit. Hinter den mit Läden verschlossenen Fenstern lag eine Szene kosmischen Chaos, in welcher der Müll eines Lebens um Raum kämpfte. Dicker Staub lag auf den verstreuten Büchern und Tellern. Ein Stück Brot, unsichtbar unter der dicken Schimmelkruste, lag auf einem zerbrochenen Handspiegel, und eine Spinne wob ihr Netz zwischen den beiden. Stoff, Papier und Krumen – gleichermaßen dem alles bedeckenden Schmutz ausgeliefert. Und auf den abfallübersäten Boden starrten die Schnitzereien herab. Schnitzereien, die ihre Vorfahren im Rising Son vergleichsweise zu Ausbrüchen von Schönheit und Freude werden ließen. Diese widerlichen, verzerrten Formen, Gesichter, Körper, verstümmelten Glieder, Alptraumlandschaften sprachen von einer sich ständig vertiefenden Leidenschaft ihrer Schöpferin, einem sich ständig vertiefenden Mo-

rast des Ekels. Wenn ein Schnitzer aus dem Rohmaterial lediglich die Formen herausholt, die in ihm verborgen liegen, dann mußte dieses Holz von Dämonen geschaffen worden sein, sonst hätte es diese gräßlichen Formen niemals enthalten können.
Das Innere des kleinen, schwarzen Hauses bestand aus einem einzigen Raum. Auf einem Regal hockten elende Hennen trübselig in ihren Käfigen. Es gab einen Sessel und ein Bett. Und diese beiden waren eine Überraschung, denn sie waren so peinlich sauber, wie der Rest des Hauses schmutzig war. Sie waren staubfrei, gepflegt, die Bettwäsche gewaschen: Sie waren Teile aus einer anderen Welt.
Im Sessel ruhte regungslos ein Schatten.

Wieder in den Wald einzudringen, bedeutete, sämtliche Illusionen von Normalität zurückzulassen, die Atmosphäre der Stadt, so ungesund weltläufig, so weltläufig ungesund, abzuschütteln. Das grüne Licht der Bäume wirkte fast kathartisch auf sie. Hier spürte Flapping Eagle endlich wieder das greifbare Mysterium des Berges und wurde von den Spinnweben der eigenen Selbsttäuschung befreit. Der Berg ließ sich nicht ignorieren. Auch Virgil war frohen Mutes und schleppte seine Korpulenz mitsamt den Hühneraugen klaglos den steilen Hang hinauf, indem er sich, um sich den Aufstieg zu erleichtern, an Steinen und Grasbüscheln festhielt. Die Luft vibrierte vom Summen der Insekten und den esoterischen Botschaften der Vögel im Flug.
»Magister pene monstrat«, zitierte Virgil Jones aus heiterem Himmel.
Sie machten einen Augenblick Rast. Flapping Eagle sah sich gezwungen, um eine Erklärung zu bitten.
»In der Schule«, sagte Virgil Jones ein wenig verlegen bei der Erinnerung. »Ein aufreizend junger Naseweis hatte das vor dem Unterricht mit Kreide an die Tafel geschrieben. Aus Spaß.

Der betreffende Magister nahm es nicht übel. Er fragte nur, warum das Wort Penis im Ablativ stehe anstatt im Akkusativ. Woraufhin der junge Naseweis mit einem Anflug von Tollkühnheit antwortete: ›Bitte, Sir, das ist der Ablativ von Ende in Sicht.‹«

Sie machten sich wieder an den Aufstieg. Die Erregung, ausgelöst durch das sichtbare Ende, wie immer das aussehen mochte, hatte sie inzwischen beide gepackt. Falls der Berg gewinnen sollte, sagte sich Flapping Eagle, würde er wenigstens um den Sieg kämpfen müssen. In der Erregung freudiger Erwartung verschwendete er keinen Gedanken daran, daß er nur wenig von den Regeln dieses Kampfes und den Zielen seines Gegners wußte. Er befand sich jetzt mitten drin; alles andere war unwichtig.

Die Narbe auf seiner Brust juckte.

Wie er sah, hielt Virgil Jones seine Finger, wenn sie sich nicht gerade an Grasbüschel klammerten, als Glücksbringer fest gekreuzt.

Ein Stückchen hinter ihnen folgte die verborgene Gestalt der Media, die zwar Distanz, aber auch Kontakt hielt. Hören konnten sie sie nicht, weil sie nicht erwarteten, daß ihnen jemand folgte. Das Pfeifen des Effekts, weniger Geräusch als Gefühl, war inzwischen stärker geworden, auf ihre unterschiedliche Art und Weise waren sie jedoch alle dagegen gefeit: Media durch ihre neue Obsession, Virgil durch seine alte Paralyse, Flapping Eagle, weil er erst kürzlich das Fieber überwunden hatte.

Der Schatten saß regungslos im Sessel und lauschte auf die Bewegungen draußen. Letztlich würde er sich regen. Letztlich würde es Zeit sein, nach dem Buch unter dem Kopfkissen zu sehen. Letztlich würde es Zeit sein, einem Hühnchen den Hals umzudrehen und es zu essen. Letztlich würden die Bewegun-

gen erforscht werden müssen. Vorerst aber noch nicht. Vorerst genügte es, im Dunkeln zu sitzen.
Liv liebte es, so dazusitzen – still, steinern, statuenhaft.

Es war kalt auf dem Felsvorsprung, kalt und feucht. Der Tag war bis zum Spätnachmittag fortgeschritten. Flapping Eagle stand neben Livs Esel, den er zerstreut tätschelte, und beobachtete, wie Virgil Jones sich wie ein Schuljunge bei der Schatzsuche benahm.
(»Nein«, hatte er gesagt, »wir machen uns nicht erst die Mühe, sie aufzusuchen. Sehen wir zu, daß wir's hinter uns bringen.«)
Sechzehn Schritte vorwärts vom Rand der Lichtung. Er wandte sich nach rechts. Sechzehn Schritte nach rechts. Er blieb stehen. Das schwarze Haus lag hinter ihm, teilnahmslos.
»Hier«, sagte Virgil Jones. »Hier müßte es sein.«
Flapping Eagle schloß die Augen und versuchte den heftigen Ansturm in seinem Innern unter Kontrolle zu bringen. Es war Zeit. Er ging zu Virgil hinüber, dessen Zunge unter der Qual der Nervenspannung flatterte, ein blinder Führer. Durch die Rose gelähmt, konnte er nicht wissen, ob es die richtige Stelle war. Flapping Eagle mußte sein Versuchskaninchen sein.
»Wenn Sie sich hierherstellen, wo ich stehe«, sagte Virgil, »und sich auf das Tor konzentrieren, müßten Sie es finden.« Er trat drei Schritte nach links und kreuzte flehentlich die Finger.
Unvermittelt stürzte Flapping Eagle vorwärts und stellte sich genau auf den Punkt.
Abermals schloß er die Augen.
Das Tor, dachte er inbrünstig. *Dies ist das Tor. Ich gehe durch das Tor. Dies ist das Tor. Ich gehe hindurch. Dies ist das Tor ...*
Immer und immer wieder; mit jeder Faser baute er Kraft in sich auf, so wie Virgil es ihm geraten hatte, und wartete darauf, daß die Äußeren Dimensionen ihn holten und zu Grimus brachten.
Nichts geschah.

Virgils Stimme rief: »Denken Sie an die Rose. Sie werden jetzt zur Rose gehen!«

Eine Rose aus Stein. Sie kommt zu mir, ich kann sie mit der Hand berühren. Ich werde die Rose berühren, die Rose berühren, die Rose berühren …

Nichts.

Er öffnete die Augen. Virgil starrte ihn bekümmert an.

»Was ist?« rief er. »Ist es Grimus? Wehrt er sich gegen Sie? Schaffen Sie's nicht, hindurchzukommen? Wille, Wille, das ist das Wichtigste. Wo ein Wille ist, da ist auch ein Weg.«

»Virgil«, gab Flapping Eagle ruhig zurück, »dies ist nicht das Tor.«

»Aber natürlich ist es das«, widersprach Virgil. »Selbstverständlich. Da war es immer. So etwas würde ich doch nicht vergessen.«

»Es ist nicht hier«, sagte Flapping Eagle mit tonloser Stimme.

»Sie haben die Kraft nicht bemerkt?« erkundigte sich Virgil. Flapping Eagle schüttelte den Kopf. »Hatten Sie nicht das Gefühl, irgendwie … versetzt zu werden?« fragte Virgil. Abermals schüttelte Flapping Eagle den Kopf. Er fühlte sich ausgelaugt, durch die Antiklimax entleert.

Virgil Jones ließ sich auf den harten Boden nieder und barg den Kopf in seinen Händen.

»Er hat es verlegt.«

Die Worte klangen wie das Echo in einer weiten Höhle. Dies ist das Ende, sagte sich Flapping Eagle. Sie hatten versagt, bevor sie überhaupt begonnen hatten. Eine Woge von Bitterkeit überkam ihn.

»Haben Sie das nicht gewußt?« fragte er. »Haben Sie nicht gewußt, daß man das Tor verlegen kann?«

Virgil, der den Anflug enttäuschter Verachtung spürte, blickte auf.

»In der Theorie«, antwortete er. »In der Theorie, ja. Doch in der Praxis … Er muß unendlich viel erfahrener geworden sein.

Es war so schwer, es aufzubauen. So qualvoll. So etwas ist nämlich keineswegs einfach. War. Ich hätte nicht gedacht, daß er es tun würde.«
»Sie haben nicht gedacht«, korrigierte ihn Flapping Eagle, dem das Adrenalin diese Kränkung auf die Lippen zwang.
Virgil sah ihn an; sein Blick war der eines Geschlagenen.
»Wir werden es finden«, sagte er bedrückt. »Weit kann es nicht von hier entfernt sein. Ich glaube kaum, daß er ein so großer Experte ist. Wir müssen nur ein wenig herumspüren. Es ist mit Sicherheit hier irgendwo. Wir werden es finden.«
»Ja«, sagte Flapping Eagle und wandte sich ab und dem schwarzen Haus zu.
Dort an der Tür stand eine Gestalt, von Kopf bis Fuß in einen schwarzen Schleier gehüllt, mit einem Fenster in Augenhöhe.
»Ich dachte mir, daß Sie kommen würden«, sagte Liv mit klangloser Stimme.

Virgil Jones watschelte auf dem kleinen Plateau umher und murmelte vor sich hin. Immer wieder blieb er stehen, kniff die Augen zu, bis ihm der Schweiß aus den Winkeln rann, und erstarrte in einer Paralyse intensiven Denkens. Dann öffnete er die Augen, schüttelte den Kopf und setzte sich wieder in Bewegung. Das Tor entzog sich ihm weiterhin.
Liv sagte:
»Glaubt er, ich hätte niemals nach dem Tor gesucht? Glaubt er, ich hätte grundlos hier oben gelebt? Ich habe ebensoviel Grund, Grimus zu hassen, wie er. Glaubt er, daß Grimus ein ebenso großer Dummkopf ist wie Virgil Jones?«
Die klanglose Sprechweise war jetzt verschwunden, verdrängt von einer erschreckend heftigen Leidenschaft. Das Gift in ihrer Stimme hätte selbst eine Schlange beunruhigt.
»Sehen Sie, Flapping Eagle«, sagte sie. »Sehen Sie sich Virgil Jones an, Ihren Führer und meinen Ehemann, in beiden Funktionen gleichermaßen inkompetent. Ich sehe ihn an und

sehe einen Mann, genauso blindlings besessen wie alle Menschen in K. Was sehen Sie? Ich sehe einen Mann, der den Schatten nachjagt. Was sehen Sie? Komm herein, Virgil«, rief sie ihm zu. »Vielleicht hab' ich das Tor ja im Haus versteckt. Komm herein und sieh dich um!«

Virgil Jones fuhr fort, die Augen zusammenzukneifen und von einer leeren Stelle zur anderen zu watscheln. Vermutlich hatte er sie nicht einmal gehört.

»Es wird Zeit«, sagte sie, an Flapping Eagle gewandt. »Es wird Zeit, daß Sie alles über Virgil Jones erfahren. Höchste Zeit, daß Sie erkennen, wie dumm es von Ihnen war, ihm zu glauben.«

Sie blieben einen Augenblick dort stehen, die nach innen gekehrte, haßerfüllte Liv und der verletzte, farblose Eagle, während Virgil murmelte und auf seine schlenkernde Art um sie herumwatschelte, gequält von den Abgründen zwischen Bemühung und Erfolg. Es hatten sich Lücken zwischen ihrer beider Leben aufgetan: Flapping Eagle vermeinte fast, die Löcher zu sehen. Und dennoch waren es diese Lücken, die sie unwiderruflich aneinanderfesselten, Schwäche, Ignoranz und Haß, vereint gegen ihrer beider Willen.

Liv machte kehrt und ging ins Haus. Nach kurzem Zögern folgte ihr Flapping Eagle, überließ den watschelnden Virgil Jones, verletzlich und verletzt, seinen murmelnden Bemühungen. Es wurde dunkler.

Media, am Ende der bewaldeten Hänge versteckt, vergoß Tränen des Mitleids über den Mißerfolg der beiden Männer.

»Hat er Ihnen vom Dimensionfieber erzählt?« fragte Liv. »Nein. Ich vermute, daß Sie darunter gelitten haben, denn nur dadurch, daß Sie es überwanden, konnten Sie der Mensch werden, den er sich wünschte. Hat er Ihnen von der Gefahr erzählt, die Sie – mit Ihrem Gesicht – in K erwartete?«

»Was ist mit meinem Gesicht?« fragte Flapping Eagle verwundert.

»Nicht einmal das hat er Ihnen gesagt«, stellte Liv fest und schüttelte den verschleierten Kopf; ihre Stimme klang angewidert. »Zweimal schon hat er Ihr Leben riskiert. Und war bereit, es abermals zu tun. Und nicht einmal davon hat er Sie unterrichtet.«

»Er hat mir zweimal das Leben gerettet«, sagte Flapping Eagle. »Und er hatte meine Zustimmung für diesen Versuch. Aber was ist mit meinem Gesicht?«

»Armer dummer Junge«, sagte Liv und streckte sich auf dem Bett aus. Flapping Eagle hockte inmitten des angesammelten Abfalls stocksteif in dem Sessel.

»Armer dummer Junge«, wiederholte sie. »Ihr Gesicht ist das genaue Ebenbild von Grimus' Gesicht. Jünger, heller, aber so ähnlich wie ein Ei dem anderen. Wußten Sie nicht, daß es das war, was er an Ihnen so faszinierend fand? Es war nicht Bird-Dog, für die er sich interessiert ... Es waren Sie. Born-From-Dead.«

Sie wußte eine ganze Menge über ihn ...

»Sispy«, sagte er. »Sispy und Grimus sind ein und derselbe?«

Die ausgestreckte, verschleierte Gestalt nickte.

»Aber wenn mein Gesicht so sehr dem seinen gleicht«, fragte Flapping Eagle, »warum hat Bird-Dog mir das dann nicht gesagt? Sie hätte es doch bestimmt erwähnt ... Wir standen uns damals wirklich sehr nahe.«

»Grimus«, entgegnete Liv, »ist ein Meister der Verstellung. Das können Sie mir glauben, mein armer, törichter Doppelgänger. Es war Ihr Gesicht, das ihn fasziniert hat. Aber es war Bird-Dog, die er bekam.«

Ein grausames Auflachen. Während seine Gedanken in seinem Kopf herumschwirrten, wünschte Flapping Eagle sich, das Gesicht hinter dem Schleier sehen zu können.

»Und noch eines«, sagte Liv. »Grimus ist ein sehr attraktiver Mann. Könnte das vielleicht einiges erklären?«

Deggle pflegte ihn Pretty-Face zu nennen.

Irina sagte: »Sie sind nicht der Mann, der Sie zu sein scheinen.«
Gribbs, am Fußende des Bettes stehend, hatte gemurmelt: »Bemerkenswert, bemerkenswert.«
Der Ausdruck des Erkennens, mit dem er im Elbaroom begrüßt worden war, und Peckenpaw, der mit einer so seltsamen Betonung sagte: »Jones und ein Fremder.«
Das Gespenst der Steinrose.
Das Gespenst Grimus …
Deswegen hatte sich Irina Tscherkassova sofort so stark zu ihm hingezogen gefühlt. Deswegen hatte sich auch Elfrida Gribbs zu ihm hingezogen gefühlt. Deswegen hatte ihn das Mädchen Media so zwanghaft angestarrt. Deswegen hatte Jocasta ihn spontan abgelehnt. Er lebte hinter dem Gesicht eines anderen, erntete sowohl den Lohn als auch die stürmische Aufmerksamkeit von dessen Persönlichkeit. Deswegen.
»Wie ich sehe, trifft das zu«, sagte Liv ironisch. Sie reckte sich träge auf ihrem Bett. »Faszinierend, zu beobachten, was die Wahrheit in den Menschen auslöst.«
»Die Wahrheit«, murmelte Flapping Eagle.
»Und nun«, sagte sie, »werde ich Ihnen die Wahrheit über mich erzählen. Ich werde es tun, weil man sie Ihnen vorenthalten hat. Folgendes ist die Wahrheit über Liv: Sie haßt Grimus. Sie haßt Virgil. Sie haßt diesen infernalischen Berg.«
»Aber sie lebt«, sagte Flapping Eagle.
»Haß«, gab Liv zurück, »ist auf Erden das, was der Macht am nächsten kommt. Und die Macht gibt man nicht so leicht auf.«
Flapping Eagle wollte etwas entgegnen, aber sie winkte ab.
»Es wird Zeit, uns das Buch anzusehen«, sagte sie und griff unter ihr Kopfkissen.

In diesem Slum von einem Raum sitzend, jede Hoffnung auf Erlösung durch den murmelnden Versager draußen zerstört, durch die Wahrheit aus dem Mund dieses verschleierten Orakels zum Status eines Bauernopfers im Spiel eines anderen herabgewürdigt, vernahm Flapping Eagle die Geschichte des Calf Mountain; vernahm sie, als er überzeugt war, er könne nichts mehr dagegen tun. Und wie gewöhnlich, sollte er sich darin irren.

Die Schnitzereien starrten von der Wand herab, als Liv das alte, uralte Tagebuch, das in grobes, schwarzes Tuch gehüllt war, unter ihrem Kopfkissen hervorzog.

»Damals«, sagte sie, »führte Virgil Tagebuch. Es ist eine interessante Lektüre.«

Ein Huhn gackerte vor sich hin.

»Ich werde Ihnen daraus vorlesen«, erklärte sie und begann zu zitieren. Zu zitieren, weil es im Zimmer dunkel war und mit jeder Sekunde dunkler wurde, weil der Abend hereinbrach und sich nun auch der winzigste Lichtschimmer zurückzog. Sie kannte das Buch auswendig.

Wotanstag, 19. Juni

Meine Tagebücher waren stets meine Freunde. Das geschriebene Wort ist so viel beständiger als die Menschen. Und ehrlicher. Man hält sich immer wieder den Spiegel der eigenen Unzulänglichkeiten vors Gesicht, doch ohne Bosheit. Das ist Freundschaft, wenn man so will.

Tatsache ist, mein Freund, daß Du heute noch mehr Verständnis aufbringen mußt als jemals zuvor. Die Dinge, die ich Dir erzähle, sind wahr, aber ich könnte es Dir durchaus verzeihen, wenn Du mir nicht glaubst. Du solltest mir aber lieber glauben.

Eine Flut in den Geschäften der Menschen führt, wenn sie auf dem Höhepunkt des Aufsteigens genutzt wird, zum Glück. *Der liebe Brutus. Ich frage mich, ob er recht hat. Was meine Geschäfte betrifft, so herrscht mit Sicherheit Hochflut. Die Verbindung zwischen Flut und Glück ist allerdings ein wenig an den Haaren herbeigezogen. Aber ich rede um mein Thema herum. Vielleicht zögere ich, endlich zu beginnen. Ich werde beginnen.*

Meine alten Schwächen, weißt Du: Es war pure Trägheit, eine flatterhafte Beschaffenheit des Verstandes, die mich daran gehindert hat, meine archäologischen Träume zu verfolgen. Die Ironie ist, daß diese Trägheit so unmittelbar zu körperlicher Arbeit führen sollte. Aber Schulden müssen bezahlt werden, und graben kann ich. Obwohl ich jetzt eingrabe, während ich früher ausgegraben habe. Ich sehe mich als einen Kreator von Beweisen für zukünftige Archäologen. Das muß ich tun; eine andere Möglichkeit, Würde zu wahren, kann ich an meiner gegenwärtigen Arbeit nicht entdecken.

Wie Du weiterhin weißt, hat Nicholas Deggle mir meine gegenwärtige Arbeitsstelle besorgt. Gestern ist er zu mir gekommen. (Ich entschuldige mich dafür, daß ich gestern nicht geschrieben habe. Die Ereignisse hatten mich wirklich schwer beim Wickel.) Ich glaube, er kam, um sich über mich lustig zu machen. Das ist seine unangenehmste Eigenschaft. Verzeihlich, vielleicht, bei einem Gläubiger. Begreiflich, vielleicht, in Anbetracht meiner Anstellung.

Ich bin nämlich nicht einfach Totengräber, mein Freund, sondern Totengräber für Haustiere! Dutzendfach habe ich heißgeliebte Spaniels und tief betrauerte Katzen begraben. Jeder Mensch muß irgendwo anfangen, heißt es. Einen bescheideneren Anfang kann man sich vermutlich nicht vorstellen.

Die Haustierabteilung des Friedhofs liegt unmittelbar am äußersten Rand, dicht neben einem verwilderten Waldstück. Dorthin begab ich mich, nachdem ich der Erde meinen dritten Schoßhund übergeben hatte, um meinen Lunch einzunehmen: zwei Biskuits und ein Stück Käse. Und genau dort fand ich es: DAS DING.

Anfangs hielt ich es für einen verlorenen Grabstein. Bei näherer Untersuchung wurde mir klar, daß es so leicht nicht zu erklären war. Es ist ungefähr so groß wie ein Mensch und ganz und gar aus Stein gehauen. Es sieht aus wie eine stark geometrische Rose, fast schon eine Windrose, und so nennen wir es auch: die Steinrose.

Ich stand mitten in einem Gebüsch. Ich glaube kaum, daß sie absichtlich dort versteckt worden war. Sie war *einfach dort. Ich bahnte mir einen Weg zu ihr, wobei ich mir die Hände zerkratzte und einen kleinen Riß im Jackenärmel davontrug.*

Dies ist der Punkt, an dem Du anfangen mußt, Deinen Unglauben zu unterdrücken, mein Freund. Als ich sie berührte, ereignete sich etwas äußerst Erschreckendes. Mein Kopf begann zu wirbeln, seltsame Bilder entstanden vor meinen Augen. Ich muß wohl ohnmächtig geworden sein. Als ich erwachte, lag ich neben der Rose auf dem Boden, mit Staub und ein paar weiteren Kratzern bedeckt. Voll Scham muß ich bekennen, daß mein erster Reflex die Flucht war. Ich kehrte zu meinen Pflichten zurück und beerdigte ein paar weitere Tiere. Dann kam Deggle. Es war seine herablassende Art, die mich veranlaßte, zur Rose zurückzukehren. Ich wollte sehen, ob sie die gleiche Wirkung auch auf ihn hatte. Wenn ja, würde er bald aufhören, höhnisch zu grinsen.

Sie hatte die Wirkung. Ich war gezwungen, ihn wiederzubeleben, indem ich ihn mit Wasser bespritzte. Ich sage, gezwungen: Ehrlich gesagt, benutzte ich ein wenig mehr als unbedingt nötig.

Erschüttert und sehr verängstigt verließen wir das Wäldchen und fanden uns einem hochgewachsenen, blonden Mann gegenüber, der ein ganzes Stück älter aussah, als er war. Ich vermute, daß er Mitte Fünfzig ist und sich sehr gut gehalten hat, aber er wirkt älter. Wenn das nicht eine allzu oxymoronische Formulierung ist. Er hatte uns einen Vogel gebracht, der beerdigt werden sollte, einen leuchtend bunten Paradiesvogel. Sein Name sei Grimus, sagte er; nach seinem Akzent zu urteilen, schien er Mitteleuropäer zu sein und eindeutig ein Flüchtling.

Wir müssen furchtbar ausgesehen haben, denn er fragte uns sofort, was passiert sei. Nach einer kurzen Diskussion, bei der er immer interessierter wirkte, führten wir ihn in das Wäldchen, wo auch er die Rose zu berühren versuchte. Er fuhr zurück und hielt sich den Kopf; ohnmächtig hingegen wurde er nicht. Was ihm sofort eine Art Vorrangstellung vor uns verlieh. Vielleicht waren wir deswegen einverstanden, die Rose vorerst noch als Geheimnis zu bewahren, jedenfalls, bis wir besser mit ihr umgehen konnten.

An jenem Abend lud er uns zu sich nach Hause ein, wo wir uns weiter unterhalten wollten. Aber schon jetzt schienen wir uns auf eine Ver-

schwörung mit diesem Mann eingelassen zu haben. Während ich meine Pflichten an einem leeren Sarg erfüllte, kam er auf den Friedhof zurück. Mit Stricken und Stöcken gruben wir die Rose aus und legten sie so in den Sarg, daß wir sie nicht berühren mußten. Er war mit seinem großen Kombiwagen in den Wald gekommen, und nun schmuggelten wir unseren Schatz wie drei Grabräuber hinaus, fühlten uns wie Kriminelle, obwohl wir kein Verbrechen begangen hatten.

Grimus' Haus liegt in einem schmuddeligen Vorort im äußersten Südwesten der Stadt. Es ist innen genauso schmuddelig wie außen und birgt ein erstaunliches Durcheinander von Gegenständen und Büchern. Er hat zahlreiche ausgestopfte Vögel und andere Beweise ausgedehnter Reisen. Überall hängen Bilder – orientalisch, glaube ich –, und wieder sind die Sujets vorwiegend ornithologisch. Grimus interessiert sich für mythische Vögel, und während er sprach, wirkte sogar er selbst merkwürdig vogelartig, flatterten seine Hände, nahm seine Stimme einen hektisch zwitschernden Ton an. Auf meine amateurhafte Art teile ich seine Interessen; außerdem besitzt er die Fähigkeit, andere für seine Lieblingsthemen zu interessieren, daher waren wir keineswegs gelangweilt.

Grimus ist natürlich nicht sein richtiger Name. Das hat er uns ganz offen erklärt. Dafür hat er, als er vor etwa dreißig Jahren in dieses Land kam, einen ganz und gar unaussprechlichen Namen abgelegt. Seinem Naturell gemäß ist sein Name als Anagramm von einem legendären Vogel abgeleitet: dem Simurg.

»Der Simurg«, erklärte er uns eifrig, »ist der Große Vogel. Er ist unermeßlich, allmächtig und einzigartig. Er ist die Summe aller Vögel. Es gibt ein Sufi-Gedicht, in dem sich dreißig Vögel aufmachen, den Simurg auf dem Berg zu suchen, auf dem er lebt. Als sie den Gipfel erreichen, müssen sie feststellen, daß sie alle der Simurg sind oder vielmehr geworden sind. Der Name Simurg bedeutet nämlich Dreißig Vögel. Si, dreißig. Murg, Vögel. Faszinierend. Faszinierend. Der Mythos des Berges von Kâf.«

»Calf?« fragte Nicholas Deggle.

*»Kâf«, berichtigte Grimus. »Der arabische Buchstabe K.**

So hätte er ewig weitergeredet, aber Deggle unterbrach ihn und erinnerte ihn an die Rose.

»Ach ja«, sagte er. »Die Rose. Die Rose besitzt Macht.«

»Sind Sie ein Okkultist?« fragte ich ihn bedrückt. Ich werde immer bedrückt, wenn ich mit dem Okkulten konfrontiert werde. Es ist so freudlos.

»Nicht direkt«, zwitscherte er. »Liberal. Das trifft es eher. Falls die Rose Macht besitzt, müssen wir erfahren, von welcher Art.«

»Öffnen Sie den Sarg«, wies er mich an. Ich mochte nicht, daß man mir Befehle erteilte, stellte jedoch fest, daß ich gehorchte. Rasch trat Grimus neben die Rose, und bevor wir wußten, wie uns geschah, legte er die Hand auf sie. Vor furchtbarem Schmerz schrie er laut auf, ließ sie aber nicht wieder los. Ich sah, wie sich seine Pupillen erweiterten und er die Augen ganz weit aufriß.

Dann verschwand er. Die Rose blieb, wo sie war, aber ich schwöre Dir, daß er nicht mehr da war. Er war lautlos und stumm verschwunden. Wenige Minuten darauf tauchte er wieder auf; er strahlte und schüttelte den Kopf.

»Wundervoll!« sagte er. »Einfach wundervoll!«

Ich sah Nicholas Deggle an und er mich. »Ihr müßt das beide wirklich versuchen«, sagte Grimus. »Ihr müßt!«

Letztlich taten wir es beide – nach einer großzügigen Menge von Grimus' ausgezeichnetem Brandy. Wir hatten beide Angst, doch ich bin sicher, daß Deggle mehr Angst hatte als ich. Er hatte schließlich eine höhergestellte Position zu verlieren. Deggle ist kein besonders bescheidener Mensch.

* Ich sollte anmerken, daß der betreffende arabische Buchstabe kein genaues Pendant im lateinischen Alphabet hat. Gewöhnlich wird er als Q (Qâf) wiedergegeben, ist aber in Wirklichkeit ein Knacklaut, für den es keine akkurate Wiedergabe geben kann. Ich habe mich dazu entschieden, ihn als K (Kâf) wiederzugeben und das Risiko einzugehen, daß er mit dem Buchstaben Kâf verwechselt wird – aus dem einfachen Grund, daß es für mich die einzige Möglichkeit ist, ihn auszusprechen. Ein Purist würde mir das niemals verzeihen, aber so ist es nun einmal.

Noch kann ich Dir den Planeten Thera nicht schildern. Zunächst muß ich ihn mir gründlicher ansehen. Genügt es nun, zu sagen, daß wir durch ... ja, was? Ich weiß es nicht ... gereist sind und auf eine Lebensform gestoßen sind, die der unsrigen bei weitem überlegen ist? Die Welt ist plötzlich von wundervollen Möglichkeiten erfüllt!
Und ich war es, der sie gefunden hat!

»Den nächsten Teil werde ich auslassen«, verkündete Liv nüchtern. »Es handelt sich um einen Bericht über andere Reisen, die sie gemacht haben.«
Im Zimmer war es inzwischen stockfinster geworden. Gebannt lauschte Eagle der tonlosen Erzählung.

Mondtag, 1. Juli

Heute hat Grimus seine größte Entdeckung gemacht und uns seinen großen Plan vorgeschlagen. Ich muß sagen, daß mich die Sache fesselt. Deggle ist mürrisch und in sich gekehrt, und ich glaube, er hält nichts davon; aber die Rose hat ihn ebenso stark gepackt wie uns andere. Obwohl er sich nach jenem ersten Besuch auf Thera hartnäckig weigert, sie zu benutzen.
»Man hat schon genug Probleme«, sagte er heute, ganz ohne seine übliche Trickserei. Aber er kommt immer noch: kommt jeden Abend, wenn wir uns in Grimus' Wohnzimmer um den Sarg versammeln, um auf die Konzeptionellen Reisen zu gehen, die Dota uns erklärt hat. Er kommt und sitzt finster da, während Grimus und ich abwechselnd andere Welten aufsuchen.
Wie schnell ich doch gelernt habe, ein neues Universum zu akzeptieren, in einem exotischen Stadtrandwohnzimmer zu sitzen und zuzusehen, wie ein Mensch verschwindet und wiedererscheint, und das sogar selbst ebenfalls zu tun! Offenbar bin auch ich, genau wie Grimus (sein Ausdruck), weltoffen. Zum Glück. Aber heute ist meine Weltoffenheit auf eine gemeine Probe gestellt worden. Grimus hat etwas mitgebracht von seiner Reise. Es ist das erste Mal, daß jene anderen Welten in die

unsere eindringen. Zwei Flaschen hat er mitgebracht. Die eine mit einer gelben Flüssigkeit gefüllt. Die andere mit einer blauen.

»Gelb für das ewige Leben, blau für den ewigen Tod«, sagt er. Das ist er, sein großer Plan. Mit seinen eigenen Worten. Jedenfalls, soweit ich mich erinnere.

»Wir sind jetzt in der Lage, die Gabe des Lebens zu verleihen«, sagte er mit seiner hellen, slawischen Stimme. »Ich schlage vor, daß wir die Verantwortung übernehmen. Der erste – unerläßliche – Schritt ist, daß wir sie uns selber verleihen. Der zweite – ebenfalls unerläßliche – Schritt ist die Wahl der Empfänger. Und hier sind einige Kriterien für die Auswahl: Menschen, die Freude am Leben haben; Menschen, die an etwas arbeiten, das der Ewigkeit nützen würde; kurz gesagt, Menschen, denen eine längere Lebensspanne nützen würde oder die sie erstreben. Der – unerläßliche – dritte Schritt wäre, einen Zufluchtsort zu schaffen. Einen Ort, an dem jene, die der Welt müde geworden sind, Zuflucht finden können.«

»Einen Moment«, sagte Nicholas Deggle. »Wie in aller Welt sollen wir diese Leute finden?«

An diesem Punkt griff Grimus in eine Tasche des Mantels, den er auf seinen Reisen immer trug, und zog den Wasserkristall daraus hervor.

»Hiermit«, sagte er. »Und wenn die Rose richtig justiert ist, können wir mit Dotas Technik das Leben jener beobachten, die wir konzeptionalisieren. Wir brauchen unsere Gedanken nur auf den erwählten Typ eines Empfängers zu konzentrieren, und sie erscheinen wie ein Fernsehfilm hier vor uns. Dann begeben wir uns mit einer weiteren Justierung der Rose direkt zu ihnen.«

»Um Gott zu spielen«, warf Deggle ein. »Ein bißchen gefährlich, meinen Sie nicht?«

»Wäre es Ihnen lieber, wir übergäben unsere Kenntnisse den Behörden?« fuhr Grimus auf. Seine Stimme war von einer Bitterkeit und einem Haß auf die Behörden erfüllt, die einem furchtbaren Erlebnis in seiner Vergangenheit entspringen mußten, einem Erlebnis aus der Zeit, bevor er Grimus, der Vogelmann, wurde. (Seinen richtigen Namen

haben wir nie erfahren.) »Wollt ihr lieber in ein Irrenhaus gesperrt werden? Oder zusehen, wie die Regierungen unsere Gabe benutzen, um Waffen und Krieg zu produzieren? O nein, wir tun es selber oder gar nicht. Ich sage nur folgendes: Kenntnisse von dieser Bedeutung ungenutzt zu lassen wäre wahrhaftig mehr als ein Verbrechen. Es wäre Sünde.«

Liv überschlug mehrere Seiten. Sie machte eine große Show daraus, die richtige Stelle zu suchen, obwohl sie beim Sprechen nicht ein einziges Mal auf das Buch in ihrer Hand hinabblickte.

Wir haben eine Welt erbaut. Unmöglich zu sagen, ob wir diese Insel gefunden *oder* erschaffen *haben. Ich neige eher zu letzterem, Grimus zu ersterem. Er behauptet, die Konzeptionelle Technologie decke lediglich Existenzen auf, die unsere Konzeptionen spiegeln. Ich bin nicht so sicher. Wie dem auch sei, wir haben die Insel gemacht, und sie ist ein Paradies, fruchtbar, üppig und grün. Grimus hat ihr einen Namen gegeben: Kâf Island. Der Berg heißt Kâf Mountain. Da aber weder Deggle noch ich den Knacklaut oder den tonlosen arabischen Vokal beherrschen, haben wir den Namen zu Calf verballhornt. Gemästet? Golden? Die Zeit wird's erweisen.*
Und was die Bevölkerung betrifft: Inzwischen verbringt Grimus seine gesamte Zeit mit dem Wasserkristall. Er hat eine Entdeckung gemacht: Jedes Leben, das er dort sieht, stammt aus einer leicht veränderten Dimension, existiert in einem leicht veränderten potentiellen Präsens … *Seine Formulierung. Wird es Schwierigkeiten geben beim Assimilieren der Immigranten von verschiedenen Planeten in diese eine Gesellschaft? Grimus ist von fröhlicher Zuversicht erfüllt. Die Unterschiede sind zu winzig, um eine Rolle zu spielen, behauptet er. Ich hoffe nur, daß er recht hat.*

Liv blätterte wieder weiter.

Calf Island, Erster Tag
Mondtag, 1. Januar

Das Datum ist willkürlich gewählt. Wenn man schon anfängt, dann wirklich am Anfang. Inzwischen sind wir alle auf Calf Island, in der Stadt, die ganz einfach K genannt wird. Grimus hat diesen Anfang sehr geschickt arrangiert: Durch klugen Einsatz der Rose hat er es geschafft, daß alle, die nach Calf Island kommen wollen (er kontrolliert alle Empfänger sehr genau), wann immer das in ihrem Leben und ihren Dimensionen geschieht, am selben Tag nach Calf Island gebracht werden. »Das Ganze ist ein Zeitangleichungseffekt«, *sagt Grimus, und ich glaube ihm. Es habe nur eine einzige Fehlbeurteilung gegeben, behauptet er. Die Reise des Philosophen Ignatius Gribbs und seiner Ehefrau Elfrida war zeitlich schlecht geplant worden; bis sie hier erscheinen, wird noch eine lange Zeit vergehen.*

Heute herrscht eine gewisse Frohstimmung in K, weil die Bewohner sich zum erstenmal begegnen, eine Art Paradies. Wir sind die Unsterblichen, und dies ist unser Olymp. Es war ein glücklicher Tag, als ich den Job auf dem Haustierfriedhof annahm.

Wieder ein Sprung. Dieses Mal war in Livs Stimme eine Anspannung, die es bis dahin nicht gegeben hatte.

Freyatag, 26. Januar

Heute geht es bei meinem Bericht um zwei Frauen. Für mich ist es ein glücklicher Bericht.

Liv Sylwan ist eine Hure. Eine ganz außergewöhnliche Hure. (Sonderbar übrigens, wie viele Huren sich für Calf Island entschieden haben. Es muß ein überaus befriedigender Beruf sein.) Liv genießt es, schön zu sein, und genießt es, mit ihrem Körper zu arbeiten. Sie kennt keine Scham. Außerdem versteht sie es, zu kommandieren. Also ergriff sie sofort den Befehl über das Bordell. Die einzige echte Konkurrenz war Jocasta, sozusagen ihre stellvertretende Befehlshaberin. Ich mag Jocasta. Aber Liv ist … nun ja, Liv ist.

Ich muß gestehen, daß ich bis zur Entdeckung der Rose niemals das gewesen bin, was man als sexuellen Giganten bezeichnen könnte. Pygmäe würde es trotz meines Leibesumfangs wohl besser treffen. Den Damen mache ich keinen Vorwurf, den süßen, mit Popöchen und Titties behafteten kleinen Dingern. Wer würde sich schon gern von mir erdrücken lassen? Die Rose verlieh mir Selbstbewußtsein. Ich bereiste neue Welten, in denen dicke Männer ebenso begehrt waren wie weibliche Rubensgestalten. Der Terror der Titties, das war ich. Virgil Jones, ein Sexsymbol! Bemerkenswert.
Ich kann nicht recht glauben, daß Liv Sylwan mich begehrt. Aber sie hat gesagt, daß sie es tut, und ich darf in ihr keine Lügnerin sehen. Also tut sie es wirklich. Aber warum, um Himmels willen – warum? Sie sagt, daß sie ihre Arbeit aufgeben will, um Deggle, Grimus und mir den Haushalt zu führen – ich kann das einfach nicht verstehen! Doch einem geschenkten Gaul sieht man nicht ins Maul. Der Tag ist ein glücklicher, an dem schöne Frauen häßliche Männer begehren, nur weil sie sie mögen!
Wir werden heiraten. Grimus, der früher angeblich einmal Mönch war, wird uns nach den Riten der Kirche trauen, obwohl ich selbst nicht besonders fromm bin. Zeremonien machen Spaß.
Was Grimus betrifft ... der ist ein komischer Vogel, um einen landläufigen Ausdruck zu gebrauchen. Ich habe noch nie beurteilen können, ob ein Mann attraktiv ist, also hätte ich gesagt, daß Nicholas Deggle am besten von uns dreien aussieht. Offenbar ist dem aber doch nicht so. Denn Grimus ist es, den sie alle begehren, Favorit der Huren (ausgenommen natürlich meine Liv), Liebling der Bauersnrauen genauso wie der russischen Gräfinnen. Das Problem ist nur, daß er sich nicht für sie interessiert. Das kommt von dieser mönchischen Vergangenheit. Dem Zölibat verschworen. Möglicherweise macht ihn das so attraktiv. Weil er sich ziert.
Die Hartnäckigste ist wohl die Axona-Indianerin namens Bird-Dog. Eine absolut unscheinbare Frau, die wie ein Hund seinen Schritten folgt – wie ja ihr Name schon sagt. Obwohl sie um ihn herumscharwenzelt, hat er niemals Zeit für sie. Vermutlich sieht sie in ihm eine Art

Schamanen und betet ihn an, das arme, einfältige Kind. Irgendwann wird es ihr langweilig werden.
Interessante Tatsache, die aus Bird-Dogs Anwesenheit hier abzuleiten wäre: Grimus hatte sich früher einmal darauf versteift, seinen eigenen Doppelgänger zu finden. »Logischerweise«, sagte er, »muß es in einem unendlichen Universum irgendwo ein präzises Duplikat von mir geben. Aber das interessiert mich nicht. Worauf ich scharf bin, ist eine gewisse Ähnlichkeit. Ein Mensch, der mir ähnlich, aber dennoch hundertprozentig fremd ist.«
Hocherfreut war er, als das Axona-Plateau in seinem Wasserkristall auftauchte. Aber es hat nicht so funktioniert, wie er sich erhofft hatte. Bird-Dogs Bruder hat sich bis jetzt noch nicht für Calf Island entschieden. Vielleicht tut er es noch, vielleicht auch nicht.
Vielleicht hat Grimus sich nicht wirklich erhofft, daß er es tut. Bei ihm kann man wirklich nie sicher sein.

Liv blätterte unsicher mehrere Seiten weiter.

Donarstag, 5. April
Alles läuft falsch. Ich spüre es. Die fröhliche Stimmung ist verschwunden. Und wenn die weg ist, lohnt es sich nicht mehr. Obwohl Grimus da anderer Meinung ist. »Es ist ein grandioses Experiment«, sagt er. »Es kann nicht schiefgehen.« *Ich bin nicht sicher, daß die Macht seines Willens allein uns zusammenhalten kann. Ewig ist eine so furchtbar lange Zeit.*
Außerdem: Wir drei haben uns nie auf unsere Eignung testen lassen. Für uns war es selbstverständlich, daß wir die Unsterblichkeit verdienten, und dann war es auch selbstverständlich für uns, daß Calf Island der perfekte Ort für uns war. Möglicherweise haben wir uns in allem furchtbar geirrt.
Die Selbstmorde sind es. Das ist der Punkt. Grimus ist wütend darüber. Die hätten niemals herkommen dürfen, behauptet er. Sie hätten ihre blauen Fläschchen in Ruhe irgendwo anders trinken sollen. Anstatt sich hier bei uns umzubringen. Auf diese Insel zu kommen, sagte

Deggle, ist wie eine Eheschließung. Ohne Rücksicht darauf, wie sehr sie zu jener Zeit verliebt waren, werden viele Leute unweigerlich eine Scheidung beantragen.
Diese Selbstmorde bewirken, daß sich die Leute gegen uns stellen, und Deggle ist auf ihrer Seite. Hat er womöglich recht? Nein, nein, er muß im Unrecht sein. Jeder hat sich aus freiem Willen entschieden. Es ist bestimmt nicht unsere Schuld.
Wie eine Eheschließung … *Natürlich, ich war blind. Liv liebt mich nicht. Das weiß ich jetzt. Wußte es damals schon. Aber ich dachte wenigstens, daß sie mich* mag.
Liv liebt die Macht. Liebt es, im Zentrum der Macht zu sein. Liebt es, in der Nähe von Grimus zu sein. Durch mich ist sie das. Aber dem ist ein Ende gesetzt. Dem Paradies ein Ende gesetzt. Wir schlafen nicht miteinander. Sie redet unaufhörlich mit Grimus.
Folgendes habe ich erlauscht:
»Dein Name«, sagte Grimus. »LIV. In der römischen Numerologie bedeutet das vierundfünfzig. Als ich das Elixier trank, war ich vierundfünfzig. Diese Zahlen verbinden uns.«
Ich wußte, daß Grimus sich für Numerologie interessierte. Doch ist dies wirklich nur eine mönchische, mystische Verbindung? Allmählich werde ich eifersüchtig auf den Mann. Liv sagt, ich hätte keinen Grund zur Eifersucht. Sie hat recht. Es gibt nichts mehr zwischen uns beiden. Alles läuft falsch.

Zeustag, 1. Mai

Mayday, m'aidez. *Der große Plan ist gescheitert und wir mit ihm. Ich werde versuchen, die Ereignisse* sine ira et studio *zu vermelden, mein Freund, doch es ist möglich, daß es mir nicht gelingt.*
Deggle fing damit an. Mit der Gewalttätigkeit.
Liv machte ihr ein Ende.
Aber der Anfang. Du fängst am Anfang an, gehst weiter bis zum Ende und bleibst stehen. Also der Anfang. Vor zwei Tagen erwachte ich in der Nacht von einem furchtbaren Krach im Rosenzimmer. So schnell es meine Leibesfülle mir erlaubt, eilte ich hinüber. Grimus war schon

dort; in seinem lächerlichen Nachthemd und der Zipfelmütze wirkte er wie ein überdimensionaler, wütender Heinzelmann und starrte ungläubig auf das Desaster.

Die Rose lag auf dem Boden, der Stengel ragte aus dem Sarg hervor, der umgekippt auf dem kostbaren Wunderding lag! Und über das Ganze gebeugt stand Deggle.

Ich habe schon vor einiger Zeit festgestellt, daß irgend etwas mit Deggle nicht stimmte, und mich gefragt, wie weit die zunehmende Abneigung gegen Grimus und mich, die in der Stadt herrschte, das Resultat seiner Intrigen war. Wir haben äußerst ernüchternde Zeiten durchgemacht in K. Von den Selbstmorden abgesehen (und diese Phase scheint Gott sei Dank vorüber zu sein), hat es eine Anzahl Desertionen von K gegeben. Menschen, die es vorzogen, anderswo zu leben, an den bewaldeten tieferen Hängen, weit entfernt von unserer Stadt. K selbst blamiert, unzufrieden. Es ist vermutlich, Gott helfe uns, nur natürlich, daß sie ihren Unmut über die Menschen äußern, die für Calf Island verantwortlich sind. Aber die Gewalttätigkeit ... das Geraune, man müsse Grimus' Teufelsmaschine zerstören ... Ich hatte gedacht, diese Gewalttätigkeit hätten wir hinter uns. Und die Rose selbst ... Ich weiß nicht einmal mehr, was damit los ist.

Kontrolle. Kontrolle.

Deggle hat einen großen Teil seiner Zeit im Elbaroom verbracht. Vielleicht hielt er sich für eine Art Heiland. Einen populären Messias. Einen Erlöser. Zwischen uns hat noch nie eine besondere Zuneigung geherrscht. Vielleicht ging diese Feindseligkeit tiefer, als er vermutete. Wie dem auch sei. Wir ertappten ihn dabei, daß er versuchte, die Rose zu zerschmettern! Grimus erholte sich ziemlich schnell von seinem Schock und warf ihn unter Anwendung einer erstaunlichen Kraft zum Zimmer hinaus. »Sie muß getestet werden«, sagte er und schloß sich für den Rest der Nacht mit der Rose ein, die er justierte, regulierte, testete. Erst im Morgengrauen erklärte er, nach seiner Meinung sei kein Schaden angerichtet worden.

Kein Schaden!

»Wir dürfen nicht zulassen, daß so etwas noch einmal passiert«, sagte

er in so hitzigem Ton, wie ich es von ihm bis dahin nur ein einziges Mal gehört hatte, in seiner kurzen Schmährede gegen die Autorität.

»Die Rose ist das Wertvollste auf der ganzen Insel«, sagte er. »Ich kann nicht dulden, daß sie in Gefahr gerät. Wollen Sie mir helfen?«

Ich war wie gebannt vom Feuer dieser leuchtenden, schwerlidrigen Augen. »Wie?« fragte ich ihn.

»Ich bin nicht sicher, ob ich es allein schaffe«, sagte er. »Wir werden unser beider Willenskraft benötigen. Wir müssen einen Vandalen von der Insel vertreiben. In der Nacht habe ich Dota aufgesucht, und er hat mich eine Methode gelehrt. Aber es wird schwierig sein.«

Ich werde Dich nicht mit der nun folgenden Argumentation langweilen. Sagen wir einfach, daß wir ins Rosenzimmer gingen. Einverständlich. Sofort empfand ich Unbehagen.

Wie soll ich es erklären? Es herrschte eine gewisse Atmosphäre in dem Zimmer, eine Art weiches, unhörbares Pfeifen. Nein, nicht im Zimmer. In meinem Kopf. Und neben der Rose war es am stärksten. Als ich Grimus beunruhigt fragte, was das sei, tat er es wegwerfend ab: Es habe die Funktionen der Rose in keiner Weise beeinträchtigt. »Es war nur ein Pfeifen«, behauptete er. Dota, der Schorf, habe sich keine Gedanken darüber gemacht.

Er justierte die Rose, und wir fixierten unsere Gedanken auf unsere Absicht, indem wir immer wieder folgende Wortkombination wiederholten: IXSE SIXITES SIXE IXSETES EXIS EXISTIS. Wie ich vermute, eine Variante der SISPI-Formel für die Reise zwischen potentiellen Gegenwarten.

Seitdem ist Deggle auf Calf Island nicht mehr gesehen worden. Also vermute ich, daß die Vertreibung funktioniert hat. Ich weiß nicht, wohin wir ihn geschickt haben, aber er ist fort. Wenn wir das wollen, wird ihn der Wasserkristall uns zweifellos zeigen. Ich will es nicht. Nicht jetzt.

Ich habe die Anwendung der Rose immer als Ritus empfunden. Sie ist so absolut unmechanisch. Also. Als der Ritus beendet war, geschah es. Mir wurde schwindlig. Irgendwie fühlte ich mich nicht wohl. Grimus sagte: »Es genügt nicht, Deggle zu vertreiben. Wir müssen die Rose an einen Ort bringen, wo sie sicherer ist. Ich habe einen Plan.«

Ich konnte kaum seine Stimme hören ... Sie kam und ging und ging ... (He, Virgil, nur die Ruhe, erzähle alles der Reihe nach.)

Das Pfeifen. Irgendwie war es das Pfeifen, muß es gewesen sein. Weil ich die Rose so lange berührt hatte, so fest. Ich frage mich, warum Grimus davon nicht betroffen war ...

Das Pfeifen füllte meinen Kopf mit Formen und Bildern, Ungeheuern und Schrecken. Schrecken. Ich versuchte, dem zu entkommen, aber es gab für mich kein Entkommen. Sie waren innen.

Halluzinationen? Nein, dazu waren sie zu real, sie vermochten Schmerz zuzufügen. Nein, ich werde sie nicht schildern, die infernalischen Szenen, die ich sah und fühlte, die Tiefen, in die ich abstürzte. Es war, als sei ein Heer von Schrecken aus den hintersten Winkeln meiner eigenen Vorstellungskraft entfesselt, als seien meine innersten Ängste Fleisch geworden. Gräßlich, unsäglich und gräßlich. Nein, mehr werde ich nicht darüber sagen ... das Dimensionfieber. So nannte es Grimus.

Als ich zur Besinnung kam, saß Grimus fürsorglich neben mir auf dem Fußboden des Rosenzimmers. Er hatte mich gerettet, indem er die Rose auf meine Koordinaten einstellte und mich aus meinen innersten Tiefen zurückrief. Also vermag die Rose sowohl zu heilen als auch zu quälen. Ich fürchte mich mehr denn je vor ihr.

Vor allem aber fürchte ich mich, weil ich sie nicht mehr benutzen kann. Grimus wollte, daß ich, wie ein abgestürzter Bergsteiger, gleich wieder lernte, mit ihr umzugehen. Er stellte die Rose auf Thera ein, und wir berührten sie. Ich reiste nicht! Sosehr ich mich auch bemühte, ich konnte die Rose nicht benutzen.

Es ist wie eine Lähmung des Geistes. Es beschützt mich vor dem heimtückischen Pfeifen, aber es schließt mich auch von all den zahllosen Welten aus, die ich noch nicht gesehen habe. Alles, was mir geblieben ist, ist Calf Island. Und das ist eine trostlose Hinterlassenschaft.

Ich werde mich kurz fassen, sonst ertrinke ich noch in Selbstmitleid. Grimus, der die Rose zum erstenmal zum intradimensionalen Reisen

benutzte, hat sich – und sie – auf den Berggipfel versetzt. Mit unendlicher Mühe ist es ihm gelungen, eine doppelte Barriere gegen die Insel zu errichten: eine visuelle aus Wolken, die ihn beständig vor unseren Blicken schützt, und eine Art Kraftfeld, das wir nicht durchbrechen können. Und es gibt nur ein einziges Tor. Das er mir zeigte – für den Fall, daß die Lage sich bessert. *Sie wird sich nicht bessern.*
Sein Abschied hat das Ende meiner – nicht Ehe – Partnerschaft mit Liv besiegelt. Ich mußte das erniedrigende Schauspiel mitansehen, wie meine Frau Grimus bat, anflehte, sie mitzunehmen. Und als Weiberfeind, der er ist, lehnte er natürlich ab. Ich stellte fest, daß ich wütend auf ihn war, wegen dieser, dieser Beleidigung *meiner Frau! Stell dir das vor, mein lieber Freund! So tief bin ich gesunken.*
Und stell dir Livs rasenden Zorn vor, als er statt ihrer diese Frau Bird-Dog mitnahm. Eine durchaus erklärliche Wahl. Er braucht eine Dienerin, keine Geliebte. Die unterwürfige Axona wird ihm eine gute Dienerin sein, nehme ich an. Sie hält ihn für einen Halbgott.
Da Grimus nicht mehr erreichbar war, richtete sich Livs Wut gegen mich. Sie hat einige grausame Dinge gesagt, zu denen ich mich in diesem Buch nicht äußern möchte. Sie verachtet mich, weil ich nicht so bin wie er, obwohl ich niemals behauptet habe, wie er zu sein. Und wegen meiner Paralyse, durch die sie keinen Zugang mehr zu ihm hat. Sie will nichts mehr mit mir zu tun haben. In ihren Augen bin ich einfach ein dicker, schwacher Mann. Vermutlich hat sie recht. Ja. Vermutlich hat sie recht.
Das Haus, in dem wir lebten, steht jetzt leer. Liv ist weiter den Berg hinaufgezogen, ohne Zweifel um Grimus so nahe wie möglich zu sein. Sie weiß weder wo das tor liegt noch wie nahe sie ihm ist. Doch selbst wenn sie es wüßte, würde sie Grimus nicht durchlassen. Er wird die Insel durch sein Wasserkristall beobachten und die Rose verteidigen, und seine Abgeschiedenheit. Die Rose ist das Einzige, was ihn noch interessiert.
Vorerst kümmert sich Jocasta um mich. Sie war immer schon eine Freundin für mich. Ich vermute einen Bruch zwischen ihr und Liv. Weil Liv mich verachtet, hat Jocasta mich adoptiert. Aber ich frage

nicht mehr nach Beweggründen; ich akzeptiere Freundschaft, wo sie mir geboten wird.
Mayday. *Allerdings.*

Saturntag, 29. September

Ich verlasse K. Es ist eine Stadt, die von einer Maschine gemacht wurde. Soldaten, Polizisten, Schauspieler, Jäger, Huren, Trinker, Verschwender, Philosophen, Diener, Schwachsinnige, Handwerker, Bauern, Schuhverkäufer, Künstler – alle vereint durch ihre gemeinsame Unfähigkeit, in der Welt zu leben, die ihnen oktroyiert worden war. Vor allem, weil das Pfeifen schlimmer wird, sagen sie. Ich kann es nicht hören. Einige hat es schon zur Verzweiflung getrieben. Und es hat zu dem geführt, was sie inzwischen den Way of K nennen. Gribbs' Way. Gribbs und Mrs. Gribbs, die erst kürzlich eingetroffen sind. Ganz zweifellos hat Grimus etwas mit ihrer Ankunft zu tun, inzwischen aber verleugnen sie sowohl ihn selbst als auch seinen Effekt. Obsessionalismus, das ist ihre Abwehr. Ich kann nicht ertragen, was jetzt mit K geschieht, einstmals ein Ort der Freude. Mein Geist mag ja durchaus gelähmt sein, mein Leben aber ist es nicht.

Schuldbewußtsein. Irgend jemand muß die Schuld tragen. Das sind wir. Es war unser Experiment. Aber die Rose … die Rose ist etwas Wunderbares. Wie kommt es, daß sie so großes Leid gebracht hat? Es ist furchtbar, so viel Verzerrungen, ausgelöst durch ein so herrliches Wunder. Ich muß fort. Ich will dabei nicht zusehen. Diese Dolores O'Toole will den Berg hinabsteigen. Ich werde mitgehen.

Was Dich betrifft, mein Freund, so werde ich mich auch von Dir verabschieden. Ich möchte jetzt keine Freunde mehr haben. Ich werde Dich Liv als Sühneopfer für die Götter übergeben. Ich werde Dich zu ihr bringen. Sie wird Dich wahrscheinlich zerfetzen oder so angewidert wegwerfen, wie sie es mit mir getan hat. Das ist Deine Zukunft. Es könnte mir helfen, meine Vergangenheit zu vergessen. Es könnte mir helfen, K und die Schrecken zu vergessen, die mir den Geist ausgebrannt haben. Du wirst für mich die einzige Möglichkeit der Selbstaufopferung sein. Größere Liebe hat kein Freund …

Zu Deiner Zerstörerin nur noch ein letztes Wort. Es gab einen Moment, damals, in jener Vergangenheit, die lieber vergessen sein sollte, an dem ich dachte, sie begehre mich. Die Herrlichkeit dieses Augenblicks wird auch von der Entdeckung meines Irrtums niemals verdunkelt werden. Dafür danke ich ihr. Der Anfang ist stets besser als das Ende. Damals war alles möglich. Heute – nichts.

Dunkelheit. Das Buch geschlossen, eingewickelt, zurückgelegt. Die schweigende, schwarzverschleierte Frau erhob sich, stand steifgliedrig vor ihm. Einmal gluckte eine Henne. Draußen das hektische Watscheln des Tagebuchautors auf der Suche nach einem Tor, von dem er wußte, daß er es nicht finden, nicht durchschreiten konnte. Und die versteckte Hure, die neben dem Esel hinter einem Baum kauerte und zusah.

Aber sie hat es nicht zerfetzt, dachte Flapping Eagle.

»Vierundfünfzig«, sagte Liv mit klangloser, normaler Stimme. »Es sei ein Band zwischen uns, hat er gesagt. Sein Immer-Alter, mein Name. Er ist ein Mann, der sein Band zerreißt. Ich wußte, wie er dachte, wußte, was er fühlte, kannte ihn. Es war ein Band, für das es kein Zerreißen gab, und es wurde zerrissen.«

Während sie sprach, beugte sie sich über eine Gruppe von Kerzen auf dem Boden und entzündete sie mit Feuersteinen. Dann richtete sie sich wieder hoch auf, daß das gelbliche Licht sie vom Boden aufwärts beleuchtete und riesige Schatten an die Wand warf. Flapping Eagle erinnerte sich: So hatte die Göttin Axona ausgesehen. *Damals. Vor Zeiten. Früher.* Diese Erinnerung vermischte sich mit der ihm offenbarten Geschichte der Insel, verlor sich in ihrem Dämmer.

Sie hatte nicht für ihn gesprochen. Wieder dieses Gefühl eines Rituals: das erzählte Buch, die entzündeten Kerzen, die gesprochene Litanei. Daraus bestand ihr Leben, einbalsamiert mit dem bitteren Formaldehyd alten Hassens und Verrats.

Sekundenlang empfand Flapping Eagle Mitleid mit ihr; dann richtete sich ihr Blick durch das Gitter ihres Schleiers auf ihn.
»Aaaaah.« Es war ein langgezogenes Ausstoßen von Luft, die schluchzend aus ihrer Lunge hervorbrach.
»Natürlich«, sagte sie. »Natürlich. Du bist zurückgekehrt. Der Geist des Grimus ist hier, um das Band des Grimus zu opfern. Natürlich. So ist es.«
Sie ist anders, erkannte Flapping Eagle. Der Vortrag, der gesamte Ritus hatte sie verändert. Sie sprach jetzt langsam, distanziert, als befinde sie sich in einer Art Trance. Die Vergangenheit hatte Besitz von ihr ergriffen. Und er, Flapping Eagle, war zu einem Teil dieser Vergangenheit geworden.
»Komm«, sagte sie. Dabei wich sie zum Bett zurück und winkte ihm. »Komm und opfere dein Pfand.«
Flapping Eagle, der reglos im Sessel saß, wußte nicht, wie er darauf reagieren sollte.
»Sieh meinen Körper, Geist«, sagte Liv. »Ist er nicht ein würdiger Altar?«
Sie hob die Hände an ihren Nacken, wo sie einen Verschluß öffneten. Das schwarze Gewand fiel zu Boden. Unbekleidet stand sie vor ihm, das Gesicht noch immer hinter dem schwarzen Schleier verborgen, durch den die Augen ihn anblickten, durchdringend, möglicherweise sogar spöttisch, während die Kerzen ihren gelblichen Schein emporsandten.
»Sieh meinen Körper, Geist«, wiederholte Liv. Flapping Eagle sah.
Liv, Eisberg der Perfektion. Virgil hatte nicht übertrieben.
Seine Augen beschrieben sie seinem ungläubigen Verstand. Die Füße, ein wenig zu groß, geschmückt mit einem komplizierten Hennamuster wie bei einer indischen Braut; die langen, wohlgeformten Beine, das rechte ihr Gewicht tragend, das linke entspannt, bewußt so, daß die geschwungene Linie ihrer gerundeten Hüften betont wurde; die dichten Löck-

chen unterhalb ihres Nabels, unrasierte, ungezügelte, helle, weiche Kräuselhärchen; der tiefe, tiefe Nabel, ein dunkler Teich in der Weiße ihrer Haut; die Brüste, klein, die rechte ein wenig größer als die linke, die linke Brustspitze um einen Bruchteil höher als ihre Partnerin, beide aber immer noch kindlich-rosig, weich; die schmalen, geraden Schultern, zu einer fast militärischen Haltung zurückgenommen, herausfordernd, selbstbewußt; die Arme, gerade und locker herabhängend, Handflächen nach vorn, Mittelfinger unter den Daumen gekrümmt, ein üppiger Haarbusch schattengleich unter den Achselhöhlen. Alles übrige, Hals, Gesicht und Kopf, unter dem Schleier verborgen, lediglich durch diese scharfblickenden, fragenden Augen angedeutet. Er betrachtete sie jetzt als Ganzes, das schwarze Gewand lag zu ihren Füßen, ein vergessenes Leichentuch, die tanzenden Kerzen auf dem Boden schickten tiefe Schatten empor, die im Rhythmus mit dem nackten Körper tanzten, das Chaos und der Schmutz des Raums vergessen vor der Perfektion dieses Anblicks. Sie wußte ihren Körper zu präsentieren, eben genug Betonung, um seine Schönheit hervorzuheben, ohne aufdringlich zu wirken. Eine kopflose Venus in einem Slum-Museum.

»Ist er nicht ein würdiger Altar?«

Er nickte schweigend; dann entfernte sie mit einer plötzlichen Bewegung des rechten Arms den Witwenschleier. Er flatterte zu Boden und gesellte sich zu dem Gewand.

Er hatte gewußt, daß sie schön sein würde; aber er hatte nicht erwartet, daß es eine so *einschüchternde* Schönheit sein würde. Flapping Eagle mußte sich zusammennehmen, um in dieses Gesicht zu sehen, ohne sofort den Blick zu senken. Es war die Schönheit von Sonne auf Eis, zu strahlend, um sie zu betrachten. Blendende, majestätische Perfektion. Das feste, lange, schmale Kinn, energisch und ein wenig hoch gereckt, der unendlich üppige Mund ohne auch nur die Spur eines Lächelns; die Nase, kurz und gerade, flankiert von Wangenknochen wie Schwertklingen oder scharfe, weiße Klippen. Ein langes, schmales Gesicht, der Knochenbau perfekt ausgeglichen durch diese großen, schimmernden Teiche der Augen, von tiefstem Aquamarin, Augen, durch die man fast hindurchsehen konnte, Augen, die mühelos durch jeden hindurchsehen konnten. Und als Rahmen für diesen Kopf der Eiskönigin eine Fülle sanft gewellten Goldes, die von einem Mittelscheitel ein paar Zentimeter in die Höhe stieg, um sich dann fließend und voll um das glitzerharte Gesicht mit den meeresweichen Augen zu legen: ein Niagarafall aus blonden Haaren. *Es war das Gesicht, das den Ausschlag gab.*

Liv legte sich aufs Bett.

»Komm«, sagte sie. »Komm und opfere mir dein Band.«

Während Virgil Jones in der Nacht herumstolperte, näherte sich Flapping Eagle, an den brennenden Kerzen, den Spinnen und dem Schimmel vorbei, dem Körper der Frau auf dem sauberen Bett.

Sie vermochte ihn zu erregen, wie es Irina niemals gelungen war. Bei der hatte er die Kontrolle gehabt, war ein Teil von ihm stets ausreichend distanziert gewesen, um sein weiteres Verhalten zu bestimmen, hatte er beobachtet, wie sie zum Höhepunkt kam, und den größten Teil seiner Befriedigung daraus gezogen, daß er ihr Freude bereitete; jetzt war er es, der von den Berührungen und Bewegungen ihres Körpers unkontrollierbar getrieben wurde. Eine sehr lange, langsame Zeit verbrachte sie damit, seine Vorlieben und Tabus kennenzulernen, während sie die ganze Zeit flüsterte: »*Gefällt dir das? Ist das schön? Soll ich das härter oder sanfter machen? Soll ich lecken oder knabbern, kitzeln oder kratzen? Fühlt sich meine Hand da gut an? Soll ich so sein, oder so, oder so?*« Diese neue, ruhige Sanftmut in ihrer Stimme milderte das Verhör zum intimen Gespräch, und erst später wurde ihm klar, daß er kein einziges Mal gefragt hatte, ob ihr auch gefalle, was er wählte.

So daß er, als sie dann tat, was sie von Anfang an beabsichtigt hatte, völlig wehrlos, offen, hilflos war.
Er lag im Bett auf dem Rücken. Die Kerzen flackerten dem Erlöschen zu. Die Zeit der Explorationen war vorüber, das Küssen, das Streicheln, das Kneten; sie kniete über ihm, das goldene Füllhorn bedeckte ihr Gesicht wie eine üppige Mähne, hinter der die aquamarinblauen Augen verborgen waren, die langen Hände kneteten und arbeiteten an den kleinen, aufgerichteten Brüsten, die Schenkel bebten leicht, als sie sich auf ihn herabließ, und dann war er in ihr. Immer noch langsam, hinauszögernd, das lebensvolle Klatschen von Fleisch auf Fleisch, langsam, langsam an Kraft zunehmend, sich aufbauend, Kraft sammelnd.
Jetzt stöhnte sie (*»Ich stöhne«*, hatte sie gesagt), und sie prallten hart aufeinander, nahe, so nahe, langsam stieg der Schauer in ihm, und der Augenblick war ...
Da riß sie sich plötzlich von ihm los – abrupt und ohne Vorwarnung; sie stand auf dem Bett und blickte auf ihn herab, gelassen, ruhig, die aquamarinblauen Augen von Triumph erfüllt.
»Es ist Liv, die das Band zerreißt«, verkündete sie.
Livs Rache an Grimus, geplant in Jahrhunderten voll finsterem, stillhaltendem Brüten. Jetzt hatte sie sie – besessen, ekstatisch – an seinem Geist geübt. Es war die absolute Demütigung, sie traf ihn im Kern seines fleischlichen Stolzes, des einzigen Stolzes, der ihm geblieben war. Er blickte empor zu der hoch aufgerichteten Walküre, die mit der vollen Wucht ihres Jahrhunderte schwelenden Hasses auf ihn herabstarrte, und dann ergoß sein Körper, hilflos und elend, über seine Willenskraft hinaus erregt, seinen sterilen Samen auf die Laken.

Virgil Jones hatte im Sitzen auf dem Felsvorsprung geschlafen. Flapping Eagle lag zusammengerollt wie ein Fötus an der Mauer des schwarzen Hauses. Als sie erwachten, hatte sich die feuchte Kälte in ihre Knochen gestohlen. Sie zitterten.

Es war der Schrei, der sie geweckt hatte, ein halb verängstigter, halb jubelnder Ruf aus dem Wald. Flapping Eagle war sofort hellwach und rannte in die Richtung, aus der die Stimme kam. Virgil, langsamer und schwerer, folgte ihm unter heftigem Zwinkern.

Am Rand des Waldes stand Media, mit Armen, die zitterten, aber mit fest verschränkten Händen.

Gefangen in ihren Armen wand sich die widerspenstige, schlampige Bird-Dog.

Bruder und Schwester standen einen Augenblick stockstill und zogen Bilanz.

»Sag dieser Idiotin, sie soll mich loslassen, kleiner Bruder!«

Ihr Ton war unfreundlich.

»Ich hab' gesehen, wie sie erschienen ist, Flapping Eagle«, sagte Media mit bebender Stimme. »Wie ein Geist. Ich hab' gesehen, wie sie erschien, also hab' ich sie eingefangen. Ich dachte mir, du würdest sie ... du würdest sie vielleicht sehen wollen.«

Es war sehr mutig gewesen, dies zu tun.

»Wenn du gesehen hast, wie ich erschienen bin«, entgegnete Bird-Dog, »meinst du dann nicht, daß ich genauso leicht wieder verschwinden könnte? Dann hättest du nur noch leere Luft in den Armen.«

Media sah sie zweifelnd an, lockerte ihren festen Griff aber nicht.

»Sie hat recht, Media«, sagte Flapping Eagle. »Wenn sie hier ist, dann nur, weil sie es so will. Laß sie los, dann werden wir vielleicht erfahren, warum.«

»Ich will nicht hier sein«, behauptete Bird-Dog unwirsch. »Wenn er mich nicht geschickt hätte, wäre ich niemals gekommen.«

»Grimus hat Sie geschickt?« Das war Virgils Stimme, bestürzt, ungläubig.
»Nicht Ihretwegen«, erklärte sie. »Seinetwegen. Little Joe-Sue. Ich habe nichts damit zu tun, kleiner Bruder. Merk dir das.«
Grimus will mich also tatsächlich sehen, dachte Flapping Eagle. Es wird keinen Kampf der Willensstärke geben.
»Warum?« Wieder war es Virgil Jones, der Flapping Eagles Gedanken aussprach.
»Fragen Sie mich doch nicht«, antwortete Bird-Dog, die sich aus Medias erdrückender Umarmung befreite. »Ich habe eine Nachricht zu übermitteln, und dann soll ich ihn mit mir zurücknehmen.«
Media wollte etwas sagen, hielt aber den Mund. Ihre Miene war besorgt.
»Nun gut«, sagte Flapping Eagle. »Richte mir seine Nachricht aus.«
Während Bird-Dog mit monotoner Stimme einen gelernten Text herunterbetete, kam eine Gestalt in schwarzem Gewand mit schwarzem Schleier aus dem schwarzen Haus, um ebenfalls zuzuhören.

Grimus sagt: »Ich danke euch allen für eure Bemühungen. Es hat mir große Freude gemacht, euch zuzusehen. Bei Virgil muß ich mich entschuldigen. Ich habe mit ihm Verstecken gespielt. Ein bißchen grausam, mag sein, doch unumgänglich. Den größten Dank schulde ich jedoch Liv Sylwan Jones. Sie hat Mr. Eagle ihr Siegel aufgedrückt, der dadurch auf die Begegnung mit mir vorbereitet ist. Und der jetzt, wie ich glaube, intime Kenntnisse über mich besitzt. Aber weit wichtiger: Er ist vom Zustand dessen, was ich als Selbst-Bewußtsein bezeichnen möchte, in einen Zustand übergegangen, den ich bescheiden Grimus-Bewußtsein nennen möchte. Dieser Zustand ist hervorragend für eine Begegnung mit mir geeignet, und ich muß euch allen abermals danken: dem abwesenden

Nicholas Deggle dafür, daß er diese Begegnung ermöglicht hat; dir, Virgil, dafür, daß du ihn so geschickt und umsichtig der Konfrontation mit mir entgegengeführt hast; und dir, Liv, dafür, daß du die letzte Barriere niedergerissen hast, die unserer Begegnung entgegenstand: seine Männlichkeit. In gewisser Hinsicht, Liv, warst du das Tor – jedenfalls, was ihn betrifft. Nun, da er an dir vorbeigelangt ist, darf er zu mir kommen. Ich bin sehr gespannt: Vielleicht ist dies ja doch meine Perfekte Dimension.«

Bird-Dog hielt inne und senkte den Kopf. »Können wir jetzt gehen?« erkundigte sie sich. Für Flapping Eagle war diese servile Bird-Dog, eine grollende, unzufriedene, doch absolut unterwürfige Hörige, ein Schock und ein Ärgernis. Dies war nicht die Schwester, die ihn mit Nahrung versorgt, ihn großgezogen und immer beschützt hatte. Dies war ein Schatten jener Bird-Dog, die er gekannt hatte. Was hatte Grimus ihr angetan?

Liv hob ihren Schleier um ein weniges und spie erbost auf den Boden vor ihren Füßen.

Virgil Jones bemühte sich um Flapping Eagle. »Denken Sie daran: Abwarten, bis Ihr Augenblick gekommen ist!«

Aber das Leben schien für Flapping Eagle längst nicht mehr klar und einfach zu sein. Neugier und die Demütigung der letzten Nacht schlichen sich ein und beeinträchtigten seine Entschlossenheit.

Media trat an Flapping Eagle heran und verlangte gelassen: »Nehmt mich auch mit.«

Flapping Eagle wunderte sich über gar nichts mehr. »Warum, Media?« fragte er.

Sie zuckte die Achseln.

Flapping Eagle hörte sich selber sagen: »Na schön. Du kannst mitkommen.« Vielleicht hatte er das gesagt, weil er das Bedürfnis hatte, auf dieser Reise ins Ungewisse ein freundliches Gesicht neben sich zu haben. Vielleicht war es eine Reaktion

auf die Nacht mit Liv, das Bedürfnis nach ein bißchen Selbstbestätigung. Er machte sich nicht die Mühe, seine Beweggründe zu erforschen, sondern merkte, wie er sich freute, daß sie ihn begleitete. Und was Media betraf, so schien auf ihrem Gesicht plötzlich die Sonne aufzugehen.
»Sie nicht. Nur du«, sagte Bird-Dog.
Flapping Eagle fand einen Funken Kraft in sich.
»Große Schwester«, sagte er, »du sollst mich doch zu Grimus bringen. Aber wenn sie nicht mitkommt, werde ich auch nicht mitgehen. Du wirst uns also beide mitnehmen müssen.«
Widerwillig gab Bird-Dog nach.
»Folgt mir«, sagte sie.
Mit aller Kraft packte Flapping Eagle Medias Hand. Der Druck, mit dem sie den seinen erwiderte, war sogar noch stärker. »Ich werde an dich denken«, sagte sie, »und nur an dich. Solange ich das tue, kann mir niemand etwas anhaben.«
Ihm wurde klar, daß sie damit hundertprozentig recht hatte.
Bird-Dog ging ihnen voraus zu einem Punkt unmittelbar hinter den ersten Bäumen. Sie schloß die Augen und murmelte: »Sispi, Sispi.« Dann wurde sie durchsichtig. Als sie schon fast verschwunden war, trat ihr transparenter Schattenriß einen Schritt nach rechts und wartete. Medias Augen wurden groß; dann kniff sie sie fest zu und preßte die Lippen aufeinander.
Flapping Eagle führte sie zum Tor.
Virgil Jones und Liv sahen zu, wie die drei schwachen Umrisse den Hang des Berges emporklommen, auf geheimnisvolle Weise dort schritten, wo es keinen Pfad zum Beschreiten gab, bis sie sich ihren Blicken entzogen. Inzwischen waren sie so hauchzarte Schemen, daß es nicht lange dauerte, bis das geschah.
Liv wandte sich um, kehrte in ihr Haus zurück und schlug die Tür hinter sich zu.
Und Virgil? Virgil wußte, daß es nichts mehr gab, was er noch

tun konnte, daß die Voraussage des Schorfs sich letztlich doch bewahrheitet hatte. Flapping Eagle hatte Grimus ohne seine Hilfe erreicht, und wer wußte, wie das Ergebnis aussehen würde? Niemand konnte jetzt noch etwas ändern.
Also stieg er den Berg hinab und kehrte an den Strand zurück, zu Dolores O'Toole und den Puzzles, zu seinem Schaukelstuhl und den Resten seiner hilflosen Würde.

55. Die Steinrose

Flapping Eagle und Media (als sie die Augen aufschlug) fanden sich auf einem seltsam verwandelten Calf Mountain, einem Calf Mountain, in dem Virgil, Liv, Livs Haus und sogar Livs Esel zu geisterhaften Erscheinungen reduziert waren, auf dem der Felsvorsprung wie auch der Wald weiterbestanden, die beiden jedoch irgendwie verändert wirkten, obwohl sie immer noch genauso aussahen. Aber die erschreckendste Veränderung, viel schwerer zu akzeptieren als sogar die Geister von Virgil und Liv, lag über ihnen. Die Wolken um den Gipfel des Berges waren verschwunden. Überrascht entdeckte Flapping Eagle, daß der Berg nicht so hoch war, wie er sich das vorgestellt hatte, weil der Kumulus-Kokon ihn höher wirken ließ, als er tatsächlich war. Der Gipfel lag nur wenige hundert Fuß über ihnen.
»Grimusheim«, sagte Bird-Dog und zeigte hinauf, ohne sich zu ihnen umzudrehen.
Ein weitläufiges Haus, lang, niedrig und mit Zinnen versehen, blickte dräuend auf sie herab. Es war ein Steinhaus, eine Miniaturfestung. Irgendwo in diesem Steinhaus, dachte sich Flapping Eagle, muß die Steinrose liegen.

Das Haus war höchst unregelmäßig gebaut, die Wände waren alles andere als gerade, keine Ecke war ein rechter Winkel, es war eine einzige architektonische Ekzentrizität, ein bewußt konstruierter Spleen. Die Zickzackmuster, die es auf den Berggipfel zeichnete, waren beabsichtigt, Spiegelbilder ihres Erschaffers.

Spiegelbilder: Das Haus schickte sie in alle Himmelsrichtungen, denn jedes Fenster in den mäandernden Mauern war zugleich ein Spiegel. Diese Kombination von wellenförmigem Stein und blinden, spiegelnden Fenstern machte es schwer, das Haus im Blick zu behalten, als weigerten sich die Augen, das Bild zu akzeptieren, als sei es eine Illusion, die sich niemals zur Tatsache verdichten ließ.

Möglicherweise war es eine Frage der Größe. Das Haus war groß, aber es lag – eine unmögliche Verzerrung der Maße – im breiten Schutz eines unvorstellbar riesigen Baumes, einer Esche, die ihre ehrwürdige Verwandte im Garten der Gribbs bei weitem in den Schatten stellte, als sei der schaukeltragende Baum nichts als ein Winzling. Flapping Eagle dachte an Virgil Jones' Schilderung der Weltenesche Yggdrasil, des Mutterbaums, der den Himmel stützt. Und fragte sich, welche Ungeheuer an ihren Wurzeln nagten.

Ein weiterer Schock. Flapping Eagle erinnerte sich deutlich an die oberen Hänge des Calf Mountain. Sie waren schroff, waren noch schwieriger gewesen als selbst der Aufstieg von K zum Felsvorsprung und außerdem dicht bewaldet. Er hatte stark daran gezweifelt, daß diese Hänge ohne die entsprechende Ausrüstung zu bezwingen seien. Um so mehr verblüffte es ihn, vor sich einen sauber geräumten Pfad zu sehen, der den Berg hinaufführte, eine Flucht schmaler Steinstufen, die sich bequem bis zur Tür von Grimusheim emporzogen. Und dennoch waren sie da. Sie waren real. In widerwilliger Bewunderung schüttelte Flapping Eagle den Kopf.

Inzwischen stiegen sie die Stufen empor: Bird-Dog an der

Spitze, Media als Schlußlicht, und ständig flogen und flatterten die Vögel um sie herum. Mehr Vögel, als Flapping Eagle in seinem ganzen Leben gesehen hatte, Vögel aus jeder Klimazone und mit jedem nur vorstellbaren Federkleid, Vögel, so gewöhnlich wie Krähen, und Vögel, die er niemals zuvor gesehen hatte, mit sinnlos verkrümmten Schnäbeln und seltsam verzerrten Körpern, die den Berg bis zum Gipfel hinauf lautstark umschwärmten. Immer wieder mußte er sein Gesicht vor dem Flattern der Schwingen schützen. Er warf einen Blick auf Media zurück: in ihren Augen stand Furcht, aber sie zwang sich zu einem Lächeln.

Und das Pfeifen war noch immer da, rings um ihn herum, sehr laut jetzt und durchdringend, aber die Wunder, von denen sie umgeben waren, zogen weit mehr Aufmerksamkeit auf sich.

Endlich näherten sie sich dem Gipfel. Bird-Dog hatte während des ganzen Aufstiegs ein feindseliges Schweigen bewahrt, das sie jetzt allerdings brach, indem sie sich von ihrer höheren Position heftig zu ihrem Bruder umwandte.

»Laß uns in Ruhe!« schrie sie ihn an. »Warum mußtest du herkommen?«

Dann machte sie plötzlich abermals kehrt, und als sie weiter aufzusteigen begann, sprachen ihre Bewegungen von Resignation.

Für einen Mann am Ende seiner Suche fühlte sich Flapping Eagle sehr wenig heldenhaft.

Über der Tür von Grimus-Heim stand in den Stein gehauen:

ALLES, WAS VOLLKOMMEN IST, IST AUCH TOT.

Vögel drängten sich auf den Ästen der Riesenesche, als Flapping Eagle und Media der mürrischen Bird-Dog ins Haus folgten.

Das Haus war eine Art dreieckiges Labyrinth, dessen Vorderseite, der emporführenden Treppe zugekehrt, die ausgezackte

Grundlinie bildete. Der Haupteingang befand sich nahe der linken Ecke dieser Grundlinie. Die beiden anderen Seiten waren noch schroffer gezackt als die Vorderseite; ein scharf vorspringendes Unter-Dreieck ragte auf der linken Seite hervor, ein etwas stumpferes, aber größeres Unter-Dreieck verunzierte die rechte.

Drinnen entdeckten Flapping Eagle und Media eine verwirrende Anzahl ineinander übergehender Räume. Der erste war die steinerne Halle, in der sie gleich hinter dem Eingang landeten, ein kahler, spartanischer Raum, lediglich von Öllampen erhellt, bis Bird-Dog ein bespiegeltes Fenster aufstieß. Er enthielt keine Möbel, sondern, an den Wänden aufgereiht, bunt durcheinandergewürfelte Steine und Felsbrocken sowie zwei wunderschön konkrete erotische Steinskulpturen. Flapping Eagle fand, daß es ein sehr unfreundlicher Raum sei.

Er war einigermaßen rechteckig, wurde am anderen Ende, wo sich eine verschlossene Tür befand, jedoch schmaler. Bird-Dog ging auf die Tür zu und stieß sie auf. Als sie ihr folgten, vernahm Flapping Eagle zum erstenmal das Knarzen.

Ein regelmäßiges, rhythmisches Knarzen. Die Wände waren voll davon, aber es waren Steinwände, so daß es keinen ersichtlichen Grund für das Geräusch gab. Während sie lauschten, schien es zuzunehmen; er wandte sich zu Media um. Auch sie lauschte angespannt. Knarz … knarz … knarz … knarz. Sie eilten in den nächsten Raum.

Und vergaßen beim Anblick einer ganzen Armee von Vögeln sofort das Knarzen.

»Vogelzimmer«, verkündete Bird-Dog kurz und überflüssigerweise.

Dies war der Raum, der so spitz aus der linken Seite des Gebäudes ragte. Durch ein offenes Fenster gelangten die Vögel hinaus und herein, ein ständiger Strom von Kommen und Gehen. Im ganzen Zimmer standen auf kleinen Postamenten die verschiedensten Futtersorten, während ein großes

Vogelbad das Zentrum des Raumes bildete. Auf dem Boden stolzierten Pfauen umher.

Aber nicht alle Vögel waren lebendig. Um sie herum standen überall ausgestopfte Exemplare in Kästen mit Glasfront, auf immer in den typischen Szenen ihres Lebens erstarrt: Vögel beim Picken, Vögel beim Werben, Vögel beim Brüten und Schlüpfen, Vögel im Flug, Vögel im Sterben, Vögel, die auf andere Vögel herabstoßen – eine verwirrende Vielzahl ewiger Tableaus.

Und an den Wänden Porträts von Vögeln, eine Fülle von Federköpfen, manche real, andere imaginär, in Reihen um ein zentrales Bild arrangiert, das fast die ganze Wand rechts von Flapping Eagle einnahm. Ein einziger Blick auf dieses grandiose, vielfarbige Wesen, das dort dargestellt war, genügte. Es war Sindbads Vogel Roc, der mythische Phoenix: Simurg höchstpersönlich.

Das Knarzen durchbrach Flapping Eagles Faszination. Bird-Dog hetzte sie durch eine weitere Tür am Ende des Zimmers. Eilig folgten sie ihr durch ein aufregend schönes Speisezimmer, dessen Wände mit antiken Tapisserien geschmückt waren und auf dessen Boden antike Teppiche lagen. Überall funkelten Silberplatten und -leuchter. Dies war der Raum an der Spitze des Dreiecks. Bird-Dog ließ sich nicht aufhalten.

Jetzt geht's die rechte Seite wieder hinab, sagte sich Flapping Eagle, mühsam auf die Orientierung konzentriert. Der vierte Raum lag im Dunkeln, nur eine Anzahl weißer Formen durchdrang die Finsternis. Als seine Augen sich an das Dämmerlicht gewöhnt hatten, erkannte er, daß eine Anzahl Podeste im Raum verteilt war, auf denen, unter weißen Tüchern verborgen – ja was? – *Objekte* ruhten. Diese stummen Geister – nicht groß genug, um die Rose zu sein – wirkten irgendwie beunruhigend. Und dann begann, genau wie in den anderen Räumen, plötzlich wieder das Knarzen …

Diesmal befand sich die Tür nicht in der hinteren Wand, sondern in der Wand zu ihrer Rechten. Bird-Dog führte sie in einen kleinen Raum, der völlig leer war. Öllampen flackerten an den Wänden: Es war der erste Raum ohne Außenwand, den sie betraten. An der Wand ihnen gegenüber entdeckten sie, rot auf grauem Stein, folgende Zeichnung:

ق

»Der Buchstabe Kâf«, erklärte Bird-Dog mürrisch.
Flapping Eagle begriff nicht, was der Zweck dieses Zimmers war, es sei denn, es wäre ein Vorzimmer, denn ihre Reise neigte sich dem Ende zu. Bird-Dog ging durch eine Tür in der Wand zu ihrer Linken, und gleich darauf standen sie in einem hellen, luftigen, gut eingerichteten Zimmer: ihrem Zimmer. Das große Bett war frisch bezogen, und zwar ganz offensichtlich für sie. Es gab ein tiefes, weiches Sofa sowie einen reich verzierten, niedrigen, mit Elfenbeinquadraten eingelegten Tisch.
Sein Orientierungssinn sagte ihm, daß es auf jeder Seite dieses Zimmers immer noch einen unerklärten Teil des Hauses gab. Eines jedoch wurde sehr schnell klar: Eine Tür zu seiner Linken, als sie unmittelbar am Eingang zum Kâf-Zimmer standen, führte in ein Bad und eine Toilette; und auf der anderen Seite davon lagen Bird-Dogs kleine, bescheidene Räume. Sie hatte, wie es sich für eine Dienerin gehört, eine eigene Tür zur Außenwelt. In diesem Moment zog sie sich in ihren kleinen Kokon zurück.
»Wo ist Grimus?« rief Flapping Eagle ihr nach.
»Wartet«, antwortete sie und schloß ihre Tür. Gleich darauf hörte er, wie ein Riegel vorgeschoben wurde.
Geräusche: eine ganze Anzahl fremder, beunruhigender Geräusche. Das Pfeifen, das laute Gekreisch der vielen Vögel – und das Knarzen.

»Alles in Ordnung?« fragte er.
Media lag auf dem Bett und versuchte, beide Hände über den Ohren, diese neue, beängstigende Welt auszuschließen.
Sie ist eine sehr belastbare Frau, dachte Flapping Eagle, doch jetzt ist sie kurz vor dem Zusammenbruch.

Er verfolgte seine Schritte zum Haupteingang zurück. Bei dem unerklärten Teil in der Nähe der Vorderseite des Hauses und südlich von ihrem Zimmer muß es sich um Grimus' Privatquartier handeln, sagte er sich; aber er hatte keinerlei Türen entdeckt, die in jenen Teil führen konnten. Also ging er hinaus und umkreiste das Haus von außen; doch außer dem Vordereingang und Bird-Dogs Hintertür gab es keine weiteren Zugänge; und die Fenster von Grimus' Zimmer waren geschlossen und spiegelten. Verwirrt kehrte er in die Steinhalle zurück.
Um dort eine Tür zu finden, wo zuvor keine gewesen war, eine drehbare Steinplatte, die ihm jetzt offenstand. Aus dem Raum dahinter kam das Knarzen, das allgegenwärtige Knarzen. Langsam ging Flapping Eagle auf das Geräusch zu. Durch die Geheimtür schimmerte das schmutzig-gelbe Licht der Öllampen.
»Die Akustik ist hier irgendwie unheimlich, nicht wahr?«
Kurze, abgehackte Konsonanten und kurze, flache Vokale. Grimus' Stimme.
»Ich hoffe, Sie sind beide gut untergebracht.«
Der Schaukelstuhl stand dem geschlossenen Fenster zugewandt, mit der Rückseite zu Flapping Eagle. Er vermochte den Kopf zu erkennen: ein Schopf schneeweißer Haare, die teilweise über die Rücklehne des Schaukelstuhls quollen.
Knarz ... knarz ... knarz, während der Schaukelstuhl sich vor und zurück wiegte; und ein anderes, sehr viel feineres Geräusch, ein leises Klappern, das Flapping Eagle nicht einordnen konnte. Dann erreichte er den Schaukelstuhl und stand

neben dem Mann, den zu finden er von so weit hergekommen war.
Grimus strickte.

Ähnlich und doch unähnlich. O ja, ihre Gesichter ähnelten sich, die Adlernase, die tiefliegenden Augen, das kantige, energische Kinn; aber Grimus' Haut glich eher der olivfarbenen von Bird-Dog als Flapping Eagles lakenweißer. Und ihre Augen wirkten anders: die von Grimus distanziert, kalt, zwinkernd, während Flapping Eagles glühheiß funkelten. Ähnlich und dennoch unähnlich.
Als lese er seine Gedanken, sagte Grimus:
»Mein bleicher, junger Schatten. Das bist du.«
Flapping Eagle zwang sich, die erforderlichen Worte über die Lippen zu bringen; er fand es schwierig, in dieser entspannten, amüsierten Atmosphäre eine feindselige Haltung einzunehmen.
»Sie wissen, warum ich gekommen bin«, sagte er. »Wo ist die Steinrose?«
»Ich weiß, warum Virgil wollte, daß du herkommst«, sagte Grimus. »Es ist traurig, weißt du? Daß Virgil sich auf die Seite der Nicholas Deggles dieser Welt geschlagen hat. Aber das macht nichts, das macht wirklich nichts. Ich hoffe, du wirst dir selbst eine Meinung bilden, Flapping Eagle. Du bist nicht das Werkzeug eines anderen Menschen.« *Die Augen lächelten.*
»Nun gut«, entgegnete Flapping Eagle, »dann sagen Sie mir, warum Sie Bird-Dog nach mir geschickt haben. Und erklären Sie mir, was Sie mit ihr gemacht haben, daß sie ... zu dem geworden ist, was sie jetzt ist.«
Die weißen Augenbrauen stiegen leicht in die Höhe.
»So schnell«, sagte Grimus. »Eine so große Eile. Nein, mein Freund, das werde ich dir nicht erklären. Um keinen Preis noch vor dem Dinner.«

Es war ein vegetarisches Dinner, weil Grimus Vegetarier war; doch Bird-Dog hatte so gut gekocht, daß Flapping Eagle, ein begeisterter Fleischesser, das Fleisch kaum vermißte.

»Ursprünglich«, dozierte Grimus, »war der Mensch ein Jäger. Deswegen ist die Jagd, die Suche, die älteste, altehrwürdigste Aufgabe des Menschen. Du mußt eine ungeheure Befriedigung empfinden, endlich doch noch hier angekommen zu sein.«

Flapping Eagle sah seine Schwester an, die geduckt, erniedrigt, unterwürfig und von ihrem Herrn ignoriert in einer Ecke saß.

»Vielleicht ist es besser, voll Hoffnung zu reisen«, sagte er.

Bird-Dog, die jetzt seit einer Ewigkeit auf Grimus wartete, seit einer Ewigkeit ignoriert wurde ... Sie hatte es, wie Flapping Eagle vermutete, nur ausgehalten, weil sie so wenigstens das Gefühl haben konnte, einzigartig zu sein, die einzige Gefährtin des Mannes, den sie verehrte. Wenigstens das verlieh ihr Bedeutung. Kein Wunder also, daß sie nicht sehr erfreut war über seine Ankunft; sie wollte Grimus sicherlich nicht mit jemandem teilen.

Grimus dagegen behandelte sie während der ganzen Mahlzeit als Untermenschen, als ein Wesen, das nicht einmal seiner Verachtung würdig war; und Flapping Eagle merkte, daß in ihm ein Widerwille gegen diesen seltsamen, geheimnisvollen Mann aufstieg.

Er sprach mit Media: »Ich muß Sie zu Ihrer Kraft beglückwünschen«, sagte er. »Aber ich habe Angst um Sie. Flapping Eagle, hast du nicht auch Angst um sie? Das hier ist kein besonders sicherer Ort. Wegen des Neben-Effekts, meine ich.«

»Sie hat ihm bis jetzt hervorragend widerstanden«, sagte Flapping Eagle.

»Aber man kann schwächer werden«, sagte Grimus. »Hätten Sie etwas dagegen, sich einer kleinen Hypnose zu unterziehen, meine Liebe? Das würde Ihre Sicherheit garantieren.«

Aus elenden, panikerfüllten Augen sah Media Flapping Eagle an. Grimus hat recht, dachte er: hier ist der Effekt am stärksten. Sie konnte ihm jeden Moment erliegen. Deswegen sagte er trotz seiner Bedenken, Grimus allzu nahe an sie heranzulassen: »Vielleicht haben Sie recht.«
»Dann also nach dem Dinner«, erklärte Grimus. »Du wirst natürlich ebenfalls anwesend sein.«

»Gefällt Ihnen mein Haus?« erkundigte sich Grimus neugierig.
»Es ist sehr hübsch«, antwortete Media.
»Ich habe es als Schrein für meine Lieblingssachen konzipiert«, erklärte Grimus. »Für meine Lieblingsideen. Die Esche draußen. Die Porträts der Vögel. Es ist eine große Freude für einen einsamen Mann.«
»Es ist sehr weitläufig«, sagte Media.
»Als ich noch in K wohnte«, sagte Grimus, »war ich bereit, ebenso bescheiden zu leben wie die anderen. Aber seit sie mich gezwungen haben, die Stadt zu verlassen, versuche ich, all meinen Wünschen hemmungslos nachzugeben.«

»Scharfsinnig von dir, an die Weltenesche Yggdrasil zu denken«, sagte Grimus beim Kaffee. »Ich werde dir von etwas ganz Ähnlichem erzählen. Von der Götterdämmerung, wie sie überall genannt wird. Aber das ist eine völlig falsche Bezeichnung. Das Wort *ragnarök*, Dämmerung, kommt in der gesamten Edda nur einmal vor und ist mit an Sicherheit grenzender Wahrscheinlichkeit ein Druckfehler in dem Wort *ragnarak*, das während des gesamten Liedes auftaucht. Der Unterschied ist gravierend. Denn *ragnarak*, weißt du, bedeutet Fall, Sturz. Totale Vernichtung. Etwas weit Endgültigeres als nur eine Dämmerung. Wie ein einziger Buchstabe doch eine ganze Mythologie verändern kann, nicht wahr?«
»Woher kriegen Sie hier Kaffee?« erkundigte sich Media.

Verärgert über diese Irrelevanz runzelte Grimus die Stirn. »Ich denke, daher ist er«, antwortete er.
Flapping Eagle nahm an, daß er ihre Verwirrung mit Genugtuung quittierte.

Als sie das Speisezimmer verließen, stieß Grimus mit Bird-Dog zusammen. Sie ließ die Schüssel fallen, die sie trug. Mit angewiderter Miene klopfte er sich an der Stelle, an der sich ihre Körper berührt hatten, die Kleidung ab. »Du dämlicher Tölpel!« beschimpfte er Bird-Dog.
»Ja, Grimus«, sagte sie.
Flapping Eagle unterdrückte aufsteigenden Zorn und dachte an Virgils Rat: *Warten Sie ab.*
Medias Hypnose war hundertprozentig erfolgreich; die posthypnotische Suggestion vertrieb das Pfeifen aus ihrem Kopf. Flapping Eagle wurde ein wenig zuversichtlicher; dann dachte er: *Ich möchte wissen, wieviel Hypnose er bei Bird-Dog angewandt hat.*

Media schlief. Bird-Dog hatte sich in ihre Räume verkrochen. Grimus und Flapping Eagle saßen im Vogelzimmer inmitten der Gemälde und der ausgestopften und schlafenden Kreaturen.
»Friedliche Geschöpfe«, sagte Grimus. »Aber sie können dazu erzogen werden, zu kämpfen wie Hähne. Schlichte Geschöpfe, und dennoch behauptet man, der Hirtenstar könne die Zukunft voraussagen. Amoralische Geschöpfe, doch einige von ihnen sind hochmoralisch. Der Albatros zum Beispiel ist monogam, nachdem er den Paarungstanz vollführt hat. Für den gesamten Rest seines Lebens. Nur wenige von uns können das von sich behaupten.«
»Grimus ...«, begann Flapping Eagle.
»Sie futtern, sie brüten und sie sterben«, fuhr Grimus fort. »Alles, was wir können, ist futtern. Wer von uns ist also wohl der Überlegene?«

»Ich glaube, es wird Zeit«, sagte Flapping Eagle.
»Auch du, Flapping Eagle, bist ein seltsames Wesen. Früher warst du ein Nestflüchter und hast das Nest verlassen, weil es dir zu langweilig war. Aber nicht aus freiem Willen, deswegen bist du wieder zum Nesthocker geworden und hast dir ein neues Nest gesucht. Bewundernswert. Absolut bewundernswert.«
»Worum geht es hier eigentlich, Grimus?« platzte Flapping Eagle heraus.
Grimus schien ein wenig erstaunt zu sein.
»Worum es geht, Mr. Eagle? Natürlich um den Tod. Der Tod, Mr. Eagle – das ist es, worum es immer im Leben geht.«
Flapping Eagle wurde plötzlich eiskalt.
»Wessen Tod?« erkundigte er sich ängstlich.
»Meinen, natürlich, mein lieber Flapping Eagle«, antwortete Grimus lächelnd. »Was hattest du denn gedacht. Denn das ist es doch, was du bist: mein Todesengel.«

»Leg das hier an«, verlangte Grimus.
»Warum?«
»Weil alles richtig getan werden muß«, antwortete Grimus, dessen Hände mit vogelgleichen Bewegungen flatterten.
Also legte Flapping Eagle im Vogelzimmer den zeremoniellen Federkopfputz sowie die Gesichtsbemalung eines Axona-Sham-Man an, hängte sich einen Bogen über die Schulter, einen Köcher mit Pfeilen auf den Rücken und nahm einen Juju-Stock in die rechte Hand. Grimus hatte inzwischen einen anderen Kopfputz angelegt, dessen Färbung genau dem Federkleid des großen Vogels auf dem größten Porträt im Raum entsprach.
»Und nun –«, sagte Grimus, »wollen wir tanzen?«

Flapping Eagle saß in Grimus' Schaukelstuhl und hörte zu. Etwas anderes konnte er ja auch kaum tun, denn er hatte noch nichts von der Steinrose gesehen. Außerdem war er neugierig. Der Kopfputz hing stolz über der Rückenlehne des schaukelnden Stuhls herab, während der Juju-Stock auf seinem Schoß lag. Grimus umkreiste ihn mit seltsam gespreizten Bewegungen, aus der Taille vornübergebeugt, während er bei jedem Schritt, die Hände mit unaufhörlich flatternden Fingern in Schulterhöhe gehoben, den Kopf vorstreckte. Es lag ein irgendwie eckiger Rhythmus in seinen Bewegungen, der schwindelig wirkte.

»Dies ist der Tanz der Weisheit und des Todes«, erklärte Grimus. »Tod, still, beobachtend und lauschend, abwartend, gut. Weisheit, kreisend, gestikulierend, sich ihrem Schicksal preisgebend. Gut. So habe ich es gewollt: Der Mensch ist frei in der Wahl seines Abgangs. Ich habe einen schönen Tod gewählt und ihn nach meinen Vorstellungen geschaffen.«

Der hohe Ton in seiner Stimme ließ nach, und sein Verhalten wurde wieder normal.

»Gewöhnliche Menschen«, sagte er, »womit ich sterbliche Menschen meine, werden durch das Altern und den Tod unvollkommen. Während die Jahre ihnen Weisheit verleihen, machen ihre versagenden Fähigkeiten Unsinn daraus, so daß sie, wenn sich der Tod bei ihnen meldet, sehr wenig dazu zu sagen haben. Ich habe mich entschlossen, es anders zu machen. Meine Langlebigkeit hat es mir ermöglicht, sowohl weise zu werden als auch jene Fähigkeiten zu bewahren, die der Weisheit die Macht verleihen. Weise und mächtig zu sein, bedeutet vollkommen zu sein. *Alles, was vollkommen ist, ist auch tot.* Also wünsche ich zu sterben. Nicht das erbärmliche Erlöschen eines sterblichen Lebens, sondern ein minuziös geplanter, befriedigender Tod. Das Dahinscheiden eines Ästheten. Das Elixier des Todes, die blaue Erlösung, besitzt auf dem Kâf Mountain keine Wirkung. So habe ich diese Insel konzipiert, denn wenn man ein Leben aufbaut, muß man sich des Endes bewußt sein. Wer würde eine Geschichte schreiben, ohne zu wissen, wie sie endet? Alle Anfänge beinhalten ein Ende. Ohne Virgil Jones' Wissen, ohne Nicholas Deggles Wissen habe ich Kâf Mountain um meinen Tod herumgebaut. Um dich. Das Elixier des Todes wäre zu einfach gewesen, zu unvollkommen. Man kann seine Geheimnisse nicht einem Drink anvertrauen. Und dann ist da die Frage des Phoenix-Impulses, aber davon später mehr.

Der Kâf Mountain ist, kurz gesagt, ein Ort, an dem der Tod weder natürlich noch etwa leicht ist. Er muß gewählt werden, und er muß ein Akt der Gewalttätigkeit gegen den Körper sein. Das ist es schließlich, worum es in Wahrheit immer geht.

Aber der Berg ist mehr als das. Er ist das Große Experiment. Nicht in dem Sinn, in dem Virgil Jones ihn verstanden hat; ich sah keinen Grund, ihn in meine wahren Absichten einzuweihen. Dich aber darin einzuweihen, dafür gibt es jeglichen Grund. Du bist der Phoenix-Tod. Das ist das eigentliche Wesen von Kâf: ein Versuch, die menschliche Natur zu verstehen, indem man sie von ihrem stärksten Instinkt befreit, dem Bedürfnis, die Spezies durch Reproduktion zu erhalten. Das Elixier des Lebens ist eine wunderschöne, zweischneidige Waffe, die auf einen Streich die Möglichkeit der Reproduktion beseitigt, indem sie die Empfänger sterilisiert, und die Notwendigkeit der Reproduktion beseitigt, indem sie Unsterblichkeit verleiht. Außerdem ist die Insel fruchtbar und reich. Jeder Mangel wurde behoben. Aber das alles erfordert eine profunde Veränderung im Verhalten der Menschen, eine Veränderung, die, wie ich glaubte, die wahre Natur weitaus genauer zutage bringen würde. Eine wunderbare Kombination: sterile Unsterbliche und fruchtbares Land.

Analytiker des mythischen Berges Kâf haben ihn als ein Modell bezeichnet, ein Modell wegen seiner Struktur und der Funktionen des menschlichen Gehirns. Also ist es nur natürlich, daß der reale Berg eine Struktur ist, welche die Interessen (und den Tod) eines menschlichen Geistes untersucht.

Obwohl es in einem gewissen Sinne nicht meine Absicht ist, meinen Geist sterben zu lassen, ist es der Zweck, meine Geheimnisse dem erwählten Werkzeug meines Todes zu offenbaren. Das ist der Phoenix-Impuls.
Als ich zu Grimus wurde, wählte ich diesen Namen aus Hochachtung vor der Philosophie, die im Mythos des Simurg steckte, dem Mythos des Großen Vogels, der alle Vögel in sich vereinigt und wiederum allen Vögeln innewohnt. Die Ähnlichkeit mit dem Phoenix-Mythos drängt sich auf. Durch den Tod, die Vernichtung des Ich, schwingt sich der Phoenix über sich selbst hinaus und wird sein eigener Nachfolger. Dies ist es, was ich mir von dir erhoffe, Flapping Eagle. Der nach dem König der irdischen Vögel benannt ist. Du sollst das nächste Stadium des Zyklus sein, der nächste Fahnenträger, Herkules, der Atlas nachfolgt. Inmitten des Todes sind wir im Leben.«
»Und wenn ich mich weigere?«
Diese Frage kam ungewollt über Flapping Eagles verängstigte Lippen. Es ist beängstigend, von Größenwahn umkreist zu werden.
»Du bist das nächste Leben des Phoenix«, wiederholte Grimus. »Der Phoenix-Tod.«

»Wie könntest du dich weigern?« fragte Grimus nach einer Weile. »Denk an dein Leben: Du wirst sehen, daß ich es ausschließlich zu diesem Zweck konzipiert habe. In gewisser Hinsicht, Flapping Eagle, habe ich dich erschaffen, habe ich dich so konzeptionalisiert, wie du bist. Genau wie ich die Insel und ihre Bewohner geschaffen habe, und zwar mit der Selektionsfähigkeit eines Künstlers.«
»Wir haben existiert, bevor Sie uns gefunden haben«, wandte Flapping Eagle ein.
»Gewiß«, sagte Grimus tolerant. »Aber indem ich euch zu meinem Großen Plan machte, habe ich euch so gründlich umgeformt, als wärt ihr ungeformter Lehm gewesen.«

»Ich glaube Ihnen nicht«, sagte Flapping Eagle. Grimus lachte. »Ein skeptischer Tod«, sagte er. »Gut, gut.« Wieder stieg seine Stimme zu hohen Tönen an, und seine Finger flatterten heftiger denn je.

»Willst du leugnen, daß ich, indem ich dich zu einem Empfänger erwählte, von da an dein Leben gestaltet habe? Willst du leugnen, daß ich, indem ich deine Schwester von den Axona nahm, deine Vertreibung forciert habe? Willst du leugnen, daß ich dich, indem ich Nicholas Deggle in dein Kontinuum vertrieb, auf Calf Island zugesteuert habe? Willst du leugnen, daß ich dich, indem ich dir gestattete, jahrhundertelang durch die Welt zu wandern, statt dich sofort hierherzubringen, zu dem Mann gemacht habe, der du jetzt bist, ein Chamäleon, anpassungsfähig, verwirrt? Willst du leugnen, daß ich, indem ich einen Mann wählte, der mir sehr ähnlich sieht, *genau* die Wirkung eines solchen Mannes auf Virgil und auf die Stadt K vorausgesehen habe? Willst du leugnen, daß ich dich mit dem Geist von Bird-Dog hierhergelockt habe? Willst du leugnen, daß ich einen Kurs zwischen den unendlichen Möglichkeiten von Gegenwarten und Zukünften gesteuert habe, um dieses Zusammentreffen herbeizuführen? (Und dann, mit gesenkter Stimme:) *Welche Gnade deines Herrn willst du verleugnen?*«

Flapping Eagle war erschüttert, aber immer noch nicht ganz überzeugt. Er schüttelte den Kopf.

»Da du nicht weißt, wie man die Koordinaten deiner Dimension konzeptionalisiert, kannst du die Insel nicht verlassen«, sagte Grimus. »Mit meinem Gesicht kannst du nicht unter den Bewohnern von Kâf leben. Deine einzige Alternative ist Selbstmord, aber sobald ich dir meine Wunder gezeigt habe, wirst du diese Möglichkeit nicht mehr in Betracht ziehen.«

»Zeigen Sie sie mir«, gab Flapping Eagle zurück.

Flapping Eagle stand in dem Raum, den er zuvor schon einmal durchquert hatte, dem Raum mit den verschleierten Gegenständen auf Podesten, und fragte sich, was er an Grimus besonders beunruhigend fand. Er meinte, es sei das Kindische, das diesem ganzen sogenannten Großen Plan zugrunde lag, das Nachgeben jeder kleinsten Laune und die seltsam infantilen Rituale, die er erfunden hatte, um ihn zu belustigen, wie etwa dieser sogenannte Tanz: ein Baby mit einer Bombe. Oder einem ganzen Arsenal verschleierter Bomben. Auf Podesten.

»Der zweite Teil des Tanzes«, zwitscherte Grimus, »ist der Tanz der Schleier. Bei Welchem Viel Wunderbares Enthüllt Wird.« Er stellte sich neben das erste Podium, eine oberlehrerhafte, vielfarbige Eule.

»Unter jeder Persönlichkeit«, dozierte er, »liegt eine Essenz verborgen. Die Meta-Physiker von Oxyput VII haben ein Instrument zum Aufspüren dieser Essenz perfektioniert. Ich habe es auf meinen Reisen erworben. Es beruht auf einem sehr einfachen Prinzip: daß es zwei Arten von Essenzen gibt: atomar, vollständig, statisch einerseits, oder – andererseits – ionisch, unvollständig, dynamisch. Was man etwa als Ionen der Seele bezeichnen könnte. (Kurzes Auflachen.) Das Instrument, das ich dir jetzt gleich zeigen werde, wird als Ionenauge bezeichnet. Es kann die ganz spezielle Ionenstruktur jeder dynamischen Essenz untersuchen und aufzeichnen. Durch jahrhundertelanges Experimentieren haben die Oxyputaner die Bedeutung dieser Ionenmuster analysiert. Auch dieses Wissen steht mir zur Verfügung. Ich habe es benutzt, um mir beim Konzeptionalisieren keines anderen als eines gewissen Flapping Eagle zu helfen.«

Er enthüllte das Ionenauge. Es war eine schlichte schwarze Box. Die Vorderseite war mit zahllosen Reihen winziger Glasfenster besetzt.

»Stell dich davor, bitte.«

Flapping Eagle gehorchte, und sofort erschienen Lichter in den winzigen Fenstern, die ein komplexes Muster bildeten.

»Dein Ionenmuster«, sagte Grimus, »ist das destruktivste, das ich jemals gesehen habe. Wäre man abergläubisch, könnte man behaupten, daß dies die Essenz war, die Mrs. Cramm in deiner Hand gesehen hat, die Essenz, die dein Volk veranlaßte, dir zu mißtrauen, die Essenz, die deinen Mißgeschikken auf Kâf Island zugrunde lag. Für meine Zwecke hat es dich zu einem eminent angemessenen Todesengel gemacht. Dich und deine Schwester. Obwohl ihr Muster weniger deutlich ausgeprägt ist als das deine.«

Grimus ging zu zwei Podesten, die an einem Ende des Raumes dicht nebeneinanderstanden. Das eine enthüllte er.

Flapping Eagle stand vor dem Wasserkristall.

»Wie ich sehe, erkennst du dies«, stellte Grimus fest. »Virgils Tagebuch. Gut, gut. Mit diesem Instrument habe ich dich gefunden, um dich anschließend mit dem Ionenauge zu testen, mit diesem Instrument bin ich dir den ganzen Weg hierher gefolgt. Doch sein Begleiter ist sogar fast noch interessanter. Er kommt in Virgils Tagebuch nicht vor, weil ich ihn vor ihm versteckt habe. Es ist der Kristall der Potentialitäten. Mit ihm kann man zahlreiche potentielle Gegenwarte und Zukünfte untersuchen und die Schlüsselmomente, die Schnittstellen in der Zeit auffinden, die uns die eine oder die andere Fluxlinie entlangführen. Wenn du verstehst, was ich damit meine.«

Flapping Eagle schüttelte den Kopf und starrte die zweite enthüllte Kristallkugel an, die nicht mit Wasser gefüllt war, sondern mit einer Art Rauch.

»Ich fürchte, du siehst immer ein bißchen durch einen Dunstschleier«, sagte Grimus. »Ach, aber du versteht mich nicht. Ich werde dir daher einige Ereignisse ins Gedächtnis zurückrufen. In der jüngsten Vergangenheit bist du zweimal an solche Schnittstellen gekommen. Zum Beispiel. Hätte ich nicht eine schützende Barriere um dich herum konzeptionalisiert, wärst du ohne Zweifel ertrunken, als du auf die Insel zugetrieben

wurdest. Dennoch habe ich zugelassen, daß ein wenig Wasser in deinen Körper eindrang. Ein Anschein von Realität ist äußerst wichtig. Und dann der zweite Moment: als du bei La Tscherkassova unbewußt den Namen *Elfrina* ausgesprochen hast. Bestimmt hast du gemerkt, daß dieser winzige Moment den Lauf deines Lebens verändert hat. Obwohl ich ehrlich sagen muß, daß ich, wenn du es mir nicht so leichtgemacht hättest, eine andere Möglichkeit hätte finden müssen, um dich von ihr zu lösen ... Wie dem auch sei. Jetzt weißt du wohl, was ich meine. Schnittstellen. Ich habe dich – und andere – inzwischen schon sehr lange Zeit auf den richtigen Weg gesteuert. Das meine ich, wenn ich sage, daß ich dich gemacht habe. Ich habe die Perfekte Dimension geschaffen, in der alles genau nach Plan verläuft.
Das tut es nicht, wirst du nun sagen. Ich hatte nicht mit Nicholas Deggles Verrat gerechnet. Worauf ich erwidere: Eine der besten Eigenschaften eines gut konstruierten Konzepts ist die Flexibilität. Durch sie kann man Nachteile in Vorteile verwandeln. Auf diese Art wurde Deggles Vertreibung zu einer einfachen Möglichkeit, als nächsten dich hereinzuholen. Auf diese Art half mir die Abneigung der K-Bewohner gegen mich, sie zu der gewünschten Einstellung dir gegenüber zu bewegen. (Obwohl ich diese Abneigung, indem ich ihnen den Zugang zur Rose verweigerte, ohnehin herausgefordert hätte.)«
»Sie haben ihnen den Zugang zur Rose verweigert?« fragte Flapping Eagle.
»Selbstverständlich«, antwortete Grimus. »Denn sie hatte nichts mit den Gründen zu tun, aus denen sie hier waren. Sie hatten sich für die Unsterblichkeit entschieden, nicht für die Erforschung. Die Rose gehörte mir.«
»Und Virgil«, wandte Flapping Eagle ein. Grimus ignorierte ihn.
»Dies ist die Perfekte Dimension«, sagte er. »In einer anderen potentiellen Dimension bist du niemals nach Calf Island ge-

kommen. In einer weiteren habe ich die Steinrose nicht gefunden. In wieder einer anderen lebe ich auf ewig weiter, Gefangener meiner eigenen Ideen. Hier aber muß alles sein, wie ich es geplant habe.«

Seine Hände arbeiteten jetzt fieberhaft, seine Stimme klang durchdringend schrill.

»Angenommen, ich wäre dem Dimensionfieber erlegen?« fragte ihn Flapping Eagle.

»Das war nicht möglich«, antwortete Grimus. »Deine Ionen waren zu stark. Denk an das Mittel, das du eingesetzt hast, um dein Monster zu besiegen: Chaos. Die wahre Waffe des Zerstörers. Dein Unterbewußtsein wußte genau, was es tat.«

»Ein gewisses Risiko bestand immerhin«, wandte Flapping Eagle ein.

»Unsinn«, sagte Grimus. »Während außer mir noch Virgil Jones und der Schorf Koax über dich wachten? Unsinn! Aber du hast deine Karten gut ausgespielt, das muß man dir lassen.«

Beim Anblick dieses Gesichts, das so sehr das seine und dennoch so wenig das seine war und das ihn jetzt so gütig anlächelte, zerriß etwas in Flapping Eagle. Das heißt, vielleicht wäre es besser, zu sagen, daß mehrere Dinge urplötzlich einen Sinn bekamen. Eine uralte Erinnerung regte sich: die Erinnerung an einen Mann, der nach einer Stimme suchte, mit der er sprechen konnte. Flapping Eagle hatte hier, in Gegenwart des Mannes, der über sein Leben bestimmte, seine persönliche Stimme gefunden.

»Meine Karten gut ausgespielt«, wiederholte er mit stiller Wut. »Eine verräterische Formulierung, meinen Sie nicht? Die Steinrose hat Sie verbogen, Grimus; ihr Wissen hat Sie so sehr verformt, so von Machtgier zerfressen werden lassen, wie ihr Effekt das Leben der Menschen, die Sie hierhergebracht haben, verkrüppelt und deformiert hat. Das Ganze ist ein Spiel, nicht wahr, ein Spiel, an dem Sie Ihre Freude haben! Eine endlose Reihe von Kontinua, von Möglichkeiten sowohl der

Gegenwart als auch der Zukunft, das freie Spiel mit der Zeit selbst, verzerrt und zu einem Zoo für Ihr persönliches Vergnügen gemacht. Jawohl, Sie haben mich gemacht, das gebe ich zu. Jawohl, Sie haben mich in der Verfassung hierhergebracht, in der Sie mich für Ihre wahnsinnigen Pläne brauchten. Sie sind so weit entfernt von den Schmerzen und Qualen der Welt, die Sie verlassen haben, wie auch der Welt, die Sie selber geschaffen haben, daß Sie sogar den Tod als akademische Übung betrachten. Sie können Ihren eigenen Tod als eine Art perfektes Schachspiel planen. Am Ende aber hängt doch alles von mir ab, Grimus – auf eine Art, die Sie noch nicht erklärt haben. Alles hängt von meiner Entscheidung ab, und ich sage Ihnen hier und jetzt, daß ich nicht mitspielen werde. Virgil hat mich gebeten, die Steinrose zu vernichten. Jetzt bin ich überzeugt, daß er recht hatte. Sie hat schon jetzt zu viele Leben zerstört. Zu viele Möglichkeiten, glücklich zu sein. Ich habe es im Fieber zur Göttin Axona gesagt, und ich sage es jetzt zu Ihnen: *Wenn ich kann, werde ich Sie vernichten, Grimus!*«

Grimus applaudierte mit ernster Miene.

»Ein feuriger Tod, oho!« sagte er. »Gut. Gut.«

Flapping Eagle sammelte seine ganze Kraft, um – was zu tun? Er vermochte sich keinen Plan zu machen. Er stand da, hilflos hielt er den Juju-Stock fest, während Grimus lachte.

»Ich werde Sie vernichten«, wiederholte Flapping Eagle, »aber nicht auf die Art, die Sie sich wünschen. Ich werde mir Ihren Mantel nicht überziehen.«

»Ich glaube, es ist jetzt fast Zeit, dich mit meinem Plan für meinen Tod bekannt zu machen«, sagte Grimus, »der natürlich mein Plan für dich ist. Aber bevor ich das tue, möchte ich gewisse Mißverständnisse klarstellen, die du anscheinend hegst. Bitte, folge mir.«

Durch die Tür ging er in den Kâf-Raum hinüber, dem leeren Zimmer mit dem Buchstaben Kâf an der Wand. Flapping Eagle folgte ihm, weil er keinen Grund sah, es nicht zu tun. Er brauchte Grimus immer noch, brauchte ihn, um die Steinrose zu finden.

»Du behauptest, ich sei zu stark von der Schöpfung distanziert«, sagte Grimus. »Dieses Zimmer wird dir beweisen, daß das nicht zutrifft. Und wer, meinst du wohl, wacht über K? Glaubst du wirklich, die alten Häuser wären inzwischen nicht längst zerfallen? Glaubst du wirklich, der immer wieder beackerte Boden wäre inzwischen nicht längst ausgelaugt? Hast du dich jemals gefragt, warum Mr. Gribbs' Papiervorrat niemals abnahm und woher die Metallscharniere kamen, welche die Türen hielten? In Wahrheit, Flapping Eagle, braucht eine Konzeptionelle Dimension wie Calf Island ständige Pflege und regelmäßiges Re-Konzeptionalisieren, wenn sie erhalten bleiben soll. Wenn ich ohne Nachfolger sterben sollte, wird die Insel sich in Nichts auflösen. Du mußt meinen Platz einnehmen.«

»Dieses Zimmer würde es mir beweisen, haben Sie behauptet«, sagte Flapping Eagle.

»Aber ja«, antwortete Grimus mit einem Anflug von Reizbarkeit. »Nun gut. Denk an einen Ort auf der Insel. Irgendeinen.«

»Einfach nur daran denken?« erkundigte sich Flapping Eagle, der sich fragte, was nun wohl kam.

»Ja. Konzentriere dich darauf.«

Flapping Eagle merkte, daß sich das Bild von Dolores' Haus in seinen Gedanken formte. Wäre ganz interessant, zu sehen, was aus ihr geworden war ...

Im Schaukelstuhl, Nicholas Deggle.

»Er kann uns nicht sehen«, sagte Grimus.

»Wie machen Sie das?« Flapping Eagles Stimme war wieder unsicher geworden.

»Eine Justierung der Rose. Ich benutze sie, um die Insel zu beobachten, wenn ich keine Lust habe, den Wasserkristall zu benutzen. Weitaus detaillierter, hier. Übrigens, Dolores O'Toole ist tot.«

Die Szene verblaßte. Wieder nur der leere Raum.
»Siehst du?« sagte Grimus. »Ich habe keineswegs den Kontakt verloren.«
Nein, dachte Flapping Eagle. Du hast alle anderen Lebewesen auf dasselbe Niveau der Irrealität zu dir herabgezogen. Sie sind nur noch Fiktionen, Illusionen, heraufbeschworen durch das Konzeptionalisieren und die Rose ... In dieser Gestalt können sie dich nicht anrühren. Nicht auf dich einwirken. Laut sagte er: »Ich muß Ihnen widersprechen.«
Grimus machte kehrt und stolzierte in seinem stilisierten Vogelgang zum Zimmer hinaus.
»Nunmehr beginnt der dritte Teil des Tanzes«, erklärte er. »Ich werde dir die Art meines Todes erklären.«

Wieder saß Flapping Eagle im Schaukelstuhl, und wieder wurde er von Grimus umkreist.
»Ein paar Fragen noch, Grimus«, sagte Flapping Eagle.
»Fragen? Gut. Gut.«
»Warum läßt der Effekt Sie unberührt?«
»Gute Frage«, sagte Grimus und verstummte. Es war, als müsse er sich die Antwort überlegen.
Schließlich sagte er: »Früher einmal war ich Kriegsgefangener. Tagtäglich fürchtete ich, getötet zu werden. Es war eben diese Art Krieg. Mit Dutzenden von anderen saß ich auf Lastwagen, die uns zum Hinrichtungsplatz brachten, wo man uns die Augen verband. Wir hörten Soldaten kommen, Befehle zum Anlegen und Zielen ... aber die Kugeln kamen nicht. Es war eine fein ausgeklügelte Folter. Und manchmal – nur, damit wir den Glauben daran nicht verloren – erschossen sie wirklich ein paar Leute. Aber genau diese Art Folter machte ihnen Spaß. Manche Leute starben an Herzanfällen. Ich nicht. Ich lernte zwei Dinge über mich selbst: erstens, daß für mich von äußerster Aportanz war, ob mein Körper lebte oder starb, und zweitens, daß ich irgendwann einmal in der Zukunft derjenige

sein wollte, der mein Leben lenkt. Genau, wie ich es mir wünschte.«

Also hast du dir dein eigenes Gefängnis gebaut, dachte Flapping Eagle.

»Aportanz?« fragte er.

»Wenn etwas weder Importanz noch Portanz besitzt«, erklärte Grimus, »wenn das Konzept der Importanz keine Bedeutung mehr besitzt, hat man die Aportanz begriffen. Deswegen konnten mir die Inneren Dimensionen nichts anhaben: Ich bin anpassungsfähig, stets bereit, alles zu glauben, stets bereit, jeden neuen Horror und jede widerliche Wahrheit über mich selbst zu akzeptieren. Ich habe keine Geheimnisse vor mir. Deswegen kann ich mit den Inneren Dimensionen leben. Sie koexistieren in meinem Bewußtsein, ständig. Verstehst du?«

»Ja«, sagte Flapping Eagle. »Ich verstehe.«

»Noch eine Frage?« sagte Grimus. »Dem eigenen Tod vertraut man alles an.«

»Ja. Nur noch eine. *(Die Blinks werde ich bis zu einem günstigeren Moment zurückstellen. Es wird einen günstigeren Moment geben,* sagte er sich.) Alle Menschen auf der Insel scheinen aus einer Zeit zu kommen, die ungefähr mit der Zeit zusammenfällt, als ich das Elixier getrunken habe«, sagte er. »Sogar Sie selbst.«

»Gut beobachtet«, lobte Grimus. »Mehrere Gründe, eigentlich. Erstens, ich wollte keine sozialen Probleme schaffen, indem ich Höhlenmenschen und Astronauten zusammenwürfelte. Zweitens, ich finde meine eigene Zeit weitaus interessanter als jede andere in der Vergangenheit oder der Zukunft. Und drittens hat es sich als am einfachsten erwiesen, Menschen aus Parallel-Dimensionen herzutransportieren, wenn man sich auf eine konstante Zeit festlegt. Das macht die Kulissen einfacher und so fort. Keine weiteren Fragen?«

»Ja«, sagte Flapping Eagle, dem noch etwas einfiel.

Tadelnd klickte Grimus mit der Zunge. »Mentale Unschärfe«, sagte er.

»Empfinden Sie Ihr Experiment nicht als Fehlschlag, nachdem der Effekt seinen Kurs so vollständig geändert hat?«
Er war bemüht, seinen Ton leidenschaftslos, abstrakt zu halten.
»Ganz und gar nicht«, antwortete Grimus. »Gute Frage. Ganz und gar nicht. Junge, Du stellst gute Fragen! *(Wieder diese leichte Ahnung, daß irgend etwas unter die Haut gegangen war.)* Das hat lediglich das Wesen des Experiments verändert. Und bei der notwendigen Entfremdung geholfen. Es ist wichtig, daß K mich verabscheut. Für meinen Tod, meine ich. Für meinen Tod.«
»Nun gut«, sagte Flapping Eagle, der keine Alternative sah.

»Erzählen Sie's mir.«

»Ganz einfach«, sagte Grimus. »Ich habe Bird-Dog durch einen Kurs tiefer Hypnose geführt. Auf ein bestimmtes Kommando hin wird sie zu Livs Haus ›reisen‹. Ich werde natürlich das Tor öffnen. Sie hat den Befehl, Liv zu erklären, daß sie mich haßt, und um diese Aussage wahrscheinlicher zu machen, habe ich sie seit Jahrhunderten mißhandelt, so daß es ihr nicht allzu schwer fallen wird, der posthypnotischen Suggestion Folge zu leisten. Sie haßt mich und wünscht mir den Tod. Livs (übrigens von mir bewußt geschürter) Haß auf mich wurde kürzlich durch ihr Abenteuer mit dir wiedererweckt. Offensichtlich weiß sie nun, daß sie sich nicht mehr in Trance befindet, daß ihr Plan irgendwie fehlgeschlagen ist, ihre sexuelle Rache, meine ich. Daher wird sie sehr verbittert sein und sich einverstanden erklären. Die Fluxlinien sagen, daß es so sein wird. Ich habe sie genau untersucht. Der freie Wille ist tatsächlich eine Illusion, weißt du. Die Menschen verhalten sich den Fluxlinien ihrer potentiellen Zukünfte entsprechend.
Wie dem auch sei. Sie werden versuchen, Unterstützung zu-

sammenzutrommeln, denn sie haben zu große Angst vor mir, um den Mord an mir allein zu versuchen. Hier waren deine Mißgeschicke in K wieder absolut korrekt. K ist jetzt antagonistischer denn je gegen mich. Und somit kommen wir zu meinen Mördern. Ein faszinierendes Trio. Der eine ist Flann O'Toole. Die Idee, Napoleon zu spielen, eine Invasionsarmee anzuführen, wird ihm unwiderstehlich erscheinen. Der zweite ist Peckenpaw. Für ihn wird es die Rache für seinen Freund und eine Gelegenheit sein, zur Jagd, zum Nervenkitzel der Jagd zurückzukehren. Der dritte klingt vermutlich weniger wahrscheinlich. Mr. Moonshy wird sich der fröhlichen Truppe anschließen. Er wird sich sagen, daß es darum geht, die Insel von einem Tyrannen zu befreien. Vielleicht wird es ja wirklich so sein. Vielleicht aber ist er mehr an Irina Tscherkassova interessiert, als er zugeben will. Das sind die drei, die durch das Tor kommen werden, das ich für sie offenlassen werde. Flann O'Toole besitzt, wie du zweifellos bemerkt haben wirst, sehr kräftige Hände.«
Würgerhände, erinnerte sich Flapping Eagle.

»Die Schlüsselfigur des Ganzen«, sagte Grimus gleichmütig, »ist Liv. Ihre Leidenschaft ist es, durch die sie angetrieben werden. Nicht Bird-Dogs; die ist ein Geist des Grimus. Nicht die eigene der Männer, denn die wird durch Angst gebremst. Es ist Liv, die sie vorwärtsdrängen wird. Das ist dir zu verdanken. Todesengel. Du hast den Mountain of Kâf darauf vorbereitet, sich gegen den Simurg zu wenden. Und du wirst der neue Meister sein, weil ich dich gelehrt und in deine Aufgabe eingeführt haben werde.«
»Und Sie wollen tatsächlich so sterben – durch die Hände eines Mobs?« fragte Flapping Eagle.
»Selbstverständlich«, antwortete Grimus mit schlichtem Wahnsinn. »Ich habe es jahrelang geplant. Es ist sowohl psychologisch als auch symbolisch zufriedenstellend. Die Periode

der Stabilität enthält die Saat ihres eigenen Sturzes. Dem Kataklysmus wird eine neue und ganz ähnliche Ordnung folgen. Es ist ästhetisch. Es ist richtig.«

Grimus hüpfte durch den Raum und zog an einem Glockenzug. Obwohl es inzwischen spät in der Nacht war, erschien Bird-Dog innerhalb einer Minute – keuchend und außer Atem. Wieder empfand Flapping Eagle hilflosen Zorn, als er mitansehen mußte, daß sein eigenes Fleisch und Blut so tief gedemütigt wurde. Vielleicht bin ich ja genauso gefangen wie Bird-Dog, dachte er, versuchte diesen Gedanken aber sofort wieder zu verdrängen – ohne Erfolg.

»Bird-Dog«, sagte Grimus.

»Ja.«

»Dies ist mein letzter Befehl an dich«, sagte Grimus.

»Ja«, sagte Bird-Dog zusammenzuckend.

»*Dieser Befehl ist der letzte*«, betonte Grimus.

Bird-Dog machte kehrt und ging zur Tür. Flapping Eagle lief ihr nach und packte sie bei den Schultern. »Geh nicht«, sagte er. »Kämpfe an gegen deine Abhängigkeit! Sag nein!«

»Ich will aber gehen«, gab Bird-Dog ruhig zurück. »Ich will, daß er stirbt.«

Im Hintergrund lachte Grimus fröhlich auf, während Flapping Eagle seine Schwester freigab. Die sofort das Zimmer verließ und die verborgene Tür hinter sich schloß.

Das einzige, was Flapping Eagle noch blieb, war Gewalt.

»Grimus«, sagte er, »wenn Sie mir jetzt nicht die Steinrose zeigen, werde ich Sie mit Freuden persönlich für das erwürgen, was Sie meiner Schwester angetan haben. Und nun, bevor Ihr so gut geplanter Tod eintreten kann, wie Sie es sagen: Es wird ein elender, sinnloser Tod sein, Grimus.«

»Nanu«, sagte Grimus. »Wie zornig du werden kannst! Ich

wollte ohnehin gerade zur Rose gehen. Wenn ich das Tor öffnen will, muß ich sie justieren.«
Er ging zu der Ecke des Zimmers, die dem Mittelpunkt des Hauses am nächsten lag.
Und stieß eine weitere Geheimtür auf. Dahinter, im Herzen des Hauses, lag das Rosenzimmer.
Deswegen hatte das Haus eine so verrückte Form. Seine labyrinthischen Exzesse vernebelten den Verstand so sehr, daß das Vorhandensein dieses kleinen Raumes völlig unbemerkt blieb. Selbst Flapping Eagle, obwohl bei seiner Ankunft auf den Umriß des Hauses konzentriert, hatte noch nicht einmal eine Ahnung von der Existenz dieses Zimmers gehabt.
»Komm«, sagte Grimus. »Dies ist der letzte Teil des Tanzes von Weisheit und Tod.«

Die Steinrose war im Grunde gar keine Rose. Flapping Eagle, der zusah, wie Grimus sie justierte, während sie in diesem Geheimzimmer in ihrem Sarg lag, begann zu begreifen.
Rings um die Spitze eines Mittelschaftes oder Stengels war eine Anzahl dünner, sternförmiger Steinplatten angeordnet. Sieben Platten zählte Flapping Eagle. Die obersten beiden hatten jeweils vier Spitzen, die folgenden acht, die nächsten sechzehn und so weiter. Jede Platte rotierte unabhängig von den anderen um den zentralen Stengel. Das Justieren der Rose schien daraus zu bestehen, die Platten in ihrer Beziehung zueinander zu verschieben. Das war es, was Grimus jetzt gerade tat. Etwa auf der Hälfte des Stengels, in bequemer Reichhöhe, befand sich eine Art Auswuchs.
»In einigen Dimensionen«, erklärte Grimus, »ist das Objekt anders. Es variiert je nach den Fähigkeiten der herrschenden Spezies, weißt du. Es gibt Justierungen für Raumverzerrung, Reisen zu parallelen Dimensionen und so weiter.«
»Ich habe meine Meinung nicht geändert, Grimus«, sagte

Flapping Eagle. »Ich werde dieses Ding zerstören. Sie können es nicht kontrollieren. Es kontrolliert Sie. Und dann sind da diese Blinks. Die Rose ist beschädigt, Grimus. Sie ist gefährlich. Sie hat Sie gefährlich gemacht.«

Grimus' Augen glänzten einen Moment; dann wurden sie stumpf.

»Bitte«, sagte er, und ein ganz neuer, flehender Ton lag in seiner Stimme. »Ich möchte dir nur noch eine andere Entdeckung von mir vorführen. Wenn die dich nicht von dem enormen Wert der Rose überzeugen kann, von der Notwendigkeit, sie zu bewahren und instand zu halten, nachdem ich tot bin, werde ich dich tun lassen, was du willst. Nur noch eine einzige Entdeckung.«

Das konnte Flapping Eagle ihm nicht abschlagen. Nun, da die Rose für ihn in Reichweite war, konnte Grimus ihn nicht mehr zurückhalten. Schließlich, sagte sich Flapping Eagle, schließlich bin ich bewaffnet. Nicht etwa mit Pfeil und Bogen, aber mit einer starken Verpflichtung. Virgil gegenüber. Meiner eigenen, destruktiven Vergangenheit gegenüber. Diesmal können die Ione zu gutem Nutzen eingesetzt werden: Wenn ich ein Zerstörer bin, will ich wenigstens gefährliche Dinge zerstören.

Grimus hatte sich in eine dunkle Ecke des winzigen Zimmers begeben und zog das Tuch von einem kleinen Gegenstand, der dort lag. Es war ein durchsichtiges, kugelförmiges Objekt mit einem Griff an jeder Seite. Als Grimus es an einem der Griffe hochhob, begann es zu leuchten.

»Ich habe vorausgesehen, daß es sehr schwierig werden würde, dich zu bewegen, die Dinge mit meinen Augen zu sehen«, sagte er. »Aus diesem Grund habe ich den Subsumierer hier konzeptionalisiert. Wenn du den anderen Griff in die Hand nimmst, können wir telepathisch kommunizieren. Durch das Medium dieser Kugel. Bist du bereit?«

Flapping Eagle zögerte einen Moment.

»Hast du Angst?« erkundigte sich Grimus mit der Singsangstimme eines Kindes.
»Nein«, sagte Flapping Eagle. Er konnte alles aushalten, was Grimus, dieses uralte Kind, auszuhalten vermochte. Schließlich hatte er seine Willenskraft bereits bewiesen.
Er legte den Juju-Stock auf die Kante des Rosensargs und ging zu Grimus hinüber. Dann holte er tief Luft und packte den dargebotenen Griff des – wie hieß das Ding noch? – des *Subsumierers.*
Das letzte, woran er sich als Flapping Eagle erinnerte, war Grimus' hohe, schrille Stimme, die triumphierend sagte: *»Meine alte Mutter hat mir immer gesagt, daß man die Leute mit einem Trick dazu bringen muß, neue Ideen zu akzeptieren.«*
(Ich war Flapping Eagle.)
(Ich war Grimus.)

Ich. Ich selbst. Ich selbst und er allein. Ich selbst und sein Ich in der leuchtenden Kugel. O ja, so war es. Ich selbst und er selbst ergossen uns in die leuchtende Kugel. *Nur mit der Ruhe. Du verschlingst mich, ich verschlinge dich. Mischen, vermischen. Zusammenwachsen. Du mit mir mit dir.* Seine Gedanken.
O ja, so war es. Drucken. Wie Drucken. Pressen, seine Gedanken preßten sich auf meine, unter meine, durch und in meine hinein, seine Gedanken meine. *Die Schwalbe ist ein anmutiger Vogel.* Zwei Schwalben, und dann ein Halb-Eagle-halb-Er und die andere Hälfte Halb-er-halb-Eagle. O ja, so war es. Wir waren eins in der leuchtenden Kugel, wir waren zwei hier draußen im Fleisch. Ja.
Mein Sohn. Grimus' Gedanken fielen über mich her. Du bist mein Sohn, ich habe dir mein Leben gegeben. *Ich bin du geworden, ich bin du geworden, du bist ich.* Grimus' Gedanken, durch mich hindurchrauschend. Der Mandarin-Mönch, in mir losgelassen zu einem Orgasmus des Denkens. Das Halbblut, der halbsemitische Kriegsgefangene und seine Wider-

sprüche, die Aportanz des Selbst in Koexistenz mit der absoluten Notwendigkeit, dieses Selbst weiterzugeben, grausame Notwendigkeit, unausweichlich, Grimus' Gedanken hindurchrauschend. Wie das Schlagen der Flügel seines Selbst, das hereinfliegt. *Mein Sohn, mein Sohn, welcher Vater hat so einen Sohn gezeugt wie ich in meiner Sterilität.*

Das Licht verblaßte in der leuchtenden Kugel; der Transfer war beendet. Ich ließ meinen Griff los – mein Körper gehörte und gehorchte wieder mir. Auch er nahm die Hand von seinem Griff. Die Kugel fiel.
Und zersplitterte auf dem Steinboden.
»So«, sagte er. »Jetzt sind wir ein und derselbe. Jetzt wirst du begreifen.«

Wahnsinn? Was ist Wahnsinn? Es wäre leicht, ihn wahnsinnig zu nennen, nun aber ist er in meinem Kopf, und ich kann seine Gründe erkennen. Es sind keine Gründe, die mühelos in Worte zu fassen wären. Der aushöhlende Horror des Gefangenenlagers, die Vernichtung seiner menschlichen Würde, seines Glaubens an die gesamte menschliche Rasse; das nachfolgende Sichvergraben, weit fort von der Welt, in Bücher, Philosophien und Mythologien, bis diese zu seiner Wirklichkeit wurden, zu seinen Freunden und Begleitern, während die Welt nur noch ein gräßlicher Alptraum war; der mönchische Mann, der Schönheit in Vögeln und in Geschichten fand. Und dann die Rose und eine Chance, eine Welt sowie ein Leben und einen Tod so zu gestalten, wie er es sich wünschte, und da ihn seine Spezies nicht mehr kümmerte, war ihm auch gleichgültig, was er den anderen antat. Sie hatten ihm genug angetan. Zu seinen Vögeln war er freundlich. Er versammelte sie um sich und lebte seine Lieblingsgeschichte aus, seinen ornithologischen Mythos. Wahnsinn? Was ist Wahnsinn? Für ihn waren Ideen die einzige Rechtfertigung der Existenz; und als er das Wissen und die Macht fand, die es ihm ermöglichten, mit seinen Ideen herumzuspielen, konnte er nicht widerstehen. Wissen korrumpiert; absolutes Wissen korrumpiert absolut. Ja, er war wahnsinnig. Aber er ist in mir, und ich kenne ihn.

Es gibt immer noch ein *Ich.* Ein *Ich* in mir, das nicht *er* ist.

Wir sind im Krieg, wegen der Rose.

»Sieh nur«, sagte Grimus. (Ich war in ihm, wie er in mir ist. Der Subsumierer funktioniert in beiden Richtungen.)

Er hielt einen kleinen Spiegel empor, hob ihn vor seine Brust und richtete ihn auf mein Gesicht.

Meine Haare waren weiß geworden. Es war jetzt sein Gesicht, ganz und gar sein Gesicht, sein Kopf auf meinen Schultern.

Ich war Flapping Eagle.

Eine zweite Geheimtür führte in den Raum, in dem Media schlief. Dieses kleine Zimmer, im absoluten Mittelpunkt des Hauses, stieß an die meisten anderen Räume. Grimus (der zum Teil Flapping Eagle war) führte Media bei der Hand dorthin, wo ich stand: neben dem Sarg, der die Rose barg.

»Bleibt hier«, sagte er. »Kümmert euch umeinander. Sie werden bald kommen. Aber selbst Bird-Dog weiß nichts von diesem Raum.«

In seinen Zügen stand Furcht geschrieben. Ich erkannte sie deutlich; es war meine Furcht. Ich war es, den er in sich aufgenommen hatte und der sich vor dem Sterben fürchtete.

»Jetzt wirst du die Rose nicht mehr beschädigen«, sagte er. »Wir sind eins.«

Dann ging er hinaus.

»Er hat dich verändert«, flüsterte sie.

Media betrachtete mich mit großen Augen.

Ich hielt ihre Hand. Wenigstens sie war noch dieselbe. Die einzige Konstante in einem umgestalteten Universum.
Die Rose. Der *Er* in mir besaß einen eigenen Willen und zwang mich, seinen Wünschen nachzugeben. Das *Ich* in mir war geschwächt, entkräftet vom Schock der Subsumierung. Lange, sehr lange stand ich da und betrachtete die Rose. Der kleine Auswuchs an ihrem Stengel schien eine starke Faszination auf mich auszuüben, eine magnetische Anziehungskraft. Vielleicht war es der *Er* in mir, der das bewirkte.
Plötzlich packte ich die Rose. Bei ihrem Auswuchs. Er paßte genau in meine Hand. Dann schrie ich auf, und Media schrie auf. Ich schrie vor Schmerz. Sie schrie, weil ich plötzlich verschwunden war.
Ich bin »gereist«.

Der Schmerz wird durch das erste Erleben der Äußeren Dimensionen verursacht. Plötzlich löst sich das Universum auf, und für einen Bruchteil der Zeit ist man nichts als ein kleines Bündel Energie, das in einem Meer unvorstellbar ausgedehnter Kräfte dahintreibt. Es ist ein verheerendes, qualvolles Erlebnis. Dann fügte es – das Universum – sich plötzlich wieder zusammen.
Als die Schorfs die Objekte schufen, welche die Unendlichkeit der Konzeptionellen und Unvorstellbaren Dimensionen miteinander verbanden, fügten sie jeweils ein Element hinzu, das direkt zum Planeten Thera führte. Dieser Funktion diente der Auswuchs am Stengel der Steinrose.
Ich war dort, auf Thera, unter dem Stern Ennos, am Rand der Yawy-Kim-Galaxie im Schorf Nirvermusu. In einer winzigen Luftblase, die auf einem weiten Felsplateau ruhte. Und wurde beobachtet.

Draußen, gelbe Sonne vor schwarzem Himmel und eine Anzahl von Steinmonolithen rings um mich herum.

»Sie sehen aus wie Frösche«, dachte ich. »Riesige Steinfrösche. (Ich-ich dachte das, nicht Ich-Grimus. Ich-Grimus sparte seine Kraft für den Kampf gegen mich um die Rose.)
»Ist das Grimus?« Dieser Gedanke, unausgesprochen, nicht in Worte gefaßt, drang in meine Gedanken ein. Er wurde gefolgt von einer zweiten, einer tieferen, weiseren Denk-Form.
»Ja ... nein ... aha, ich verstehe.« Ich hatte das Gefühl, nackt ausgezogen zu werden. Meine Gedanken wurden gescannt.
»Wo seid ihr?« rief ich, und der Ich-Grimus in mir erklärte mir, daß diese Monolithen, plump, gewaltig und von einem leichten Dunst umgeben, die intelligenteste Lebensform aller Galaxien seien und daß die zweite Denk-Form jene des großen Denkers Dota persönlich gewesen sei.
»Das Nicht-Grimus-Element scheint marginal das Kommando zu haben«, kam eine dritte Denk-Form.
»Gut.« Wiederum Dota. *»Hör zu«*, dachte er mich an, ein wenig zu laut, fast wie ein Mensch, der es mit einem begriffsstutzigen Ausländer zu tun hat. *»Wir sind die Schorfs.«* Dann folgte blitzschnell eine Reihe von Denk-Formen, die mir die Geschichte der Rasse und der Objekte erzählten.
»Wir haben zwei große Sorgen«, dachte Dota. *»Die erste gilt dem Schorf Koax, der sich unnötigerweise in eurem Endimions niedergelassen hat. Solltest du ihm begegnen, teile ihm doch freundlicherweise mit, daß es seine grobe Mißordnung war, die dazu führte, daß er von Thera verbannt wurde. Er ist hier nicht willkommen. Er steht oder fällt mit eurem Endimions.«*
»Aha«, dachte ich.
»Was uns zu unserer zweiten Sorge führt«, dachte Dota. *»Wir sind äußerst beunruhigt über den Mißbrauch, den Grimus mit der Rose treibt. Sie sollte niemals ein Instrument für Interendimions-Reisen sein. Oder ein Zauberkasten zur Produktion von Lebensmitteln. Es ist eine flagrante Verzerrung der Konzeptionellen Technologie, die Rose zur Konzeptionalisierung eines Päckchens* (Hier suchte er nach der richtigen Form.) *Kaffee zu benutzen.*

Vor allem aber machen wir uns Sorgen wegen der Subendimions, die er auf dem Berggipfel errichtet hat. Subendimions sind konzeptional ungesund. Ein Ort ist entweder Teil einer Endimions oder nicht. Einen Ort zu konzeptionalisieren, der sowohl Teil einer Endimions ist als auch vor ihr verborgen wird, könnte das Objekt bis zur Auflösung strapazieren. Es wäre uns lieb, wenn dieses lächerliche Konzept sofort aufgelöst würde. Das ist alles. Du kannst zurückkehren.«

Ich spürte, wie der Ich-Grimus-Teil von mir bei Dotas Tadel zornig vibrierte. Dann wurde mir klar, daß es ein paar Fragen gab, die hier besser als anderswo beantwortet werden konnten.

»Dota«, dachte ich.

»Ja?« Der Gedanke war kurz, die Form eines großen Geistes, der beunruhigt war.

»Sind die Blinks in unserer Dimension auf die Verstümmelung der Rose zurückzuführen?«

»Das wissen wir nicht«, lautete die Antwort. *»Euer Objekt ist das einzige, das entstellt wurde, und die einzige Endimions, die blinkt. Es könnte einen Ursache-Wirkung-Zusammenhang geben. Oder auch nicht. Es könnte etwas sein, das euch Sorgen macht. Oder auch nicht. Wir wissen nämlich auch nicht alles, weißt du.«*

»Nur eine einzige Frage noch«, bat ich. Die Luft in meiner Luftblase war inzwischen abgestanden. Ich würde mich bald verabschieden müssen.

»Nun?«

»Wäre es möglich, eine Dimension ... Endimions ... zu konzeptionalisieren, die überhaupt kein Objekt enthält?«

Eine lange Pause, in der, wie ich spürte, komplizierte Meinungen zwischen den versammelten Schorfs ausgetauscht wurden.

»Wir können nicht sicher sein«, sagte Dota. *»Für uns würde die Antwort nein lauten, da die Existenz der Endimions an sich mit einer Funktion des Objekts verbunden ist. Für einen Bewohner der Endimions ...«* Es folgte ein mentales Achselzucken.

»Leb wohl«, sagte Dotas Stellvertreter.

Ich suchte bei meinem Ich-Grimus und fand die erforderliche Technik für die Rückkehr zur Rose. Einen Sekundenbruchteil darauf stand ich wieder im Geheimzimmer.
Media wirkte äußerst erleichtert!

Flann O'Toole stieg, den Napoleonshut auf dem Kopf, die rechte Hand im zugeknöpften Mantel, mit whisky-gerötetem Gesicht die Treppe hinauf. Neben ihm One-Track Peckenpaw, Waschbärmütze tief in der Stirn, den schweren Körper in den Bärenfellmantel gehüllt, aufgerolltes Seil über einer Schulter, Gewehr in der Hand. Und hinter den beiden P. S. Moonshy, ein unrasierter Bürokrat mit glänzenden Augen. Eine höchst ungewöhnliche Trinität der Nemesis, die sich ihrem Ziel näherte.
Grimus stand im Schatten der großen Esche vor seinem Haus, der bunte Kopfputz flatterte in der leichten Brise, seine Vögel hockten ihm auf den Schultern, scharten sich auf dem Erdboden um ihn, bewachten ihn aus den weit ausladenden Ästen. Seine Hände zuckten; davon abgesehen stand er vollkommen still.
Und schließlich standen die vier einander gegenüber und wußten, was geschehen mußte.
Grimus sagte:
»Ich habe alles erfahren, was ich erfahren will.
Ich bin alles gewesen, was ich sein will.
Ich bin vollkommen.
Ich habe dieses geplant. Die Zeit ist gekommen.«
In seiner hohen, schrillen Stimme lag jedoch die Unsicherheit des subsumierten Eagle in ihm, das zweite Ich, das protestierte. Es hatte diesen Tod nicht gewählt. »Wo ist Ihre Maschine, Mr. Grimus?« fragte Flann O'Toole. »Sie haben sie vor Ihrer Dienerin geheimgehalten, das wissen wir. Vor uns werden Sie sie nicht verstecken können.«
Grimus antwortete nicht.

»One-Track«, sagte O'Toole, »versuch diesen Gentleman doch dazu zu bewegen, daß er mit uns spricht.«
Kurz darauf waren Grimus' Nase gebrochen, seine Augen zugeschwollen, seine Haut blutunterlaufen und seine Lippen immer noch versiegelt. »Bring ihn nicht gleich um, Mann!« warnte O'Toole. »Jetzt noch nicht.« Peckenpaw ließ Grimus los. Der im Stehen schwankte, während sein Blut strömte. Dennoch hielt er sich weiterhin aufrecht.
»Durchsucht das Haus«, befahl Flann O'Toole. One-Track Peckenpaw und P. S. Moonshy begaben sich also ins Grimusheim, fanden aber nichts. Doch sie zerstörten, was sie konnten; und als sie herauskamen, lag Grimus' tücherverschleierte Sammlung, Überreste lebenslanger Reisen, in Scherben auf dem Boden rings um die Podeste. Die Kristalle – zerbrochen. Das Ionenauge – zertreten und zerstampft.
Als sie in das dunstige Licht der Morgendämmerung heraustraten, riß auf einmal das Pfeifen ab. Unvermittelt und ohne Vorwarnung. Es war einfach nicht mehr da.
Flann O'Toole beobachtete Grimus; daher sah er, wie sein Gesicht erschlaffte, sah den Ausdruck des Entsetzens in den blaugeschlagenen Augen, sah die Erschöpfung, die sich durch den Schmerz bemerkbar machte. Sah es – und lächelte.
»Dann habt ihr sie also gefunden«, wandte er sich an Peckenpaw.
»Wir haben eine Menge gefunden«, antwortete Peckenpaw. »Also haben wir alles zerbrochen. Keine Ahnung, was das war.«
»O ja, ihr habt sie gefunden«, sagte O'Toole. »Mr. Grimus hat es mir gerade eben bestätigt.«
Grimus schwieg.
»Eines noch«, sagte Peckenpaw. »Ich will Flapping Eagle. Wo ist er?«
Grimus schwieg.
Flann O'Toole legte beide Hände um den Hals des zerschlagenen Mannes und drückte mit seinen Daumen zu. »Nun

kommen Sie schon, Mr. Grimus«, sagte er. »Sie werden uns das doch jetzt sagen – oder?«
»Ich habe ihn von der Insel verjagt«, sagte Grimus. »Er ist nicht mehr hier.«
»Ist das jetzt die Wahrheit?« fragte O'Toole.
»Glaube schon«, sagte Peckenpaw. »Im Haus war niemand. Und niemand hier draußen. Flapping Eagle kann von Glück reden.«
Zum erstenmal meldete sich P. S. Moonshy zu Wort. »Worauf warten wir noch?« fragte er.
O'Toole schenkte ihm ein belustigtes Lächeln.
»Mr. Moonshy hat es eilig«, erklärte er Grimus entschuldigend. »Und nun, da wir unsere Aufgabe erfüllt haben, hat es wenig Sinn, die Dinge noch lange hinauszuzögern, Mr. Grimus. Ich wäre dankbar, wenn Sie sich genau hierher stellen würden.«
Damit dirigierte er Grimus zu einem Punkt unmittelbar unter dem dicksten Ast der Esche.
»Ich habe keinen Grund mehr weiterzuleben. Alles ist von mir geplant«, sagte Grimus.
»Oh, gut«, sagte O'Toole lächelnd. »Wirklich sehr zuvorkommend von Ihnen, Mr. Grimus.«
Schweißtropfen mischten sich unter das gerinnende Blut auf Grimus' Gesicht.
»Nanu, Mr. Grimus«, sagte Flann O'Toole. »Ich glaube fast, Sie haben Angst.«
»Ich nicht«, entgegnete Grimus. »Er.«

»Gibt es im Haus irgendwo ein Feuer?« erkundigte sich Flann O'Toole.
»Ich habe eins gesehen«, sagte Peckenpaw. »In der Eingangshalle.«
»Gut«, sagte Flann O'Toole.

Als die drei Meuchelmörder die Steintreppe hinab davongingen, stand die große Esche hinter ihnen in Flammen, und der Leichnam eines Mannes, lächerlich klein vor dem Stamm, an den er gefesselt worden war, war vom Feuer verkohlt und geschwärzt. Plötzlich fiel er, weil sich die Glut durch das Seil gefressen hatte, das ihn festhielt, vornüber und lag auf dem Erdboden, während die Feuersbrunst immer heftiger wurde. Äste, die in Funkenschauern und Rauch rings um ihn herum auf ihn herniederkrachten, hüllten ihn in einen durchsichtigen Sarkophag. Und außen um die Rauchsäule herum rauschte eine riesige, dunkle Wolke aus kreisenden und niederstoßenden Vögeln lautstark seinen Epitaph.

Ein Tor gab es jetzt nicht mehr. Calf Island war wieder ein einziger Ort. Die Treppe führte zu Livs Haus hinab, das jetzt als fester Bau zu sehen war. Mit dem Ende des Pfeifens war das Ende der Subdimension gekommen. Es gab keine Geister mehr.

Bird-Dog hockte zusammengesunken am Fuß der Treppe; als die drei Männer sie erreichten, erstarrte sie. Aber sie gingen an ihr vorbei, ohne ein Wort mit ihr zu wechseln.

Die schwarzverschleierte Frau kam aus ihrem kleinen, schwarzen Haus. Bird-Dog sah, daß sie mit dem Trio sprach, mit dem Blick O'Tooles weisendem Arm zu der aufsteigenden Rauchsäule folgte. Liv nickte kurz; dann ging sie wieder hinein. Die Mörder stiegen weiter den Berg hinab nach K.

Einen Augenblick später kam Liv Sylwan Jones abermals aus dem Haus. In der Rechten hielt sie ein Messer – das Messer, mit dem sie zahllose häßliche Dinge aus dem Holz der umgebenden Bäume geschnitzt hatte. Sie setzte sich auf den Boden.

Mit dem Messer in der Rechten schlitzte sie sich mit angespannter Konzentration die Adern in ihrem linken Handgelenk auf. Dann wechselte sie das Messer in jene Hand und

machte sich daran, sich das rechte Handgelenk ebenso methodisch aufzuschlitzen.
Bird-Dog ging zu ihr hinüber, blieb schweigend vor ihr stehen und sah zu. Liv Sylwan Jones erwiderte ihren Blick.
»Es ist erreicht«, sagte sie und deutete mit dem Kopf zu der Rauchsäule hinüber.
Genau wie Grimus hatte Liv den Zeitpunkt ihres Todes selbst gewählt. Auf dem Mountain of Kâf mußte der Tod gewählt werden. Eine freiwillige Gewalttat gegen den eigenen Körper. Mit übertriebener Sorgfalt zog sie mit dem Messer eine rote Linie, einen schmalen, rottriefenden Mund, der blutig grinste, unter ihrem Kinn, von einem Ohr zum anderen.
Bird-Dog sah zu, wie das Blut tropfte.

Im Wald hinter dem schwarzen Haus lag ein kleiner Hügel frisch aufgeworfener Erde. Darauf eine Schnitzerei, ein verzerrter Totenkopf mit weit aufgerissenem Mund.
Eine Frau in schwarzem Gewand, das Gesicht hinter einem schwarzen Schleier verborgen, verließ das Grab, den Blick von dem aufsteigenden Rauch abgewandt, ging in das schwarze Haus, setzte sich regungslos inmitten des Schmutzes und des Schimmels in den einzigen Sessel und begann eine alte, halbvergessene, halberinnerte Axona-Hymne an den Tod zu singen.

»Großer Gott!« sagte Nicholas Deggle.
Ganz langsam wandte sich Virgil Jones zu ihm um.
»Der Stengel«, sagte Deggle. »Er ist verschwunden. Einfach verschwunden.«
Verzweifelt begann er in der kleinen, baufälligen Hütte herumzusuchen. Virgil wuchtete sich aus seinem Schaukelstuhl und ging hinaus.
»Gut gemacht«, sagte er und blickte den Berg hinauf. »Gut gemacht.«

Deggle kam und gesellte sich zu ihm. »Ich kann ihn nirgends finden«, berichtete er.
»Die Rose ist zerbrochen«, erklärte Virgil Jones.
»Was soll das heißen?«
»Das heißt, daß Flapping Eagle erfolgreich gewesen ist. Brillant!«
Nicholas Deggle stürzte in den Wald.
Kurze Zeit später kehrte er verwirrt und verwundert zurück.
»Es gibt kein Pfeifen mehr«, berichtete er. »Nichts. Wir können wieder nach K zurückkehren.«
»Ich gehe lieber an den Strand«, sagte Virgil Jones.

Mr. Virgil Jones, ein Mann ohne Freund, dafür aber mit einer Zunge, die für seinen Mund zu lang war, liebte es, am Morgen eines Zeustags den Klippenpfad hinabzusteigen und seiner Liebe zu Calf Islands einzigem, schmalem Strand zu frönen. Tief unten, unter dem wandernden grausilbrigen Sand, lag der Leichnam von Mrs. Dolores O'Toole.
Mr. Jones stand, vom Meer abgewandt, und blickte zu dem massiven, bewaldeten Felsen des Calf Mountain hinüber, der den größten Teil der Insel einnahm, das heißt bis auf die kleine Lichtung unmittelbar oberhalb des Strandes, auf der Mr. Jones und Dolores gelebt hatten. Mrs. O'Tooles Leichnam lag zwischen ihm und den bewaldeten Hängen.
»Niedergeschlagen«, murmelte Mr. Jones mit dem Rücken zum Meer vor sich hin. »Niedergeschlagen, das Wasser heute.«

Nanu, nanu, dachte der Schorf Koax. Ein faszinierender, neuer Status quo. Flapping Eagle und sein Mädchen Media anstelle von Grimus und Bird-Dog. Bird-Dog anstelle von Liv. Elfrida Gribbs anstelle von Media. Virgil Jones zum Fuß der Insel zurückgekehrt. Und die anderen, früheren Um-Ordnungen: Alexej Tscherkassov anstelle seines Vaters. Mr. Moonshy anstelle von Mr. Page.

Am interessantesten aber ist das Schicksal der Rose. Ohne sie ist Flapping Eagle machtlos. Lebt er im Exil auf dem Gipfel des Berges. Dem Gipfel, der jetzt keine Überlegenheit mehr bedeutet.

»Was wirst du tun?« hatte sich Media erkundigt.
Draußen konfrontierten die Mörder den gefederten Grimus. Drinnen, im Geheimzimmer, war ich (Ich-Eagle) in einer furiosen Schlacht gegen den Ich-Grimus in mir engagiert.
»Du mußt die Rose erhalten«, verlangte Ich-Grimus. »Du brauchst sie für die ständige Re-Konzeptionalisierung der Insel. Wie ich dir erklärt habe. Du mußt die Rose erhalten. Relativität bleibt selbst zwischen den Dimensionen bestehen. Sie existieren als Funktionen der einen in der anderen, nur in Konjunktion miteinander. Wenn du die Rose vernichtest, vernichtest du unsere Verbindung mit den Dimensions-Kontinua. Das können wir nicht überleben.«
»Grimus hat die Rose mißbraucht«, mahnte Ich-Eagle. »Die Blinks sind der Beweis, daß sie sowohl beschädigt als auch bis zur Zerstörung strapaziert wurde. Wir können sie nicht mehr so benutzen, wie Grimus es getan hat.«
»Die Schorfs haben die Rose geschaffen, um die Dimensionen miteinander zu verbinden«, rief Ich-Grimus in mir. »Zerbrichst du sie, zerbrichst du uns. Dota konnte sich keine Dimension ohne Objekt vorstellen.«
»Aber er hat gesagt, er könne sich vorstellen, daß ein Dimensions-Bewohner ein solches Konzept entwirft«, wandte Ich-Eagle ein.
Dann hörte der Ich-Grimus auf, mit dem Ich-Eagle zu diskutieren, und überschwemmte mich mit Denk-Formen. Die Rose ermöglicht dir das Reisen, sagten die Formen und zeigten Ich-Eagle tausend schöne Welten, tausend Universen, die zu erobern waren. Die Rose ermöglicht dir das Lernen, sagten die Denk-Formen und zeigten hundert neue Wissenschaften und

hundert neue Kunstformen auf, das Beste der unendlich vielen Galaxien. Du hast ein Leben, sagten die Denk-Formen. Mit der Rose kannst du in tausend andere Menschen eindringen, zu ihnen werden, eine Unendlichkeit von Leben leben und die Weisheit und Macht erringen, dein eigenes zu gestalten. Und sie zeigten Ich-Eagle einige der Menschen, die Grimus beobachtet und verstanden hatte, zeigten ihm die stellvertretenden Freuden und Agonien zahlloser Leben. Und eines Tages, sagten die Denk-Formen, wenn du alles getan hast, was du dir wünschen kannst, wenn du alles gewesen bist, was du dir wünschen kannst, dann kannst du diese höchste Gabe an einen anderen weitergeben, kannst du den Augenblick und die Art deines Dahingehens wählen und dem Phoenix ein neues Leben, einen neuen Anfang verleihen.

Aber Ich-Eagle hatte auf Calf Island und außerhalb der Insel zu vieles erlebt, zuviel von der Art und Weise, wie Ich-Grimus um einer Idee willen andere Leben ruiniert hatte. Für Ich-Grimus waren nur Ideen, Entdeckungen, Lernen wichtig. Ich-Eagle dagegen sah die Jahrhunderte der unglücklichen Wanderung, die seiner Ankunft vorangegangen waren, sah die Menschen von K zu einer blinden Philosophie reinen Überlebens reduziert, besessen an den letzten Resten ihrer Individualität festhaltend, obwohl sie im tiefsten Innern wußten, daß es nicht in ihrer Macht lag, ihre Lebensumstände zu ändern. Die kombinierte Kraft grenzenloser Macht, grenzenlosen Lernens und einer verfeinerten, abstrakten Einstellung zum Leben, das diese beiden zu den größten Zielen der Menschheit erhob, war eine Kraft, die Ich-Eagle nicht zum Leben erwecken mochte. Ich-Eagle sah ihre Auswirkung auf Virgil Jones, Dolores O'Toole, auf Liv Jones und auf Bird-Dog, seine Schwester, obwohl sie einander längst entfremdet gewesen waren. Nein, dachte Ich-Eagle, die Rose ist keineswegs die höchste Gabe.

Dann war auf einmal jede Diskussion, ob rational oder denkformal, beendet, und der Ich-Grimus in mir ließ die volle Wucht seiner formidablen Willenskraft auf Ich-Eagle los. Als Media sah, wie ich (wir) bei diesem Krieg, der in uns tobte, wankten und schwankten, packte sie meine Hand. Vielleicht war es das, was das Blatt plötzlich zugunsten von Ich-Eagle wendete. Ich war nicht allein. Media war da. Media, eine der vielen, deren Leben er verzerrt hatte. Media, eine der vielen, für die Ich-Eagle mich verantwortlich fühlte. Die Schuld an den jüngsten Ereignissen bestand noch immer. Ich kämpfte für die Insel. *Er* kämpfte nur für sich selbst. Und verlor.

Draußen plünderten Peckenpaw und Moonshy das Haus.

Ich, Ich-Eagle, sprach mit Media. Der Ich-Grimus in mir hatte sich zurückgezogen, ein pulsierender Schmerz im Hinterkopf.

»Ich bin entschlossen, die Rose zu zerstören«, sagte Ich-Eagle. »Ich will nicht behaupten, das wäre nicht mit einem Risiko verbunden. Es könnte uns alle auflösen.«

»Grimus' Maschine ist es nicht wert, daß man sie rettet«, entgegnete sie. »Tu's jetzt gleich. Vielleicht ist es besser, tot zu sein, als ständig in der Angst vor … *dem hier* zu leben.«

Ich-Eagle nickte und zog mich abermals in meine Gedanken zurück, um Ich-Grimus zu finden, um ihn zu zwingen, die Geheimnisse der Rose preiszugeben. Er wollte nicht, wußte genau, warum ich ihn suchte, aber er war geschlagen. Ich fand das Wissen in ihm und traf die Vorbereitungen. Danach war es nur noch eine Frage des Konzeptionalisierens.

Zunächst zerlegte Ich-Eagle die Subdimension; das war der leichte Teil. Ich ließ das Bild in meinen Gedanken wachsen, das Bild von Calf Island als ein Ganzes, mit Grimusheim auf dem Gipfel sowie der Treppe, die zu Livs Felsvorsprung hinabführte. Kein Tor, keine Barrieren. Ich spürte es, als es funktionierte. Irgendwie war es wie das Fixieren einer Inneren Dimension. Nach einer Weile weiß man, daß es da ist, genauso real, wie man es sich ausgedacht hat. Einen Augenblick weidete ich mich an diesem Objekt, so unglaublich komplex, so

unglaublich einfach. Dann riß ich mich zusammen und machte mich an die schwerere Aufgabe.
Ich begann Calf Island neu zu erschaffen – genau, wie es war, mit nur einem Unterschied: Es durfte keine Rose enthalten. Ich hatte entschieden, daß dies eine bessere Alternative war, als die Rose physisch zu zerbrechen. Und angesichts dessen, was nach Deggles Versuch geschehen war, weniger riskant.
Zu diesem Zeitpunkt startete der Ich-Grimus seinen letzten Versuch. Er zeigte mir etwas, von dem ich vergessen hatte, daß er es wußte: die Koordinaten meiner Dimension, in die er Nicholas Deggle vor so langer Zeit verstoßen hatte. Der Sinn der Sache ist leicht verständlich: Wenn ich die Rose nicht zerstörte, konnte ich in meine eigene Welt zurückkehren. Ich-Grimus wollte mich lieber mit Ich-Eagle zusammen so weit wie möglich von der Rose entfernen, obwohl ich ihr Gegenstück in meiner Dimension womöglich niemals wiederfand, als zulassen, daß sie vernichtet wurde.
Ich-Eagle kann nicht behaupten, daß ich mich nicht versucht fühlte; dann aber war da wieder Media – Media und die anderen, die von mir abhängig waren.
»Verdammt noch mal«, sagte ich laut, »was habe ich da eigentlich noch zu suchen?«
Da hatte der Ich-Grimus keine Tricks mehr im Ärmel.

Ich benutzte ihn. Er hatte die Insel anfangs geplant, also war er es, der sie am besten kannte. Ich zog sein Wissen aus ihm heraus und benutzte es. Es schien zwar eine Ewigkeit zu dauern, aber die Denk-Formen bewegen sich schneller als alles andere, das bekannt ist, deswegen war es in Wirklichkeit sehr schnell vorüber.
Mitsamt der ehrfürchtig staunenden Media stand ich im Geheimzimmer und blickte auf den Sarg der Steinrose hinab.
Er war leer.
Die Rose war fort, und wir waren noch da.

Der Mann, der einstmals Flapping Eagle gewesen und nunmehr teils Eagle, teils Grimus war, schlief mit Media, die einstmals eine Hure und nunmehr seine einzige Stütze war, als der Schorf Koax, der sich auf den Gipfel des Calf Mountain versetzt hatte, plötzlich witterte, daß etwas nicht stimmte.
Die Nebel rings um die Insel.
Die Nebel, die sich drehten und alles verhüllten.
Die ewigen, sich niemals hebenden Schleier.
Die Nebel wurden dicker. Langsam, ganz langsam senkten sie sich herab, umschlossen die Insel von allen Seiten, dichter, immer dichter, ein schwerer grauer Nebel jetzt, dichter und immer noch dichter.
Aber es waren keine Nebel.
Bar jeder Verbindung mit allen anderen Dimensionen löste sich die Welt von Calf Mountain allmählich auf, zerbrachen ihre Moleküle und Atome, verwandelten sich lautlos in ursprüngliche, ungeformte Energie. Das Rohmaterial des Seins holte sich das Seine zurück.
So daß der Berg des Grimus, während Flapping Eagle und Media sich auf ihrem Bett wälzten, den Weakdance bis zum Ende tanzte.

Danksagung

Der Autor dankt Messrs Faber & Faber für die Erlaubnis, aus *The Four Quartets* zitieren zu dürfen. Aus T. S. Eliot: *Collected Poems 1909–1962* und *Crow's Playmate;* aus Ted Hughes: *Crow*